Andrea Izquierdo

Otoño en Londres

Ilustraciones de Elena Pancorbo

NOCTURNA
EDICIONES

c/ Corazón de María, 39, 8.º C, esc. dcha. 28002 Madrid
info@nocturnaediciones.com
www.nocturnaediciones.com

Primera edición en Nocturna: octubre de 2016

Preimpresión: Elena Sanz Matilla
Impreso en España / *Printed in Spain*
Imprenta Kadmos, S.C.L.

Código IBIC: YFB
ISBN: 978-84-945277-6-0
Depósito Legal: M-31381-2016

A todos los que creen en la magia de las palabras
y a aquellos que me llevaron a descubrirlas.

Ninguna historia vive a menos que alguien quiera escucharla.
J. K. Rowling

PROTAGONISTAS

LILY

AVA

CONNOR

MEREDITH

TOM

FINN

ALICE

OLIVER

MARTHA

REX

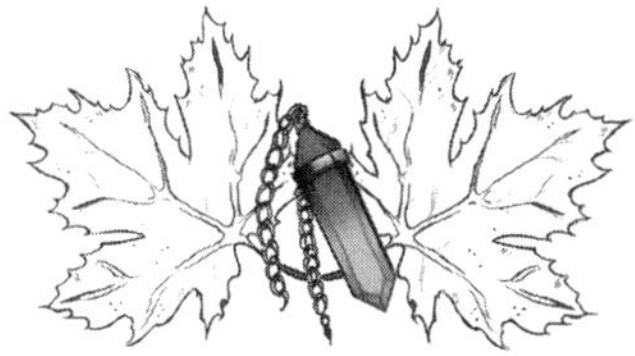

LILY

No debería estar aquí.

Son las nueve y diez de la mañana. Es viernes y llueve… Llueve mucho. Quizá debería sorprenderme que a principios de septiembre diluvie de esta manera en Madrid, pero ahora mismo es lo último que se me pasa por la cabeza. Veo un relámpago a través de la ventanilla y me pregunto si podremos volar en estas condiciones. El suelo pavimentado se está encharcando y en los regueros de agua que lo surcan empiezan a reflejarse los nubarrones que cubren el cielo. Dos operarios van corriendo de lado a lado, tapados con un impermeable amarillo, la capucha y unas botas de goma.

Estoy sentada en el asiento 12F del avión, a la espera de que los últimos pasajeros entren para despegar cuanto antes. Por la zona de las primeras filas, en mitad del pasillo, se ha detenido un hombre para colocar tranquilamente su maleta en el compartimento superior, lo que ha provocado un atasco con los pasajeros de detrás. No entiendo por qué la gente se comporta de una manera tan extraña cuando viaja. Es como si no hubiera término medio: o van con prisa y estresados a todas partes o se lo toman con la mayor calma del mundo.

Mientras me abrocho el cinturón de seguridad, observo las caras de enfado… y eso me recuerda lo que me espera. Me veo capaz de salir corriendo en cualquier momento, volver a casa y contarles a mis padres la verdad. Ojalá el aparato despegue y no haga nada de lo que pueda arrepentirme, porque ya es tarde para confesar y me vendría bien que cerrasen las puertas para no tener la posibilidad de dar marcha atrás. Me llevo la mano al cuello y empiezo a juguetear con la piedra de mi colgante, dándole vueltas entre los dedos. No puedo evitarlo: cada vez que estoy nerviosa, me tranquiliza palpar su superficie pulida.

Dos azafatas salen a ayudar al hombre de la maleta. Hablan con él y, al cabo de unos segundos, se la llevan al fondo del avión, donde hay mucho más espacio. Los demás pasajeros suspiran con alivio y se apresuran hacia sus asientos.

A mi lado se acomoda una pareja bastante joven con un bebé que, por suerte, está dormido. Espero que no se despierte; el llanto de los niños me da siempre dolor de cabeza, en especial cuando estoy tensa. Ambos se abrochan el cinturón, con cuidado para evitar movimientos bruscos que puedan desatar el caos, y acto seguido sacan una guía turística y un bloc de notas.

Miro con disimulo a la mujer, que ahora mismo está hojeando la guía como si buscara algo en particular. Me encanta el color de su melena, de un tono rojizo claro. Llevo muchos años tiñéndome el pelo e intentando que parezca natural, pero siempre me queda demasiado anaranjado o de un rojo demasiado intenso. Por eso, cada vez que veo a una chica que no necesita teñírselo porque es su color de pelo original, me muero de la envidia.

De pronto, al pensar en ello, me quedo en blanco porque no recuerdo haber metido los botes del tinte en la maleta. Entre los nervios y las prisas, no estoy segura de llevarlos, pero el equipaje está facturado y no puedo hacer nada para resolver mis dudas.

Giro la cabeza y vuelvo a mirar por la ventanilla. La lluvia continúa cayendo torrencialmente, aunque ya no se ven relámpagos. Las gotas forman una pequeña cortina de agua que emborrona el paisaje y siento un repentino malestar al ver los charcos que se agrandan de forma incesante, como en un mal augurio del sitio al que me dirijo.

Saco el móvil y envío unos últimos mensajes a mis padres y a mis amigas. Me había preparado un documental para verlo en el trayecto, pero creo que no estoy de humor para teorías conspirativas sobre alienígenas. Cada vez que pulso una letra en el teclado para despedirme de ellos, me asalta la idea de que yo no debería estar aquí, de que este viaje no tiene ningún sentido. Me muerdo el labio para reprimir la rabia y las ganas de llorar mientras la pantalla del móvil se vuelve negra. Luego lo guardo en el bolsillo externo de la mochila, estiro un poco las piernas y respiro hondo para contener las lágrimas que se me empiezan a formar en los ojos: no me puedo permitir llorar ahora. Este viaje me tiene que servir para olvidarme de las últimas semanas, para pasar página…

Me paso las manos por la cara y me masajeo las sienes, intentando asimilar, de una vez por todas, lo que me espera cuando aterrice en Londres.

TOM

Aguanto la respiración unos segundos más y saco la cabeza del agua. El sonido del exterior retorna por unos instantes y se amortigua de nuevo cuando me sumerjo. Fuerzo unas brazadas hasta el final de la calle y freno bruscamente. Apoyo los pies en un pequeño saliente que hay en el borde de la piscina mientras recobro el aliento con fatiga. Deben de ser ya las ocho, porque la luz que se cuela por las ventanas ha ganado intensidad. Echo un vistazo al reloj que hay al otro lado del polideportivo: todavía falta un cuarto de hora, así que me permito descansar unos segundos y hacer un último recorrido antes de salir.

Doy media vuelta y me impulso con las piernas para nadar lo más rápido posible. Suelto el aire que acumulan mis pulmones y disfruto de la sensación de libertad que me da gastar toda mi energía en cruzar de lado a lado la piscina. Durante un rato, la presión de las gafas y del gorro se desvanece y sólo quedamos el agua y yo. Lo que me aguarda más allá de la puerta del gimnasio desaparece con cada brazada que doy, con cada bocanada de aire. Llego al final de la calle y giro para repetir el camino en la dirección contraria.

Al cabo de unos minutos, noto una molestia en el hombro derecho por la fuerza con la que me impulso. Sin embargo, la ignoro. Nadar es mucho más que mover el cuerpo para seguir avanzando. Es un medio de desconexión cuando todo a tu alrededor parece ir demasiado rápido.

Un portazo en la habitación contigua me despierta de golpe. Doy un respingo en la cama y murmuro, todavía a medio camino entre el sueño y la vigilia, molesto con mi compañero de piso. Estoy harto de escuchar todos los días a Finn haciendo lo mismo una y otra vez, aunque me ignora cuando se lo recuerdo.

Siempre que madrugo para ir a nadar, me cuesta conciliar el sueño a mi regreso. Es muy temprano para hacer cosas, pero muy tarde para dormir un par de horas más… No obstante, hoy estaba tan exhausto que no he podido evitar acostarme.

Doy media vuelta en la cama, cierro los ojos, rehuyendo la luz matutina de Londres, y me tapo con el edredón. Me encanta quedarme envuelto así, ajeno al frío del exterior; es casi como cuando estoy nadando en la piscina y no hay nadie más ahí. Permanezco unos segundos en silencio, concentrado en dormirme, pero enseguida compruebo que no voy a conseguirlo.

Alargo el brazo hacia la mesilla de noche para coger el móvil y, nada más tocarlo, la luz de la pantalla me hace cerrar los ojos por lo alto que está el brillo. Pestañeando atolondradamente, aprieto de nuevo el botón del iPhone para ver qué hora es: casi las diez. Debería salir de la cama y empezar a ser productivo. Bufo y me estiro entre las sábanas todo lo que puedo, pensando en la colleja que voy a darle a mi amigo por ser tan ruidoso.

Pero no tengo ni que levantarme para ver a Finn: justo en ese momento, abre la puerta de mi cuarto y echa a andar a zancadas hasta donde estoy tumbado.

—¿Qué haces? —farfullo de manera incomprensible, girándome otra vez.

—Tom, ¿aún no te has levantado?

—¿Qué pasa? —Me froto los ojos mientras me siento en el borde de la cama. Pese a las gafas, siempre se cuela algo de agua y se me irritan con el cloro.

—¡Tenemos la sesión de fotos en veinte minutos!

—¿QUÉ?

Finn busca el interruptor de la luz y la enciende, cegándome por segunda vez. No me hace falta mirarle a la cara para saber que está cabreado.

—¡Para *Teen Vogue*! ¡La revista! ¿Hola? ¿En serio se te había olvidado? ¡Te lo recordé ayer! —exclama con su inconfundible acento escocés.

—Hmmmm… —murmuro agobiado, dejándome caer de espaldas en el colchón—. Pensaba que era mañana, joder.

—Venga, tío, sal de ahí. —Se acerca y me arranca el edredón—. Ponte cualquier cosa… Te espero en tres minutos en la puerta, ni uno más. Si no estás, me largo sin ti.

Finn sale chasqueando la lengua, sin disimular su enfado. No me puedo creer que se me haya pasado que la sesión de fotos era hoy. ¡Estaba convencido de que teníamos que ir mañana!

Maldigo entre dientes mientras salgo de la cama y me paso la mano por la cabeza. Si me hubiera acordado de que era hoy, habría ido a nadar otro día y mi pelo no estaría áspero por el cloro. Menos mal que allí nos arreglarán para las fotos; si no, Alice se enfadaría bastante.

Como nos van a elegir también la ropa, no me esfuerzo en vestirme: escojo la primera camiseta que encuentro en el armario y unos vaqueros. Entretanto, bostezo, aún adormilado. Quizá no haya sido tan buena idea echarme a dormir después de nadar… Ahora estoy todavía más cansado.

Oigo a Finn gritarme desde el piso de abajo, repitiéndome que llegamos tarde y amenazándome con irse sin mí, así que me calzo a toda prisa, cojo el móvil, la cartera y las gafas de sol y bajo corriendo las escaleras. Él ya está fuera con la puerta abierta y las llaves en la mano.

—Ya voy, tío —le digo, rematando la frase con otro bostezo.

—¡El coche está esperándonos! Venga, cierra, Bella Durmiente.

AVA

Querido diario:

Sólo faltan tres días para que empiecen las clases y, para qué mentir, estoy muerta de miedo. Esta mañana, a primera hora, mamá, papá y Niko se han marchado al aeropuerto para volver a Copenhague, y justo después he empezado a sentir los nervios. Me duele el estómago al pensar que voy a tener que estar en un sitio nuevo, rodeada de desconocidos. Ya lo pasé mal el primer día de universidad, cuando comencé la carrera, y no tengo ninguna gana de repetirlo. Por suerte, Panda *ha podido quedarse conmigo en el hotel; menos mal que aquí aceptan mascotas, porque sin él me hubiera sentido muy sola.*

Detesto la sensación de no saber qué me depara mi nueva clase, de intentar imaginar cómo serán mis futuros compañeros. ¿Se conocerán de antes? Supongo que sí, porque no creo que vengan muchos alumnos nuevos para estudiar el último año de carrera en una universidad como esta… Ayer estuve indagando en Facebook sobre algunos estudiantes que están matriculados en Economía en la USK y todos tienen un denominador común: aparentan ser extremadamente ricos. Desde luego, con el dineral que mis padres han pagado, ya suponía que sería un sitio para gente con una cuenta bancaria bastante holgada. No hay más que ver el hotel en el que nos alojamos: aunque a priori las habitaciones pueden parecer las típicas de una residencia de estudiantes, son enormes y están muy bien equipadas. ¿Tendrán servicio de comida?

Alguien llama a la puerta justo cuando estoy poniendo el punto en el signo de interrogación. Miro el reloj. No puede ser ningún empleado del hotel porque los encargados de la limpieza ya han pasado hace un rato… A lo mejor se han dejado algo. Oigo a *Panda* removerse en su jaula como si también le hubiera desconcertado el sonido.

Me levanto de la cama mientras cierro el diario y lo escondo bajo unas hojas que tengo amontonadas a mi alrededor. Quienquiera que haya llamado vuelve a hacerlo con insistencia, de modo que me apresuro a abrir.

Al otro lado me recibe una chica imponente. Su físico parece de revista: piel oscura, cejas perfectamente depiladas, ojos casi negros y unas curvas de impresión que se evidencian por su camiseta escotada y su falda de tubo de cuadros rojos. Lleva unos tacones de siete u ocho centímetros para compensar su baja estatura, acaso lo único que le fallaría para ser modelo. De hecho, me recuerda un poco a Eva Longoria.

Durante una milésima de segundo, me planteo si habré visto a esta chica en alguna parte, ya que la residencia podría ser un imán para los hijos de personas famosas, pero enseguida descarto la idea.

—¿Hablas inglés? —inquiere sin preámbulos. Tiene un acento que no logro identificar, aunque me suena.

—Sí, sí.

—Oh, perfecto. —Su semblante se relaja y esboza una amplia sonrisa—. Me llamo Meredith. Soy tu nueva vecina… De pasillo, me refiero.

Se acerca sin previo aviso y me da un abrazo, plantándome un beso en la mejilla. Su confianza me sobresalta tanto que tengo que contenerme para no retroceder.

—¡Ah! Encantada, yo soy Ava.

—¿Cómo?

Bueno, ya estoy tan habituada a que la gente no haya oído mi nombre que yo misma lo deletreo mecánicamente cada vez que alguien frunce el ceño.

—¡Qué guay! Es superexótico.

—Gracias, supongo —murmuro sin saber qué responder.

No es que sea poco sociable, pero sí tímida y, siempre que me encuentro con una persona rebosante de energía, tiendo a apagarme. Una de mis manías más fastidiosas es agachar la cabeza cuando no sé qué decir… Justo como acabo de hacer ahora.

—¿Quieres pasar a mi habitación para charlar un rato? Es la de al lado —propone, señalando con el dedo hacia el pasillo.

—A… ¿tu habitación?

Me da muchísima vergüenza hablar con ella. Bueno, me da vergüenza sociabilizar en general, pero antes de venir me prometí que intentaría hacer amigos y no quedarme todo el día encerrada.

Siempre he sido muy callada: la que accedía a todo en el grupo y aprobaba cualquier plan con tal de ahorrarse discusiones. Desde que era bien pequeña, he preferido relegarme a un segundo plano y, a la larga, no inmiscuirme en los problemas ajenos me ha ahorrado muchos malos tragos. Sin embargo, en estos últimos años he notado que, por intentar pasar desapercibida, me he quedado atrás; de hecho, en varias ocasiones he perdido oportunidades por no ser capaz de dar el primer paso. En teoría, mi propósito en este último curso es conseguir ser más abierta... Y supongo que Meredith, mi recién conocida compañera de pasillo, es una buena opción para lograrlo.

Por eso, sin pensarlo mucho, musito:

—Sí, claro. Eeeh... Déjame coger la tarjeta.

Vuelvo a entrar y rebusco en mi bolso hasta que la encuentro. Luego camino hacia donde me aguarda Meredith.

—¡Vamos! —dice alegremente. Cuando habla, parece más bien estar cantando.

La sigo hasta su puerta, en la que destaca el número 207. Mientras espero a que la abra, me recojo un mechón de pelo detrás de la oreja, nerviosa.

Tan pronto como entramos, compruebo que su cuarto es idéntico al mío, a excepción de un detalle: los muebles se hallan dispuestos de forma simétrica en el lado contrario. La imagen, tras haberme acostumbrado a la distribución de los míos, me resulta algo desconcertante.

—Y bueno, cuéntame, ¿de qué país vienes? ¿Noruega? —pregunta Meredith, sentándose en la cama y señalándome la silla que hay ante el escritorio para que la imite.

Me figuro que no se refiere a un país en particular de Europa, sino de los nórdicos. Lo cierto es que reúno todas las características para vivir allí, para qué engañarme: mido casi un metro ochenta, mi constitución es delgada, tanto mi piel como mi pelo son demasiado claros... y, por supuesto, no podían faltar los típicos ojos azules. Sé que en el sur encontrar a alguien con ojos así es más difícil, pero en mi universidad anterior sólo había tres chicos con ojos oscuros y los tres pertenecían a la misma familia. Meredith es muy distinta a mí y, como salta a la vista, no sólo en un sentido físico, sino también en cuanto al carácter. Me hace gracia que seamos como nuestras habitaciones: parecidas en lo básico, pero diametralmente opuestas.

—Dinamarca —aclaro.

—¡Vaaaaya! —exclama mientras abre una bolsa de cacahuetes y me la ofrece.

—No, gracias. ¿Y tú?

—Nací en Bulgaria, viví en Turquía varios años y luego volví a mi país natal. Así que mi corazón se divide entre los dos lugares.

¡Turquía! Su inglés tenía cierto deje que me sonaba de algo... Ahora ya me cuadra.

—Estuve una vez en Turquía —le cuento—; fui de pequeña con mis padres y mi hermano. Recuerdo que hacía muchísimo calor.

—¿En serio? —Meredith suelta una risita—. El clima no siempre es tan bueno. A veces hay unas tormentas horribles y no para de llover durante días.

—Bueno, en Dinamarca podemos estar varios días sin que pare de nevar.

—¿De veras? —Arquea sus definidas cejas—. ¡Qué frío! No podría sobrevivir en ese clima; de hecho, bastante sacrificio es ya para mí venir a un sitio tan lluvioso.

Sonrío, nuevamente sin saber qué contestar, y de inmediato me muerdo el labio al percatarme de que he vuelto a agachar la cabeza. Meredith se distrae unos segundos tecleando en su móvil, así que aprovecho para echar un vistazo a su escritorio, que ya ha organizado con sus pertenencias. Lo que más me llama la atención son los altavoces que tiene colocados a ambos lados de su portátil: son gigantes.

—¿Es verdad eso de que en el norte podéis pasar días enteros a oscuras? —pregunta, sacándome de mis pensamientos—. ¿Y que a veces por la noche es de día y el sol está todo el rato en el cielo?

Asiento y ella sonríe mientras se come un cacahuete.

—¡Vaya! No sabía si era verdad o uno de esos mitos falsos que circulan por Internet. ¿Y eso ocurre en Dinamarca con frecuencia?

—No, sólo en los países próximos al círculo polar ártico.

Meredith no es una excepción: esa curiosidad asombra a todo el mundo. En algunos países nórdicos, según la estación en la que se encuentren, pueden transcurrir días o semanas sin luz solar o con ella continuamente. Pero en Dinamarca no ocurre: hay que desplazarse más al norte para disfrutar del sol de medianoche.

—Qué guay. Tengo que ir allí algún día para vivirlo en persona.

Se lleva un fruto seco a la boca y lo mastica deprisa. De repente, me entran ganas de comer cacahuetes, pero me da vergüenza pedírselos porque ya se los he rechazado. Me sorprendo cambiando de tema y preguntándole qué le trae por Londres.

—Oh, lo mismo que a ti, supongo. La USK.

—¿Tú también vas a la USK? —le digo, asombrada.

—¡Pues claro! Este hotel es exclusivo para sus estudiantes.

Ahora soy yo la que está perpleja. ¡No tenía ni idea de que esto era una residencia universitaria! Pensaba que era un hotel corriente donde nos habían asignado aleatoriamente una habitación.

—Ah, no lo sabía. —Bajo la cabeza, avergonzada por no haber investigado más sobre este sitio—. ¿Qué…, qué estudias?

—Biología. —Meredith se encoge de hombros—. He venido a pasar el curso entero, hasta junio.

—Vaya —murmuro con un suspiro.

Ella se lleva un cacahuete a la boca y ladea la cabeza.

—¿Qué pasa?

—Nada. Por un momento, había tenido la esperanza de que fuéramos a estudiar lo mismo. Yo estoy en el otro edificio, en el de Economía.

—Hmmm, qué pena —asiente Meredith, masticando—. Siempre está bien conocer a alguien para no ir sola a clase por primera vez.

Me alegro de no ser la única con esa preocupación.

—¿Por eso estabas llamando a las puertas de desconocidos? —bromeo, intentando sonar relajada pese a los nervios. Hablar de la universidad me ha recordado que se acerca el primer día y se me ha formado un nudo en la garganta.

Ella se echa a reír y al instante tose, casi atragantándose.

—¡No! Sólo quería conocer gente, ya sabes. Oye, ¡voy a pasar aquí casi un año de mi vida y no quiero hacerlo sola! ¿Tú también te quedas hasta junio?

—Hasta julio —matizo—. Estoy en el último año de carrera, por eso tengo que quedarme dos semanas más después de los exámenes para entregar los trabajos finales.

Meredith silba, impresionada.

—Último año ya, ¿eh? Bueno, a mí aún me quedan dos. Empiezo ahora tercero.

—Supongo que estudiar Biología no será fácil, ¿verdad?

Ella hace una mueca de indiferencia, como aburrida ya de la conversación, y cierra la bolsa de frutos secos.

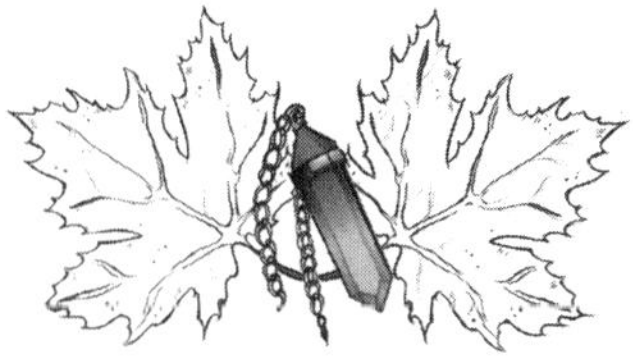

LILY

Cuando el avión aterriza en Heathrow a las diez y media, hora inglesa, sigo mirando por la ventanilla. Es lo que he hecho durante casi todo el viaje desde que despegamos. Necesito sacarme de la cabeza el nombre de Oliver y cualquier cosa que tenga que ver con él, pero, por más que me empeño, acude a mi mente automáticamente, como un resorte. Todos mis esfuerzos son en vano: es imposible pensar en esta ciudad y no asociarla a él. Oliver y Londres son dos cosas que van juntas… O, por lo menos, así ha sido durante los últimos meses.

Espero desganada a que los pasajeros salgan. No tengo ninguna prisa en pisar la ciudad que va a ser mi casa los próximos meses, así que no me quito el cinturón hasta que sólo quedamos cinco o seis personas. Echo un último vistazo por la ventanilla y suspiro, entrecerrando los ojos. El tiempo aquí es similar al que he dejado atrás en Madrid: otro de los motivos por los que no debería haber venido a esta maldita ciudad.

Cojo mi mochila y echo a andar hacia la tripulación, que a la salida se despide cordialmente de mí y me desea que vuelva pronto.

Ojalá pudiera. Ojalá no hubiera tenido que coger este vuelo.

Les fulmino con la mirada, a pesar de que sé que no se merecen cargar con mi mal humor, y camino por la pasarela que lleva al aeropuerto.

Como todo el mundo ha salido antes, me demoro casi veinte minutos en la fila del control de pasaportes hasta que por fin llego a la sala de las cintas de equipaje con la esperanza de que mi maleta no se haya extraviado. No sería la primera vez que me ocurre algo así: en un par de ocasiones, me quedé esperando más de una hora hasta que fui al mostrador de la aerolínea a reclamarla. Y en ambos casos no volvió a aparecer nunca más.

Me siento unos metros más allá de la cinta número nueve, la que corresponde a mi vuelo, y subo los pies a la silla para apoyar la cabeza en las rodillas. Doy vueltas a la piedra que cuelga de mi collar, nerviosa. Debería encender el móvil, cambiar la tarjeta por una que contraté por Internet para tener conexión en Londres y avisar a mi familia de que he llegado, pero ya lo haré cuando esté en la residencia. En este momento, ver algo positivo en la situación me exige tener la mente en blanco.

Tras un minuto intentándolo, mi táctica no surte efecto y vuelvo a dar vueltas en un círculo vicioso. No me puedo creer que esté ocurriendo esto. No sé por qué no les he contado la verdad a mis padres, el motivo real por el que decidí aceptar una beca para pasar aquí el último año de carrera. Ni yo misma sé la respuesta a esas cuestiones.

Lo que sí que tengo claro es que el culpable de que me encuentre ahora mismo en el aeropuerto de Londres y vaya a alojarme en esta ciudad hasta julio tiene nombre y apellido: Oliver Kent.

MEREDITH

Me levanto en cuanto la alarma anuncia mi primer día de universidad. Aunque las clases no comienzan hasta las ocho y media y sólo son las siete, he quedado con Ava dentro de tres cuartos de hora para desayunar y llegar superpronto al campus. Ayer hicimos una pequeña visita a la zona para ver cómo era la USK por fuera y por dentro, pero no se nos ocurrió pensar que en domingo estaría cerrada y, obviamente, no pudimos acceder al edificio. Muy inteligentes, sí, señor. Pero, bueno, si hoy llegamos sobre las ocho, nos dará tiempo a curiosear un poco por los pasillos, ver a la gente y buscar nuestras aulas.

Lo mejor es que la uni está a dos minutos a pie del hotel. Cuando me enteré, esa fue la mejor noticia que me podían haber dado, porque detesto caminar y cualquier actividad que requiera esfuerzo físico. Tener las clases aquí al lado es mucho más cómodo… Punto a favor para los ingleses. Al final, me van a acabar gustando y todo.

Mi nueva amiga es un poco extraña, aunque a mis padres ya les cae genial. Anoche hablamos por videollamada y lo poco que les conté de ella les bastó para convencerse de que la compañía de una chica tranquila como Ava va a ayudarme a centrarme en mis estudios. Vale, sí, es cierto que me distraigo con facilidad… Pero tampoco es tan incomprensible, ¿no? O sea, ¿cómo no voy a aprovechar al máximo la oportunidad de pasar sola un curso entero? Ava me cae bien; ayer estuvimos charlando y, en cuanto descubrimos que las dos somos fans de *Gossip Girl*, no hablamos de otra cosa que de Chuck y Blair. Aun así, pienso conocer a mucha más gente a la que le vaya la fiesta y con la que salir a explorar la noche londinense.

No tengo que pararme a pensar en lo que voy a ponerme en mi primer día, lo sé desde hace semanas: abro el armario y saco mis vaqueros negros y mi jersey rosa palo. Los pantalones tienen agujeros por la parte delantera y me dan un aspecto algo informal; no quiero parecer una aburrida vistiendo. Los zapatos que voy a llevar son los más cómodos que tengo, negros con plataforma, lo suficiente para medir unos centímetros más sin que me empiecen a doler los pies a los quince minutos. Lo mismo para el maquillaje: me cubro las imperfecciones con mucho producto, aplico polvos y me pinto la raya, sombra de ojos incluida, a juego con el jersey. Me pongo delante del espejo y reviso mi atuendo, aprovechando para hacerme varias fotos para Snapchat. ¡Todo el mundo tiene que enterarse de que estoy empezando las clases en Londres! En fin, estoy segura de que mis amigas se morirán de envidia cuando lo vean. Por último, me pongo las lentillas y me tomo unos segundos para asegurarme de que me las he colocado bien y no me van a llorar los ojos.

Me siento bastante tranquila, más de lo que me esperaba, así que intento mantener esa confianza y buen humor mientras meto todo lo que voy a necesitar (y más, probablemente) en el bolso. Es un Louis Vuitton que me regaló mi padre al cumplir dieciocho años.

Me hubiera gustado más si fuera un Gucci, pero bueno… Para no vivir en la misma casa que mi madre y yo y no tener ni idea de moda, no estuvo nada mal. Por lo menos sabe apreciar que, si algo es caro, tiene más posibilidades de gustarme. Así es como funcionan las cosas en mi familia.

Tras un último vistazo a la mesa para asegurarme de que no me dejo nada, hago un repaso mental de los documentos que tengo que llevar hoy a la uni: pasaporte, carné de estudiante, copia de la matrícula, el justificante de pago… También debería ir por la tarde a alguna tienda donde pueda conseguir una tarjeta inglesa para el móvil, porque paso de estar todo el día conectándome al wifi de cada sitio al que vaya, de manera que lo anoto en la aplicación de notas del iPhone para que no se me olvide. Reviso por tercera vez que esté todo en el bolso, cada documento en una carpeta distinta, y salgo de la habitación.

En el pasillo ya me está esperando Ava. También se ha arreglado bastante, aunque va con una ropa mucho más aburrida. Lleva una chaqueta de Tommy Hilfiger y, a juzgar por cómo se retuerce los dedos, está histérica. Espero que encuentre gente maja en su clase, porque me da un poco de pena verla temerosa como un cervatillo, mordiéndose las uñas y cambiando el peso de una pierna a otra.

—Hola —saluda, levantando la mano.

—¡Buenos días! ¿Lista para desayunar e irnos a la uni?

—¡Sí! ¿Estás nerviosa?

Niego con la cabeza mientras caminamos hacia el ascensor.

—Uuuf, qué suerte —responde. Estoy segura de que le tiemblan las manos y por eso las lleva metidas en los bolsillos del pantalón—. Yo he dormido fatal; me he despertado en mitad de la noche convencida de que no había sonado la alarma y llegaba tarde el primer día.

—Buf, espero que tus nervios no sean contagiosos —replico, apañándomelas sin pretenderlo para sonar borde. Sin embargo, está tan nerviosa que ni repara en ello.

Entramos en el ascensor y pulso la G para bajar a la recepción. Ava sigue hablando, soltando un monólogo sobre lo intranquila que está, lo mal que ha dormido y su inevitable llegada a clase. De hecho, está analizando en voz alta todas las situaciones que pueden ocurrir cuando entre en su aula: desde caerse delante de sus nuevos compañeros hasta darse cuenta de que lleva la chaqueta puesta del revés. En los dos días y medio que llevo con ella, nunca la había oído hablar tanto.

La sala donde se sirve el desayuno es gigante. Los techos son tan altos que las lámparas cuelgan varios metros por encima de nuestras cabezas y, debajo, las mesas —blancas con manteles color crema— se hallan perfectamente alineadas. Es bastante probable que los cubiertos sean de plata. En cierto modo, la estancia parece más un antiguo salón de visitas que un comedor. En el centro hay unos muebles llenos de bollería, tostadas, fruta, yogures y otros alimentos que no identifico. En fin, hay gente que desayuna cosas muy raras. Elegimos una mesa junto a una ventana que da a la calle y nos separamos para escoger lo que vamos a tomar. Yo voy a lo básico: café y bollería, aunque esta última no tiene muy buena pinta. Vierto un poco de leche hasta que el café se queda de color marrón claro y camino hacia la mesa.

Mientras parto con cuchillo y tenedor el *croissant* de mantequilla, miro hacia el centro del comedor y veo a Ava hablando con una chica pelirroja en la zona de los yogures. Salta a la vista que tiene el pelo teñido, aunque no le queda mal con su tono de piel. En algún momento me planteé ponerme el mío naranja, pero creo que eso favorece a la gente de tez más clara.

Unos segundos después, las dos se aproximan hacia donde estoy sentada, dando los primeros sorbos de mi café con cuidado para no abrasarme la lengua.

—Meredith, esta es Lilian.

—Lily —la corrige ella, forzando una sonrisa.

Me levanto para darle un abrazo y presentarme. Acto seguido, Ava se sienta enfrente de mí y la recién llegada coge una silla vacía de la mesa de al lado para unirse a nosotras.

—¿También es tu primer día? —le pregunto, intentando ser agradable. No tiene muy buena cara... Supongo que, al igual que Ava, lo estará pasando mal, aunque desde luego lo disimula mejor.

—Sí, estoy en el mismo curso, en Economía —contesta ella. Por lo que veo, habla inglés bastante bien.

—¡Eso es genial! —Las miro a las dos y me llevo un trozo de *croissant* a la boca, tragándolo con dificultad por lo seco que está—. ¡Así no tendrás que ir sola, Ava!

—Ya, qué alivio... —Se gira hacia Lily y le enumera todos sus temores sobre lo que puede ir mal en el primer día en la USK, tal y como ha hecho conmigo hace unos minutos. En serio, hay gente que cuando se pone nerviosa deja de hablar y se lía a vomitar palabras.

Aprovecho su monólogo para estudiar a la pelirroja. Tiene la cara redonda, los hoyuelos marcados y unos ojos muy grandes, en especial para no llevarlos apenas pintados. Bajo el derecho destaca un pequeño lunar. No es tan alta como Ava, pero me sacará cinco o seis centímetros… Buf, odio ser siempre la más baja. Si bien parece agradable, tiene algo que no me acaba de convencer: analiza todo a su alrededor, lanza miradas tristonas a su móvil y su actitud en general transmite disgusto, como si no quisiera estar aquí.

—¿Te encuentras bien? —le pregunto, intentando obtener algo de información.

—Sí, sí —responde al instante—, sólo un poco inquieta.

—Pues ya puedes fundar un club con Ava. —Y no sé cómo, pero vuelvo a hacer que mi comentario resulte borde en vez de gracioso, así que me apresuro a remediarlo—: No te preocupes, podemos quedar a la salida de clase para volver juntas al hotel.

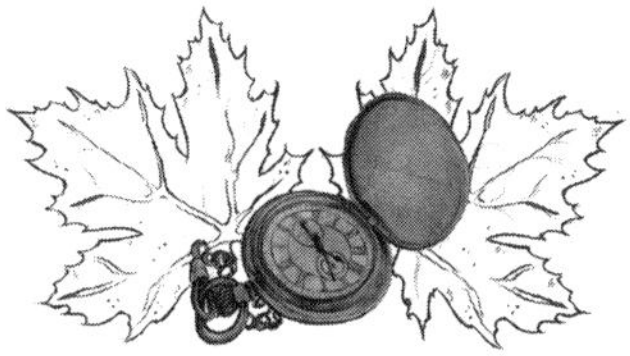

OLIVER

Todo el mundo tiene algo que pone a prueba su paciencia: el desorden, la música hortera, el estruendo del tráfico... En mi caso, no hay nada que me irrite más que los turistas.

Entiendo que la gente quiera viajar; yo mismo he recorrido medio planeta gracias al trabajo de mi padre. Pero no me refiero a los que viajan por el placer de descubrir nuevos lugares, sino a los turistas frenéticos, los que se indignan ante el menor contratiempo y no son capaces de hacer las cosas conforme al país en el que se encuentran, sino que imponen su forma de vivir y actuar allá donde van. Hablo de esas personas que se paran en mitad de la calzada para que las casas del Parlamento quepan bien en su foto, que luego subirán a sus redes sociales como si hubieran descubierto un tesoro oculto en las profundidades del mar. Me refiero a los turistas como el que, en este momento, está provocando un atasco sin darse cuenta mientras fotografía cada detalle de lo que ellos llaman «Big Ben». Ya no sé cuántas veces he leído esas dos palabras en lugar de su verdadero nombre, Elizabeth Tower.

Matthew hace sonar la bocina de la limusina y, por fin, el maldito turista y su cámara réflex con un objetivo gigante parecen caer en la cuenta de que no existen sólo ellos y su estúpida foto, sino que más allá hay algo llamado *el resto del mundo*. Rápidamente vuelve a la acera y nos deja pasar. Le dedicaría una mirada de desprecio a través de la ventanilla de no ser porque está tintada y no me vería.

Aún quedarán quince minutos para llegar a las oficinas del centro, así que desbloqueo el móvil y abro Twitter para ver las novedades. Deslizo el dedo por la pantalla, en busca de algo interesante, y después abro Instagram. Al instante, me avisa de que tengo setenta y dos nuevos *likes* en mi última publicación. Examino las fotos que han colgado mis amigos entre la madrugada y esta mañana: imágenes de la fiesta de anoche, de los licores, de las vistas desde el piso número 27 donde la celebramos... Sigo bajando, más allá de un par de anuncios y fotos de modelos con poca ropa tumbadas en la playa.

Aburrido, continúo deslizando el dedo para ver más publicaciones. Es en ese momento cuando veo la imagen. Al principio no reconozco al usuario, cosa extraña, porque nunca sigo a gente que no conozco lo suficiente para evitar que se me llene la aplicación de contenido irrelevante. Pero esta foto tiene muchos componentes que no cuadran. En primer lugar, la persona que la ha subido. Después, la hora y el día de publicación. Y, por último, un factor fundamental: el sitio donde se ha hecho.

No me puedo creer que, después de todo, Lily haya venido a la misma ciudad en la que me encuentro.

LILY

Cuando mis amigas me hacen una videollamada a última hora de la tarde, no sé ni por dónde empezar a resumirles mi experiencia universitaria londinense, de modo que describo un poco por encima lo que he hecho durante el día. Al otro lado de la pantalla se han reunido todas: Victoria, Elisa y su prima Gisela.

—¿Y bien? —insiste esta última, con ganas de saber más.

—No sé, no hay mucho más que contar… La universidad es la típica de las series inglesas: vieja, con ladrillos por todas partes y mucha, muchísima hierba allá donde mires.

La conexión falla unos segundos mientras Elisa habla, así que le pido que me repita lo que ha dicho cuando parece ir mejor. Espero que el wifi del hotel me permita hacer videollamadas, porque va a ser mi método de comunicación más «cercano» con mi familia y amigos.

—Decía que si habéis empezado ya a dar materia.

—No, hoy sólo he asistido con Ava a una presentación del curso —explico—. De todas formas, no éramos muchos en clase. Hay demasiada exclusividad y pijerío en todas las facultades de la USK; en fin, no creo que vaya a encajar en este ambiente.

Ellas guardan silencio durante unos instantes. Conocen mis motivos y, aunque fueron quienes me animaron a seguir adelante con la beca, saben que este lugar no está hecho para mí.

—No pasa nada, chicas —les digo para tranquilizarlas—. Ya me las apañaré. Ava también tiene pinta de ser una más del grupo de gente adinerada que hay por aquí, pero es tímida y parece agradable… Al menos, no es alocada como la otra. Me refiero a Meredith —aclaro al ver la cara de confusión de Victoria—. No sé, no me fío mucho de ella. ¿Sabéis?, hoy ha ido a clase con un Louis Vuitton. Y estoy segura de que era verdadero, porque Meredith forma parte del 99% de los hijos de familias ricas que estudian en la USK.

—¿En serio? —exclama Elisa al tiempo que se hace una coleta al otro lado de la pantalla—. Madre mía, Lily… Te vas a transformar en una pija insoportable.

—¡Oye! —Me río y le saco la lengua—. No, no, de ninguna manera.

—Ya habéis visto cómo es el hotel, chicas —dice Gisela, bromeando y guiñándome el ojo—. Más que un hotel, parece un palacio.

—Es cierto —admito.

Quizá debería haberme informado mejor del sitio en donde iba a alojarme, pero tenía tan pocas ganas de hacer este viaje que ni siquiera me molesté en buscar en Google más que para ubicarlo en el mapa. Estaba convencida de que me hospedaría en una residencia de estudiantes normal, con una cama dura que chirriara, paredes que pareciesen más bien de papel, una moqueta polvorienta, un desayuno cutre… Sin embargo, no sabía cuánto me equivocaba.

Cuando llegué y vi el hotel, supuse que me había confundido de sitio, por lo que di varias vueltas a la manzana en busca de un hostal que se llamara igual. Tras unos minutos de búsqueda infructuosa, tuve que asumir que mi casa en los próximos meses, gracias a la beca que me pagaba el cincuenta por ciento del alojamiento y el año escolar por completo, iba a ser un hotel de lujo para estudiantes ricos.

El hotel Ellesmere se halla al sur de Hyde Park, en uno de los barrios más elitistas de Londres, hogar del creador de Peter Pan: el célebre South Kensington. Por fuera no es tan impresionante, pero el interior bien podría ser el de una mansión victoriana: tiene techos altísimos y una escalinata por la que parece que en cualquier momento vaya a bajar la reina de Inglaterra. Las paredes están recubiertas de un entelado amarillo con ramas y hojas de un verde pálido que les confiere el típico estilo inglés. La recepción y la zona de descanso contigua tampoco se quedan atrás: incluso hay un par de columnas que dan la impresión de ensanchar la entrada.

—¿Y has conocido a alguien más aparte de Meredith y...?

—Ava —respondo—. No, por ahora no. Me he sentado con ella en clase; menos mal que vamos juntas, porque hubiera sido horrible estar sola el primer día. Nuestros compañeros son..., cómo decirlo..., un poco superficiales. Parece que les cuesta juntarse entre ellos y se miran con recelo, analizándose los unos a los otros. Pensaba que se conocerían de antes, pero, salvo un grupo de cinco o seis personas, el resto es nuevo o no se habla con nadie. Hay un chico que también parece majo, aunque poco más.

Espero unos segundos a que les llegue todo lo que he dicho; el audio de la videollamada va con un poco de retraso.

—Tía, ¿te has ido a una universidad de pijos sin tener ni idea? No me puedo creer que no lo hayas mirado antes de viajar.

—Ya os lo dije, era una de las que más cerca quedaban de… las oficinas del padre de Oliver —replico a Elisa de mala gana por hurgar en la herida—. La USK abrió el plazo para pedir las becas unos días antes de que empezara a buscarlas y aproveché la oportunidad. No sabía que iban a aceptarme… Tenía más fe en las de las afueras porque recibían a más estudiantes extranjeros. —Suspiro y me coloco el pelo detrás de las orejas. Estoy bastante cansada. En el fondo, tampoco hemos hecho gran cosa el primer día, pero los nervios me han agotado.

Victoria carraspea y mira de reojo a Elisa. Sé la pregunta que las tres tienen en la punta de la lengua, así que la contesto antes de que la formulen:

—No, ni le he escrito ni le voy a escribir. Es mejor así.

—Pero ¿ni siquiera vas a decirle que has llegado?

—No, Gisela. No quiero meterme en más líos. Estoy aquí y es tarde para echarse atrás… Ya lo era después de que me concedieran la beca, de manera que no puedo hacer nada más que seguir con mi vida al margen de Oliver. No sé, no creo que en una ciudad con… ¿Cuántos habitantes tiene Londres? Bueno, ¡qué más da! Espero no tener la mala suerte de cruzármelo por la calle. Sería demasiada casualidad. Mis padres piensan que vine aquí exclusivamente para cursar el último año de Economía y, después de todo lo que ha pasado, creo que lo mejor es que yo me obligue a pensar eso mismo. No voy a seguir torturándome por un chico.

Ojalá esto último fuera verdad.

Mis amigas asienten al otro lado de la pantalla. No me gusta que me compadezcan por mi situación actual, pero al mismo tiempo me alegra saber que hay alguien a quien puedo confiarle mis preocupaciones. Si no las tuviera a ellas, es probable que hubiese estallado hace meses, cuando ocurrió todo.

—Nosotras estaremos aquí cuando nos necesites. Sólo tienes que enviarnos un mensaje y nos conectaremos en cuanto podamos —añade Victoria, sonriendo con franqueza.

—Gracias, de verdad. Voy a intentar olvidarme de todo y procurar no convertirme en alguien insoportable como muchos de los que he visto por aquí. —Fuerzo una carcajada—. Menos mal que he conocido a estas dos chicas que, dentro de lo que cabe, parecen más normales.

—A pesar del Louis Vuitton de Meredith —dice Elisa.

—¡Estate atenta a las redes sociales, que nunca miras el móvil! —me recuerda Gisela.

Sonrío y cierro los ojos. Nunca me han entusiasmado las redes sociales.

—Vaaaale. Lo intentaré. Oye, que hoy he subido una foto a Instagram, eso ya es un logro para mí.

—¡Es verdad! —chilla Elisa—. ¡Cuando la he visto, pensaba que estaba viendo un fantasma!

—Hablando de fantasmas y otras cosas paranormales: me he dejado en casa el libro que me prestaste sobre el Área 51, Victoria —recuerdo, llevándome la mano a la frente con frustración—. Me di cuenta ayer cuando saqué las cosas de la maleta. ¡Qué tonta soy!

—¡Ah! —exclama ella—. Si quieres, puedo ir a recogerlo y enviártelo por correo a tu hotel.

Así es Victoria: siempre generosa y dispuesta a ayudar a los demás.

—No te preocupes… Aunque me da rabia habérmelo olvidado después de que me lo dejaras.

—Bueno —tercia Gisela, risueña—, así tienes una excusa para pasearte por las librerías de la ciudad. Quién sabe, igual encuentras algunos casos reales ocurridos en Londres…

Quizá, me digo para mis adentros, aunque me parece que tengo más probabilidad de toparme con señales de extraterrestres en esta universidad que en cualquier librería.

TOM

Finn abre la puerta y se planta en el umbral con el abrigo empapado. Después de quitárselo, avanza hacia la mitad del salón y restriega las suelas de las deportivas en la alfombra del centro. Espero que el tipo que nos ha alquilado la casa no le tenga mucho cariño, porque mi compañero ha cogido la costumbre de hacer eso cada vez que llueve. Y, dado el índice de precipitaciones anuales en Londres, temo por la vida de la pobre alfombra.

—Toma. —Se deja caer en el sofá y me lanza un ejemplar mojado de *Teen Vogue*. A continuación, se seca las gafas en la parte inferior de su jersey.

—¿Ya han salido las fotos?

—¿Tú que crees? No, te he comprado esta revista porque sé que estás secretamente enamorado de Justin Bieber y quieres hacer un test de compatibilidad con él.

—Ja, ja, ja —digo, poniendo los ojos en blanco.

Finn se da la vuelta, se quita las zapatillas y las lanza a la otra punta de la estancia. Me siento en el otro sofá y echo un vistazo a la portada donde salimos ambos de cuerpo entero. Reviso la imagen y recuerdo que no me gustó mucho cuando me la enseñaron en el estudio. He de admitir que ahora, un poco más retocada, no queda tan mal porque le han quitado algunos brillos.

Abro la revista y busco la página en la que está el reportaje que nos prepararon el viernes pasado, así como el resto de fotos. Resoplo cuando leo la parte relativa a si salimos con alguien. ¿Qué problema tienen los medios de comunicación y las redes sociales en general con las parejas de los famosos? Es un tema que me irrita mucho, por lo que, siempre que me plantean la endemoniada pregunta, intento responderla rápido, dejando claro que no y sin entrar mucho en detalles, porque sólo consiguen ponerme nervioso.

Sigo pasando hojas. Me gustan las fotos que han elegido entre el centenar que nos hicieron, aunque algunas están demasiado retocadas: en la tercera página hay un primer plano donde destaca tanto el contraste de mi piel blanca con mis ojos verdes que parece que haya visto un fantasma. Y otro detalle que han pasado por Photoshop es mi pelo: en vez de ser marrón claro, parece casi rubio. Finn también ha sufrido el ataque de la edición en las pecas de la cara, ahora apenas perceptibles. Por lo menos no le han cambiado el color de sus características gafas: siempre lleva las mismas, redondeadas y de montura púrpura.

Leo las respuestas de Finn y suelto una carcajada al ver los pies de sus fotos, en letras rojas a juego con su pelo (sí, a él sí que lo han respetado en ese aspecto).

—¿El bombón-youtuber? ¿En serio? —Me empiezo a reír sin parar.

Finn emite un gemido, se da la vuelta en el sofá y me arranca la revista de las manos.

—Ni se te ocurra mencionárselo a Nate o a mi madre; me lo recordarán toda la vida.

—Dudo que Nate esté en desacuerdo —replico con fingida seriedad, y luego se me escapa otra carcajada. No cabe duda de que mi amigo se va a quedar con ese mote durante muuucho tiempo.

—Para ya, Tom, joder —se queja—. Me voy a desuscribir de tu canal y lo voy a reportar como spam para que lo cierren.

—¿De veras, bomboncito?

Finn se pone en pie de un salto y se lanza sobre mí a asestarme golpes no precisamente cariñosos mientras la revista empieza a crujir entre nosotros.

—¡Ah! ¡Idiota! —chillo, intentando liberarme de los brazos que me rodean la cabeza.

—No vuelvas a llamarme así, retrasado.

—Vale, vale, ¡suéltame! —suplico, procurando aguantarme la risa.

Afloja los brazos y vuelve al sofá.

—Estoy reventado. Voy a dormir un rato... Ni se te ocurra despertarme —me avisa, aunque más bien suena a amenaza.

—Pues iba a grabar un vídeo justo ahora.

Me encanta picarle porque siempre cae en todas mis bromas.

—¿No puedes esperar a mañana? —pregunta arrastrando las palabras, ya medio dormido en el sofá.

—No, lo siento.

—Intenta... —le interrumpe un bostezo mientras deja las gafas sobre la mesa— no gritar...

Resoplo y subo por las escaleras hacia mi cuarto. En realidad, Finn ha tenido suerte: me da mucha pereza montar el trípode, los focos y preparar las baterías de la cámara, de modo que dejo para mañana la grabación.

Cierro la puerta detrás de mí para no oír sus ronquidos y me tumbo en la cama. Mientras enciendo mi portátil, me debato sobre qué serie ver en Netflix. ¿Descanso de las que estoy siguiendo y empiezo otra... o antes debería terminarlas? Sigo revisando mis series pendientes cuando el móvil vibra en algún sitio de la habitación.

Me levanto de la cama despacio para ver quién me está llamando. La cosa ha llegado al punto de que tengo tantas redes sociales y personas silenciadas que, cuando mi móvil emite cualquier señal, sé que se trata de mi familia o de algo importante. Miro la pantalla y, en efecto, quien me llama es mi agente.

—Alice —digo, con pocas ganas de hablar con ella. Cuando me llama, suele ser para darme alguna buena noticia relacionada con mi canal de YouTube, aunque por lo general eso incluye meterme en más proyectos e historias que no me interesan y sólo sirven, según sus palabras, para «crear una imagen pública».

—Eh, Roy, ¿todo bien?

Alice es de las pocas personas que me llaman por mi apellido. Su voz suena más alegre de lo normal.

—Sí, sí. Estoy en casa. ¿Qué ocurre?

—Digamos que llevo unos días informándome de los estrenos de noviembre.

De inmediato me cambia la cara. Sé de sobra qué película se estrena en noviembre, por lo que, en cuestión de un segundo, la charla con mi agente se ha tornado mil veces más interesante. Llevaba mucho tiempo esperando este momento.

—Quería preguntarte si vais a quedaros Finn y tú en Londres ese mes. Supongo que tú sí, pero quiero asegurarme. Van a invitaros a las *premières* de tres largometrajes y…

—¡Alice! —exclamo, emocionado—. Por favor, ¡dime que es lo que estoy pensando!

Siento el corazón en un puño y aguanto la respiración durante los nanosegundos que tarda en responderme.

—¡SÍ! —Alice es una mujer reposada que sabe mantener la calma en cada momento, pero en este caso no reprime su entusiasmo y la oigo chillar al otro lado del teléfono.

—Te adoro, ¿lo sabes? Eres la mejor agente del mundo.

—¿En serio acabas de decir eso? Te lo recordaré cuando me asegures que me odias por obligarte a ir a eventos aburridos.

—Cuéntamelo todo, por favor, con TODOS y cada uno de los detalles.

Doy vueltas por el cuarto, frenético, mientras Alice contesta:

—Vale, vale. Te haré un breve resumen porque quedan muchas cosas por concretar, aunque ya te digo que no todo son buenas noticias: deberás ir a una serie de actos que no te interesarán lo más mínimo para poder asistir. Si no, quedará muy forzado.

—¿Cuáles son las otras dos películas? —inquiero de repente, haciendo caso omiso de lo que me dice. Con la euforia por la primera, ni siquiera le he preguntado por las otras.

Pero es que llevo esperándola desde que la pantalla del cine se apagó al finalizar la última entrega de la saga de *Harry Potter*.

—No son famosas, aunque tienen actores con mucho potencial y me interesa que los conozcas. En realidad, son dos documentales.

—Oh, no, Alice, por favor.

Los documentales siempre son lo más difícil de promocionar en YouTube; no tienen tanto impacto mediático entre el público de mi canal y me siento fuera de lugar hablando de ellos. Vale, esa es la parte negativa de trabajar para este tipo de agencias: te ayudan con todo y te consiguen contactos, sí, pero a cambio de que toleres otras cosas que no te apetecen nada.

—Ya... Sabía que no te iba a hacer gracia. Pero, ¡eh!, ¡lo he conseguido! Tienes un pase reservado. No sé si habrán podido obtener otro para Finn, porque Patrick no ha pasado por la oficina en los últimos días. Creo que está enfermo y...

—Alice, no sé cómo agradecértelo —la interrumpo—. No voy a poder pegar ojo esta noche de la emoción.

No puedo dejar de sonreír como un idiota. Ojalá mi amigo pueda venir conmigo... Si han podido sacar un pase para mí, estoy seguro de que su agente lo conseguirá.

—Lo sé, me debes una. Así que espero que te portes bien y cumplas con la agenda que te he preparado para estos meses. El próximo evento es el viernes de la semana que viene. Por cierto, a la gran mayoría va Finn. De nada.

Aprovecho para soltar el aire que había estado conteniendo los últimos segundos en los pulmones.

—Alice, te adoro y te odio a la vez —suspiro, pasándome la mano por el pelo.

—Soy consciente, Roy, créeme. En fin, nada más... Ah, por supuesto, no le comentes nada a nadie, ni siquiera a Finn, hasta que sepamos si puede ir. En este caso no depende de mí, pero te avisaré cuando Patrick vuelva.

Me despido, cuelgo el teléfono... y de inmediato comienzo a dar saltos por la habitación, celebrando la noticia en voz baja para que mi colega no me oiga. Prefiero que no venga a ver qué ocurre porque no sé si podría callarme el bombazo.

¡No me lo puedo creer! Llevaba mucho tiempo ansioso por la *première* de la película más esperada del año por los lectores de Rowling. En el fondo, suponía que Alice me conseguiría un pase, pero nunca se sabe con estas cosas; a veces, ser tan conocido puede volverse en tu contra... No sería la primera vez que me deniegan el acceso a un evento por el jaleo que se podría montar si me dejara caer.

Lo más complicado va a ser no contárselo a nadie. Por supuesto, este tipo de cosas se las puedo confiar a mi familia, pero comentarlo con amigos lo tengo estrictamente prohibido por cuestiones de confidencialidad. Cuando le aseguren la plaza a Finn, podremos hablar de ello y, aunque mi compañero no es tan fan de *Harry Potter* como yo, estoy convencido de que se emocionará al enterarse.

Vuelvo a tumbarme y cierro los ojos con una sonrisa tonta bailándome en los labios. Espero que Alice pueda colarme en alguna fiesta que organicen después de la *première*, porque así podría conocer a gran parte de los actores y a la mismísima autora. Ya he coincidido con algunos secundarios en unas cuantas ocasiones. Incluso cené una vez en el mismo restaurante en el que estaba Emma Watson unas mesas más allá, pero me sentí incapaz de acercarme a decirle nada.

Me paso la mano por el pelo y reflexiono sobre la locura que es mi vida ahora mismo. Llevo siendo fan de *Harry Potter* desde que era un crío, como la mayoría de niños de mi generación. No me puedo creer que por el hecho de subir vídeos a YouTube como un hobby más y acumular varios millones de seguidores vaya a tener esta gran oportunidad.

Desde luego, si me hubieran preguntado hace tiempo dónde me veía dentro de unos años, creo que la última respuesta que habría dado sería «teniendo una entrada *VIP* para la *première* de *Animales fantásticos y dónde encontrarlos*».

LILY

Hoy es mi primer viernes en la USK y debería estar de fiesta con el resto de mis compañeros. Sin embargo, estoy recostada en la cama, en posición fetal y con las luces apagadas. Sólo entra un pequeño rayo de luz entre las cortinas, probablemente de alguna farola junto a la ventana. Una de las cosas que más añoro de España son las persianas; en Inglaterra no parece existir ese concepto, por lo que es imposible estar a oscuras en el cuarto: la luz siempre consigue colarse y arruinarme el sueño. Mi móvil suena y en la pantalla se ilumina un nombre: es mi padre. Por un momento, me planteo fingir que no me he enterado y devolverle la llamada después, pero ayer no les escribí ningún mensaje ni a él ni a mi madre, así que descuelgo. Durante varios minutos, me cuenta que están haciendo obras en casa aprovechando que no estoy y después les pasa el teléfono a mis abuelos para que charle un rato con ellos.

Cuando termino la llamada, bloqueo el móvil y hago un análisis rápido de mi primera semana aquí. La verdad es que he conocido a más personas de las que me esperaba y todas han sido más agradables de lo previsto. Por un lado, están Meredith y Ava, a quienes ya podría considerar mis nuevas amigas. La mayor parte del tiempo he estado con ellas, sobre todo con Ava. Me gusta su compañía: es bastante reservada, pero cuando coge confianza se abre un poco más. En cambio, Meredith es muy enérgica: no para quieta, hasta el punto de que en ocasiones puede resultar un poco cargante... Y, además, tiene la manía de hacer fotos a todo. El noventa por ciento de la batería de su móvil debe de consumirlo con Snapchat, estoy segura, porque no hace otra cosa que desbloquearlo y abrir la aplicación corriendo para congelar cualquier instante. De las dos chicas, es obvio que Meredith es la que más dinero tiene, si bien Ava tampoco se queda muy atrás: siempre viste con ropa de marca, aunque no farda. Por lo menos, con ellas no me siento tan fuera de lugar. Creo que nos llevaremos bien... o eso espero.

Todavía ignoro muchos detalles sobre ellas y su vida más allá de Londres. Sé que Meredith vive con su madre y su hermana en una ciudad del noreste de Bulgaria, próxima a la costa, y ha venido básicamente por la fiesta y los chicos. En ese aspecto, se nota que es un año menor que Ava y yo... De hecho, acaba de cumplir los veinte.

Ava es la dulzura personificada. El miércoles descubrí que no ha venido sola a Londres, sino que la ha acompañado un pequeño miembro de su familia: en una jaula bastante grande y muy bien equipada reside *Panda*, un conejo holandés. Su nombre se debe a unas manchas negras que le rodean los ojos y que contrastan con su cuerpo blanco. Mi amiga le habla a veces en danés y, cuando está sola, lo saca de la jaula para que camine por la habitación.

En mi clase, la gente va un poco a su rollo. Los únicos con los que hemos intercambiado algunas palabras Ava y yo han sido dos chicos y una chica que siempre van juntos. Se sientan delante de nosotras y el segundo día tuvimos que hacer entre los cinco un trabajo. Ellos se llaman Connor y Rex; el primero tiene rasgos asiáticos y el segundo me recuerda a Zayn Malik. Sin embargo, por más que lo intento, no consigo recordar el nombre de la chica... Soy lo peor para acordarme de los nombres y caras de las personas que conozco y ya es demasiado tarde para preguntarle cómo se llama.

Hablando de nombres: el mío me está dando problemas porque nadie sabe escribirlo bien. Si no ponen una «y», añaden una «l» gratuitamente; al final, he optado por presentarme como Lily, no sólo porque me guste más, sino porque me cansa deletrear Lilian cada vez que lo anotan mal. Aunque, bueno, tampoco puedo quejarme mucho de eso, porque Ava lo tiene peor que yo: Connor la ha llamado Eva en un par de ocasiones y creo que todavía no se ha dado cuenta de que no lo está diciendo bien.

Sea como sea, a pesar de que la gente es cordial conmigo, hay un factor insuperable que nos diferencia: la cuenta bancaria. No es que mi familia tenga problemas económicos ni que esté atravesando una mala racha; de hecho, mis padres tienen trabajos fijos y bien pagados, pero en comparación con el resto de gente que se aloja aquí...

Para empezar, nuestra residencia se ubica en un antiguo hotel que se trasladó al centro y dejó sus instalaciones tal y como las había construido, por lo que el pasillo de cada piso se convierte en una pasarela de moda cada vez que se acerca la hora de ir a clase. Aquí todos son hijos de grandes empresarios o familias que han heredado; también hay parientes de famosos, como Rex, cuya madre, por lo visto, es una actriz famosa. Cuando me lo contó Meredith, no me enteré muy bien del nombre, pero debe de ser muy conocida, porque los que estaban sentados con nosotras en el desayuno asintieron con asombro al oírlo. Ojalá me hubiera acordado después para buscarlo en Google y saber a quién se referían.

Al cabo de unos segundos divagando, me levanto y camino a oscuras hasta el escritorio, tanteando hasta dar con mi portátil. Lo llevo de vuelta a la cama y lo abro. No tengo nada que hacer, así que es un buen momento para ponerme al día con los últimos programas del canal History sobre alienígenas en la Tierra. También tengo varios documentales pendientes que no vi en el avión, por lo que estoy servida para los próximos días… Y precisamente llevo puesto mi pantalón de pijama favorito, que es morado y está lleno de emoticonos de aliens. Espero un rato a que el ordenador se ponga en marcha mientras me pregunto si empezar por los documentales o ver los episodios que tengo retrasados.

Estoy absorta en mis pensamientos cuando oigo que alguien llama a la puerta. No tengo que pensar mucho para deducir quién es. Me levanto y enciendo las luces, me paso la mano por el pelo para adecentarlo un poco y abro. Al otro lado me recibe la sonrisa de oreja a oreja de Meredith con sus labios pintados de rojo y también la de Ava, justo detrás. Sin embargo, la de esta última parece algo tensa.

—¿Qué haces? —dice a modo de saludo, entrando directamente en mi habitación. Dedica dos segundos a observar mis pantalones de pijama de aliens y enarca las cejas.

Sé que sus cuartos están uno al lado de otro en el piso de abajo, así que me sorprende que hayan venido hasta aquí sólo para ver lo que hago. Seguro que Meredith quiere algo en particular; hace poco que nos conocemos, pero ya reconozco cuándo trama alguna cosa.

—Eeeeh…, nada, descansar un poco.

Ava pasa detrás de ella y me saluda con timidez. Me da pena que se esté convirtiendo en el perrito faldero de Meredith, pero supongo que yo no soy quién para juzgarla.

—¡Guay! Coge fuerzas, porque ¡esta noche salimos!

—¿Cómo? —preguntamos simultáneamente Ava y yo.

De hecho, ella pone cara de pánico. Meredith se gira hacia ella.

—¿No lo sabías? No se ha hablado de otra cosa en mi clase. Mis compañeros han quedado a las nueve en la entrada para ir todos juntos a una discoteca que conocen. Tenéis que venir, ¡estará genial!

—Pero ¿va sólo gente de Biología o es para toda la universidad? —pregunto.

—Ni idea. —Meredith se encoge de hombros y se sienta en mi cama—. ¿Por qué has corrido las cortinas?

—Quería descansar.

Ella se queda en silencio unos segundos.

—Ah. Bueno… ¿Cuento con vosotras? —insiste.

—Eh… No lo sé todavía, aún tengo que vaciar mi maleta —farfulla Ava, cohibida—. No he tenido tiempo entre unas cosas y otras.

Meredith se gira hacia mí y me mira, expectante.

—Sí, supongo —contesto sin pensar. También tengo cosas que hacer, pero me apetece explorar la noche londinense.

Es eso o encerrarme amargándome por el imbécil de Oliver.

OLIVER

Eh, ¿qué tal? He visto que estás por aquí. Si quieres que quedemos a tomar un café algún día, avísame :)

Cuanto más releo el mensaje que le he enviado a Lily hace cinco minutos, más patético y estúpido me parece. No refleja lo que le quiero decir, pero espero que sirva. Es la única manera de que me haga caso: quedar como un gilipollas integral.

Se supone que fui yo quien dejó claro que no quería saber nada más de ella, pero al cabo de tanto tiempo espero que, por lo menos, le apetezca quedar para ponernos al día. Ya ha pasado más de un mes desde lo que ocurrió en mi cumpleaños y, si ha decidido venir, tengo que saber por qué.

LILY

En cuanto el nombre de Oliver aparece en la pantalla del móvil, me quedo paralizada. No me puedo creer que se haya dignado a escribirme un mensaje después de todo lo que pasó en verano... Las manos empiezan a arderme de la rabia.

—¿Estás bien, Lily?

Ava se acerca a la silla donde estoy sentada, justo al lado de mi escritorio, y me mira con aspecto preocupado, más o menos el mismo que debo de ofrecer yo ahora; en mi caso, eso sí, unido a una pizca de pánico. Al final, se ha animado a salir un rato esta noche con nosotras y el resto de compañeros. En este momento sostiene en una mano la crema hidratante, lista para empezar a maquillarse.

—Sí... Es sólo un mensaje que acabo de recibir.

—¿De quién? —inquiere Meredith mientras sale del cuarto de baño. Por supuesto, no podía quedarse al margen; no soporta no estar en el meollo de cualquier cuestión.

Trato de hacer tiempo observando su ropa. Ava ha elegido una falda oscura con pliegues y una blusa sencilla. Se aleja de mi lado y se mira al espejo; de reojo, la veo aplicarse la base de maquillaje y pellizcarse los pómulos para conseguir algo de rubor. Meredith ha optado por un vestido impresionante, lleno de lentejuelas y encaje de color verde oscuro con un escote en pico. Desde luego, sabe cómo sacarse partido: le favorece muchísimo. Se recoge el pelo en un moño despeinado y deja caer algunos mechones por ambos lados de la cara.

—Es complicado —contesto, poniéndome de pie y rebuscando en mi armario mi único vestido apto para fiestas. Es gris oscuro con un cuello blanco, ajustado por la parte de arriba y con un corte justo debajo del pecho. Sé que es un acierto seguro porque disimula mis caderas, la parte que más odio de mi cuerpo.

—Me lo imagino, tranquila —intenta animarme Ava.

—Eh, espero que no estéis hablando de algo de lo que no me hayáis informado —interviene Meredith, y tras su tono jocoso subyace la curiosidad.

—Os lo contaré esta noche si conseguís dar con un cóctel que no aborrezca. Os aviso de que lo tenéis difícil: no he probado ninguno que me haya gustado en los últimos años.

Ava suelta una risita forzada y se concentra ahora en delinearse los ojos con una fina raya negra. Aprovecho la pausa para ir al baño y cambiarme a toda prisa. Me paso el vestido por la cabeza y lo bajo con cuidado hasta que cae, acomodándose a mi cuerpo. Entretanto, frunzo el ceño al ver mi reflejo: debería haberme lavado el pelo por la mañana para que tuviera algo más de volumen... Ya no me da tiempo a planchármelo, de manera que intento darle forma recogiéndome algunos mechones hacia atrás.

—¿Tenéis sombra de ojos? —chilla Meredith—. Me he dejado la mía abajo y me da pereza ir a buscarla.

—Sí, ahora te las llevo. —Rebusco en mi neceser y salgo del baño—. ¿Algún color en particular? No tengo muchos, la verdad; son todos bastante cobrizos y oscuros.

—Hmmm... Este me gusta; un poco de purpurina extra nunca viene mal.

—¡Ay! ¿Me dejas usar esta? —dice Ava, señalando una de color negro, a juego con su falda—. Por favor.

—Claro.

Me pongo unas medias oscuras, aunque un poco transparentes, y escojo unos zapatos con tres o cuatro centímetros de tacón.

—Bueno, vamos a dejar una cosa muy clara antes de irnos. —Meredith termina de ponerse la sombra en el ojo izquierdo y le pasa la paleta a Ava—. ¿Quién de aquí tiene novio y quién no?

Me entra la risa con la pregunta. Si hay alguien espontáneo en el mundo, esa es Meredith.

—¿Y eso? —exclamo, ahogando una carcajada.

—Es indispensable conocer bien a la gente con la que se va a salir; quiero saber quién de aquí es de las mías.

—¿A qué te refieres? —Ava se está empezando a poner nerviosa.

—Está claro, corazón: somos tres chicas, que yo sepa solteras, en una ciudad nueva. ¡Tenemos que conocer a gente... o yo qué sé!

Me río por lo bajo y Meredith, al ver mi reacción, se cruza de brazos.

—¿Qué? ¿Tienes novio?

—Es complicado, ya te lo he dicho —repito.

—O sea, ¿el chico que te ha escrito antes era tu casi-novio?

—No. Lo fue durante un tiempo.

Me muerdo la lengua para no explayarme todo lo que me gustaría sobre él; nada bueno, por supuesto. Pensar en Oliver hace que se me encoja el estómago al recordar el mensaje que me ha enviado; a mi pesar, lo tengo grabado en la memoria. Por ahora no voy a responder, aunque se quede marcado como leído en WhatsApp. Ya me plantearé más adelante qué hacer con él.

Distraída, les envío rápidamente a mis amigas españolas una captura del chat de Oliver para que lo vean y opinen; quiero saber qué harían en mi situación.

—¿Y tú? —Meredith se dirige a Ava, su siguiente víctima. Ella niega con la cabeza y sigue concentrada en su maquillaje—. Perfecto. En ese caso, ¡inauguro nuestra primera noche como solteras en la gran ciudad! ¡Tenemos que hacernos una foto para celebrarlo! ¡Venid!

Hace varias de las tres con la cámara frontal del iPhone y después clava la vista en un libro que tengo encima del escritorio.

—*La cara oculta de la luna: ¿viven ahí los aliens?* —lee en voz alta, asombrada—. ¿En serio? ¿Eres una loca de las conspiraciones o algo así?

Le saco la lengua y todas nos reímos.

AVA

Disfruto del paseo nocturno hasta la discoteca donde hemos quedado. Londres es fantasmagórico de noche: las casas blancas irradian una luz distinta, las farolas parecen recién sacadas de Narnia y las calles se extienden en un entramado enigmático. Las ventanas ya no revelan actividad y los coches dormitan, a la espera de que amanezca para que sus dueños los paseen. En el ambiente húmedo que provoca la niebla, el repiqueteo de nuestros tacones es el único sonido que nos acompaña. Lily y Meredith caminan delante de mí con las pantallas de los móviles iluminadas, consultando sin cesar si vamos por la ruta correcta.

Unos minutos más tarde, llegamos a la discoteca. El local es mucho más grande de lo que me esperaba: en el centro hay una pista salpicada de destellos. La mayor parte de las personas se concentra ahí o en la barra del bar, al fondo. La pared de la izquierda está cubierta en su totalidad por un enorme espejo que dispersa las luces en todas las direcciones. A la derecha han dispuesto unas sillas algo desordenadas que se hallan cubiertas de abrigos, donde un par de chicos se han sentado y beben unos botellines. El ambiente es abrumador; la música no suena muy alto, pero sí lo suficiente como para no poder mantener una conversación en un tono normal.

Hay tanta gente que no sé quiénes son de la USK y quiénes no, así que durante la primera media hora intento pasar desapercibida para no hacer el ridículo preguntándole a algún compañero quién es. En su lugar, me pego a Meredith y Lily, que también parece algo desorientada por la cantidad de nuevas caras que nos han presentado nada más entrar. Sólo me ausento en una ocasión para ir al baño y, cuando intento encontrar el camino de vuelta entre la muchedumbre, oigo a alguien gritar mi nombre… o una versión de él:

—¿Eva…? ¡Eh, Eva!

Una mano se posa en mi hombro y me giro, dando un respingo por el sobresalto. Mi corazón se acelera durante unos segundos por la ansiedad hasta que lo reconozco: es el chico asiático que se sienta cerca de nosotras en clase. Su indumentaria debe de ser la menos elegante del pub: lleva una sudadera de U2 y unos vaqueros. Yo mido aproximadamente uno ochenta y, ahora que llevo tacones, le saco casi una cabeza. Al ver que guardo silencio, se recoloca el pelo bajo la gorra granate que lleva orientada hacia atrás y carraspea.

Debería haber contestado algo, ¿verdad? Ser consciente de ello me pone tan nerviosa que ni me molesto en intentar corregir mi nombre y, en su lugar, balbuceo una respuesta aleatoria:

—Hola, Connor, ¿qué haces aquí?

En serio, debería pensar antes de hablar. ¿Cómo se me ocurre preguntarle a alguien qué hace en un sitio así a las diez de la noche? Y eso que por lo menos me he acordado de su nombre… Creo que es de las pocas personas que conozco aquí. Me muerdo el labio, esperando que no me suelte un comentario sarcástico.

—Bueno…, me ha dicho Meredith que venía gente de nuestra clase y me he animado a salir. Rex y Martha están pidiendo en la barra. —Señala un punto del bar a mi espalda.

Rex y Martha van conmigo a cuarto de Economía. No he hablado mucho con ellos, pero sé a quiénes se refiere por un trabajo que nos tocó hacer en grupo. Ella tiene el pelo azul, de manera que no pasa inadvertida, y Rex es el chico más famoso de la clase y, probablemente, de toda la universidad. Un tatuaje bastante grande de una cabeza de lobo con pinta algo pixelada, en tonos dorados y grises, le recorre el cuello.

—Ah, guay. Yo he venido con Meredith y Lily.

—Lo sé, acabo de verlas y les he preguntado por ti.

Me entra cierto picor de garganta y toso un poco. Luego, ambos nos quedamos en silencio. La música cambia y da paso a una versión más movida de una canción de Rihanna.

—Y… ¿qué tal tu primera semana?

—Bien, genial —miento, forzando una sonrisa incómoda.

Nos volvemos a quedar callados hasta que me doy cuenta de que ni siquiera le he preguntado a él.

—¿Y la tuya?

—Oh, bastante frenética, la verdad. Aún no me ha dado tiempo ni a sacar todas las cosas de la maleta.

—Igual que a mí. —Sonrío, encogiéndome de hombros.

Connor mira a la barra mientras se muerde la uña del pulgar.

—Bueno…, ¿quieres tomar algo?

—Eh…, debería volver con mis amigas, no quiero que se preocupen.

Recorro la discoteca con la mirada hasta cruzarme con la de Meredith, que me saluda con la mano a lo lejos y sigue charlando con unos chicos que no me suenan de nada. Lily está a su lado, participando también en la conversación.

—¿Ves? Están muy ocupadas con esos... Creo que son de Medicina. En fin, ¿quieres algo, entonces?

—Eeeeh... Sí, vale —farfullo, mordiéndome el labio.

«Por favor —pienso—, que Connor no sea el típico pesado que te pilla en una fiesta y no te suelta».

—¿Alguna bebida en especial?

No sé si está intentando ser amable o le estoy sacando de quicio con mis respuestas ambiguas.

—Algo sin alcohol, por favor.

—¿No bebes?

Niego con la cabeza.

—Vaya, por fin he encontrado a alguien con quien charlar mientras todos mis amigos se ponen como cubas —bromea Connor, atusándose de nuevo el pelo bajo la gorra.

—¿Tú tampoco bebes? —Me sorprendo, tomando la iniciativa en la conversación.

—No puedo; ya sabes, problemas en el hígado. De todos modos, tampoco me atrae mucho la idea de emborracharme.

—Genial, pues... ¿una Coca-Cola?

Connor se acerca a la barra y pide una para mí y agua para él. Mientras espera, da golpecitos con los nudillos en un taburete vacío.

—¿De dónde eres? —me atrevo a preguntarle—. Tienes un acento muy singular.

—Vivo en California, pero mis padres son coreanos. Nos mudamos allí cuando yo era un bebé. Me pusieron un nombre tradicional, pero yo prefiero que me llamen Connor... Es más sencillo.

—Ah. —Noto cómo las mejillas me enrojecen y agacho la cabeza, mirándome los pies. Debería dejar de preguntar obviedades—. Yo soy de Dinamarca.

Él asiente, pasándome la bebida y recogiendo justo después la suya.

—¿Y qué te trae por aquí? Además de acabar la carrera, claro.

—Bueno..., en realidad, sólo las ganas de salir de casa y estudiar en un sitio diferente. Conocer a gente nueva y todo eso, supongo.

—Ya he visto que a tu amiga Meredith también le ilusiona mucho conocer a gente nueva. —Se ríe y da un trago a su bebida.

—¿Por qué dices eso?

—No ha parado de mirar a Rex desde que ha llegado al bar.

—Espera —intento poner en orden mis pensamientos—, ¿Rex es el hijo de...? —Bajo la voz para que nadie nos oiga, aunque eso es bastante improbable por lo alta que está la música.

Connor acerca un par de taburetes a la barra y me ofrece uno mientras él se acomoda frente a mí.

—Sí, es él. Lo cierto es que, cuando conocí a Rex, pensé que destacaría mucho entre la gente por ser quien es, pero aquí ser familiar de alguien conocido parece algo habitual.

—No eres el único que piensa así —le digo, y me siento sin soltar el vaso—. Lily ha venido de España con una beca y se siente igual que tú, un poco... apartada en ese aspecto.

Connor echa un vistazo al otro lado de la discoteca para buscarla con la mirada.

—La pelirroja, ¿verdad?

Asiento y bebo un trago.

—Hablé un rato con ella el otro día y me dio la impresión de que estamos en la misma situación. Yo también tengo una beca por mis notas. Me cayó bien, pero no es muy habladora, ¿verdad?

Me sorprende que piense que de las tres ella es la callada.

—Descuida —respondo—, no todos somos unos niños ricos sin neuronas que aprovechan el dinero que han ganado sus padres para regalarse un año sabático en Londres.

Me muerdo los carrillos nada más soltar eso. No me reconozco en ese comentario. Connor intenta contener una carcajada sin mucho éxito.

—¿Qué? —pregunto, curiosa, y él niega con la cabeza—. No, dime —insisto. Tendría que haberme callado por mucho que le haya dado vueltas a esa idea durante estos días. A saber lo que pensará ahora Connor de mí: que soy una hipócrita o una amargada.

—No es nada —responde, moviendo la mano para restarle importancia.

—No, no, ¡ahora tienes que contármelo!

Él se encoge de hombros y admite que esa definición se ajusta bastante al estilo de vida que tiene Meredith.

—Ya... Meredith es diferente —reconozco—. El otro día contó en el desayuno, delante de varias personas de su clase, que sus padres tienen mucho dinero y, cuando se separaron, le empezaron a conceder caprichos como en una competición para ver quién la mimaba más. Bueno, a ella y a su hermana. Está aquí para divertirse, básicamente; ella misma lo ha repetido en varias ocasiones.

Connor alza las cejas y mueve los labios, respondiendo en silencio: «Te lo dije».

—¡No, es muy simpática! Lo que pasa es que juega en otra liga, por decirlo de alguna manera…

Él se echa a reír y niega con la cabeza.

—En conclusión: admites que esta universidad está llena de niños ricos. Vale, te dejo eliminar lo de aprovechados y sin neuronas.

MEREDITH

Esta es la fiesta más aburrida en la que he estado. De hecho, no puedo ni considerarla una fiesta. O sea, sí, hay música, gente de nuestra edad, un ambiente aceptable…, pero no es como me lo imaginaba. Uno de los chicos que está charlando con Lily y conmigo en estos momentos parece muy interesado; sé que, si quisiera, podría enrollarme con él. Pero no pienso hacerlo: tiene pinta de ser un tío raro y sólo le he hablado para no quedarme dormida.

Aprovecho que Lily está llevando el hilo de la conversación para mirar a mi alrededor. Tengo dos personas muy bien vigiladas: Rex y Ava, por ese orden. Rex es el estudiante más popular de la universidad: lleva el mismo tiempo que nosotras aquí, menos de una semana, y ya lo conocerá hasta el personal de limpieza. Visto así, parece el típico tío de película norteamericana, capitán del equipo de fútbol y todas esas cosas… Y sí, supongo que podría serlo. Además de estar bastante bueno, la gente le admira por su familia y sus coches caros, de los que presume en Instagram.

He de admitir que su barba minuciosamente recortada y su aire de superioridad me encantan. El dinero está bien, pero la fama es algo distinto y mucho más atractivo. He indagado estos días por Internet y he visto que ha salido en varias revistas; además, sus perfiles en las redes sociales acumulan muchos miles de seguidores. No está mal.

Me cruzo con la mirada de Ava, que está con el pesado de Connor y tiene aspecto aterrado. ¿No quería hacer amigos? ¡Pues ahí tiene una oportunidad! Debería darme las gracias por haber empujado al friki para que se lanzara a hablarle. Un par de comentarios y sonrisas esta mañana le han convencido de que a Ava le atraía. Sonrío para mis adentros y me termino el gin-tonic con un largo trago.

—Lily, corazón —interrumpo su soporífera charla—, voy a pedirme otra copa en la barra. ¿Me acompañas?

Me levanto sin esperar su respuesta y, por el rabillo del ojo, veo que se despide de nuestros aburridos acompañantes y me sigue por la pista de baile. Aprovecho para pasarme las manos por la cabeza y asegurarme de que el moño y los pelos que se escapan de mi peinado están perfectamente colocados.

—Buf, menos mal que te has levantado —comenta cuando ya estamos lo bastante lejos de ellos como para que nos oigan.

Rodeamos a una pareja de chicas que bailan borrachas con una cerveza en cada mano y llegamos a la barra.

—Lo sé, lo sé, una mala decisión —admito—. Pensé que serían más interesantes. ¿Una copa?

—Sí, la última.

Levanta la mano y llamo al camarero.

—Un gin-tonic para mí y un vodka con lima para ella.

—Enseguida —responde él, empezando a preparar nuestras bebidas.

—¿Cómo has sabido que quería un vodka con lima? —me pregunta Lily, sorprendida.

—Llevas ya dos; no te considero tan tonta como para mezclar diferentes bebidas en una misma noche. —Le guiño el ojo.

—Me lo tomaré como un cumplido.

Sonrío al camarero cuando nos deja las copas en la barra. Lily saca su cartera para pagar, pero la detengo.

—Ah, no: esta ronda la pago yo. ¡Por los frikis que habitan este lugar!

—Shhhh —me reprende ella, riéndose por lo bajo mientras brindamos.

—Puaj. —Hago una mueca tras dar el primer sorbo a mi gin-tonic—. Me parece que se le ha ido la mano con la ginebra.

Trago saliva para quitarme el sabor y devuelvo la copa a la barra. A mi lado, Lily barre la discoteca con la mirada como en busca de algo.

—Voy a hablar con Ava… Ahora vuelvo —me dice.

Observo cómo camina paralelamente a la barra, llega hasta donde se encuentran Connor y ella y comienza a charlar con ambos. Me está empezando a caer bien esta chica, pese a que podría vestir mejor y teñirse el pelo de un modo menos llamativo. Al principio la veía muy rara, tan callada como Ava, pero con una gran diferencia: Ava es así por su timidez; Lily, por el contrario…, es evidente que oculta un secreto.

Y si hay algo que me gusta, son los secretos.

FINN

—Será mejor que nos vayamos de aquí, Tom —insisto.

Es la tercera vez que le digo al gilipollas de mi amigo que nos volvamos a casa, pero no me hace ni caso. Resoplo indignado y doy media vuelta, mirando la puerta del bar con desgana. A pesar de los cristales semitraslúcidos y la poca luz que despiden las farolas de la calle, ya se puede ver a la multitud que se ha agolpado en la puerta del local. Y será cada vez mayor si no nos largamos cuanto antes.

—¡Disculpa! —llamo a uno de los camareros que reparten copas de champán en una bandeja—, ¿tenéis otra puerta para salir que no sea la principal?

—Por supuesto, señor: hay una salida en la parte trasera, al final del pasillo del baño, a la derecha. Le llevará al restaurante que da al otro lado de la manzana, y por ahí pueden salir sin ser vistos.

Hace un gesto con la cabeza semejante a una reverencia y prosigue con su tarea. Si bien la música está muy alta, se oyen los gritos provenientes del exterior. No sé cómo ha podido ocurrir ni quién habrá dado el chivatazo, pero es la segunda vez que nos pasa en un mes y me estoy empezando a agobiar. Ya no podemos salir tranquilos una noche sin que se tenga que armar un follón allá donde vamos.

Veo a Tom caminando hacia un camarero para pedirle una copa y lo detengo.

—Se acabó, tío, nos vamos a casa.

—¡Pero si no llevamos ni una hora! Apenas me ha dado tiempo a tomar algo.

Se ríe despreocupadamente e intenta seguir su camino, aunque se lo bloqueo de nuevo.

—No. Ahí fuera —digo, señalando la puerta principal del bar— se ha montado una buena. Si no nos vamos, vendrá la policía y nos meteremos en un lío.

—Joder, Finn, te he dicho mil veces que no es culpa nuestra que la gente venga a vernos. Relájate y disfruta de la fiesta —replica, estirando los brazos—. Ya tendremos tiempo para aburrirnos la semana que viene.

Me estoy empezando a cabrear y no quiero perder los nervios, así que lo agarro del brazo y lo arrastro hacia el fondo del bar.

—Me importa una mierda la semana que viene, ¿vale? O nos vamos ya o van a colarse aquí dentro, y entonces ya no te parecerá tan divertido. No hace falta que te diga que los fans son lo de menos: si se han enterado ellos, también lo sabrá la prensa.

—¿Y qué hay de malo en que dos chicos de veintidós años salgan un viernes?

Su argumento me deja sin palabras y Tom da por finalizada la conversación. Mientras se aleja, miro mi reloj, que marca ya las doce y media. Como mi compañero parece muy entretenido charlando con unas chicas a las que acaba de conocer, deduzco que voy a tener que apañármelas solo para distraerme con algo hasta que decidamos coger un taxi e irnos. Sólo tenemos un juego de llaves porque el otro lo perdimos hace tiempo y, como son cerraduras de seguridad, sólo se puede hacer un duplicado con la tarjeta del propietario, al que siempre se nos olvida llamar. Así que estamos obligados a estar siempre uno en casa o ingeniárnoslas para no quedarnos tirados en la calle hasta que aparezca el otro.

Observo a mi amigo y, de pronto, echo de menos al antiguo Tom, cuando sólo era Tom y no Tom Roy. Es cierto que YouTube nos ha cambiado mucho, pero él aparenta haberse adaptado mucho mejor que yo a este nuevo y repentino estilo de vida. Me da rabia pensar en ello porque me siento un desagradecido: todo lo que tengo ahora mismo se lo debo a los millones de seguidores que acumula mi canal. Sin embargo, siento que me falta algo... Tom se ha acostumbrado a los fans, los encuentros con ellos, las fotos y a todo lo que hay que renunciar por ser Tom Roy, incluido el hecho de que sea imposible salir por el centro de Londres sin montar un alboroto y que hasta tenga que venir la policía. Él todo lo afronta con buen humor y una sonrisa sincera. Ojalá en ese aspecto fuera un poco más como mi amigo...

Mato el tiempo distrayéndome con el móvil. Con tantas menciones que recibo en Twitter por minuto, es imposible responder, pero suelo dedicar un rato para contentar a mis seguidores. Veo algunos *collages* que han hecho de mi cara con capturas de mi último vídeo jugando a una versión antigua de *Mario Kart*. Sacar videojuegos icónicos es un acierto seguro, como prueban las cifras de visualizaciones: a mis suscriptores les encanta que hable de juegos que ellos mismos disfrutaban en su infancia, adolescencia e incluso a día de hoy. Contesto a varias menciones... y en algunos casos responde al instante y con euforia la persona a la que he escogido entre miles de tuits. Ya que estoy, aprovecho para actualizar mi Instagram: lo tengo prácticamente muerto, de modo que subo una foto que me gusta especialmente porque Nate me la hizo la semana pasada en Edimburgo y cierro las demás aplicaciones del móvil. Podría subir un vídeo de la fiesta a Snapchat, pero sólo alimentaría el nerviosismo de la gente que ha descubierto dónde hemos salido esta noche.

Me paso la mano por la incontrolable mata de pelo, cada día más largo, y vuelvo a mirar la hora: sólo han pasado siete minutos desde la última vez que la he consultado. Pongo los ojos en blanco y me dirijo hacia el guardarropa para recoger mi abrigo y volver a casa. Si Tom quiere continuar por aquí hasta que le asalte la prensa, allá él: tendrá que buscarse un sitio donde dormir o quedarse en el portal hasta que salga por la mañana a correr y me lo encuentre tirado, descansando. No sería la primera vez.

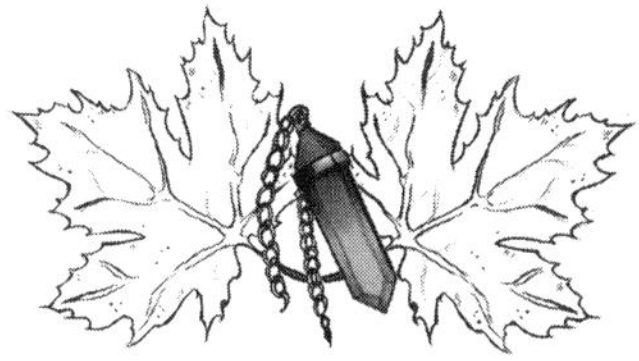

LILY

Son casi las dos de la mañana cuando Meredith se levanta para pedirse otra copa, a pesar de que el sitio está a punto de cerrar. Intento hacer gestos para llamar la atención de Ava, pero no me ve.

—Pssst —le chisto.

«¿Qué pasa?», inquiere ella, moviendo los labios para que nadie nos oiga debido a mi secretismo.

Con la cabeza le señalo a Meredith, que ya va camino de su sexto gin-tonic. Ava se aleja del grupo con el que estamos hablando y la sigo.

—Tranquila, Lily, yo creo que controla.

—Como no hagamos nada, se va a poner fatal. No para de decir estupideces... Está a punto de lanzarse al cuello de Rex.

—¿Rex? —repite Ava, bajando la voz al pronunciar su nombre.

—Ya sabes, el de la madre actriz que tiene un tatuaje... —me señalo la parte izquierda del cuello, el sitio donde tiene tatuada la cabeza de un lobo.

—¡Sí, sí! Sé quién es, pero no sabía que Meredith iba en serio... Bueno, quiero decir...

Deja la frase a medias y busca con la mirada a nuestra amiga por la barra. En este momento está pidiendo otra copa y tonteando con el camarero que nos ha atendido antes.

—Oye… —dudo, sin saber muy bien cómo abordar el tema—, ¿Connor?

Noto cómo Ava suelta aire y se le empiezan a poner las mejillas coloradas.

—¿Qué? No, nada, es decir, no… —balbucea.

—¿En serio? Parece buen chico. —Me río y le doy un codazo cariñoso.

—No, no, sólo hemos estado hablando, pero yo no… no quiero nada con él.

—Meredith me ha dicho que es un poco…, cómo decirlo…, cargante.

Ava se encoge de hombros y yo sigo con la mirada a nuestra amiga, que se está haciendo *selfies* con el camarero, inclinándose hacia su lado de la barra. Como se ladee un poco más, se le va a subir demasiado el vestido… Por fortuna, se sienta en un taburete.

—Por cierto… —empieza Ava con aire temeroso.

—¿Sí?

—¿Todo bien? —Se mordisquea la uña del dedo anular derecho—. Parecías algo inquieta antes de salir del hotel.

Trago saliva. He intentado no pensar en Oliver ni en su estúpido mensaje, pero es imposible evitarlo para siempre.

—Sí, es que… es una historia muy larga.

—No tienes que contármela si no quieres —se apresura a decir Ava.

Hago un gesto de negación y me resigno a rememorarlo todo. Al fin y al cabo, tarde o temprano lo iba a adivinar; no tiene sentido demorarlo. Así pues, empiezo a contar la verdad, en voz más alta de lo normal por la música, sobre mi exnovio, Oliver Kent, y por qué estoy aquí.

Él y yo íbamos a la misma clase de mi facultad en Madrid. Durante el primer año de carrera apenas hablamos porque nos movíamos en grupos distintos, pero en segundo nos conocimos mejor y, en tercero, empezamos a salir. A mis amigos no les agradaba mucho porque lo consideraban arrogante. Su nivel de vida era cien veces superior al de cualquier persona que estuviera en mi antigua clase y, aunque él no fardaba verbalmente, todos sabíamos que su familia tenía mucho dinero. Su padre, de origen norteamericano, es el dueño de una empresa tecnológica que recientemente creció muchísimo..., lo que le obligó a mudarse a Londres para controlar mejor la gestión en Europa. Oliver vivió allí con él durante algunos años antes de irse a España.

Ava escucha con compasión cómo le narro el momento en que Oliver me dijo que tenía que marcharse de Madrid para acompañar a su padre. Por un instante, su pena me bloquea; no me hace gracia cuando alguien siente lástima de mí... Pero evocar lo sucedido me enfada tanto que me distrae de ese detalle.

Le cuento que ese fue el motivo por el que decidí venirme a Inglaterra, fuera como fuese, para no tener que renunciar a nuestra relación. Oliver insistió en que sólo se iba unos meses y que volvería el verano siguiente, en 2017, cuando yo ya habría terminado la carrera. Me prometió que no se olvidaría de mí durante ese tiempo, como si de verdad le importara. Entonces sólo me quedaba un año para terminarla y, un día, se me ocurrió una idea de la que más tarde me arrepentiría: estudiar el último curso en Londres. Me acuerdo perfectamente del momento en que tomé esa decisión, que desembocaría en unas terribles consecuencias.

Sin decirle nada a Oliver, investigué sobre qué posibilidades tenía de estudiar aquí y me puse a pedir aleatoriamente subvenciones, todas las que encontré en páginas de universidades en Londres, a fin de que me financiaran mi último año de carrera. Sabía que muchas eran casi imposibles de conseguir y, aun así, las solicité para no descartar ninguna opción. Fueron unos días de continuos papeleos, gestiones y charlas con mis padres sobre mudarme durante este año a estudiar fuera de casa… Todo ello sin que Oliver sospechara nada.

Transcurrieron varias semanas hasta que, de improviso, recibí un correo que me anunciaba que me habían concedido una beca. No estaba nada mal: me subvencionaba el curso por completo y el cincuenta por ciento del alojamiento en la residencia universitaria. Y no sólo era en Londres, sino en uno de sus barrios más célebres. Lo más difícil ya estaba hecho, así que… ¿qué podía salir mal? Mis padres aceptaron costear la otra mitad del alojamiento y asumir los demás gastos que tendría cuando me mudara.

Estaba tan emocionada cuando me concedieron la beca que decidí esperar hasta el tres de agosto para darle la sorpresa a Oliver como regalo de cumpleaños. El curso había terminado, faltaba algo más de un mes y ya lo tenía todo planeado; hasta había contratado una tarifa de datos para disponer de Internet en el móvil cuando estuviéramos en Londres. Para mi yo del pasado, todo iba a ser perfecto: me habían concedido la beca, la universidad tenía muy buena pinta, sólo me quedaba un año para terminar la carrera y mis padres estaban encantados con la estancia que había conseguido en Inglaterra. Oliver se fue en julio dos semanas y media a Londres para empezar con la mudanza, por lo que yo preparé lo poco que me faltaba para contárselo cuando volviera por su cumpleaños.

La espera se me hizo eterna. Ensayé varias veces en mi mente lo que quería decirle y los planes que había ideado: las visitas turísticas, los sitios por los que podíamos perdernos juntos… Todo ello al margen de nuestra vida en Madrid, lejos de mis padres y nuestros respectivos amigos. Nada podía salir mal.

A su regreso, le llamé para decirle que tenía que contarle una cosa muy importante y que le sorprendería mucho. Oliver me contestó que era él quien tenía que contarme cosas a mí y no al revés, pero ni siquiera le concedí importancia en ese momento. Bajé a la calle con demasiada antelación y fui caminando a su casa para hacer tiempo.

Llegué al chalé donde vivía y llamé al timbre. Cuando me abrieron, su padre pasó a mi lado en su silla de ruedas, le saludé con un efusivo «¡hola!» y entré en la habitación de Oliver.

Tras tantos días sin vernos, me pareció aún más atractivo: como siempre que no iba a clase, llevaba un traje, aunque sin corbata, y su color gris perla acentuaba su piel oscura. Intenté hablar, soltar todos los pensamientos que me circulaban de un modo incesante por la cabeza, pero Oliver me interrumpió. Y entonces me explicó que en esas dos semanas en la capital inglesa había comprendido que estaba estancado y necesitaba empezar de cero. Y ese cero no me incluía a mí.

Las cosas eran diferentes allí, dijo, e iba a ser complicado seguir adelante con nuestra relación… Por otro lado, había un factor adicional: al cuarto día de estar en su nueva casa, había conocido a una chica. No necesitó aclarar nada ni añadir detalles. Me pidió que lo olvidara, que no volviera a escribirle. Recuerdo que sonaba tan firme, tan seguro de lo que decía, que me empezaron a rodar las lágrimas por las mejillas mientras él me miraba impasible, sin plantearse siquiera rectificar. Yo no daba crédito a lo que oía... Todo había pasado demasiado rápido.

Intenté contarle que tenía una beca para estudiar allí, que íbamos a ir juntos y que no tenía sentido nada de lo que me estaba diciendo, pero me quedé pasmada, incapaz de reaccionar. ¿Cómo podía alguien olvidarse en unos días de una persona que se había esforzado tanto por seguir a su lado, aunque no lo supiera? ¿Y cómo podía yo haberme esforzado tanto por alguien que en unos días iba a olvidarse de mí?

Salí de su casa con los ojos llenos de lágrimas y sin poder decirle a nadie lo que había pasado. Me temblaban las manos de la rabia que sentía y me dolían los dientes de tanto apretarlos para aguantarme las ganas de llorar desconsoladamente. ¿Cómo iba a contarles a mis padres que ya no quería ir a Londres? ¿Les tenía que confesar que el verdadero motivo, estar con Oliver, ya no existía y que por eso quería renunciar a la beca?

No, semejante infantilismo era impensable.

—Y así es como he acabado aquí, en un sitio lleno de gente que no se parece en nada a mí y en el que no encajo. Por supuesto, unos días después, cuando me sentí lo bastante valiente como para ir a enfrentarme a él, volví a su casa y le conté lo de la beca. También le hablé de que había esperado a decírselo en su cumpleaños. —Cojo aire, intentando que no me tiemble la voz. Expresarlo en voz alta es mucho más difícil que pensarlo—. No le dejé interrumpirme ni una sola vez. No quería desmoronarme delante de él... Y fin. Eso es todo: aquel fue el último día que lo vi y que supe algo de él. No he vuelto a tener noticias de Oliver desde la primera semana de agosto… hasta hoy. Sí —termino, antes de que pueda preguntarme—, es él quien me ha escrito el mensaje que estaba releyendo en mi cuarto, después de tanto tiempo. Él es el motivo de que no deje de mirar a mi alrededor cada vez que voy por la calle. No sé si es porque me aterra encontrármelo o si es que espero que aparezca de pronto, en cualquier esquina… Porque sí, me perturba pensar que los dos estamos en estos momentos en la misma ciudad.

TOM

—¡Finn! ¡Eh, Finn! ¡Espera, tío!

Corro detrás de mi amigo por todo el bar hasta que lo alcanzo, casi al final del pasillo que conduce a los baños.

—¿Qué quieres ahora? —masculla. Se sube las gafas con el dedo índice, molesto.

—¿Te vas ya?

Suspira y mete el brazo derecho en su abrigo.

—Pues claro que sí; estoy cansado y tengo cosas que hacer mañana.

—Joder, pues espérame. Dame cinco minutos para despedirme —le ruego, poniendo cara de perrito abandonado—. ¿Qué haces aquí, por cierto?

—Es la salida de atrás. Te doy cinco minutos exactos.

Cojo a Finn de las orejas y le doy un beso en la frente, como siempre que bebo de más, y salgo corriendo para despedirme de las chicas que he conocido. Una me escribe su número en una servilleta para que la avise si vuelvo a salir por esta zona y voy al guardarropa en busca de mi chaquetón. El encargado se mueve con tanta parsimonia que por un momento me entra miedo de que Finn se haya ido sin mí; no obstante, cuando vuelvo al pasillo, lo veo ahí.

—¡Listo! ¿Has encargado un coche?

—No, pillaremos un taxi por la calle. Espero que no haya nadie aquí…

Salimos por una puerta que nos lleva a la parte trasera de un restaurante italiano. Lo atravesamos rápidamente, sin mirar a los camareros por si nos dicen algo, y vamos directos a la calle.

—Bueno, todo despejado —afirmo.

—Será mejor que busquemos un taxi cuanto antes, no vaya a ser que alguien nos vea.

—¿Te has fijado en la cantidad de gente que había ahí fuera? —digo, señalando hacia atrás.

—Sí. No sé cómo se han podido enterar de que estábamos aquí… No lo hemos puesto en ninguna red social. —Salta a la vista que Finn está mosqueado.

—Habrá sido cualquier persona del bar; yo qué sé, tío.

Un taxi dobla la esquina y estiro el brazo para llamarlo. Pone los intermitentes y se detiene, unos segundos más tarde, justo delante de nosotros. Finn pasa primero, indicándole al taxista la dirección, y yo saco mi móvil para revisar las fotos que he hecho. El vehículo arranca de inmediato, dejando atrás el restaurante que nos ha servido de escapatoria.

Aprovecho el trayecto para revisar mis redes sociales. El último vídeo que he subido no ha tenido tantas visualizaciones como esperaba, así que entro en el enlace para ver los comentarios de la gente y a qué se debe. Echo una ojeada y me sorprende comprobar que, a pesar de contar con menos visitas, el vídeo ha gustado. Quizá simplemente se deba a que ha coincidido con el inicio del curso y la gente está más ocupada…

A mitad de camino, comienza a llover. Al principio es sólo una llovizna, pero en cuestión de segundos cobra fuerza. Sentado a mi lado, Finn escribe mensajes a su novio para decirle que ya va hacia casa y que está bien. Aunque en ocasiones se pasan de almibarados, me alegro por él y por su relación con Nate; les ha costado mucho salir adelante y sortear a la prensa, pero es impresionante lo bien que lo han conseguido. Por ahora, nadie excepto su familia y amigos más cercanos sabe de la existencia de ese chico. Nate es la persona más brillante que conozco: acabó Derecho con matrículas de honor, pasó unos exámenes muy duros después del último año y ahora ha vuelto a la universidad para graduarse en otra carrera. Sé cuánto lo admira mi amigo y lo mucho que se quieren.

El taxi gira a la izquierda y entra en nuestra calle. Finn saca la cartera para pagarle porque esta vez le toca a él y, cuando se detiene delante de casa, salgo corriendo para evitar mojarme. Giro la llave en la cerradura y entro, dejando la puerta entreabierta para mi compañero. Salto los escalones de dos en dos hasta mi habitación y me debato entre darme una ducha antes de dormir o no; finalmente, estoy tan cansado que decido irme a la cama. Como nunca la hago, mi lugar favorito me espera con las sábanas revueltas y la almohada contraída en una posición absurda. La recoloco y me meto dentro, envuelto como un burrito con el edredón. Ya bajo las sábanas, me retuerzo para quitarme los pantalones y los zapatos, y en cuestión de segundos me quedo dormido con la camisa aún puesta.

Un ruido me despierta en mitad de la noche. Lo primero que se me pasa por la cabeza es que se me ha olvidado quitar la alarma del móvil para ir a nadar, pero justo después recuerdo que los sábados por la mañana no voy al gimnasio. Confundido, doy media vuelta y cierro los ojos para volver a dormirme. El sueño vuelve a apoderarse de mí…

Hasta que se abre la puerta de mi cuarto, se enciende la luz y oigo la inconfundible voz de mi amigo:

—Tom, tengo que hablar contigo.

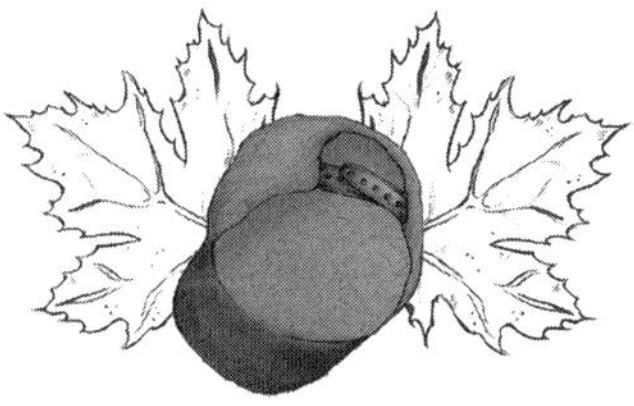

CONNOR

—¡Eva! ¡EVA!

La busco frenéticamente por la discoteca, pero está tan llena a estas horas que es imposible distinguirla. Intento localizar la melena pelirroja de su amiga hasta que la descubro en una esquina de la sala.

—¿Qué pasa? —pregunta Eva al verme.

—¿Sabéis lo de Meredith?

Lily me mira con cara rara.

—¿Qué pasa con Meredith?

—Se encuentra fatal. Está en el baño vomitando; la he dejado con Martha.

Las dos salen despedidas en dirección a los aseos. Voy detrás de ellas, pero unos chicos se interponen en mi camino y las pierdo de vista. Cuando por fin bajo las escaleras que llevan a los servicios y llego a la puerta del baño de mujeres, llamo a Eva en voz alta para que salga, aunque en su lugar se asoma Lily.

—Gracias por avisarnos. Ya estamos con ella —dice.

—De nada. ¿Necesitáis que entre a ayudaros? Igual me echan del local por meterme ahí, pero…

—Oh, no, no te preocupes —responde con una sonrisa. De fondo se oye la música procedente de la pista de baile, algo amortiguada por la puerta que separa las escaleras hacia los baños de la planta superior—. ¡Todo controlado!, estamos las dos con ella y también Martha.

—Vale. Pues… me voy arriba, supongo. Aunque ya es tarde —rectifico—; debería ir volviendo al hotel. ¿Quieres que te dé mi número por si necesitáis algo?

Ella asiente, saca su móvil y me lo pasa. Cuando termino de teclearlo, le doy a guardar y mi nombre se añade a sus contactos.

—Llámame si pasa algo, lo tendré con sonido —le digo—. ¿Tienes Internet?

—Sí, tengo una tarjeta inglesa. Podemos hablar por WhatsApp si tú también tienes.

Lily asiente y sale del baño para quedarse conmigo en el pasillo. A su espalda, la puerta se cierra con un golpe sordo.

—Si lo preferís, os espero para volver juntos. Podemos coger un taxi.

—Vale, creo que el taxi será lo mejor para Meredith.

Carraspeo, nervioso.

—Por cierto, esto te va a sonar un poco raro, pero no recuerdo tu nombre. ¿Era Lily o Lilian? Es que he oído que te llamaban de las dos formas…

Ella se ríe y se aparta un mechón de pelo de la mejilla. Tiene la cara redonda y los hoyuelos un poco marcados.

—Los dos, en realidad. Mi nombre real es Lilian, pero prefiero Lily a secas.

—¿En serio?

Arquea las cejas.

—¿Qué hay de malo en llamarse así? —inquiere, divertida.

—No sé —admito—, pensaba que, al ser española, tendrías un nombre un poco más…

—¿Más… español?

Balanceo la cabeza de lado a lado, meditando la respuesta.

—Algo así.

—Algún día te diré por qué mis queridos padres decidieron ponerme este nombre, pero para eso tendré que llevar varias copas encima porque es una historia muy vergonzosa. No tantas como Meredith, espero. Debería volver a ver qué tal va… Ahora mando a Ava para que te haga compañía.

Trago saliva cuando menciona su nombre y me deja solo en el pasillo de los servicios. Me muero de la vergüenza al pensar en mis meteduras de pata: después de varios días dudando entre Lilian y Lily, ahora, al parecer, he estado llamando Eva a Ava. ¡Genial, Connor!

La puerta que separa las escaleras de la planta superior se abre y la música suena mucho más alta hasta que vuelve a cerrarse. Rex desciende en dirección al baño.

—¿Qué haces aquí, tío? —me pregunta. Su tatuaje destaca mucho más con la camiseta de cuello en pico que lleva puesta.

—Una chica ha bebido demasiado… Estoy esperando para comprobar que está bien.

Rex asiente y prosigue su camino al baño de los chicos. Un minuto más tarde, sale por la misma puerta por la que ha entrado y se dirige hacia las escaleras. Pone el pie en el primer escalón y, justo antes de empezar a subirlas, se gira y me pregunta si la que está borracha es la chica que no ha dejado de mirarle durante toda la noche, la de piel oscura y vestido verde.

—Sí.

—Se veía venir —observa con desdén—. No me da ninguna pena... Me han dicho unas cosas de ella que fliparías si te las contara.

Aparta la mirada y retoma su camino. Cuando sale, la música vuelve a inundar durante unos segundos el pasillo.

Espero un par de minutos, nervioso. Del baño no sale nadie, así que llamo con los nudillos hasta que la cara de Ava se asoma. Tiene las comisuras de los labios fruncidas en una mueca de desasosiego.

—¿Qué tal está?

Al igual que Lily, sale al pasillo como para evitar que dentro se la oiga. Supongo que eso quiere decir que Meredith no está tan mal como me temía; al menos, comprende lo que oye.

—Bueno, ha vomitado varias veces, pero ahora parece que se ha calmado —murmura—. Esperaremos un poco y, si no vomita más, nos la llevamos.

—Voy con vosotras... si queréis.

—Vale... —Agacha la cabeza y varios mechones de un rubio pálido le caen por los pómulos. Su pelo es tan claro que con las luces del local parece casi plateado—. Martha se queda aquí... Vamos Lily y yo con Meredith.

Hago un gesto de asentimiento y hundo las manos en los bolsillos, súbitamente incómodo.

—¿Podrías hacerme un favor? —añade entonces, retorciéndose los dedos de las manos con inquietud—. ¿Podrías ir al guardarropa a recoger el abrigo y el bolso de Meredith? Así saldríamos rápido sin que se fijaran en ella…

—Claro. Dame la tarjeta, o lo que sea que te den para identificar tus pertenencias.

Ava se saca del bolso un papelito verde claro. Cuando me lo entrega, reparo en el leve roce de sus dedos, casi tan fugaz como el tiempo que tarda en volver a entrar en el baño.

AVA

Diez minutos después, el taxi se detiene en la puerta del hotel Ellesmere. Me quedo en el asiento del copiloto para pagar mientras Lily y Connor ayudan a Meredith a salir del coche. Ella camina con cierta dificultad y sigue bajo los efectos del alcohol, así que no creo que mañana se acuerde de todo esto.

Intentamos pasar discretamente por la recepción, aunque nuestros esfuerzos no son necesarios porque a estas horas se encuentra vacía, y entramos en el ascensor. Meredith se apoya en una de las paredes y resopla mientras los demás nos sumimos en el silencio, observándola con atención para que no se caiga. Tiene el pelo revuelto y el moño, que antes le quedaba tan bien, ahora parece el resultado de una pelea con un gato.

Recorremos los últimos metros por el segundo piso hasta llegar a su habitación. Lily saca la tarjeta del bolso de Chanel de Meredith y la pasa por el lector, que emite un pitido con una luz verde. Connor abre la puerta y enciende las luces.

—¿La duchamos o la dejamos que duerma? —pregunta Lily.

Él niega rotundamente con la cabeza.

—Ni se te ocurra meterla a la ducha tal y como está. Lo mejor es que se vaya a dormir; ya tendrá tiempo mañana para eso.

Asiento sin decir nada y les ayudo a deshacer la cama y a taparla con las sábanas. Meredith, que sigue medio grogui, se dedica a apartarse con las dos manos mechones de pelo. Ya no le queda ningún rastro del pintalabios rojo que llevaba al salir del hotel.

—Agua, por favor —murmura.

—Voy. —Connor camina hacia el baño y oigo cómo llena un vaso.

—Deberíamos quedarnos con ella, por lo menos una hora, para ver cómo evoluciona —me dice Lily—. No podemos dejarla en este estado… Imagínate que se pone a vomitar y está tumbada bocarriba.

Me entra el pánico al pensar en la escena que acaba de describir.

—Ya, pero ¿cómo?

—Podemos hacer turnos —propone Connor, tendiéndole el vaso de agua a Meredith.

No estoy segura de si en este hotel se permite que dos personas del sexo opuesto compartan habitación una noche, pero asiento.

—Vale, son las tres y cuarto; podemos dividirnos en plazos de veinte minutos si queréis.

Connor accede y propone encargarse él del primer turno. Se quita la bufanda y el abrigo de GAP y los cuelga en una silla. Acto seguido, alza la gorra y la agita hacia nosotras en señal de despedida.

—¿Y ahora qué hacemos? —le pregunto a Lily en cuanto salimos al pasillo.

—Podemos ir a tu habitación, que está aquí al lado. Me da pereza subir para veinte minutos.

Saco del bolso mi tarjeta y abro la puerta, contigua a la de nuestra amiga. Me alegro de haber dejado todo más o menos en su sitio cuando he salido; así no tengo que avergonzarme de mi desorden habitual. Enciendo las luces y camino por el pasillo hasta sentarme en la cama.

—¿*Panda* está dormido?

—Hmmm… —Me acerco a la jaula para buscarlo. Si lo estaba, es probable que la luz y el sonido de la puerta lo hayan despertado—. ¡Creo que no! Mira, lo puedo sacar.

La observo cogerlo con alegría y jugar con él durante los siguientes minutos. Yo me quedo callada, algo inquieta por Meredith. No me gusta ver a la gente borracha… Esa es una de las razones por las que decidí no beber en fiestas. Por supuesto, esa resolución se convirtió en un fastidio: siempre que mis amigas acababan fatal, yo tenía que encargarme de hacerlas llegar a casa sanas y salvas. Más o menos como lo que ha ocurrido esta noche, aunque con frecuencia y sin ayuda de nadie.

Dejo escapar una tos incómoda para llenar el silencio que se ha creado en el cuarto y Lily se gira hacia mí.

—¿De verdad que no tienes nada con Connor?

Me genera ansiedad que retome esa conversación… No entiendo qué le induce a pensar tal cosa.

—De verdad.

Bajo la vista y me muerdo el labio. Lily me pregunta con delicadeza si tengo novio o lo he tenido alguna vez. Aunque ya había contestado a la misma pregunta hecha por Meredith antes de salir, creo que no era necesario formularla para saber la respuesta: mis escasas habilidades sociales difícilmente podrían interesar a un chico.

—No te pierdes nada, a la vista de lo que hay por ahí… Para estar con tíos como Oliver, mejor no estar.

Trago saliva y la miro a los ojos.

—¿Vas a quedar con él mientras estés aquí?

—Bufff —resopla, acariciando las orejas de *Panda*—. No lo sé. ¿Debería? Ha pasado ya bastante tiempo desde lo que te he contado antes, pero… hay una cosa que no entiendo: se supone que no quería saber nada de mí y, ahora que se entera de que he venido, me escribe un mensaje como si no hubiera ocurrido nada. No tiene sentido.

—Ya, es complicado… Yo no lo conozco, así que tiene que ser lo que tú sientas.

Lily coge a *Panda* y lo trae hasta donde estoy sentada en la cama, dejándolo corretear entre nosotras. El pelaje negro que enmarca sus ojos parecen manchas de tinta salpicando el edredón.

—Ese es el problema: no sé lo que siento —admite en voz queda—. No quiero parecer la típica tonta que va detrás de su ex en cuanto la vuelve a llamar porque, bueno, tengo una amiga que hace eso siempre y me pone de los nervios. Pero, por otro lado, ya ha pasado un tiempo, él ya habrá empezado su nueva vida aquí…

—Y tú estás a punto de comenzarla ahora, no lo olvides.

Ella se incorpora en la cama y se encoge de hombros. Rebusca en su bolso hasta que da con el móvil y comprueba la hora.

—Connor vendrá en cinco minutos.

—No cambies de tema. —Sonrío, pillando su táctica de distracción—. Tienes que decidir algo, para bien o para mal.

Lily se echa a reír.

—Es que… —empieza, volviendo a concentrarse en *Panda* y en sus orejas— no quiero que piense que estoy desesperada sin él y que he venido porque espero que volvamos, ¿sabes? Lo nuestro pasó hace meses y no tengo ganas de recordarlo.

—Pero…

—Pero en parte le echo de menos y es lo único que me une a Madrid, a mi casa, a mis amigos… A mi yo más confiado antes de que él lo destrozara.

OLIVER

Cuando me despierto por la mañana, ni siquiera recuerdo haberme traído anoche una chica a casa. De no ser porque he notado un movimiento a mi lado en la cama, me habría dado un susto de muerte si de pronto la hubiera oído hablar. Me hago el dormido para tantear el terreno; en cuanto la oiga respirar lentamente, tengo que aprovechar para girarme y mirarla. Ahora mismo no estoy seguro de si está despierta o no... Espero reconocer su cara y acordarme de su nombre, o todos mis intentos por seducirla habrán sido en vano.

Aguanto unos minutos intentando no hacer ruido, pero me parece que no va a volver a dormirse porque está con el móvil: de vez en cuando, percibo un sonido amortiguado, similar al del botón central del iPhone. Intento hacer memoria: anoche salí tarde, con varias copas encima. Matthew me dejó en un bar..., no consigo visualizar el nombre. Sé que estaba por Chelsea, en una calle paralela a un hospital. Ahí me reuní con unos amigos, tomamos una copa, echamos unas partidas de billar y después conocimos a un grupo de chicas. Hasta ahí bien... Y luego, por más memoria que hago, el resto de la noche sigue en blanco.

Noto que el gemelo me empieza a hormiguear y aprieto los ojos, rezando para que no me dé un calambre que me delate en este mismo momento. «Aguanta, aguanta, AGUANTA», me grito en mi interior con poco éxito. El músculo me da un tirón repentino que me obliga a girar la pierna y a estirarla para que se pase el dolor, moviendo las sábanas y revelando que estoy despierto.

—¿Oliver?

Esperaba oír muchas voces distintas, pero ni por asomo la de un hombre. Me giro de golpe, poniéndome prácticamente de pie encima del colchón. Por suerte, cuando miro el rostro de mi misterioso acompañante, es una cara conocida.

—¡Joder, Dylan! Qué susto me has dado. Me cago en tus muertos.

—Eh, eh, eh, vigila ese lenguaje. ¿Así tratas a todas las chicas que traes a casa?

Mi amigo sale de la cama en calzoncillos y se levanta, desperezándose.

—No me digas que has dormido así dentro de mi cama, por favor —gimo, frotándome la mano contra la frente. Tengo un dolor de cabeza horrible.

—Tranqui, ni te diste cuenta; estabas tan cansado que te dormiste al minuto. Me daba pereza ir hasta casa y como tu chófer me trajo aquí…

—Decidiste dormir conmigo antes que irte al sofá, por ejemplo.

—Efectivamente —dice él, poniendo los brazos sobre las caderas—. Es culpa tuya por tener una cama gigante y mucho más cómoda que el diván del salón.

Por la ventana ya entra bastante luz, aunque no parece la suficiente como para que sea muy tarde.

—¿Qué hora es?

—Las dos o así.

—¿En serio? —Me llevo las manos a la cabeza y me froto los ojos. Pensaba que sería mucho más temprano—. Uuuf, qué pereza prepararme la comida... Creo que llamaré a Matthew para que me traiga algo.

—¡Comida india! —grita Dylan de camino al baño.

—¿Estás loco? Lo que me faltaba para potar todo el alcohol de anoche. Nada de especias, algo suavecito.

—Joder, qué blandengue eres —se queja—. Me voy a dar una ducha y luego a mi puta casa, que tengo comida familiar.

Se mete en el baño rezongando algo que no llego a entender. Oigo cómo abre el grifo y se coloca bajo el agua helada, sin esperar a que se caliente. Me flipa ese superpoder que tiene para ser inmune a los cambios bruscos de temperatura.

Busco mi móvil por la mesilla, pero no está ahí; lo debí de dejar cargando en alguna parte o en el bolsillo de la chaqueta. Por fin, tras unos minutos de búsqueda, lo encuentro envuelto entre las sábanas con un 2% de batería. Corro hacia el enchufe más cercano y conecto el cargador. Tengo miles de notificaciones pendientes, aunque sólo una de ellas me interesa. Abro WhatsApp y espero a que se carguen los chats: varios mensajes de mi padre a primera hora de la mañana, gente pesada hablando por grupos... y Lily. LILY.

Toco inmediatamente su nombre y se me hacen eternos los nanosegundos que tarda en abrirse la conversación y mostrarme el mensaje que me ha enviado. Ha accedido a quedar conmigo, pero afirma disponer de poco tiempo. Me indica lugar, día y hora.

FINN

El tren sale de King's Cross cuando mi reloj marca la una en punto. Al principio avanza despacio, despegándose de los andenes y de la gente que espera su turno junto a la vía para coger el próximo, pero conforme nos alejamos gana velocidad, se mete en un túnel y, unos minutos después, ya estamos en las afueras de Londres. Esa es una de las cosas que más me gustan de viajar en tren: entrar en un túnel en el mismo centro de la ciudad y aparecer en otro lugar alejado del caos en un breve lapso de tiempo. Ojalá pudiera hacer lo mismo con mi mente, ser capaz de dejarla en blanco y desligarme de todos mis pensamientos para contemplarlos desde una perspectiva distinta.

Cuando era pequeño, adoraba viajar en tren. De hecho, siempre le decía a mi madre que de mayor quería ser conductor de trenes y que estudiaría para poder dedicarme a ello. Las cosas, por supuesto, han cambiado mucho: mi corta estancia en la universidad y YouTube, entre otras, me hicieron replantearme mi futuro académico.

Pensar en ella hace que el corazón se me encoja y me descienda un escalofrío por la espalda, imaginando lo peor. No creo ser una persona negativa... Sin embargo, en estos momentos lo único que veo es lo que más temo. Tengo las manos congeladas, así que las froto ante la boca para soplarlas y que entren en calor. Por lo general, cuando viajo aprovecho para escuchar música o ver alguna película en el móvil, pero ahora mismo eso es lo último que me apetece. Intentaré dormir y, si no puedo, cerraré los ojos hasta llegar a Edimburgo para descansar un poco.

Tom coloca la mano sobre mi hombro cariñosamente y me da un apretón. Ha insistido en venir conmigo y no me he podido negar. La verdad es que lo agradezco: él ya ha pasado por algo similar con su abuela y su presencia va a ser de gran ayuda estos días. Independientemente de todas nuestras discusiones tontas, por situaciones como esta me ha demostrado que es una persona con la que puedo contar siempre.

Cuando anoche me dieron la noticia, nada más llegar a casa, escribí a Nate para contárselo. No me veía capaz de llamarle porque no me salían las palabras... Justo después, saqué una mochila del armario y empecé a llenarla con ropa, y compré un billete del tren a Edimburgo de la una porque la maldita página web me daba error al tramitar el de otro que salía antes.

El trayecto no es muy largo, unas cuatro horas; lo he hecho miles de veces desde que comparto piso con Tom en Londres, aunque presiento que hoy se me va a hacer eterno. El tren vuelve a entrar en un túnel, este bastante más largo, y la ventana se oscurece durante varios minutos. Sólo se ven de vez en cuando luces naranjas que indican la salida de emergencia. Me subo la cremallera hasta arriba para taparme el cuello; han puesto el aire acondicionado y, al estar quieto, me estoy congelando.

Aprovecho esta quietud para intentar dormir, ya que esta noche no me he despegado del móvil por lo que pudiera pasar. Cierro los ojos y dejo la mente en blanco.

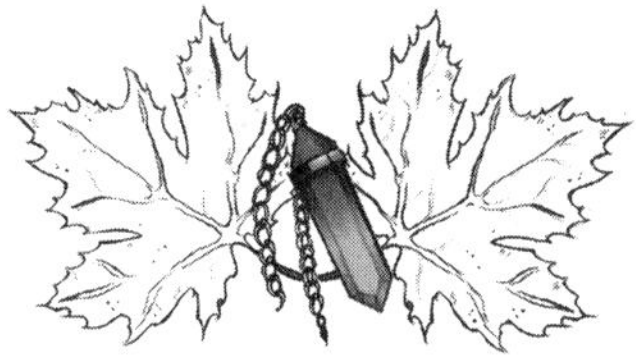

LILY

Por fin ha llegado el día, para bien o para mal.

Comienza a llover en cuanto salgo por la puerta del hotel Ellesmere. Espero que no sea una señal de que estoy cometiendo un error y debería quedarme en mi habitación… Me pego a la fachada de los edificios para que las cornisas me cubran, aunque eso no evita que mi abrigo se moje. En realidad, la lluvia me ha acompañado durante todo el viaje: me despidió en Madrid, me dio la bienvenida en Londres y ahora me sigue a mi reunión con la persona que me ata a ambas ciudades. Por lo menos, me gusta el olor de las calles cuando las gotas empiezan a caer; podría pasarme horas contemplando los charcos que se forman en las aceras. Y las calles de Londres también me agradan: están llenas de vegetación y fachadas muy cuidadas; tienen algo especial que no logro identificar.

El camino hasta el metro es casi el mismo que recorro todos los días con Ava y Meredith hacia la universidad. Todavía me extraña estar en septiembre y no desplazarme por Madrid… En todo momento tengo la sensación de que esto es algo momentáneo y de que, en unos días, estaré de vuelta con los que han sido mis compañeros durante los últimos tres años.

Llego a la boca de metro y desciendo las escaleras con cuidado para no resbalarme. Si normalmente está lleno de gente, los días de lluvia no hay quien dé un paso sin tener que esquivar personas, en su mayoría turistas. Bajo al andén y, agradecida por el cambio de temperatura, me desabrocho el abrigo mientras espero un par de minutos a que llegue el tren haciendo tiempo con el móvil; esta es una de las pocas estaciones donde hay buena cobertura.

Mi teléfono suena con una notificación y lo saco deprisa, esperando que no sea un mensaje de Oliver. Desbloqueo la pantalla y me meto en WhatsApp: sólo es un mensaje de mis padres preguntándome si podemos hacer una videollamada esta noche. Aliviada, les contesto que sí y añado que les echo de menos.

La megafonía de la estación anuncia la entrada del tren con su repetitivo «*mind the gap*». Monto nada más abrirse las puertas y busco un sitio para sentarme, aunque está tan lleno que tengo suerte de poder encontrar una barra a la que agarrarme. Las puertas del vagón se cierran con un pitido y tomo una bocanada de aire mientras el tren comienza a acelerar.

Llevo desde el sábado por la mañana repasando lo que le voy a decir a Oliver en cuanto lo vea… Incluso Meredith, después de que me lo sonsacara (o se lo contara yo misma por la pena que me daba su resaca), se presentó voluntaria para actuar como él. No lo imitaba muy bien, ya que ella habla extremadamente rápido y a él parece que le paguen por estirar las palabras, pero la cuestión es que tanto ella como Ava han intentado ayudarme estos días y no puedo fastidiarla ahora. Vuelvo a respirar hondo para calmar los nervios. Odio sentirme así porque en el fondo sé que no estoy ansiosa por verlo, sino por cómo va a reaccionar él cuando me vea. No sé si se alegrará, si se reirá, si le pareceré patética... ¿Y si viene con su posible nueva novia? ¿Y si, directamente, no viene?

Me entra el pánico durante unos segundos. ¿Y si todo esto es una broma? Por mi cabeza pasa la idea de bajarme del tren y montar en otro que vaya en dirección contraria, hacia el hotel. Conociéndolo, es posible que sólo pretenda burlarse de mí, lo sé, aunque una parte de mí tiene la esperanza de que se comporte como una persona madura y dé la cara. Al fin y al cabo, fue él quien me propuso quedar.

Compruebo la parada en la que estamos entrando y veo que sólo queda una más para Leicester Square. El camino hasta la cafetería lo tengo controlado porque lo seguí con Google Maps: nada más salir, debo ir hacia el sur y girar en la tercera calle a la izquierda. Cuando la voz femenina del metro avisa de la próxima parada, cojo aire y me voy aproximando a la puerta. Ahora ya es muy tarde para retroceder y me he preparado para esto... No puedo distraerme con paranoias ridículas.

Bajo del tren y salgo de la estación lo más rápido que puedo y sin mirar atrás. Camino hacia la cafetería donde hemos quedado. Miro el reloj: quedan cinco minutos para las seis, así que aguardo unos metros más allá, en un portal lo bastante lejos del café como para quedar fuera de la vista, pero donde pueda verlo entrar.

Tres intensos minutos después, una limusina dobla la esquina, disminuye la velocidad y frena justo enfrente del establecimiento. El chófer se baja para abrir la puerta a la persona que lleva detrás... y es entonces cuando lo veo. El corazón me empieza a latir con fuerza, no sé si por los nervios o por lo descabellado de la situación.

Oliver no ha cambiado en absoluto: sigue llevando el pelo corto, casi rapado, y mantiene la costumbre de tocarse la nuca con la palma de la mano. Su rostro denota la altiva confianza de siempre. Hay una sola novedad en su aspecto: va vestido con un traje completamente negro que le favorece mucho —demasiado— con su piel marrón oscura. Acostumbrada a verlo con vaqueros de lunes a viernes y con trajes sencillos en ocasiones especiales, el cambio es impresionante. Un grupo de tres chicas que están fumando al lado no le quita el ojo de encima desde que ha llegado.

El chófer cierra la puerta, intercambia un par de palabras con él y vuelve a montarse en el vehículo. Espera a que Oliver entre en el establecimiento y entonces arranca. Las chicas empiezan a soltar risitas nerviosas cuando la limusina desaparece al final de la calle.

En cuanto me doy cuenta de que llevo varios segundos conteniendo la respiración, cojo aire y lo suelto un par de veces. Por un lado, tengo ganas de lanzarme hacia él y gritarle todas las cosas que me he guardado durante este tiempo, toda la rabia que he reprimido desde que me dejó en verano. Por otro, intento calmarme e interpretar la situación como una forma de pasar página y vivir sin el miedo de encontrármelo por la calle y no saber cómo actuar.

Le doy un rato para que encuentre un sitio dentro y me espere; no quiero llegar muy pronto y parecer desesperada por verlo. Cuando en el reloj pasan unos minutos de la hora acordada, me encamino a la cafetería, resuelta a ser todo lo contrario de la típica exnovia que suelta comentarios como «estoy genial, de verdad, la vida me va de maravilla» o «siempre supe que conseguirías tal cosa, creí en ti desde que empezamos, ¡me alegro de que todo te haya salido bien!».

Nada más verme, se pone de pie y me recibe con dos besos. Es raro saludar así a alguien en Inglaterra, como si siguiéramos en España...

Aunque supongo que lo es aún más darle dos besos a alguien con quien he compartido mucho más que eso.

—Llegas tarde, para no perder la tradición…

Quizás no sea la mejor forma de iniciar esto, pero me alegro de que haya decidido romper el hielo. Y, además, ahora reparo en lo mucho que añoraba hablar en español.

Como única respuesta a su observación, enarco las cejas y asiento, sentándome enfrente de él.

—¿Qué vas a tomar?

—Un…

—Espera, déjame adivinarlo: agua sin gas —me interrumpe.

—¿Vas a estar así todo el rato?

Él se levanta y camina hacia la barra para pedir las bebidas y yo aprovecho esos segundos para sacar a toda prisa mi móvil y escribir a Meredith y a Ava un mensaje avisándoles de que ya estoy aquí.

—Toma. —Deja un vaso y un botellín de cristal sobre la mesa y vuelve a por su café. Acto seguido, se sienta y da un sorbo.

—Gracias… Estás muy raro con ese traje tan formal, por cierto.

—Me lo tomaré como un cumplido. Tú estás igual que siempre.

—Me lo tomaré como un cumplido —repito.

Oliver estudia mi rostro y yo le devuelvo la mirada. No sé a qué está jugando, pero espero que no me enfade porque mi aguante tiene un límite y, en su caso, rebasarlo sería muy sencillo.

—En fin, cuéntame algo de tu vida. Has venido a Londres…

«Oh, no: ya está aquí la típica pregunta de qué tal me van las cosas».

—Sí, y todo bien. *Muy* bien —recalco—. Llegué la semana pasada. Bueno, hace un poco más, pero las clases las empecé el lunes.

—Has seguido adelante con la beca, entonces.

—Sí. —No quiero añadir nada más, así que aprovecho para dar un trago.

—Me alegro —asevera, y poco me falta para no atragantarme. Giro la cabeza y lo miro con incredulidad—. De verdad, me alegro de que hayas venido —insiste.

—Mira…, mejor dejemos ese tema; no quiero enfadarme.

—Como quieras. —Se encoge de hombros y se recoloca en la silla.

Se hace un silencio incómodo. Al principio lo he visto muy suelto y confiado, pero ahora ha erigido un muro a su alrededor, ese que creaba cada vez que discutíamos en Madrid por cualquier nadería. Él no es una persona muy dada a expresar sus sentimientos, cosa que a mí me crispaba… Y eso es lo que está haciendo justo ahora.

—Veo que no tienes mucho que contar.

—No tengo mucho que contar porque llevo poco tiempo aquí. —Me pongo a la defensiva.

Si esto sigue así, me largo en cinco minutos.

—Lily… Por favor, vamos a intentarlo.

Abro los ojos como platos.

—¿Intentar qué?

—No sé… Llevarnos bien.

Bueno, al menos no ha soltado un «seamos amigos», «esforcémonos por olvidar el pasado y empezar de cero como amigos», etcétera.

—¿Qué entiendes tú por «llevarnos bien»?

Oliver carraspea y se recoloca los hombros del traje.

—No me lo pongas más difícil, Lily, ya sabes…

—¿Más difícil? ¡Ja! ¿Más difícil que encontrarme en un sitio donde no quería estar por tu culpa?

Me arrepiento al instante de haber soltado eso. No quería exponerle mi lado débil, pero no he tardado nada en sacarlo a relucir. Aprieto el puño por debajo de la mesa mientras maldigo para mis adentros; necesito salir airosa de esto y demostrarle que él ya no me importa. Que sea verdad o no es otra cuestión.

—Ya hablamos de esto en Madrid; no pretendía que nos reuniéramos para discutir sobre lo que ocurrió.

—Ah, vale, ¿entonces quieres pasar página y fingir que todo va bien? —espeto, alzando un poco la voz. Eso incomoda a Oliver, que mira en derredor para asegurarse de que nadie nos está observando. En el fondo, la respuesta a esa pregunta es lo que espero aclarar aquí.

—Te dije lo que sentía. Iba a ser muy complicado estar separados durante tanto tiempo… No fue mi culpa ni la tuya. No me quedó otra elección que venir a Londres por el trabajo de mi padre…

—Ya, y por eso sólo tardaste unos días en buscarte a otra por aquí —mascullo, y me cruzo de brazos para poder apretar los puños con disimulo—. ¿Te crees que soy idiota? ¿Piensas que en un mes y medio me ha entrado amnesia?

—Mira, tendrías que haberme…

—Tendría que haberte contado lo de la beca desde que se me ocurrió pedirla —le corto—. Y no lo hice. ¿Qué diferencia hubiera supuesto saberlo unas semanas antes?

Oliver resopla y da un trago a su café. Sé que lo he pillado: está utilizando a la chica que conoció como excusa. Probablemente, si le hubiera dicho que me habían concedido la subvención en cuanto lo supe, también me habría dejado, sólo que arguyendo un motivo distinto.

—¿No tienes nada más que decir? ¿En serio pensabas que iba a hacer como si nada y que íbamos a ser amiguitos inseparables?

—No —responde categóricamente.

—¿Entonces?

—Sólo quería ver cómo estabas, asegurarme de que habías llegado bien y te habías asentado... Si necesitabas algo.

—No necesito que nadie se ocupe de mí, gracias. Estoy perfectamente donde estoy.

Aunque es de mala educación, saco el móvil ahí mismo y me pongo a escribir un mensaje en el grupo de WhatsApp que compartimos Ava, Meredith y yo. Necesito desahogar mi angustia en alguna parte o empezaré a proferir cosas que querría callarme. Toqueteo la piedra de mi collar, como siempre que estoy al borde de un ataque de nervios.

Está yendo FATAL. No sé para qué he perdido el tiempo viniendo... Me iré enseguida, no quiero saber nada más de Oliver.

Meredith contesta al instante. Se pasa el día pegada al móvil, así que siempre responde en el acto:

Aguanta un poco a ver qué más quiere y luego nos cuentas, tía.

—Sigue escribiendo—. Ánimo de parte de Ava también.

Me las imagino juntas esperando a que les dé noticias de mi... ¿cita? Bueno, de cita no tiene nada; más bien, de interrogatorio frustrado por parte de ambos y hostil por mi parte.

—¿Has acabado con los mensajitos?

Cuando respondo con un lacónico «sí», él se lleva la mano a la nuca y vuelve a echar un vistazo alrededor en busca de una distracción en este silencio incómodo.

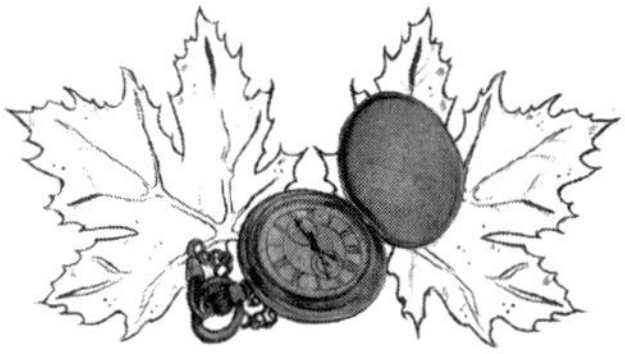

OLIVER

Para ser sincero, no esperaba que las cosas fueran así. Sabía que Lily lo había pasado mal, pero estaba seguro de que, en el fondo, se alegraría de verme. No es que pensara que se iba a lanzar a mis brazos, pero está tan a la defensiva que me bloquea. Además, cuanta más información intento sacarle sobre su día a día en Londres, menos cosas me cuenta. ¡Mierda!

Mi plan de limusina y traje tampoco ha surtido efecto. He intentado llegar a la hora exacta para coincidir con Lily y que me viera bajarme de ella, pero no ha funcionado; ni siquiera parece haberle impresionado mi nueva forma de vestir. Lo que más me fastidia es que me haya recriminado todo lo que pasó el día de mi cumpleaños cuando ese tema había quedado más que zanjado.

—¿Y bien? —me dice, sacándome de mis pensamientos.

—Nada. Si tienes que irte, vete. Me da igual. —En realidad, me jodería un montón que lo hiciera porque he tenido que dejar pendientes mil cosas y escaparme de una reunión para venir a este sitio, pero, si ella juega a no contar nada, yo también.

—¡No es eso, Oli! *Oliver* —se corrige automáticamente.

—Hacía tiempo que no me llamabas así; eres la única persona que me…

—Hacía tiempo que no te llamaba así porque me dejaste para vivir aquí rodeado de lujos.

Otra vez.

—Por favor, deja de echarme en cara que he venido por el dinero. ¡Estoy aquí por motivos muy diferentes! ¿Te crees que a mí me hace gracia dejar atrás a…? —Enmudezco bruscamente; me acabo de meter yo mismo en una trampa.

—Sigue, sigue —me incita Lily—. Dejar atrás a tus amigos. A tu novia que le den.

Me muerdo la lengua porque se la ve cansada y agobiada. No voy a insistir más… Voy a intentar concluir lo antes posible esta reunión que nunca tendría que haberse producido.

—Mira, sólo quería venir para ver qué tal estabas y ayudarte si necesitabas algo, ya te lo he dicho. No te escribí para molestarte, recordarte algo indeseado o joderte; si piensas así, es cosa tuya.

—Perfecto, agradezco tu sinceridad. Ahora mismo no necesito ayuda, pero muchas gracias por ofrecerte. Llevo en Londres casi dos semanas y me manejo bien. —Conforme habla, su tono se va relajando y también su expresión—. Eso sí, quiero que sepas una cosa: es verdad que pedí la beca para acompañarte, pero, si después de todo he decidido venir a esta ciudad, es por mí. No he venido hasta Londres para perseguirte y rogarte que vuelvas conmigo. Supongo que eso no es lo que querrás, y yo tampoco, así que ya lo sabes.

—Te entiendo —respondo.

Ella me mira desafiante y yo no me atrevo a decir nada más para que no me suelte otro sermón de los suyos.

—Pues ya está. Tú por tu camino y yo por el mío —añade, gesticulando con las manos—. No tenemos por qué encontrarnos nunca más, a no ser que sea por casualidad. Te parece bien así, ¿verdad?

—Como quieras.

—Como quiera no, Oli. ¡Oliver! Eres tú el que lo quisiste así cuando... No, no pongas esa cara. —Se impacienta al verme alzar las cejas—. El caso es que tú me dejaste a mí, así que ahora no vengas buscando una amistad o lo que quiera que busques, porque yo he reconstruido mi vida y estoy aquí para estudiar, hacer amigos y lo que me apetezca. Desde luego, entre mis planes no figuras tú.

—Pero hoy has venido aquí... conmigo.

Ella se queda en silencio y entrecierra los ojos. Al hacerlo, se le forman unas arruguitas en la parte inferior. Observo el pequeño lunar que tiene debajo del derecho.

—No te preocupes —cedo finalmente—. Vete tranquila, ya lo he entendido. Tú por tu lado y yo por el mío, sin cruzarnos. No pasa nada, lo pillo.

—¿En serio pensabas que íbamos a volver o algo así? —Parece estupefacta.

—No sé. —Finjo cavilar sobre la respuesta—. Desde luego, sin hablarte no iba a conseguir nada. Pero descuida: no volverás a saber de mí mientras estemos en esta ciudad, si eso es lo que quieres.

A Lily le sorprende mi cambio de actitud y se lo cree a la primera. Se despide de mí, por tanto, deseándome suerte en el trabajo; deja dos libras en la mesa, se levanta y caminamos juntos hacia la puerta de la cafetería. Esta vez nos despedimos de una manera mucho más fría, con un mero asentimiento de cabeza. Luego, ella se va andando hacia Leicester Square y yo hago una llamada rápida a Matthew para decirle que no venga a buscarme, que ya iré dando un paseo hasta la oficina de papá. Necesito despejarme y pensar en lo que voy a hacer a partir de ahora.

No sabía qué esperar de ella, pero nunca me hubiera imaginado que, después de venir hasta aquí, no quisiera saber nada de mí. En parte, me quita un peso de encima porque volver con ella hubiera sido complicado... No obstante, también me cabrea pensar que una mujer me ha rechazado.

Recorro con parsimonia las calles que separan la cafetería de las oficinas, esquivando algunos charcos que se han formado en las aceras. Al menos, ya no llueve, pienso distraídamente mientras doy vueltas a la idea que tuve hace unos días cuando le escribí el mensaje a mi ex. Si el propósito esencial de esta reunión era saciar mi curiosidad, he fracasado por completo: sólo he logrado incrementarla.

Si Lily no va a darme ningún detalle sobre por qué ha venido en realidad y cómo es su nueva vida aquí, tendré que averiguarlo por mí mismo.

TOM

Es raro llegar a la ciudad natal de Finn para algo que no sea grabar vídeos. De vez en cuando, ambos cogemos el tren para ir a la casa donde vivió hasta que nos mudamos juntos. El padre de Finn es fotógrafo y tiene un cuarto dedicado exclusivamente a su material: focos, cámaras, micrófonos, paredes de distintos colores para usar como fondo... Con la condición de no estropear nada, nos deja utilizar todo lo que queramos.

En realidad, no necesitamos tanto material profesional para grabar los vídeos; al menos, a mí me basta con una buena cámara e iluminación frontal. En cambio, Finn lo tiene más complicado: sube contenido sobre videojuegos, por lo que necesita varias cámaras y un ordenador potente que trajo consigo a Londres. Le encantan los juegos tanto de ordenador como de consolas, y en su canal vuelca esa afición. En el último año es aquí donde he grabado la mayoría de mis vídeos, algunos solo y otros con Finn. En pocos minutos tengo montado el trípode con la cámara, los micrófonos y los focos.

Suelo preparar tres o cuatro vídeos de golpe. A veces termino con dolor de cabeza de tanto hablar y gesticular, pero merece la pena por la calidad de la imagen y del sonido. Grabar varios vídeos me permite dedicar la semana a compromisos con la agencia, a las redes sociales… y, por supuesto, a mi familia, mis amigos y mi otra pasión: nadar. Como subo un vídeo semanal a YouTube, empiezo a editar los que he grabado durante el trayecto de vuelta a Londres y termino nada más llegar a casa. Después, los programo y así nunca me veo sin nada preparado. Cuando llega el día de subida, me limito a compartirlo en redes para que mis suscriptores lo vean.

Pero no sólo vengo a casa de Finn para grabar. Muchas veces aprovechamos para darnos una vuelta por la ciudad o, simplemente, curioseo algunas tiendas del centro mientras él pasa tiempo con Nate. Una parte de mí envidia tanto como admira su relación; es sana, sincera y romántica. ¿Lo malo? La prensa. Siempre que se ven, tienen que hacerlo en algún lugar privado o recóndito; hace ya tiempo que decidieron evitar a los periodistas a toda costa para que no interfiriesen.

Por todo esto se me hace raro estar en Edimburgo. Hoy no hemos venido a grabar ni a alejarnos del bullicio londinense ni a visitar a Nate… Hoy he venido para acompañar a mi amigo durante los últimos días de vida de su madre.

Finn y yo bajamos del tren y nos encaminamos a su casa, en un edificio próximo a la estación. Aquí no llueve como en Londres, pero sopla un viento fresco que parece congelar mis pensamientos y, con ellos, mi capacidad de formular una frase de ánimo. Dejamos atrás en silencio la algarabía de los comercios hacia la puerta principal, donde bajamos por las escaleras que nos llevan directamente a la calle, esquivando a la gente que ha aprovechado la pálida luz de sol para acomodarse en los peldaños y disfrutar de la ausencia de lluvia.

El único sonido audible es el de las ruedas de nuestras pequeñas maletas deslizándose por el asfalto. De vez en cuando, algún coche o autobús pasa a nuestro lado. No muy lejos veo emerger la silueta de la casa de los padres de Finn. Él aprieta el paso hasta llegar a una zona salpicada de hojas caídas de los árboles que rodean la entrada a la urbanización. Antes de cruzar la puerta que conduce al edificio de ladrillos rojos, lo agarro del hombro.

—¿Estás bien?

Una ráfaga de viento revuelve su mata de pelo rojizo.

—Mejor de lo que esperaba. Dejémoslo ahí. —Se queda unos segundos en silencio—. Gracias por venir, tío.

Ni Finn ni yo somos particularmente sentimentales, pero, cuando doy un paso adelante para abrazarlo, noto que relaja la tensión de los hombros y me lo devuelve.

—Vamos —dice después con tono monocorde, abriendo la puerta.

Nos dirigimos a los ascensores y entramos en uno. Las puertas se cierran despacio y, tenso, escucho a mi compañero juguetear con las llaves en el bolsillo del pantalón. Cuando llegamos, lo sigo por el pasillo en forma de L hasta la puerta de su casa, con el viejo felpudo de siempre.

Finn se queda unos instantes mirando fijamente la letra que cuelga de la puerta y hace un movimiento brusco con el cuello para relajarse, provocándose un crujido. Detesto que haga eso, tal vez incluso más que su costumbre de dar portazos cuando estoy dormido, pero no digo nada. No me atrevo a echar un vistazo a su cara; me saca más de una cabeza y quedaría poco disimulado… Sin embargo, adivino cuál será su expresión: la circunspecta que adopta cuando prefiere reservarse lo que piensa. Mientras la cerradura gira con un chasquido, me voy desabotonando el abrigo. La puerta se abre sin el menor ruido.

En el recibidor y el salón no parece haber nadie, pero la luz de la cocina está encendida.

—¿Hola? ¿Papá?

Aguardamos unos instantes a que este responda, ya que nos iba a esperar aquí, pero no se oye nada.

Finn se adelanta y pulsa varios interruptores, que encienden bombillas aleatorias.

—¿Papá?

De pronto, reparo en un detalle: la llave no estaba echada. Voy hacia la cocina, donde la luz ya iluminaba tristemente los muebles, como por un descuido: el cajón de los medicamentos está mal cerrado y su contenido, revuelto. Avanzo unos metros hacia la habitación de los padres de Finn con él detrás. Dentro, la cama tiene las sábanas retorcidas, el armario se halla abierto de par en par y en el suelo, junto a la mesilla, los pedazos de un vaso de cristal se han esparcido por la moqueta. El líquido se ha extendido por la tela con una mancha uniforme.

Finn clava la vista en los cristales y se apoya en la pared. Al verlo, la opresión que llevo notando en el pecho desde que salimos de Londres aumenta.

—Voy a… llamar… a mi padre.

Saca su móvil del bolsillo, marca y se lo lleva a la oreja mientras, con la mano libre, se restriega los ojos. Empieza a dar vueltas por el cuarto con un frenesí creciente. Al quinto o sexto tono, oigo una voz amortiguada.

—Papá, hemos llegado a casa, ¿dónde estáis? ¿Qué ha pasado?

Silencio, interrumpido sólo por los chasquidos esporádicos de una bombilla con el casquillo mal ajustado y un murmullo al otro lado de la línea. Intento amontonar en una esquina con la puntera del zapato los cristales del suelo para no pisarlos.

—¿Qué quieres decir con que estás tú solo en el hospital?

La palabra hospital hace que me gire automáticamente y lo mire a los ojos. Y entonces, de golpe, su expresión circunspecta cambia.

MEREDITH

El despertador suena a las ocho menos cuarto de la mañana; aunque llevo un rato despierta, no lo he desactivado. Me visto a toda prisa, dedico diez minutos largos a maquillarme y preparo todo lo que tengo que llevar a la universidad. Ya me han avisado de que a partir de la segunda semana de clase las cosas se vuelven más serias, así que me mentalizo para lo que me espera hoy. Todavía no he olvidado la resaca del sábado, de modo que meto en el bolso una pastilla por si acaso.

Me miro al espejo un par de veces. Con el foco que hay justo en medio del pasillo de la habitación, es imposible verse bien: te saca todos tus defectos y aún más, pero qué se le va a hacer. Ojalá mis padres me hubieran pagado una suite o algo parecido… No sé si en el hotel habrá habitaciones mejores, pero yo necesito más espacio para vivir que veinte metros cuadrados. Vuelvo al baño para ponerme el pintalabios; sí, se me va a borrar en cuanto empiece a desayunar, pero no puedo vivir sin él. Me hago un *selfie* en Snapchat con un mensaje motivador para empezar la semana y salgo al pasillo. Posiblemente Ava siga en la cama: siempre apura hasta el último minuto para dormir. Lily, por el contrario, es madrugadora; lo más probable es que ya haya bajado al comedor.

No obstante, cuando entro, no veo la melena pelirroja por ninguna parte. Echo un vistazo para analizar a quienes me rodean: en las mesas del fondo se ha sentado un grupo que va a mi clase, pero es gente demasiado rara como para juntarme con ella. También hay un corro de chicas hablando en italiano a un par de mesas de distancia; una de ellas tiene un anillo con un brillante enorme en el dedo anular y las demás lo miran con envidia. No, no las conozco de nada. En fin, tendré que sentarme sola…

De soslayo, capto una gorra y me parece ver a Connor dando una vuelta por el bufé. Me escondo todo lo posible tras una mesa para desaparecer de su campo de visión y que no venga a darme el coñazo. Bastante lo tuve que soportar ayer, aburriendo a las piedras con su discurso sobre qué es lo que pasa cuando bebes demasiado. Para eso ya tengo a mis padres y no quiero un tercero, gracias.

Por suerte, nada más sentarme a una mesa, Lily aparece por la puerta. En cuanto me ve, viene hacia mí, sonriente.

—Vaya, vaya, alguien se ha levantado de buen humor. ¡Esto sí que es raro! —digo a modo de saludo.

—Bah. —Hace una mueca—. En realidad, estoy bastante deprimida porque sea lunes.

—Todos lo estamos, querida.

—¿Qué tal tu dolor de cabeza? —me pregunta.

Le hago un gesto con la mano para indicarle que más o menos.

—Bueno, algo es algo. Por cierto, te tengo que contar lo de Oliver.

—¡Es verdad! —exclamo—. Se me había olvidado por completo. Espera a que me sirva un café, que, si no, no soy persona. ¿Te traigo uno?

Lily se ríe y me pide un zumo de naranja. No sé cómo puede sobrevivir sin cafeína... Me empano unos segundos ante la máquina contemplando cómo gotea el café en la taza y recojo lo que me ha pedido mi amiga. Por suerte, Connor ha desaparecido, lo que significa que puedo andar libremente de camino a nuestra mesa.

—Cuéntamelo todo, también tu secreto para sobrevivir un lunes sin café, por favor.

—Gracias —responde cuando le tiendo el zumo—. En realidad, no fue gran cosa, pero me sirvió mucho. Siento que me he quitado un peso enorme de encima.

—¿Tienes una foto suya?

Lily asiente y desbloquea el móvil para buscar una.

—Te puedo enseñar la de su WhatsApp; las otras que tengo son de hace meses. No sé ni para qué las guardo, pero me da una pereza horrible borrarlas...

Me pasa el teléfono y yo observo la imagen, reteniendo cada detalle.

—Oh, pues no está mal. Sorprendente.

La verdad es que está buenísimo. En la foto sale en la playa con un bañador azul claro que contrasta con su piel, más oscura que la mía. Tiene el pelo cortito y una sonrisa con la que seguro que consigue cualquier cosa que se proponga.

—Ajá, vale, ya le pongo cara —digo, intentando disimular mi sorpresa.

—Bueno, pues lo que te decía: no estuvimos mucho rato en la cafetería, aunque hablamos de todo. Volví a sacar el tema que me sugeriste, lo de su cumpleaños y la beca... Creo que no se esperaba que fuera a reprochárselo.

—Te lo dije —respondo, triunfante, y me reclino hacia atrás para alisarme las arrugas que se me han formado en la falda.

—Me parece que no se esperaba en general la conversación que tuvimos; creo que estaba más bien convencido de que me iba a lanzar a sus brazos y a suplicarle que volviera conmigo.

—Oh, por favor. —Pongo los ojos en blanco.

Ava llega en ese momento a la sala y empieza a buscarnos con la mirada. Lily le hace un gesto con la mano.

—He llamado a tu puerta, pero he supuesto que estarías ya aquí porque no contestabas —me dice cuando se acerca.

—He bajado un poco antes, sí.

—¿Preparada para nuestra segunda semana? —le pregunta Lily.

—Bueno...

Doy un trago largo a mi café, impaciente, y vuelvo a dejar la taza en la mesa.

—Me estaba contando lo que ocurrió con Oliver —le informo—. Te hago un resumen: él le había escrito porque pensaba que ella querría que volvieran a estar juntos y Lily acabó echándole en cara que le había amargado el verano y el viaje a Londres en general por ser tan gilipollas. —Añado un par de matices de mi propia cosecha para darle más dramatismo al asunto.

—Básicamente, sí. —Lily se echa a reír.

—¿Te contó algo más o sólo hablasteis de eso? —pregunto.

—No, empezó a decirme cosas un poco aleatorias, tipo: «Si necesitas ayuda o lo que sea, escríbeme». No sé, llegué al hotel más confundida de lo que ya estaba.

—¿Te acompañó hasta aquí? —interviene Ava, frunciendo el ceño con desconcierto.

Lily niega con la cabeza.

—Entonces, ¿ahora mismo cómo estáis? —inquiero, un poco confusa.

—No estamos, directamente. Le dejé claro que había decidido venir por mí y porque yo había querido, que no me interesaba saber nada más de él. La verdad es que fue muy raro. —Chasquea la lengua—. Por un lado, parecía que estábamos discutiendo, pero por otro siento un alivio tremendo por haberme quitado este peso de encima.

—Es extraño que te dijera eso —observa Ava—, aunque no hay que olvidar que… fue él quien te escribió primero y con un tono demasiado simpático.

Lily sopesa lo que acaba de decir.

—¿Has vuelto a hablar con él desde que quedasteis? —le pregunto.

—No, qué va —me responde Lily—, el único mensaje que le he enviado desde que llegué aquí fue el de después de la fiesta, para decirle dónde y cuándo quedábamos. Nada más.

No me hace gracia que mencione la fiesta; me trae malos recuerdos con sabor a gin-tonic. Por suerte, en unas horas ya nadie hablará de eso porque están planificando otra. Aprovecho para cambiar de tema y comentárselo:

—Los de mi clase quieren repetirla, aunque en un sitio distinto; es una discoteca que está muy cerca del hotel, así podríamos quedarnos hasta tarde bailando sin perder tiempo buscando taxis.

Leo en los ojos de Lily la pregunta que quiere hacerme y no se atreve. Ava, por supuesto, no dice nada, así que se crea un silencio incómodo que decido romper:

—Oh, venga, fue sólo una borrachera tonta. Fue una cagada por mi parte, pero estas cosas pasan de vez en cuando. Tendré más cuidado, lo prometo. —Suelto una risita e intento redirigir la conversación—: Entonces, ¿ya no vas a volver a ver a Oliver? ¿Me lo prestas?

Lily se hace la ofendida, pero se le escapa también la risa.

—Ni se te ocurra —me advierte—. Con él tienes todas las de perder.

—Es bastante mono —le digo a Ava—, que te enseñe una foto. Lily, enséñale esa de perfil en la que está en la playa en bañador.

Ella me chista y le pasa el móvil a Ava, que inspecciona la foto achinando los ojos.

—No es mi tipo —afirma como veredicto.

—Está buenísimo, deberías ir al oftalmólogo.

—¡Calla! —chilla Lily, dándome un manotazo en el antebrazo—. Tú sí que eres un demonio; déjalo tranquilito, que no quiero saber nada más de él. Ahora, por fin, voy a poder respirar tranquila.

Me levanto a coger un *croissant* y otro café del bufé mientras reflexiono sobre lo último que ha dicho. Desde que ha visto a Oliver, su actitud ha cambiado por completo: ya no está en tensión, preocupada por lo que ocurre a su alrededor.

Y, sin embargo, fue él quien quiso verla… ¿Es posible que se haya zanjado todo tan rápido?

AVA

Entramos en el campus de la USK unos minutos antes de que empiecen las clases, así que, mientras a mí me acomete la ansiedad, Lily y Meredith apuran el tiempo charlando. Esta última insiste en hacernos una foto las tres juntas. Cuanto más tiempo paso con ella, más se confirma mi teoría de que está obsesionada con los *selfies*. Su perfil de Instagram está plagado y, cada vez que hace una cosa, tiene que subirla a Snapchat, obviamente protagonizando todas las capturas. Para ella, si no comparte una foto, no está haciendo nada de cara a los demás… Y, por supuesto, es imperativo demostrar al mundo que su vida social es muy activa y ajetreada. Las pocas veces que no sale su cara es porque presume de su última adquisición, desde artículos de perfumería hasta bolsos.

Cuando nos despedimos, Meredith se encamina hacia su clase de Biología y nosotras vamos directas al edificio de Economía, donde hoy tenemos a primera hora una asignatura horrible: Contabilidad Pública.

Le pido a Lily que se adelante para pasar antes por el baño. Ella continúa por el pasillo color crema donde están todas las aulas y veo que se para a hablar con Martha en la puerta de clase. Por mi parte, me apresuro a entrar en los aseos y compruebo que no hay nadie más en el baño. Sólo entonces me meto en el último compartimento, corro el pestillo y dejo mi bolso enganchado en el colgador de la puerta.

Hacer esto siempre es más sencillo con el pelo largo porque tus hombros lo sujetan y evitan que se manche.

Cuando esta mañana me he pesado antes de bajar a desayunar, había engordado cuatrocientos gramos. He intentado apurar hasta el último momento para bajar y así beber sólo un vaso de agua, pero me he cruzado con Lily y Meredith y he tenido que comer algo para que no sospecharan.

De manera que no cabe otra. Me aseguro por segunda vez de que estoy sola y, luego, me hundo los dedos en la garganta. Sé exactamente el lugar y la presión que tengo que ejercer para obtener arcadas. Es una medida eficaz para calmar la ansiedad y, después de tanto tiempo, ya apenas noto el sabor del vómito... En cuestión de segundos, expulso todo el desayuno que he ingerido hará unos quince o veinte minutos. He llegado a tiempo: el cuerpo no tarda mucho más en absorber las calorías. Además, siempre prefiero hacerlo pronto porque, así, el vómito sabe menos ácido.

Repito el procedimiento por si acaso y, justo cuando tiro de la cadena, oigo a alguien en el baño.

Me quedo helada. Sea quien sea la chica, sólo se lava las manos y vuelve a dejarme sola. El corazón se me acelera y el estómago se me contrae tanto que ahora mismo no necesitaría esforzarme para conseguir vomitar. ¿Y si me ha oído? Contengo la respiración, asustada. Espero un minuto para abrir la puerta y, mecánica como un robot, descuelgo el bolso y me acerco al lavabo, donde me enjuago un par de veces. El esófago me arde… Saco un paquete de caramelos de menta y me meto uno en la boca. Tomo aire un par de veces, recobrando el aliento, y salgo hacia el aula.

En clase, nos sentamos como siempre: yo en la silla más próxima a la pared y Lily, a mi derecha; me gusta este sitio porque puedo apoyar el hombro y no estoy en medio de los demás. Delante toma asiento Connor junto a Martha y Rex. Con frecuencia me pregunto qué es lo que ha hecho a Rex decantarse por la compañía de Connor, con el que nada parece unirle, cuando hay tanta gente interesada en quedar con él.

En clase no dejan llevar sombreros, pero Connor aguarda para meter la gorra en su mochila hasta que entra la profesora. Después, esta nos dicta los deberes que tenemos que hacer para mañana. Abro mi agenda y empiezo a planificarme la tarde, apuntando todas las tareas que tengo de la universidad. Lily toma notas en su viejo portátil, que tiene pinta de pesar una barbaridad. Creo que es la única del aula que no tiene un MacBook o un iPad.

En la segunda mitad de la clase, pierdo el hilo de las explicaciones de la profesora. En Copenhague dábamos algunas clases en inglés y el idioma no me supone el menor problema, pero en esta asignatura es imposible no distraerse enseguida. Por más que miro las operaciones que hay que hacer, no me aclaro con ninguna. No me gusta malgastar el tiempo en clase, pero no consigo entender cuándo hay que registrar una cosa y cuándo darla de baja en Contabilidad Pública.

A mi lado, Lily también ha sucumbido y ha decidido ponerse a chatear con el móvil. Se da cuenta de que la estoy mirando y me sonríe.

—Me muero de aburrimiento —susurra.

—Yo también —musito en voz muy baja—. ¿Qué haces?

—Nada, enviar unos mensajes.

—¿A Oliver?

—¡No, no! A mis padres.

Hace un gesto con la mano que no sé interpretar y sigue escribiendo. De vez en cuando, bloquea el móvil y finge que atiende; es toda una experta en camuflar que se ha pasado casi toda la clase con el teléfono.

Veinte minutos más tarde, la profesora por fin nos libera.

—Han sido las dos horas más largas de mi vida —me quejo.

—Pues ahora tenemos Dirección Comercial —dice Connor, sumándose a la conversación.

—¿Había deberes para Dirección Comercial? —tercia Martha.

Me encojo de hombros, aunque en realidad sé de sobra que no había que hacer nada. No quiero parecer una empollona ya en la segunda semana de clase.

—Los deberes eran de la asignatura que tenemos a última hora, esa con un nombre tan raro —indica Lily sin mucho interés.

—Pues yo no los he hecho —admite Rex mientras me observa con fijeza.

No sé cómo le puede gustar a Meredith: cuando no es un soso sin el menor interés, se comporta como un pervertido, mirando el culo de las chicas que llevan falda cuando caminan cerca y susurrándoles cosas. La primera vez que lo vi, parecía un chico bastante normal... Sin embargo, sin venir a cuento, cambia de actitud y se transforma en todo lo contrario. Ahora mismo encabeza mi lista mental de gente con la que preferiría no tratar.

—¿Vais a ir a la fiesta del viernes? —pregunta Martha, jugando entre los dedos con un mechón azul con reflejos morados.

Otra vez el mismo tema. Hablar de fiestas me genera más ansiedad de la que ya de por sí tengo. No es que deteste ir, a veces incluso me lo paso bien, pero siempre tengo la sensación de que, si no acudo, me tomarán por una amargada y me quedaré sin amigos. Es absurdo, pero en el instituto, cuando todo el mundo empezó a quedar algunas tardes para ir al cine o simplemente a charlar, el que no iba se perdía los temas de los que se hablaría los próximos días. No se podía tener lo uno y parte de lo otro, porque era imperativo participar en todo para no aislarse. Así, las conversaciones de lunes, martes y miércoles en los pasillos rotaban en torno al fin de semana anterior y, a lo largo de jueves y viernes, consistían en preparar planes para el entrante. Si una tarde no te sumabas por cualquier motivo, la primera mitad de la semana estabas al margen.

Me costó mucho adaptarme al instituto: las nuevas asignaturas, los profesores distintos, los alumnos recién llegados de otros colegios... Sentía que no encajaba y, poco a poco, dejé de quedar los viernes por la tarde para encerrarme en casa y mis notas bajaron porque la perspectiva de destacar como una sabelotodo me generaba aún más ansiedad. Conforme pasaban los días, la bola de nieve aumentó: empecé no queriendo ver a nadie y terminé sin saber cómo hacerlo. Al final, mis padres me llevaron a un especialista y he de admitir que en parte funcionó: hice un nuevo grupo de amigos más afines a mí y me forcé a salir de casa. Aun así, siempre fui la chica callada allí a donde iba. Y esa era mi misión en cuanto me separase aquí de mis padres y Niko: no tener miedo a hablar y comportarme con naturalidad.

—¿Tú que crees? —me dice Lily.

—¿Eh? ¿Qué? —No sé qué me he perdido, pero están todos mirándome, Rex incluido.

—Te preguntaba si crees que va a salir Meredith el viernes después de lo que pasó hace unos días —aclara Martha.

Por supuesto, ella sabe de sobra el estado en que acabó mi compañera porque estaba con nosotras, pero no es la única: el cotilleo se ha ido extendiendo entre los alumnos de Biología, Economía y parte de Medicina, como mínimo.

—Esta mañana nos ha dicho que sí.

—Buf, seguro que vuelve a ponerse hasta arriba de gin-tonics y tenemos que sujetarla mientras vomita todo lo que ha bebido en el baño —se burla y agacha la cabeza, sacudiéndola de manera exagerada en una parodia de Meredith.

Lily salta al momento:

—¡No te pases! Un error así lo tiene cualquiera.

—¿Ah, sí? —le replica ella, contenta por el giro que ha tomado la conversación—. Pues a mí me da que este no va a ser un caso aislado…

Connor carraspea nervioso y veo cómo Rex ensancha aún más su sonrisa.

—Pues ahórrate tus teorías, no nos interesan.

Martha no responde, se limita a darse la vuelta y volver a sentarse en su sitio mientras el profesor de Dirección Comercial prepara unas diapositivas. Cuando reacciono y me giro hacia Lily para decirle que no merece la pena perder el tiempo con Martha, ya es tarde: ha empezado a tomar apuntes y no me atrevo a interrumpirla.

TOM

Cuando por fin cruzo la puerta de casa, lo primero que hago es subir corriendo a mi habitación y tumbarme en la cama bocabajo. Me quedo inmóvil durante varios minutos. Estoy tan cansado que ni siquiera cojo el móvil para avisar a Finn de que he llegado. En nada va a anochecer, es jueves y el único plan que tengo es el de haraganear. Sé que algunos amigos de YouTube van a salir por ahí a tomar algo, pero hoy lo único que me apetece es olvidarme de todo.

Recuerdo la conversación que mantuve ayer con mi agente tras el funeral de la madre de Finn. Me llamó para recordarme que el viernes teníamos que asistir ambos a la presentación de un documental que se estrena en los cines Odeon, después a una cena informal y, por último, a una fiesta privada en un local de la empresa del director. Cuando le expliqué a Alice el motivo por el que mi compañero no podría ir, se quedó atónita. Pensaba que ella y Patrick se contaban todo…

Finn prefirió quedarse unos días más en Escocia y me insistió para que volviera y fuese a ese compromiso. Nate estaría con él, me dijo, por lo que no era necesario que siguiera ahí. Así que estoy solo en casa, tirado en la cama y exhausto. Busco alguna forma de distraerme que no conlleve mucho esfuerzo, como ver una película y cenar en la cama. Finn siempre protesta cuando ceno en su habitación con el ordenador porque se la lleno de migas, así que aprovecho que no está para hacerlo (y en mi defensa diré que su colchón es mucho más grande que el mío).

La muerte de su madre le ha afectado muchísimo. A pesar de que afirmaba tener asumido que su enfermedad era terminal y le quedaba poco tiempo, creo que ahora mismo está en fase de negación y no da crédito a lo que ha sucedido en las últimas cuarenta y ocho horas. Esta mañana ha salido a la calle por primera vez desde que fuimos a toda prisa al hospital para acompañarme a la estación. Nunca lo había visto tan demacrado y ojeroso, tan… vulnerable. Sé que lo que más le ha impactado ha sido no poder despedirse de ella. El primer día no paraba de repetir que, si hubiera cogido el tren anterior, habría podido hablar con su madre por última vez. No deja de culparse por eso y, por más que su novio y yo hemos intentado apartarle esa idea de la cabeza, sigue repitiéndola en bucle.

Mi móvil suena, sacándome de mi ensimismamiento. El tono de llamada se oye amortiguado porque estará en algún bolsillo del abrigo, que todavía ni me he quitado, y empiezo a rebuscar siguiendo el sonido hasta que lo encuentro. En la pantalla brilla el nombre de Alice.

—Hola —contesto sin ganas.

—Bienvenido a casa —me dice con un tono suspicaz.

—¿Cómo sabes…?

—¿Que has llegado a casa? Te han visto en el metro y lo han puesto por Twitter. Ya sabes que estoy todo el día metida en las redes sociales. Para la próxima vez, me gustaría que me avisaras de que has llegado; no me hace gracia enterarme de las cosas por los demás.

—Alice...

—Roy.

Respiro hondo, convocando toda mi diplomacia.

—Vale, entendido. Pensaba que había quedado claro que iría a lo del documental —respondo mientras, con la mano que tengo libre, intento quitarme el abrigo; me estoy empezando a asar.

—¿Cómo estás? ¿Y Finn?

—Yo algo cansado. Finn... muy mal; nunca lo había visto así.

—Ya... Bueno, siento tener que llamarte para esto, pero quería recordarte el lugar y la hora para mañana. Tienes que estar a las diez de la noche en el restaurante del hotel Savoy. ¿Sabes ir?

—¿El hotel Savoy? —Paro de forcejear con el abrigo—. ¿Es una broma?

No me puedo creer que esto sea lo que Alice entiende por «cena informal». Mi traje ni siquiera está limpio; tengo que lavar una pequeña mancha que descubrí la semana pasada en la manga derecha.

—No, no es una broma, Roy. Acuérdate de llegar puntual y, si te preguntan por Finn, diles la verdad sobre por qué no ha podido asistir. —Al tiempo que la escucho hablar con su característico tono imperativo, consigo librarme del abrigo. Sin embargo, el sofoco no se va con él—. Ya lo sabe todo el mundo porque alguien filtró la noticia a la prensa; si lo confirmas, le haces un favor a tu amigo.

—¿Delante de las cámaras?

—No —responde—, bastará con que se lo comentes a alguien en la cena si te preguntan.

—Hmmm... ¿Habrá periodistas?

—Puede que sí. Lo mejor es que no hables con ellos; es posible que te hagan muchas preguntas incómodas.

Siempre que Alice contesta «puede que sí» ante algo inevitable que sabe que no me hace gracia, en realidad quiere decir «sin duda». Genial.

—Vale —asiento, intentando retener todas sus indicaciones pese al cansancio.

—Otra cosa, y no te va a gustar: es muy probable que después de la cena te ofrezcan ir a tomar unas copas a una discoteca por la zona de Knightsbridge. No sé en qué sitio exacto porque eso es todo de lo que me he podido enterar, pero te aviso para que lo tengas en cuenta.

—Ya me lo dijiste ayer: en el local privado del director o algo así, ¿no? —Suspiro, chafado. Tenía una pequeña esperanza de que con el estreno del documental y la cena ya fuera suficiente y pudiera librarme de ir al local, pero parece que no—. ¿Tengo que acudir a la fiesta de verdad? ¿No vale con ir sólo a lo de antes? —suplico como último recurso.

—Roy, ya sabes lo que te digo siempre: puedes ir o no a lo que quieras, pero para conseguir algunas cosas hay que aguantar otras. Mañana por la mañana se filtrará que vais a estar por ahí, tanto algunos de los actores del corto como tú, entre otros invitados. Te recomiendo pasarte; no pierdes nada y conviene que te vean con ellos. Quién sabe, ¡igual os caéis bien y haces nuevos amigos!

Resoplo con fastidio. Alice siempre insiste en que me vean con gente famosa y a mí no me hace gracia ir a estas cosas, aunque es cierto que sus consejos nunca me han venido mal. Sin ir más lejos, gracias a ella conocí a Finn en persona y ahora somos íntimos amigos y compañeros de piso. También he estado con muchos actores, cantantes y artistas en general, tanto ingleses como de cualquier parte del mundo… Y en este último aspecto he notado un cambio recientemente: ya no son tantas las personas a las que ansío conocer, sino las que quieren conocerme a mí. A medida que mi canal ha ido ganando suscriptores, también lo ha hecho el interés por tratar conmigo.

—Ahí estaré —vuelvo a confirmar—. ¿Hay alguien que conozca?

—Sólo he podido ver una parte de la lista de invitados a la cena. Están las hermanas Ashley y Diana Lauren, y también Rex Hampton. No creo que conozcas al resto…, más allá de los actores del documental, claro. Espero que te hayas aprendido sus nombres.

—Mañana lo haré —miento.

Ya fui lo bastante ingenuo para memorizarme las listas de invitados en los primeros actos a los que asistí y no me sirvió de nada: o bien se me olvidaban, o bien no los utilizaba en toda la noche porque ni me dirigían la palabra. Cuando te invitan a esos sitios por subir vídeos a Internet, mucha gente te detesta automáticamente. Es cierto que hay más personas que te admiran y respetan, como prueban los varios millones de seguidores que acumulamos Finn y yo en nuestros respectivos canales; sin embargo, otros te desdeñan.

—Más te vale —me advierte Alice medio en broma.

—¡Por cierto! —exclamo tras recordar algo—. ¿Alguna novedad de *Animales fantásticos y dónde encontrarlos*?

Mi agente suelta una risita.

—Sí, pero son confidenciales. Lo siento, Roy.

—¡¡Alice!! ¡¡Por favoooooooor!! —le ruego.

—No puedo adelantarte gran cosa, sólo que Finn también está invitado, pero aún no se lo han dicho. El resto te lo contaré cuando se acerque la fecha. Créeme, a mí también me pone de los nervios no poder compartirlo con nadie… Pero, en fin, es lo que tiene mi trabajo.

—Te odio —bromeo, impaciente. Me da mucha envidia que sepa ya detalles sobre la *première*.

—Lo sé —replica con indiferencia—. Hablamos el sábado; recuerda llegar el viernes a las diez en punto.

—Vaaaaaaale.

Cuelgo y escribo un mensaje a Finn para preguntarle cómo está. Después, lanzo mi móvil sobre la cama y aterriza en el borde; no se ha roto de milagro. Ya es tarde para llevar el traje a limpiar, así que intentaré hacer mañana algún arreglo casero con la mancha de la manga. Es muy pequeña, pero me impone cenar en el hotel Savoy; nunca he estado y es uno de los más lujosos de la ciudad.

Horas más tarde, sobre las doce, apago el teléfono y me acuesto. Hacía mucho que no me iba a dormir tan pronto. Entre el calor de las sábanas, hago esfuerzos para no pensar en mi abuela. Lo que acaba de vivir Finn lo experimenté yo hace tiempo, cuando falleció, y me costó mucho superar su pérdida. Ojalá pudiera volver a verla, aunque sólo fuese por unos instantes, para oírle decir su habitual «todo irá bien». Me pregunto qué pensaría de mí si me viera ahora, qué le parecería mi estilo de vida…

Mientras me asalta esa clase de dudas, los ojos empiezan a pesarme hasta que, de golpe, me sumo en un sueño profundo.

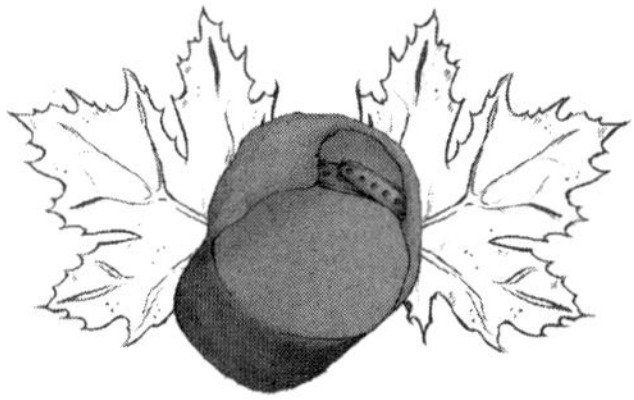

CONNOR

El viernes bajo a desayunar muy temprano para cruzarme con Ava. Cuando llego al comedor, acaban de abrirlo y el servicio del hotel está rellenando las bandejas de comida y colocando las tazas y los cubiertos. No hay nadie más, a excepción de unos chicos situados en la otra punta de la estancia que, en silencio, escrutan sus móviles como si les fuera la vida en ello. A lo mejor he venido demasiado pronto.

Me siento en una silla que da a la puerta para ver a la gente que va entrando. Al cabo de un rato, aparece: arreglada como siempre, pero discreta, con su preciosa y brillante melena rubia cayéndole por los hombros. Camina por detrás de sus amigas con una expresión temerosa que le descubro a menudo y nunca entiendo a qué se debe, porque… ¿qué puede inquietar a alguien como ella?

En cuanto se acomodan tres mesas más allá, me levanto y las abordo directamente.

—¡Buenos días!

—Hola —responden Lily y Ava al mismo tiempo. Meredith hace un gesto con la cabeza y echa a andar hacia la cafetera.

—¿Venís esta noche? —Contengo el aliento nervioso, esperando que me digan que sí.

—No creo —contesta Lily, y el mundo se me viene abajo.

Las pocas oportunidades que tengo de ver a Ava y hablar con ella surgen siempre fuera de clase, cuando no están Rex y Martha delante. Supongo que debería haberme buscado un grupo de amigos con los que congeniara más, pero ahora me da reparo dejarles…

—¿Por? —pregunto, tratando de disimular mi contrariedad.

—No nos apetece mucho —responde Ava con voz queda. Con lo callada que es, oírla hablar me mejora el ánimo, aunque sea para dar malas noticias.

—¿De qué habláis? —inquiere Meredith, que ya ha vuelto con su café. Noto cómo sus ojos me examinan de arriba abajo, deteniéndose en mi ropa, y no podría importarme menos lo que piense de mí.

Meredith me desagrada a más no poder; es una bruja… y también mi oportunidad para convencer a Ava y Lily de que vengan:

—Ah, nada, preguntaba si ibais a venir esta noche a la nueva discoteca, esa que está tan de moda… Pero, bueno, ya veo que no. —Hago como que me aparto sin interés.

—¿Cómo que no? —salta como un resorte, y me entran ganas de reír—. ¿No venís? —pregunta ahora a sus amigas.

Ellas se encogen de hombros.

—No sé —titubea Ava—. La verdad es que estoy cansada.

—Eres una aburrida.

Sus ojos azules se abren de golpe y estoy a punto de intervenir para defenderla y asegurar que no pasa nada si no quiere ir, claro que no (aunque esto lo haya liado para que *vaya*), pero Lily sale en su ayuda:

—Yo estoy igual; esta semana, las clases me han dejado reventada.

—¡Pero si es viernes! Ya descansaréis el fin de semana. Además, ¡el lunes es fiesta, no hay clase!

—¿En serio? —me asombro. No tenía ni idea—. Bueno, entonces tenéis tiempo para descansar…

Lily cavila unos segundos.

—Ya te diremos, Connor.

Sonrío. Al menos ha servido de algo ponerme al nivel de Meredith.

—Genial, nos vemos.

—Adiós —responde Meredith, separando las dos sílabas.

Sé que me desprecia porque considera que soy un bicho raro y no estoy a su altura. Pues no se equivoca: puede que yo esté a la altura de los bichos raros, pero ella lo está a la de los niñatos que son estúpidos y lo evidencian cuando beben sin saber.

FINN

Corro como un loco por la estación, intentando llegar a tiempo para comprar un billete del próximo tren que se dirija a Londres. Esto es lo malo de tomar las decisiones en el último minuto: las prisas y el estrés.

Cuando me he despertado por la mañana, he sentido la necesidad de marcharme porque, cuanto más tiempo pasaba entre las paredes de mi antigua habitación, peor me sentía. Así que, tras avisar a Nate y a mi padre, he consultado el horario de trenes y he visto que quedaban cuarenta minutos para el próximo que salía de Edimburgo hacia la capital. No me lo he pensado dos veces.

El tren sale a las doce y cuarto. Ahora mismo mi reloj marca las doce y dos, por lo que me lanzo hacia las máquinas de billetes en cuanto las diviso. Toco la pantalla táctil con desesperación por lo lentas que son para procesar el pago y, cuando por fin se imprime el billete, salgo a toda velocidad hacia la vía. Sólo suelto el aliento que había retenido por la angustia cuando llego al andén en el momento en que la megafonía advierte de la llegada del tren con destino a Londres.

Aún no le he dicho a Tom que voy ya a casa, de manera que me obligo a escribirle nada más subir y encontrar mi asiento. Justo cuando le doy a enviar el mensaje por WhatsApp, la pantalla del móvil cambia y me entra una llamada. No me gusta hablar por teléfono mientras voy en el tren por si molesto al resto de viajeros… Sin embargo, en cuanto veo quién me está llamando, descuelgo de inmediato.

—Nate…

—Hola, Finn. ¿Ya estás en el tren?

La voz de mi novio me hace sentir culpable. Tanto él como Tom me han acompañado estos días, atentos a todo lo que necesitara, y con las prisas apenas he podido despedirme en condiciones de él.

—Sí, sí. Oye…

—Un momento —me corta—. ¿Estás enfadado conmigo?

—No, claro que no —respondo con un suspiro—. Es porque me he ido muy rápido, ¿verdad?

—No… Bueno…, sí. Es sólo que delante de tu padre no quería decirte nada, así que he pensado en despedirme de ti por teléfono hasta la próxima vez que podamos vernos.

—Lo siento, Nate. —Me molesta haber sido egoísta, sobre todo con él—. Lo siento mucho… Me he agobiado en casa y… Bueno, necesitaba salir.

—No tienes que justificarte por algo así, y menos en estos momentos —dice con voz tranquila—. Sólo quería saber si te habías molestado conmigo.

—¿Cómo voy a estar enfadado contigo? —replico con una sonrisa—. ¿Cuántas veces ha ocurrido eso?

—Ah, pues podría mencionar unas cuantas. —Suelta una carcajada.

Me encanta su risa... Es muy melódica.

—¿Ah, sí? ¿Por ejemplo?

—Por ejemplo..., ¿la última vez que viniste? Estuviste de morros porque pisé no sé qué tarjeta gráfica.

Sé de sobra que ahora está sonriendo, triunfante. Sabe que me pone de los nervios que se me estropeen mis componentes o algún videojuego.

—¿Y cómo pretendías que no me enfadara? ¡Era una GeForce GTX 1070! ¡Deberías haber mirado por dónde pisabas! —exclamo, y la carcajada de Nate se repite, ahora más fuerte y, definitivamente, poco melódica—. Eso, encima ríete. ¡Será culpa mía!

—¡Tú la dejaste en el suelo! —me acusa con voz inocente.

—¡Y tú la pisaste! Sigue sin ser mi culpa, idiota. ¡Te cargaste mi tarjeta con tu asqueroso pie!

Toso, intentando contener la risa por haber espetado eso en medio del tren. Cualquiera que me escuche va a pensar que estoy loco.

—Que yo sepa, los humanos todavía no hemos desarrollado la habilidad de ver en la oscuridad, Finn, así que la próxima vez que me veas levantarme de la cama y sepas que tus cosas están por ahí, ¡avísame! O crujirán debajo de mi pie como una cucaracha...

—¡Nate! —chillo. Estoy convencido de que varios pasajeros se han girado al oírme gritar, pero no puedo parar de reír recordando la escena. Estábamos en la cama, en la casa donde él y sus padres viven en Edimburgo, y en plena noche se levantó para ir a la cocina, pisoteando todas mis cosas, que había dejado perfectamente recogidas en una esquina de su habitación.

—Mi pie nunca volvió a ser el mismo desde aquel accidente —asegura con tono muy serio, y no puedo contener la risa—. Bueno... Dime cuándo vas a volver —añade con voz de cachorrito. Me quedo en silencio y se arrepiente al instante—. Perdón, no quería presionarte.

—No... No pasa nada. Volveré la semana que viene para ver cómo está mi padre. Te aviso en cuanto compre el billete.

—Vale... Ya sabes que estoy aquí. —Capto la preocupación en su tono—. Si necesitas que vaya a Londres, iré.

Aprieto los labios, nervioso. A pesar de que mi relación con Nate es estable, Tom y yo tenemos un pacto: nada de parejas en casa. Esto se debe a que no podemos arriesgarnos a romper y que la otra persona revele dónde vivimos, porque nos metería en un buen marrón. Aunque mi compañero no está saliendo con nadie ahora mismo, la regla se extiende a sus posibles ligues. Y, además, Nate y yo mantenemos en secreto la relación, de modo que sería muy arriesgado dejarnos ver juntos por la capital porque cualquier gesto sin importancia podría desatar toda suerte de teorías. No quiero ni imaginar el acoso al que la prensa le sometería si se filtrara lo nuestro.

—Gracias, Nate —le digo, sin entrar en el tema.

—Y apóyate en Tom todo lo que necesites, es un buen tío.

Ambos se llevan fenomenal; de hecho, a Nate le encanta picarme con que le gustan más sus vídeos que los míos. Claro, supongo que en eso también podría influir que alguien que no se plantea el *input lag* de una tele al comprarla salga con un friki de los *Dark Souls*...

—Te quiero —respondo, bajando la voz para que sólo él me oiga.

Le han bastado unos minutos para conseguir que apartara la mente de todo lo que me angustiaba.

MEREDITH

Cada día soporto menos al idiota de Connor. Va por ahí haciendo como que es el rey del mambo por ser amiguito de Rex, cuando en realidad es un marginado insoportable. Encima, se atreve a manipularme delante de Lily y Ava. ¡Lo detesto, a él, su gorra y toda su ropa cutre! Lo último que quiero es que me relacionen con él… Y ni siquiera entiendo por qué Rex se junta con alguien así.

Hablamos de él mientras vamos caminando a la uni; hoy nos hemos retrasado un poco, por lo que en los últimos minutos apretamos el paso. El campus está más bullicioso de lo normal; se nota que es viernes y la gente anda con sus planes para el finde. Dos chicas japonesas pasan muy cerca y fijan la vista en mi bolso de Louis Vuitton. Les sonrío con aires de suficiencia, aunque no sé muy bien por qué, ya que es probable que ellas tengan una colección mil veces mayor que la mía. No hay que dejarse engañar: en esos países tienen mucha pasta y arrasan con las grandes marcas. Sólo hay que ver las tiendas de Chanel y Prada: siempre encuentras, como mínimo, un grupo de clientes con rasgos chinos. O lo que sean, que para mí son todos idénticos.

Me despido de Ava y Lily y me apresuro para alcanzar a Rachel, que va unos metros por delante de mí. No es que sea muy interesante, para qué engañarnos: es la chica más callada y aplicada de clase... Y, cómo no, toma apuntes de todas las asignaturas.

—¡Eh! —la saludo.

—Ah, ¡hola, Meredith!

—Llegamos un poco tarde, me temo —digo, intentando sonar simpática.

—Sí, yo también me había dado cuenta.

Entramos en el edificio de Ciencias Naturales y subimos al primer piso. Por nuestro lado pasan unos chicos que conocí el primer viernes que salí por la ciudad y les aparto la cara para que no se piensen que estoy interesada en ellos. No estoy segura de si me han visto o no, pero espero que sí: no me he puesto este modelito para pasar desapercibida.

—Bueno, ¿vas a venir a la gran fiesta?

No sé ni para qué pregunto, porque esta chica tiene pinta de no salir ni del hotel. Ni aunque salte la alarma de incendios.

—No creo... ¿Tú vas a ir?

—Claro —contesto.

Con o sin las aburridas de Lily y Ava, tengo que ir a la discoteca de la que todo el mundo habla. Además, así mato dos pájaros de un tiro: aprovecho para ligar con un chico de mi curso bastante mono. Llevo unos días flirteando con Owen después de clase y seguro que él también acude. Viste siempre de Abercrombie & Fitch porque trabaja ahí como modelo algunos fines de semana. Es de Sudáfrica y tiene unos ojos verdes de infarto. Desde que Rex me estuvo mirando mal el viernes pasado, he decidido centrarme en Owen y pasar del niño pijo. Con un poco de suerte, igual hasta se pone celoso y se interesa un poco más en mí... Aunque no sé quién se cree que es; con esa barba, intenta parecerse a Jon Kortajarena, pero a mí me recuerda más a un vagabundo. Si sale conmigo, tendré que darle alguna que otra lección de estética.

Cuando llegamos a clase, el profesor ya ha empezado a dibujar unas células en la pizarra. Rachel se agobia por el mero hecho de entrar al aula cuando ya ha empezado a repasar la teoría del tema que nos toca ver hoy. Yo ya estoy acostumbrada a llegar unos minutos tarde, así que entro sin ningún reparo y me siento por el final, justo delante de Owen. Aguanto los primeros cincuenta minutos de clase mirando fijamente la pizarra y la papada que le sale al profesor cuando se coloca de perfil. Al cabo de un rato, el muy pringado empieza a estornudar por el polvo de la tiza y se me escapa una risita. Luego me distraigo mirando al resto de mis compañeros, que, para mi incredulidad, parecen estar atendiendo. Por supuesto, Rachel no deja de copiar ni una palabra de las que el profesor va soltando, pero lo sorprendente es que los demás miran hacia la pizarra. Me fijo en el color amarillo de las baldosas del suelo y paseo la vista por las formas que se dibujan en la piedra de la que están hechas. Es casi hipnotizante y, desde luego, mucho más entretenido que esta aburridísima clase.

No hay nada más interesante en el aula, de modo que bajo la vista a mi pupitre. Es uno pequeño y cuadrado, bastante incómodo y viejo comparado con el resto de instalaciones de la universidad. Recorto un trocito de la hoja de mi cuaderno y garabateo una nota para Owen. Problema número uno de no tener su móvil. En fin, ya lo solucionaremos esta noche en la fiesta; va a ser bastante sencillo.

Espero a que el profesor se dé la vuelta para seguir dibujando no sé qué en la pizarra y me giro para dejar caer el papelito en el pupitre de Owen, sintiéndome como una cría en el colegio pasándose notas con el chico que le gusta. A los pocos segundos, el mismo trozo de papel sobrevuela mi hombro y cae sobre mi regazo. Su letra es bastante mala, pero alcanzo a leer que también se anima a venir a la fiesta de esta noche con algunos compañeros de Abercrombie & Fitch. Esbozo una media sonrisa cuando veo que me pregunta si quiero que me recoja en mi habitación para asistir juntos. Debería decirle que sí, pero me apetece hacerme un poco de rogar y le contesto con evasivas, indicándole que ya nos veremos allí. La única respuesta que obtengo de él es su número garabateado en el dorso del papelito, porque ya no queda más espacio para escribir en el otro lado. Sí, así de sencillo.

Lo doblo dos veces y me lo guardo en el bolso, asegurándome de que, detrás de mí, vea que me lo quedo. Cuando el timbre que anuncia el final de las clases suena POR FIN, me levanto y le dedico una sonrisa justo antes de salir por la puerta. Mis compañeros no han venido hoy a primera hora, de manera que camino hacia la cafetería, segura de que los encontraré ahí. Ya conseguiré los apuntes de las próximas dos clases; por el momento, mi único objetivo es el chico de ojos verdes.

Sé que podría meterme en un lío saltándome los seminarios, pero, mientras no pasen lista, no tienen forma de demostrar que no he estado ahí, y los profesores que vienen ahora nunca nos hacen firmar. Por tanto, bajo a la planta calle, arrepintiéndome de no haber hecho eso desde las ocho y media de la mañana. Lo único bueno de morirme de asco en clase durante dos horas ha sido conseguir el número de Owen.

Cuando me reúno con mis compañeros, discutimos entre café y café el plan de esta noche antes de la discoteca; Owen se une a nosotros veinte minutos después, incapaz de aguantar un segundo más en clase. De vez en cuando, viene con nosotros porque es muy amigo de Tyler, un ruso que, como buen ciudadano del Este, cumple su función de proveedor de bebidas alcohólicas de calidad, preferentemente vodka. Y justo esta noche quedamos en su habitación sobre las nueve para catar una de esas botellas.

Mientras Rose, la única francesa de clase, me describe lo que se va a poner, visualizo en mi mente el vestido negro que tengo para ocasiones especiales, con casi toda la espalda al descubierto. Puesto que ella se va a arreglar bastante, yo no pienso quedarme atrás. En especial porque Owen, que no intercambia palabra con ninguno de los que estamos en la mesa excepto con Tyler, me echa miradas de reojo.

Un rato más tarde, sobre la una, me aburro tanto que me pongo a escribir a Ava y Lily por nuestro grupo de WhatsApp para ver qué están haciendo. Lily me contesta que aún les queda una hora para salir y que han decidido apuntarse a la fiesta. Durante unos instantes, dudo si contarles el plan de la habitación de Tyler, aunque al final decido hacerlo porque me da palo dejarlas de lado. Sin embargo, al momento me dicen que prefieren quedar conmigo en la discoteca. ¡Mejor!, así me evito tener que estar pendiente de ellas.

Me voy con Rose a comer a un restaurante superbonito que está al lado de la universidad; la carta no es gran cosa, pero el sitio es precioso. Normalmente vamos al comedor de la USK porque no está tan mal como me esperaba, pero hoy tenemos mucho de qué hablar. Mientras esperamos la comida, nos hacemos varias fotos y las subimos a Instagram. No conozco mucho a mi nueva compañera, pero nos parecemos bastante: a las dos nos encanta salir de fiesta, conocer chicos y las redes sociales. Después de criticar un poco a Rachel, me pregunta por Lily y «la otra chica, la que no habla».

—Ava —la corrijo—. Bueno, son majas. Las conocí casi al llegar aquí. Son un poco aburridas para salir, pero no están mal.

—¿Vienen esta noche?

—Sí. —Rose hace una mueca; es muy selectiva con la gente que la rodea—. No, no van a la habitación de Tyler, no te preocupes.

—¿No se lo has dicho?

—No —miento—, he quedado con ellas allí. ¿Cómo se llama el sitio?

—Me parece que Guilty, pero no estoy segura.

Se encoge de hombros y aprovecho para cambiar de tema. Ahora que lo dice, he de admitir que ambas son un poco especiales, sobre todo Ava. No es que me caiga mal, pero me pone nerviosa que esté todo el día callada, mirando a su alrededor con cara de pánico e ignorando al friki de Connor, que, está clarísimo, va detrás de ella. En fin, lo suyo es un caso perdido: no lo vería ni aunque se pusiera a dar saltos delante de sus narices vestido de mujer.

Esa imagen me pone de buen humor y, cuando regreso a mi habitación, decido darme un relajante baño de espuma y lavarme el pelo; quiero que mi melena esté perfecta para esta noche. Me quito las lentillas para descansar los ojos y, ahora que estoy sola, me pongo las gafas.

Cuando salgo, ya con ganas de fiesta tras tanto relax, descubro que sólo me queda hora y media para hacerme un recogido en el pelo, vestirme y maquillarme; o sea, que tendré que darme prisa. Envío un mensaje a las chicas para recordarles que nos veremos directamente en la discoteca y preguntarles si saben ir hasta allí. Les escribo otra vez, pensándolo mejor, para decirles el nombre del local por si acaso no tienen ni idea. Después, bloqueo el móvil y lo pongo a cargar para que me dure la batería toda la noche. Enciendo mi ordenador y elijo una lista dance al azar para ir animándome hasta que llegue el momento de ir al cuarto de Tyler.

En cuanto termino de maquillarme y me pongo los zapatos, me dirijo a la habitación de Tyler, cuya música suena desde el pasillo; en cualquier momento vendrán a decirnos que la bajemos, peeero hasta entonces... Dentro ya está Rose, muy pegada a Tyler y con su vaso de vodka medio vacío. Owen llega un minuto después —y, por cierto, dándome un buen repaso con la mirada nada más verme— acompañado de dos chicos más de clase que no me interesan lo suficiente como para haberme aprendido sus nombres. Supongo que eso significa que ya podemos despedirnos de los modelos de Abercrombie & Fitch.

Dos vasos de vodka con limón después, salimos por los pasillos coreando la última canción de Justin Bieber en dirección a la discoteca. Por el camino nos topamos con más gente del hotel Ellesmere que va al mismo sitio que nosotros: Guilty.

«Ahora estoy en mi elemento —me digo con alegría—; ahora, por fin las cosas empiezan a dejar de ser aburridas».

MARTHA

Voy con Rex y Connor hacia la famosa discoteca. Me muero de ganas por ver cómo es, aunque, bufff, espero que no la pifien con una mierda de música. Reviso que mi manicura y maquillaje estén perfectos con la cámara frontal de mi móvil y, al acabar, veo en la puerta a Meredith y su grupito de amigos de Biología entrando. A ver si esta vez tiene un pelín más de cabeza y no se pone a vomitar a las dos horas de llegar… Aunque, ahora que lo pienso, no me importaría volver a verla montar un numerito… Igual hasta le invito a una copa bien cargada. Sonrío y retuerzo entre los dedos un mechón azul y morado.

Desde que me contaron que esta chica va tras Rex, lo único que he podido hacer para que no me lo quite es contarle cualquier mentira que se me ha pasado por la cabeza para alejarlo de ella. Hasta ahora, ha funcionado: él la mira con asco cada vez que la ve y no se interesa por ella lo más mínimo, mientras que Meredith se tira el día observándolo.

Pasamos justo detrás de ellos. En el interior, iluminados por luces que van rotando de tonalidad, cuatro largos sofás Chester de color blanco, en los que ahora mismo se vierten destellos violetas, rodean una pista cuadrangular donde se apelotona la gente. Como llegue mucha más, va a hacer un calor asfixiante... Al cabo de unos segundos, la luz se vuelve cálida, a juego con los paneles de las paredes con manchas de leopardo en tonos anaranjados y las shishas rojizas que varios paladean en mesas ovaladas ante los Chester. Bueno, por ahora no pinta mal. El DJ está mezclando algunos de los últimos éxitos que han salido y la gente baila muy motivada. Entrecierro los ojos para discernir quién de la USK ha venido: aparte del grupito de la zorra, hay unos cuantos de Enfermería y Física, así como diversas caras que me suenan vagamente.

Voy a la barra con Rex para pedirnos una copa y, cómo no, Connor se excusa diciendo que ya tomará algo más tarde. Desde la barra se ve toda la discoteca a la perfección porque está un poco elevada con respecto al suelo de la pista de baile. Busco a la borracha. No quiero quitar el ojo de encima a Meredith... Sin embargo, hoy no está pendiente de Rex; a lo mejor ha reconocido su fracaso, porque sólo lleva diez minutos y está bailando con uno como una desesperada. Qué pena da, por no decir que ese vestido le queda horrible: una no puede ponerse ese tipo de escotes por la espalda teniendo el culo tan gordo.

Un chico situado en la barra se acerca para pedirle una foto a Rex y me cuesta contener los celos: sí, ya sé que su madre es muy famosa y que él sale a veces en la prensa amarilla, pero no me imaginaba que lo pararían por la calle sin más. Después de hacerse un *selfie* con su admirador, se dirige a mí y me propone bailar. Acepto dando un último trago rápido a mi copa, él hace lo mismo y nos colamos entre el mogollón de gente, dejando a Connor atrás. Apuesto a que en unos pocos minutos se aburrirá y decidirá irse de vuelta al hotel; aquí no conoce a nadie. Bueno, a menos que vengan las amiguitas de la borracha: la pánfila con cara de susto y la del pelo zanahoria.

Tengo que conservar la atención de Rex como sea durante esta noche, así que dejo de observar a Connor y me reservo mis mejores movimientos en la pista para este momento. Rex está bastante receptivo y, en la oscuridad que viene y va entre destellos, sonrío al ver de reojo que la zorra de Meredith nos mira. Bailamos pegados un rato largo y sacudo el pelo: quiero asegurarme de que el azul y el morado destaquen bajo las luces. A pesar de que sólo llevo una copa, las figuras que nos rodean comienzan a desdibujarse y pierdo la noción del tiempo. Pueden haber pasado tanto quince minutos como una hora sin que me haya enterado.

Doy una vuelta bailando con Rex y, para cuando me doy cuenta, la he perdido de vista. Empiezo a buscarla casi desesperadamente por toda la discoteca sin que mi pareja de baile se percate de lo que estoy haciendo. Necesito que Meredith capte que a Rex no le interesa. Por fin, la encuentro en una esquina de la sala, pegada a la pared y besándose con Owen. Bueno, más que besarse, parece que se están comiendo el uno al otro... ¡No me puedo creer que ya esté tan borracha como para empezar a liarse con él! Los señalo con la cabeza para que Rex los vea y nos reímos de ellos.

—Oye —me interrumpe Rex, mirándome fijamente—, ¿sabes si Ava ha venido?

Su pregunta me deja helada.

—¿Por qué quieres saberlo?

Él se encoge de hombros.

—Está buena.

—Tú estás ciego —le espeto, furiosa, mirando cada vez más a Owen y Meredith. Todo este tiempo convencida de que ella era la amenaza y resulta que a mi amigo le gusta la rubia asocial.

—Treinta dólares si te atreves a ir y separarlos —me reta.

—Los ingleses pagamos con libras, es mucho más elegante —le respondo, alzando una ceja con aire desafiante.

No he bebido tanto como para hacer eso, pero acepto el reto con tal de que vea que soy capaz de cualquier cosa. Me ha puesto de los nervios su comentario sobre Ava, joder, y no puedo dejar que se distraiga con otras. Ando por el centro de la sala, moviendo las caderas y esquivando a la gente que baila a mi alrededor. Ya estoy a mitad de camino, a punto de llegar a la pared donde está la parejita, cuando noto que apoyo mal el tacón, se me tuerce el tobillo y me estrello de bruces en el suelo. Justo delante de todos los amigos de la asquerosa de Meredith.

Oigo cómo se empiezan a partir de risa en mis propias narices mientras mientras trato de levantarme como puedo; el tobillo me arde y juraría que ha crujido justo antes de resbalarme. Me pongo de pie, intentando disimular el dolor que se acentúa por los taconazos que llevo puestos, y miro unos metros más allá para asegurarme de que Meredith no me ha visto. Mis esperanzas se desvanecen enseguida: tanto ella como Owen están partiéndose de la risa tras mi estrepitosa caída. Él le pasa el brazo por encima de los hombros y le cuchichea algo al oído, a lo que ella responde con una carcajada sin dejar de observarme. Noto un calor que me empieza a subir por las mejillas; jamás en mi vida había hecho tantísimo el ridículo. Me doy media vuelta y salgo lo más rápido que puedo de la pista sin molestarme en mirar a la cara a Rex. Seguro que él también está mofándose de mí.

El tobillo me da unos pinchazos terribles y me muerdo el labio inferior, tratando de aguantar el dolor hasta llegar a la calle.

Sigo mi camino hasta la puerta del local y salgo, empujándola con fuerza. Necesito fumarme un cigarro. En ese momento, descubro a las amigas de Meredith a punto de entrar en la discoteca. Pese a que van a mi clase, no pierdo el tiempo saludándolas; no quiero tener nada que ver con ellas y menos con Ava, pero ambas se dirigen a mí nada más cruzarnos.

—¡Martha! ¿Has visto a Meredith?

Estoy a punto de contestarles con un bufido y espetarles que me dejen en paz cuando se me ocurre una idea mejor. Muchísimo mejor.

La que ríe la última, ríe mejor.

AVA

Martha tarda un segundo en responder:

—De hecho, quería hablar con vosotras precisamente de eso... Vamos a apartarnos un poco de la puerta y os lo cuento.

La seguimos unos metros más allá, lo bastante alejadas como para que Connor, que nos hace un gesto de saludo con la cabeza, y otros chicos que están con él en la entrada no nos oigan. Me parece verla cojear un poco del pie derecho.

—He estado hablando con Meredith y esto no os va a gustar mucho: ¿sabíais que antes de venir aquí ha quedado con gente de su clase?

No entiendo lo que quiere decir.

—¿Y qué pasa? —pregunta Lily, extrañada.

—Que os ha dado plantón, resumiendo —dice Martha—. Lleva casi una hora aquí con todos, se ha enrollado con un chico y se lo ha llevado de vuelta al hotel.

—¿Cómo?

Saco el móvil del bolso y compruebo si Meredith nos ha escrito algún mensaje para avisarnos, pero no me ha llegado nada. Por un momento, dudo de la palabra de Martha... Aun así, parece bastante segura de lo que dice y, dado lo que pasó la última vez, tampoco es de extrañar.

Lily se está empezando a enfadar. Se coloca el pelo detrás de la oreja, furiosa, y le planta cara a nuestra compañera de clase.

—No puede ser, nos lo habría dicho.

—¿Estás segura? No parecía echaros de menos cuando me ha pedido que no os dijera nada y que os contara que se había ido a casa porque se le habían roto los tacones o algo así. No me he enterado muy bien, pero es una bonita mentira, ¿verdad? —Nos mira a las dos, primero a mí y luego a Lily—. Yo prefiero dar la cara y contaros la verdad.

—¿Te ha dicho que no nos avisaras? —pregunto, empezando a alucinar.

—Claro. Ha estado todo el rato con gente de su clase y ha salido, medio borracha, besándose con Owen cada cinco segundos. Se han ido al hotel a..., bueno, ya sabéis.

Lily se gira hacia mí con expresión dubitativa. No merece la pena pagar la entrada si ella no está allí, ni tampoco nadie con quien tengamos la suficiente confianza como para quedarnos dentro.

—Bueno, chicas, yo os dejo aquí; me voy a otro sitio porque esta discoteca es una mierda.

Martha llama a Connor con un grito y le pide que entre a buscar a Rex para cambiar de local mientras se enciende un cigarro. Me apena verlo enseñar el sello al de seguridad y, tras mirarnos vagamente, obedecer sin rechistar, como si fuera su esclavo.

—Podéis venir con nosotros, si queréis. Seguro que Rex sabe de algún lugar donde haya más fiesta que aquí —dice, y se dirige a la puerta para esperarlo allí, dándonos la espalda. Sí, definitivamente camina de una forma extraña.

No me puedo creer que Meredith se haya ido así sin más. Aunque, pensándolo bien, tampoco sería tan inusual que se hubiera largado sin pensar en las consecuencias.

—¿Qué hacemos? —me pregunta Lily.

—Pues... si quieres volvemos al hotel, no sé.

—Podemos preguntar a Rex adónde quieren ir; supongo que vendrá Connor y, si no nos gusta o está muy lejos, volvemos andando.

No me parece mala opción. Además, dando ahora media vuelta hacia el hotel no estaré esforzándome en absoluto por salir y conocer gente nueva. No me hace mucha gracia salir con Rex y Martha, pero supongo que puedo centrarme en Lily y Connor.

Unos metros más allá, este sale de Guilty con Martha y Rex, que va riéndose de ella por alguna razón que a Martha no parece sentarle muy bien, como demuestra el puñetazo que le da en el hombro. Lily se acerca a ellos y yo la sigo.

—Bueno —dice Martha, cruzada de brazos—, ¿adónde nos vas a llevar, entonces?

—Hay una fiesta no muy lejos de aquí, a unas tres o cuatro manzanas. Me habían invitado, pero me daba pereza ir... Diré que venís conmigo de acompañantes y ya está. —Esboza una media sonrisa y me mira fijamente—. Habrá algunos actores, supongo que youtubers... y comida gratis.

Martha asiente con vigor.

—Por mí bien. —Lily se suma al plan.

—Vale —asiento.

Me doy una vuelta a la bufanda para taparme bien el cuello; se ha levantado un poco de viento y, por otro lado, el escrutinio de Rex me pone nerviosa y necesito moverme.

Sigo pensando en lo que nos ha dicho Martha; no me puedo creer que Meredith nos haya dejado plantadas sin un mísero mensaje. Mientras echamos a andar, vuelvo a revisar sin éxito mi móvil por si he pasado por alto alguna notificación.

Hasta ahora, no he tenido buena opinión de Martha; no obstante, visto lo poco que le importamos a Meredith, quizá debería haberla juzgado antes a ella.

TOM

La música está demasiado alta para mi gusto y me muero de aburrimiento. Ya he agotado todos los temas de conversación posibles con Diana y Ashley y, ahora mismo, ellas están charlando con uno de los actores principales del documental. De todos los que estamos invitados a la fiesta, ellas son las únicas que vienen también de YouTube. He visto por ahí a un grupo de instagramers, pero nada más. Si estuviera Finn, no me aburriría tanto, pero aún no está preparado para esto, como es lógico. Lo mejor es que se quede unos días en casa para descansar. Dado que Patrick no le ha puesto ninguna traba en que no viniera, lo he dejado viendo la tele en el sofá y tapado con una manta hasta arriba como una abuela.

El bar se divide en varias partes; en la zona donde estoy hay un montón de sofás y mesas. Al otro lado se halla la zona de baile. No hay barra, pero los camareros se pasean continuamente con bandejas y basta con pararlos para pedirles cualquier cosa. En la puerta hay dos tipos de seguridad; es muy probable que hoy se amontonen *paparazzi* fuera, aunque todavía es un poco temprano para eso.

A mi alrededor hay bastantes personas que están en la misma situación que yo: no conocen a casi nadie y han venido por compromiso. Recuerdo los consejos de Alice, repitiéndome hasta la saciedad que hablase con toda la gente que me fuera posible y que pusiera mi mejor cara… Bueno, ojalá le hubiera hecho caso y hubiera indagado mínimamente sobre los invitados; al menos, ahora no me sentiría tan desorientado. Saco mi móvil y empiezo a revisar los últimos mensajes que he recibido en esta media hora. Enseguida me canso y, como me molesta el intenso brillo de la pantalla en esta semipenumbra, lo bloqueo y jugueteo con él pasándomelo de una mano a otra.

Un instagramer se acerca a mí para saludarme y hacerse una foto conmigo. Tenemos una charla informal, bastante anodina, hasta que me pregunta si es verdad lo que ha ocurrido con Finn. Asiento mientras le explico que por eso no ha venido hoy y cambio de tema para evitar darle más datos. Cuando ve que no puede sacarme mucha más información, se va.

Estoy tan cansado de haber madrugado esta mañana para ir a nadar que me duelen todos los músculos. No suelo tener agujetas, pero por la necesidad de liberar estrés he hecho más ejercicio de lo habitual y me ha pasado factura.

Me distraigo mirando a los seguratas de la puerta, quienes deben de estar aún más aburridos que yo. Pasan el rato hablando entre ellos y comentando el reloj que uno lleva puesto, hasta que la puerta se abre. Eso despierta mi curiosidad: en teoría, nadie puede entrar porque es una fiesta privada que ya ha comenzado hace rato, aunque lo entiendo en cuanto veo asomarse la cara de la primera persona.

Rex Hampton habla con los de seguridad durante unos segundos; no necesita enseñar su identificación, pero sí que se la piden a sus acompañantes. Unos segundos después, entran tras él cuatro personas. La primera es una chica bastante menuda, con el pelo corto, morado o azul o ambas cosas, y los ojos excesivamente maquillados. Escruta a toda prisa la sala, moviendo la cabeza de lado a lado. Detrás de ella camina un chico alto y muy delgado, con unos vaqueros negros, una camiseta también oscura y una gorra. Es extraño que lo dejen entrar vistiendo de un modo tan informal... Supongo que sólo les habrá persuadido que sea amigo de Rex.

No debo de ser el único que considera insólito que los dejen pasar sin saber nada de ellos, porque uno de los dos tipos de la entrada los mira con reticencia. Las últimas personas en cruzar la puerta son dos chicas: una rubia muy delgada, con pinta nórdica, y una pelirroja. No puedo dejar de mirar a esta última: su pelo, aunque se nota que está teñido, es muy brillante, y su rostro... No sabría cómo describirlo, pero es de esas caras un poco redondas que invitan a apretarles los mofletes.

Dan unos pasos por el local y Rex para a un camarero, pidiéndole bebidas para todos. Se quitan los abrigos y caminan hacia la zona en la que estoy ahora, sentándose un par de sofás más allá. La pelirroja se coloca dándome la espalda y suelto una maldición en mi interior. Mientras doy un trago a mi bebida, sigo pendiente del singular grupo. Tampoco tengo nada más que hacer...

Eso me impulsa a levantarme y, tras acabarme con otro sorbo la tercera copa de la noche, me encamino hacia mi viejo amigo, con el teléfono todavía en la mano.

—¡Hampton!

Él interrumpe su conversación con la chica de pelo azul para girarse hacia mí.

—¡Hombre! ¡El mismísimo Tom Roy!

Rex se levanta y me da un abrazo. Dejo el móvil en la mesa con cuidado de que no se moje con las gotas de bebida que salpican parte de la superficie y me acomodo a su lado en una silla vacía.

—Tío, estás cambiadísimo —le digo—. ¿Qué es de tu vida?

—¿Eres Tom Roy? ¡Oh, Dios mío! —brama la chica de pelo azul, y trago saliva al prever el percal: se retuerce nerviosa y me observa, comiéndome con la mirada. A su lado, sus amigos la miran con cara de horror—. ¡Me flipan tus viajes! POR FAVOR, hazte una foto conmigo. Tengo que enseñársela a unas amigas a las que les encantas, van a alucinar. OH, DIOS MÍO.

Se pone a soltar chillidos y no puedo negarme. Rex me hace un gesto, medio disculpándose por la actitud de su acompañante.

—¡LILY! HAZNOS UNA FOTO, POR FAVOR, HAZLA YA.

La chica le tiende su móvil a la pelirroja y se coloca automáticamente a mi lado. Intento ser agradable y no decir nada. No es la primera vez que me topo con este tipo de fans histéricas; lo mejor es darles lo que quieren y no hacerles más caso. Esbozo la misma sonrisa que adopto siempre para las fotos y el *flash* me deja medio ciego.

—¡REPÍTELA! ¡ASEGÚRATE DE QUE SALGO BIEN!

Si sigue montando tal espectáculo, van a venir los de seguridad a por ella. Repetimos la foto una vez más y se pone a dar grititos como una cobaya por la emoción. Le arrebata el teléfono de las manos a su amiga. Mira la imagen, aumentando el *zoom* para comprobar cómo ha quedado, y justo después se me abalanza para darme un abrazo.

Eso me pilla desprevenido… y mis reflejos responden instantáneamente alejándome de ella. La silla vence por el peso y nos caemos ambos hacia atrás con gran estrépito, uno encima del otro. Ella grita del susto y, dos segundos después, veo a uno de los de seguridad levantándola en brazos y sacándola a rastras de la discoteca mientras no para de proferir gritos. No sé cómo han llegado hasta aquí tan rápido, pero me alegro de que estuvieran atentos.

El otro hombre agarra a la pelirroja por el brazo y tira de ella y de su amiga, dándoles el tiempo justo para coger su abrigo del sofá. Rex y el otro chico se levantan de inmediato para ir a buscar a la loca de pelo azul, que ya debe de encontrarse fuera del local porque no se perciben sus gritos.

Dedico un momento a mirar a mi alrededor para confirmar que, en efecto, todo el mundo está mirándonos. A pesar del volumen de la música, los gritos de la chica se han oído por todas partes y hemos sido el centro de atención durante todo este tiempo. Apuesto a que el instagramer de antes está disfrutando con la escena.

Hampton sale del local sin despedirse de mí y, de pronto, me vuelvo a quedar tan solo como hace un instante, como si no hubiera pasado nada. Los de seguridad vuelven para comprobar si estoy bien. Uno de ellos habla conmigo para asegurarse de que no me han hecho nada malo y para preguntarme si los conocía de algo. Mientras tanto, el otro recoge el abrigo de Rex y los bolsos y otras pertenencias que se han dejado las chicas en la mesa y en el sofá para llevárselos fuera. Han actuado tan rápido que ni siquiera les ha dado tiempo a coger sus cosas: los han sacado a todos del establecimiento en menos de diez segundos.

Después de insistir tres veces, el hombre por fin me deja tranquilo. En realidad, la cabeza me arde y estoy bastante seguro de que me he hecho una herida en la parte de atrás, pero no quiero decírselo porque, teniendo en cuenta cómo se ha alarmado, lo veo capaz de llamar a una ambulancia por un pequeño corte. No quiero pasarme la mano por el pelo por si sangra y me delata, así que aguanto el dolor hasta que los dos retornan a su sitio, en la puerta del local.

Poco a poco, el ambiente vuelve a la normalidad y dejo de ser el centro de atención: todos retoman sus conversaciones y sus bailes donde los habían dejado. Pienso en Alice y espero con todas mis fuerzas que no se entere de esto..., aunque lo más probable es que cualquiera de los que están aquí lo ponga en Twitter. Genial.

Miro a la gente que me rodea durante los próximos minutos. Estoy muy nervioso y decido que lo mejor es que vuelva a casa. Aquí no tengo nada más que hacer y ya he llamado bastante la atención, así que me acerco a Ashley y Diana para despedirme de ellas, quienes insisten en que les cuente lo que acaba de ocurrir. Le quito importancia, esperando que ellas también lo hagan, y salgo por la puerta tras recoger mi chaquetón sin mirar atrás. Por fortuna, Rex y sus amigos no están en la entrada del bar, pero en su lugar me reciben tres o cuatro *paparazzi* con sus *flashes* y voceando mi nombre para que conteste unas preguntas sobre la madre de Finn. Los esquivo lo más rápido que puedo y acelero en busca de un taxi, maldiciendo para mis adentros por no haber tenido la inteligencia de encargar un coche. Estoy harto de que me hagan preguntas sobre mi mejor amigo; me duele pensar en él y en lo que ha sufrido estos días. Si Finn hubiera venido a esta mierda de fiesta, habría sabido cómo evitarlos... Bueno, si él hubiera estado aquí, ni siquiera me habría ocurrido lo de la amiga loca de Hampton.

Giro un par de calles a toda prisa en dirección contraria al grupo que aún me persigue con sus cámaras hasta que diviso un taxi parado en un semáforo, esperando a que se ponga verde. Me precipito hacia él, abro la portezuela y me lanzó al interior mientras le indico las señas de mi casa. Me pongo el cinturón y me dejo caer en el respaldo, cerrando los ojos y respirando profundamente. Luego los abro, sobresaltado, y echo un vistazo por la ventanilla trasera para asegurarme de que no me siguen. Por ahora no han descubierto dónde vivimos Finn y yo, y espero que siga siendo un secreto durante mucho tiempo.

Para matar el rato, meto la mano en el bolsillo derecho del pantalón en busca del móvil… y no hay nada. Rebusco en el izquierdo, estirando las piernas como si eso fuera a ayudarme en algo, y me entra el pánico cuando sólo encuentro la cartera y las llaves. Aprieto los bolsillos del chaquetón, donde nunca guardo nada, con la esperanza de notar su forma por algún sitio.

Es en ese preciso momento cuando me doy cuenta del grave error que acabo de cometer.

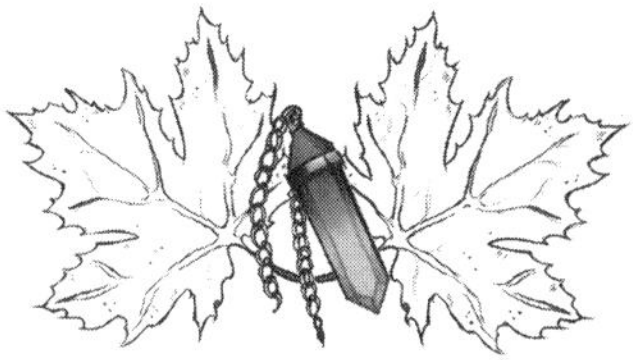

LILY

Si la noche del viernes pasado estuvo llena de sobresaltos, esta la ha superado de un modo inesperado.

Cuando llegamos al hotel Ellesmere, todavía siento el corazón acelerado por la escena que acabamos de presenciar en el bar. Bueno, más bien de protagonizar, ya que los de seguridad han decidido meternos a todos en el mismo saco y echarnos.

Martha se ha pasado todo el camino hasta aquí llorando y andando con los tacones en la mano, repitiendo que no era culpa suya y que quería borrar la foto, que Tom Roy era un gilipollas, textualmente, y que se lo tenía muy creído. No para de quejarse, además, porque le duele el tobillo derecho. De vez en cuando se gira para fulminar con la mirada a Ava, por algún motivo desconocido. Rex se mantiene en silencio; tiene cara de estar tan enfadado que es mejor no decirle nada. Supongo que, después del numerito que ha montado Martha y de la forma en que nos han echado, estará avergonzadísimo. Enciende un cigarro y entrecierra los ojos cada vez que expulsa el humo.

Ava y Connor van un par de metros por detrás de mí, a paso lento y hablando en voz baja. Yo me siento algo descolocada ahora mismo. Pienso en Meredith y en su actitud de esta noche; por lo que nos ha contado Martha, parece que va a ir a su rollo a partir de ahora. En el fondo, no la culpo: nada la obliga a ser nuestra amiga y, si ha encontrado gente a la que le va la fiesta tanto como a ella, es normal que nos deje un poco de lado… Pero me da rabia que lo haya hecho de esta manera.

Hago ademán de sacar el móvil del bolsillo para enviarle un mensaje informándole de que estamos en el ascensor del hotel y preguntarle si se encuentra aquí, aunque enseguida me retracto. No puedo arrastrarme detrás de ella cada vez que decida pasar de nosotras por sus amigos de Biología o ponerse como una cuba en apenas unas horas de fiesta. Cosa que, a juzgar por lo que ha dicho Martha, ha vuelto a hacer hoy.

Ava sale del ascensor acompañada de Connor en la segunda planta, donde están sus habitaciones. Martha hace lo mismo tras pedirle a Rex varias veces que le deje ir a su cuarto para hablar de lo ocurrido. Se la ve bastante arrepentida —de hecho, todavía sigue llorando—, pero Rex se limita a contestar un «no» imperturbable y aprieta el botón de mantener las puertas abiertas hasta que ella sale arrastrando los pies.

Antes de que se cierren, Ava se gira, me indica con un gesto que hablaremos por WhatsApp y yo levanto el dedo pulgar como despedida.

—Vaya nochecita —comenta Rex una vez que el ascensor comienza a subir.

—Lo siento. ¿Te hemos metido en un lío? —pregunto, aunque estoy bastante segura de cuál es la respuesta.

—No, tranquila. Tú no.

Las puertas se abren en la tercera planta y recorremos el pasillo hasta nuestras habitaciones. Cuando detectan nuestra presencia, las luces se encienden al momento.

—¿Tienes todas tus cosas? —me dice Rex—. He visto que os sacaban los bolsos... Espero que no os hayáis dejado nada dentro del local.

—Sí, sí, gracias. ¿Estás seguro de que...?

—Sí. Nos vemos por ahí —se limita a responder, dando media vuelta hacia su cuarto.

Saco la tarjeta para abrir la puerta, enciendo las luces y me dejo caer en la cama, donde me quito rápidamente los zapatos. Luego voy al baño para desmaquillarme. Son las dos, bastante tarde para darme una ducha, así que me recojo el pelo en una coleta mal hecha y decido lavármelo por la mañana.

Estoy cepillándome los dientes, distraída, cuando oigo una melodía que no reconozco. Salgo del aseo con el dentífrico y el cepillo todavía en la boca y trato de identificar de dónde procede. Parece la típica alerta que suena cuando llaman a un iPhone... ¿El de quien esté alojado en la habitación contigua? No tengo ni idea de quién es, pero sí sé que mi móvil no suena así.

De pronto, el sonido se esfuma y todo vuelve a la normalidad. Estudio mi cuarto con recelo; es posible que fuera el teléfono de mi vecino, pero me extraña que se filtre el ruido por las paredes hasta ese punto. Me encojo de hombros y vuelvo al baño para enjuagarme e irme a dormir.

Abro el grifo y, justo en ese momento, vuelvo a percibir el tono de llamada. Me seco las manos y la boca corriendo y salgo para seguir el rastro, identificando en pocos segundos su origen. Recojo mi bolso del suelo y abro la cremallera, dejando que el sonido se oiga mucho más amplificado.

Meto la mano y el corazón me da un vuelco cuando saco un iPhone 6S Plus que de ninguna manera me pertenece.

OLIVER

Cuando miro el móvil, tengo tres llamadas perdidas de Rex. Espero que sea muy importante lo que tenga que decirme, porque he tenido que dejar a dos chicas muy receptivas con las que estaba hablando para ver quién era. Son las dos y media, más o menos, y la fiesta en casa de Simon parece que se va a alargar hasta que salga el sol.

—¿Qué quieres, pringado? —le saludo cuando descuelga.

—Estoy en el hotel; vente, he conseguido unas rayas.

Antes de contestar, me aseguro de que no haya nadie a mi alrededor que pueda oírme. A mi lado hay un grupo que no conozco y no quiero que se entere de lo que digo.

—Un momento, voy a buscar un sitio donde hablar.

Subo a la planta donde están las habitaciones de la familia de Simon y abro la puerta de la primera que encuentro.

—¿Qué haces? —me chilla una chica desde la cama de matrimonio—. ¡Cierra la puerta, pervertido!

—Joder —mascullo, y pruebo suerte en la de al lado. Por fortuna, está vacía—. Vale, dime.

—Que te vengas al hotel —repite Rex.

—Vente tú aquí, ese sitio es muy cutre —me quejo.

—Ni de coña, Oliver; hoy han estado a punto de pillarme por culpa de una tía que se ha vuelto loca al ver a Tom Roy en una fiesta. Ven y luego, si eso, volvemos juntos a casa de Simon.

—¿Y me utilizas a mí como segundo plato? Colega, pensaba que me apreciabas más.

—Joder —dice Rex al otro lado del teléfono—, ¿no te das cuenta? Podrían haberme pillado con coca encima... He estado a punto de liarla por una gilipollez.

Me da rabia que me llame ahora, justo cuando había empezado a congeniar con esas dos chicas tan interesadas en mi limusina..., entre otras cosas. Cojo aire con fuerza e intento reprimir las ganas que me entran de pegarle una patada a un mueble.

—¿No me podías avisar antes? Le he dicho a Simon que me quedaría a dormir.

—Pues pírate sin más, joder, estás a cinco minutos caminando. Eres un puto vago.

Una pareja abre la puerta del cuarto y frena en seco al verme dentro, hablando por teléfono.

—Buscaos otro sitio, lo siento, ¡adiós! —suelto, cerrándoles la puerta en las narices.

—Te espero entonces, ya sabes dónde estoy. No me vale un no por respuesta, Oliver. Quiero gastar estas rayas como sea, no sea que me las pille alguien.

Escucho a mi amigo colgar la llamada. Resoplo y aprieto los dientes, cabreado por sus paranoias. Y siempre se sale con la suya, no sé cómo lo hace. Salgo molesto y bajo de dos en dos las escaleras. Si llamo ahora a Matthew, tardará en venir a buscarme, así que echo a andar a la calle sin más, esperando que Simon no me haya visto largarme. Después, aprieto el paso en dirección al hotel Ellesmere.

No es la primera vez que hago ese camino. Ya lo he recorrido en un par de ocasiones para ir a la habitación de Rex, pero también me he dejado caer por ahí para no perder la pista de Lilian. Estuve el primer día que supe que se alojaba aquí y, desde aquel momento, seguirla se ha convertido en una especie de relajante cacería. Me sosiega controlar qué hace, con quién sale y qué horario de clases tiene.

Ya soy capaz de reconocer a todas las personas con las que se junta: la rubita callada, que tiene pinta de ser la típica tímida que acaba siendo una zorra; la chica negra, que directamente lo es; Connor, a quien distingo de los demás porque Rex me ha hablado de él y porque es asiático, y algunas otras personas con las que queda menos.

Pocos minutos después, me planto en la entrada del Ellesmere. Desde fuera apenas se ve luz, pero, en cuanto cruzo las puertas, una lámpara de araña ilumina toda la estancia. No tengo que preguntar por la habitación de Rex, me la sé de memoria: está en el mismo pasillo que la de Lily.

Cuando salgo del ascensor y voy hacia la 320, me siento tentado a detenerme en la puerta de mi exnovia y pegar el oído, aunque me contengo. Prosigo y llamo con fuerza a la de Rex Hampton, quien abre a los pocos segundos.

—¿Te ha visto alguien? —pregunta, impaciente.

Cierro la puerta detrás de mí.

—No, no había nadie. Tío, son más de las dos de la mañana, ¿quién va a estar por aquí? Los que se han ido a dormir ya llevan varias horas de sueño y los que están de fiesta volverán en un rato.

—Eso espero —replica él—. Toma, esto es todo lo que te debo.

Me tiende una bolsita transparente donde se ve con absoluta claridad lo que hay dentro.

—Vale, tío. Buf, qué poco… ¿Seguro que no era más?

—Seguro, joder.

Asiento y saco una parte del contenido, dejándolo caer en la mesa que hay al fondo.

—¿Qué cojones te ha pasado?

—Nada, una subnormal de mi clase.

Insisto para que me lo cuente. Conozco bien a Rex y someterle a un interrogatorio es la única forma de sacarle información.

—He llevado a unos de mi clase a una fiesta y, cuando una ha visto a Tom Roy, se le ha lanzado encima —explica con desgana—. La han tenido que sacar los seguratas en brazos… Por suerte, a la salida no nos han cacheado.

Menos mal que no estaba yo ahí, porque me habría puesto de los nervios si eso me hubiera ocurrido con coca en el bolsillo.

—Eres gilipollas, no sé para qué tienes que meter a gente en esos sitios… y más llevando rayas encima —le espeto—. Podrían haberte pillado.

—Pensaba que eran civilizados, no… —balbucea Rex.

—Da igual, inútil, te podían haber metido en la cárcel. Bueno, no lo sé, pero esta noche no la habrías pasado en el hotel, eso te lo aseguro. Te tomaba por alguien más listo.

—Para eso están los abogados de mi madre. —Se encoge de hombros y esnifa con cuidado, ayudándose con una tarjeta de crédito, el polvo blanco que también ha dejado en la mesa.

—A tu madre no le haría ninguna gracia que jodieras su carrera por unas rayas de coca —replico. No me puedo creer la suerte que ha tenido de que no le cazasen esta noche—. ¿Te ha dicho algo Roy? —le pregunto nervioso, viendo que no responde.

—No, hemos actuado los dos como un par de falsos y ya está; tampoco me ha dado tiempo a mucho más.

Aprieto los puños, cabreado.

—Ese niño de papá me pone de muy mala leche. Aunque no sé a quién me dan más ganas de pegarle un puñetazo, si a él o a su perrito faldero.

—¿Finn? ¿El pelirrojo de gafas moradas?

—Sí, ese. No sé quién cojones le ha dicho que esas gafas le quedaban bien.

Me levanto para ir al baño y meo con la puerta abierta.

—¡Pues estaba solo, sin Finn ni nadie! —grita desde el cuarto. Debe de tomarme por sordo, porque se le oye de sobra.

—Joder, no me puede caer peor. Si yo fuera tú, ni le habría saludado.

—¿Qué? —pregunta Rex, justo después de volver a esnifar.

—Que yo habría pasado de él.

Él se encoge de hombros.

—Tú tienes un motivo para llevarte mal con él, yo no —me dice, señalándome con el dedo índice—. Sencillamente, ha pasado mucho tiempo desde que nos conocimos y las cosas han cambiado. Pero tampoco es mal tipo.

Este tío es retrasado perdido.

—¿No? Pues no decías lo mismo cuando no parabas de quejarte de que te robaba el protagonismo. Ahora cualquiera con una cámara y una neurona puede hacerse famoso subiendo vídeos chorras a YouTube.

Rex asiente y se tumba en la cama, nervioso.

—¿Qué pasa? ¿Ya se te ha olvidado? —sigo insistiendo—. Acuérdate de las veces que me viniste lloriqueando porque no te habían invitado a fiestas privadas y a ellos sí. Y el amiguito este de Roy...

—Finn —me repite a regañadientes.

—Sí, eso, joder. Acuérdate siempre de quién es tu amigo y quién no, Hampton.

—Vale, tío.

Nos quedamos los dos en silencio. Rex comprueba la hora en su reloj; desde aquí no veo de qué marca es, pero tiene pinta de ser caro. Seguro que es un regalo de su madre, aunque no creo que supere lo que cuesta el mío. Supongo que es ilógico gastar tanto dinero en relojes cuando podría mirar la hora en el móvil, pero aquí las apariencias son fundamentales.

—Bueno, ¿nos vamos? —propongo—. Se nos va a hacer tarde y Simon se va a cabrear conmigo si se da cuenta de que me he largado.

Sin aguardar a su respuesta, saco mi iPhone y le pido a Matthew que me espere a la vuelta de la esquina. Soy consciente de que es viernes por la noche y seguramente esté durmiendo, pero para algo le paga mi padre.

—¿Te has terminado todo al final? —me pregunta Rex.

—Sí. Vámonos.

—Vale.

Coge el abrigo de la cama, vuelve a meter la tarjeta de crédito en la cartera y se prepara para salir a la calle.

—Oye, una cosa de la que me acabo de acordar —me dice mientras esperamos impacientes a Matthew una manzana más allá del hotel—. ¿Has vuelto a saber algo de la hermana de Tom?

FINN

No sé qué hora es; prefiero no consultarla porque hacerlo en mitad de la noche, cuando estoy en vela, aumenta mis dificultades para conciliar el sueño. Estos días estoy durmiendo peor que nunca: me mantengo despierto hasta las tantas y por el día me voy adormilando en cada rincón de la casa.

Hago esfuerzos por no coger el móvil para engancharme al *Pokémon Go* y buscar el Vulpix que el otro día se me escapó; la luz de la pantalla me va a desvelar aún más. Me doy la vuelta y procuro conciliar el sueño cambiando de postura. Giro la almohada para apoyar la mejilla en una parte fresca, cierro los ojos… Y, tras varios minutos infructuosos, desisto: me levanto, enciendo la luz de la mesilla y me siento en la cama con las piernas cruzadas y el portátil en mi regazo.

Hoy he subido un nuevo vídeo al canal comparando los *Gears of War* con motivo del cuarto, de modo que me pongo las gafas y me entretengo mirando las estadísticas y los comentarios de la gente. La gran mayoría versa sobre los rumores de mi madre, más que sobre el contenido del vídeo. Suponía que iba a ocurrir algo así… Este ha tenido más visualizaciones en las primeras horas que los de las últimas semanas, probablemente por eso. Toco el logo de mi canal, un diseño de un mando de consola retro con unas gafas moradas encima, para cerrar la sesión. A continuación, bajo la pantalla del ordenador y vuelvo a apagar la luz, con pocas esperanzas de dormir esta noche.

Intento concentrarme en el silencio que impera en la casa y, al mismo tiempo, en no pensar en mi madre cuando, de repente, oigo un ruido. Me quedo lo más quieto posible y trato de identificar de dónde ha venido. Unos segundos más tarde, vuelvo a oír otro similar al primero. Estoy casi seguro de que es alguien intentando forzar la puerta.

Me reclino sobre la cama y busco mi móvil a tientas en la oscuridad para llamar a Tom. Marco su número, que me sé de memoria, y rezo mentalmente para que me conteste y me asegure que es él quien está abajo. Sin embargo, no lo coge y salta el buzón de voz. Vuelvo a intentarlo sin éxito y me empiezo a poner nervioso. No tengo nada para defenderme en el piso de arriba; ahora mismo estoy a merced de quien esté intentando allanar mi casa.

Aguzo el oído y capto un tintineo metálico seguido de un ruido que sin duda proviene de la puerta. Reconocería ese sonido en cualquier parte: lleva varios meses chirriando porque nos da pereza ponerle espray para engrasar las bisagras. Vale, empiezo a asustarme. Me planteo llamar a la policía ahora mismo, pero dudo que puedan hacer nada para cuando hayan llegado. Echo una ojeada a mi alrededor en busca de algo que me sirva de arma: lo primero que se me ocurre es sacar un disco de las pesas que guardo en mi armario y llevarlo encima, por si acaso. Menos mal que los videojuegos desarrollan los reflejos.

Desciendo sigilosamente, descalzo y de puntillas, algunos escalones. Veo cómo el ladrón, o quien quiera que sea, enciende la luz del salón y comienza a subir por las escaleras. Como tienen forma de L, me quedo quieto detrás de la esquina para sorprenderlo.

Tres, cuatro… Cuento sus pasos mientras el intruso arrastra los pies y, cuando sólo le quedan dos para alcanzarme, me abalanzo sobre él.

—¡AAAAAAAH! —chilla al desplomarse hacia atrás.

—¡¡AAAAAAAAAAAAAAAH!! —grito yo aún más fuerte mientras el hombre cae rodando por las escaleras.

—¡PERO QUÉ HACES, IMBÉCIL!

Mi compañero de piso intenta ponerse de pie, aturdido por el golpe.

—¡TOM! ¿Qué…? Pero ¿qué haces aquí? —Bajo corriendo para ayudarlo a levantarse, dejando en el suelo enmoquetado el disco de las pesas—. Tío, no te esperaba hasta mañana. Me habías dicho que la fiesta acababa a las cinco.

—¡Suéltame! ¿Estás mal de la cabeza? ¿No se te ha ocurrido pensar que había vuelto antes?

Enmudezco, desconcertado. Por supuesto que podía volver a su propia casa con sus propias llaves… Ya se me había olvidado que ayer el casero nos envió una copia.

—Vaya… Lo siento, Tom —farfullo.

Él se aleja de mí y ve el disco en el suelo.

—¿Me ibas a dar con eso en la cabeza? ¡Podrías haberme matado! —grita, abriendo mucho los ojos.

—Joder, lo siento, tío.

Tom se frota el codo con cara de mosqueo y, sin mediar palabra, echa a andar escaleras arriba hacia su cuarto. Apago la luz del salón, recojo el disco de la pesa y subo a tumbarme en mi cama. No obstante, me entra tan mala conciencia que no han pasado ni cinco minutos cuando ya estoy llamando a su puerta.

—Oye… —carraspeo, incómodo, cuando me abre y se da la vuelta sin mirarme—, ¿estás bien?

Él asiente y lo veo rebuscar en unos cajones.

—¿Qué haces?

—¿Te acuerdas del iPhone 5S viejo que tenía? ¿Lo has visto por alguna parte?

Intento hacer memoria, pero no consigo recordar nada sobre su antiguo móvil.

—No…

—Joder —maldice mientras sigue abriendo y cerrando cajones. Parece bastante desesperado.

—¿Se te ha roto el 6S Plus? —pregunto, bostezando. Ahora que no estoy tumbado en la cama, resulta que empieza a entrarme el sueño.

Cierra el cajón de golpe y se gira hacia mí. Tiene cara de estar fuera de sí.

—No te vas a creer lo que me ha pasado.

Y entonces me describe un encuentro fugaz con Rex Hampton y sus amigos, una chica de pelo azul que se le ha lanzado encima, dándole un golpe en la cabeza, y a la que se han llevado los de seguridad, y la desaparición de su móvil.

—Hala, ¿y llevaba el pelo como Chloe del *Life is Strange*? —Al ver la mirada que me echa, vuelvo a lo importante—: ¿Dónde viste el móvil por última vez? —le pregunto tras rebuscar concienzudamente en los bolsillos de su abrigo.

—Lo utilicé en la fiesta, eso seguro. Pero no me acuerdo de lo que hice con él.

—A ver —intento organizarme las ideas—, sólo hay tres opciones: te lo has dejado en el bar, se lo ha llevado Rex por error o se te ha caído en el taxi sin que te hayas dado cuenta.

Tom resopla.

—Necesito encontrarlo cuanto antes; no puede estar por ahí y que cualquiera se lo quede.

Comprendo perfectamente su angustia. Desde que nuestros canales de YouTube empezaron a crecer y los suscriptores ya se podían contar por millones, nos insistieron en que debíamos ser muy cautelosos con nuestros teléfonos. Cualquier información que contuvieran era muy importante y, según nos dijeron, lo recomendable era borrar a diario nuestras conversaciones y fotos privadas... Pero desde el principio lo hacemos sólo de vez en cuando, si nos acordamos: da mucha pereza dedicar cinco minutos diarios a vaciar los chats, eliminar fotos y asegurarse de que no hemos dejado ningún dato personal relevante y privado en ninguna parte del dispositivo que puedan usar en nuestra contra si lo perdemos.

—¿Quieres que te acompañe a buscarlo? —me ofrezco.

—No, no, quédate aquí, ahora llamaré al servicio de taxis, por si acaso.

—Pero cuando montaste ya no lo tenías, ¿no? —Intento reconstruir su recorrido—. En tal caso, no puede estar ahí... Y si el taxista lo hubiera encontrado y fuera a devolvértelo, te lo habría traído aquí. —A menos que no quisiera devolvérselo, claro, pero esa posibilidad ni se la menciono. Tom se queda en silencio, pensando—. Hay que buscar a Hampton.

Él sopesa mi hipotética versión de los hechos y se muerde el labio, confuso.

—Vale, eso haré. Pero tú te quedas aquí para descansar; no llevas ni veinticuatro horas en Londres.

—Ahora mismo preferiría que me diera el aire a quedarme aquí encerrado, la verdad.

Mi amigo me mira durante unos segundos, estudiándome para ver si le estoy mintiendo. Al final, cede, me visto con la ropa que he llevado esta mañana en el tren y bajamos juntos por el mismo sitio donde casi lo mato con una pesa hace unos minutos.

Descartamos ir al bar porque Tom me dice que había un montón de *paparazzi* por los alrededores preguntando por mi madre. Ahora mismo, lo mejor que puedo hacer es no dejarme caer por ahí. Soy consciente de que se sabe que estoy en la ciudad porque me han visto en King's Cross y lo han puesto en Twitter. Ya es suficiente información para ellos.

Lo bueno de las redes sociales es que, aunque nos tienen controlados, nosotros también podemos hacer uso de ellas con los mismos fines. Así, un par de búsquedas en Internet nos bastan para localizar la universidad en la que Rex Hampton está estudiando.

—El edificio de la USK se encuentra a unos veinte minutos a pie desde casa —le informo—. Esa universidad es de megapijos, por cierto, así que seguro que lo que has encontrado en Twitter es fiable. Lo más probable es que se esté alojando en la residencia; busca la página oficial en Google para ver si dice algo.

Tom sigue mis instrucciones y, nada más acceder a la página web, damos con una pestaña en el apartado de estudiantes dedicada exclusivamente a un hotel llamado Ellesmere. El nombre no me suena de nada, pero se halla cerca de la universidad. Tiene que ser ahí donde se hospeda…, a no ser que disponga de un piso para él solo en cualquier otra parte de la ciudad.

Salimos y enfilamos algunas callejuelas hacia el hotel. Fuera no hay nadie más que nosotros. Serán casi las tres y media de la madrugada y lo único que se oye es el sonido de una farola parpadeando o el de algún grupo aislado que, a lo lejos, vuelve de fiesta bramando una canción. Es curioso cómo cambian las ciudades de noche: por el día, no podemos salir sin riesgo a que nos persiga alguien; ahora, de madrugada, cuando la gente se siente más intranquila al pasear sola, nosotros nos movemos con placidez.

O lo haríamos de no estar tan preocupados por el móvil y porque no paramos de perdernos y dar rodeos como dos idiotas hasta que, por fin, divisamos la fachada del Ellesmere.

En cuanto entramos, Tom va directo hacia el soñoliento recepcionista. Por unos minutos, me inquieta que en este lugar tan exclusivo no accedan a informarnos sobre dónde se aloja cada persona. Por suerte, el chico de la recepción no tendrá más de veinticinco años y nos reconoce al instante. Mira a un lado y a otro, supongo que para asegurarse de que ningún compañero de trabajo le vea, y nos dice amablemente dónde se encuentra la habitación de Rex Hampton cuando le abordamos sin el menor pudor. Después, nos fotografía con él, le damos las gracias y nos dirigimos a los ascensores. No me siento muy orgulloso de haberlo conseguido de esta manera, pero es una cuestión casi de vida o muerte. Al menos, sé que no dirá nada porque no le conviene presumir de haberse distraído en su trabajo. A saber lo que se podría inventar la prensa si se enterase de que nos dedicamos a entrar en hoteles universitarios a las tantas de la madrugada. Mejor no pensarlo.

Subimos al tercer piso y atravesamos el pasillo hasta la habitación 320. Tom aporrea la puerta, golpeándola con los nudillos para que resuene bien, y esperamos a que Rex aparezca al otro lado.

AVA

Querido diario:

Sé que hace muchos días que no escribo, pero estas dos semanas en Londres han sido muy caóticas. Las clases son más interesantes de lo que esperaba, pero echo de menos a Niko y a papá y mamá… Mañana debería encontrar un momento para hablar con ellos y ponernos los cuatro al día. Menos mal que he podido traer a Panda *conmigo. Creo que, como yo, no se termina de acostumbrar a su nueva vida, pero se lo ve feliz. Le encanta corretear cuando lo saco de la jaula y restregarse por la moqueta.*

Pese a mis pequeños momentos de soledad, lo cierto es que he conocido a mucha gente desde que estoy aquí. Lily (su verdadero nombre es Lilian) es mi compañera de clase y la persona con la que mejor me llevo. Meredith es un caso especial; en ocasiones va con nosotras, pero otras, como hoy, parece más interesada en que no se nos vea juntas…

No hay nadie más importante de quien hablarte… Bueno, excepto Connor. Creo que le atraigo y no sé cómo transmitirle que no quiero nada con él. En fin, ni con él ni con ningún chico en general, no de ese modo. Hoy mismo, hace unos minutos, cuando nos hemos despedido en la puerta de mi habitación, ha intentado decirme algo más... íntimo, a juzgar por su tono avergonzado, pero, como no quería rechazarle, le he soltado a toda prisa que estaba muy cansada y me he precipitado al interior.

Por lo demás...

Un montón de notificaciones llenan de pronto mi móvil. Dejo el bolígrafo encima de la hoja y lo cojo, sorprendida, para ver quién me escribe a estas horas. ¡Lily! Se me ha pasado el tiempo volando desde que me he puesto el pijama y me he tumbado, hasta el punto de que ya se me había olvidado que le había dicho de hablar después. Miro la hora a la que me ha enviado los mensajes: ya han pasado quince minutos, pero el móvil me acaba de avisar de todas a la vez. En los mensajes, Lily me pide que suba cuanto antes porque tiene una cosa importante que enseñarme. Extrañada, salgo al pasillo con la tarjeta de la habitación metida en el bolsillo del pijama y con mis zapatillas con forma de conejo. No creo que a estas horas haya nadie deambulando por ahí, pero por si acaso voy deprisa para no toparme con algún estudiante que pueda llegar ahora de fiesta.

Subo por las escaleras para no llamar la atención con el ascensor y, entretanto, voy sumida en la intriga de qué será tan importante para Lily a las tres y media de la mañana. Es entonces, nada más llegar a la planta y adelantar las primeras puertas, cuando diviso a dos personas al fondo del pasillo.

Echo a correr de puntillas al número 312 para que no me descubran en pijama. Si son de mi clase y me pillan así, con estas zapatillas de andar por casa, no vuelvo a pisar la USK en mi vida.

Pero no debo de ser tan sigilosa como esperaba, porque echan a andar a toda prisa hacia mí cuando voy a llamar a la puerta de Lily.

—¡Eh! —me dice el pelirrojo, que va por delante—. ¿Conoces a Rex Hampton? De la habitación 320… Necesitamos hablar con él urgentemente.

Abro la boca para contestarle cuando veo quién es el chico que lo acompaña.

—¿Tom… Roy? —pregunto incrédula, haciendo una pausa entre las dos palabras.

Él tarda unos segundos en reconocerme y, de improviso, abre los ojos de par en par.

—¡Tú eres la chica que estaba con Rex en la fiesta!

Asiento, abrumada por la repentina reunión que se ha formado: Finn, el *gamer* más famoso de Reino Unido acompañado de Tom Roy, conocido por sus vídeos semanales tanto de entretenimiento como de sus viajes por el mundo.

—Necesito que me ayudes, por favor.

LILY

Oigo voces en el pasillo.

Me acerco despacio para no hacer ruido y enterarme de qué ocurre al otro lado de la puerta. Aproximo la oreja a la rendija e intento averiguar qué puede estar pasando a estas horas de la madrugada. Las palabras se convierten en susurros y, de repente, todo se vuelve a quedar en silencio. Pego la cabeza aún más, empezando a plantearme si estaré teniendo alucinaciones por lo que he bebido —aunque entonces recuerdo que ni siquiera me he podido terminar mi primera copa antes de que nos echaran— o si directamente me estaré volviendo loca. Espero unos segundos más y, justo cuando estoy a punto de volver a la cama, alguien golpea la puerta con fuerza.

Doy un respingo y ahogo un grito del susto; el corazón me late con tanta fuerza que lo siento por todo el cuerpo. No puede ser Ava, no me la imagino llamando así…

Pero entonces oigo su voz:

—¿Lily?

Pongo la mano en el pomo y tiro de él.

Cuando abro la puerta, veo la cara asustada de mi amiga acompañada de otras dos personas. A una de ellas la reconozco.

Sin duda, esta noche va directa a las más extravagantes que he vivido jamás.

TOM

La puerta se abre y delante de mí aparece la chica pelirroja. Me pongo automáticamente nervioso. No me esperaba volver a cruzarme con ella y ahora la tengo enfrente, mirándonos a Finn y a mí de hito en hito. Ha cambiado la ropa de fiesta por un pijama de aliens, el pelo lo lleva recogido en una coleta de la que se le escapan bastantes mechones y tiene la cara desmaquillada.

Me presento, aunque supongo que me recordará de antes, y hago lo mismo con mi compañero. Ella nos mira alucinada, no sé si por vernos en su habitación casi a las cuatro de la mañana o porque no acaba de entender qué tenemos que ver con su amiga.

Le resumo la historia de mi móvil y de lo que ha ocurrido esta noche cuando no lo he encontrado. Los ojos se le iluminan cuando le pregunto si podría tenerlo la chica de pelo azul… Y sí, pongo todo mi empeño en evitar llamarla loca delante de ella por si son amigas.

—¿Un iPhone 6S Plus?

Cuando dice esas palabras, siento un brote de esperanza dentro de mí.

—¡Sí! ¿Lo has visto? ¿Lo tiene tu amiga?

—Oh, no, lo tengo yo.

No sé quién está más sorprendido: si ella, su amiga o Finn. Desde luego, la escena no podría ser más absurda: cuatro personas de madrugada en un hotel universitario, la mitad en pijama y la otra mitad sin tener ni idea de quiénes son, buscando un móvil perdido tras haberse colado en los pasillos gracias a que el recepcionista conocía sus canales de YouTube.

—Pasa —dice Lily—, está en mi escritorio.

Le pido a Finn que me espere fuera y cruzo la puerta, que se cierra detrás de nosotros. No sé cómo lo hacen en los hoteles, pero consiguen que se sellen sin necesidad de portazos. Quizá debería investigar más sobre ese sistema para adoptarlo en las puertas de casa, me digo absurdamente. En especial, las que usa mi compañero con frecuencia.

—Aquí está.

Nada más ver mi añorado teléfono en su escritorio, me embarga una indescriptible sensación de alivio.

—¡Gracias! —exclamo cuando me lo tiende, y luego recuerdo y lo añado con cierto reparo—: Una cosa... Antes de salir, tengo que preguntarte si has tocado o mirado algo. De verdad, es muy importante que seas sincera.

—No, no he mirado nada —responde—, sólo he visto la pantalla de bloqueo.

Me da miedo que haya recibido durante este tiempo algún mensaje importante. Eso es lo malo del iPhone: a menos que se configure lo contrario, las notificaciones de WhatsApp se ven en la pantalla. Ponerlas en privado es algo sobre lo que Alice me ha insistido hasta la saciedad, pero al final resulta muy incómodo... En estas ocasiones siempre pienso que ojalá le hiciera un poco más de caso.

Estoy tan obsesionado comprobando que mi móvil está bien y no ha sufrido ningún rasguño que tardo en darme cuenta de que la chica me está mirando con cara de culpabilidad.

—Siento lo ocurrido, no sé cómo ha llegado a mi bolso, de verdad —dice atropelladamente—. Lo debieron de guardar los de seguridad cuando Martha... Bueno... Perdona, no quería meterte en ningún lío. Es que lo oí sonar y por eso descubrí que estaba ahí, pero no me dio tiempo a cogerlo...

—Te llamas Lily, ¿verdad?

Me mira desconcertada. Desde luego, no es la pregunta que se esperaba.

—Sí.

—No estaba seguro. —Sonrío.

—Entonces, ¿no te he metido en ningún lío?

—Tranquila, lo mejor que me podía pasar es que lo tuvieras tú y no la..., tu amiga del pelo azul.

Ella traga saliva y baja la cabeza. Incluso cuando no sonríe se le marcan los hoyuelos.

—Siento mucho lo que ha hecho. No pensaba que fuera así, hace poco tiempo que la conozco.

—¿Estudias en la misma universidad que Rex Hampton?

—Sí, sí; de hecho, vamos a la misma clase. —Se queda en silencio y, por su expresión tensa, sé que está recordando la escena del bar. Parece que haya pasado hace días, pero en realidad sólo han transcurrido unas horas.

—Guay —respondo, tranquilo—. No te preocupes, ya está todo solucionado.

—Sí. Bueno, te acompaño a la puerta.

Caminamos sin decir nada hasta la entrada y salgo al pasillo, donde me esperan Finn y su amiga con aire un tanto incómodo.

—Gracias por cuidar del móvil. Esto… Nos vemos por ahí, supongo —digo, a modo de despedida.

Automáticamente me siento estúpido por haber elegido esas palabras. Está claro que no voy a volver a cruzarme con ella nunca más.

MEREDITH

NO ME LO PUEDO CREER. En mi vida había estado tan cabreada.

Vayamos por partes, porque la historia es increíble. Para empezar, anoche tuve que salir sin el móvil porque olvidé encender el interruptor del enchufe, cosa insólita en mí. Después, en la discoteca, se presentó la idiota de Martha —uf, todavía me río sólo de pensar en cómo se estampó en la pista; ojalá se haya roto el tobillo—. Al cabo de unos minutos, la cosa mejoró notablemente: Owen y yo nos liamos en una de las esquinas del local mientras ella nos fulminaba con la mirada por la envidia. No obstante, un par de horas más tarde empecé a mosquearme porque Ava y Lily no daban señales de vida y me habían asegurado que no faltarían.

Las busqué durante un buen rato por allí e incluso salí por si estaban fuera, aunque, que yo sepa, ninguna de las dos fuma. No podía contactar con ellas sin mi móvil y no había nadie más de su clase a quien pudiera pedirle sus números: Connor había desaparecido, Rex debía de haberse largado y Martha seguro que estaría llorando desconsolada en su cama.

Owen se molestó porque lo estaba ignorando y me soltó de mala gana que ya nos veríamos el lunes, si eso. Total, que un planazo: mis amigas me habían dado plantón y el tío que me había ligado esa noche me dejaba tirada por preocuparme por ellas.

Sobre las cuatro y media, llegué al hotel y me fui directa a la cama, debatiéndome entre el agotamiento y la ira. Probablemente se habrían quedado en sus habitaciones haciendo cualquier chorrada o jugando con ese estúpido conejo. «Si Lily ya es extraña de por sí, Ava es la tía más rara que he conocido en mi vida —pensé en ese momento—. Les diré en el desayuno que ya pueden ir despidiéndose de mí: son unas aburridas y me están estropeando mi estancia en Londres». Pero ni por asomo me imaginé lo que ellas iban a decirme.

Al hablar con ellas esta mañana, no doy crédito a todas las mentiras que Martha les soltó. ¿Cómo pudieron tragárselas? Por lo menos, me creen cuando les explico lo que pasó independientemente de lo que esa payasa se inventara. Y, por un momento, me siento culpable por haber desconfiado de ellas, aunque el malestar me dura poco en cuanto recuerdo cómo acabamos Owen y yo: ahora, las cosas entre nosotros van a estar más tensas…

Sin embargo, eso es secundario. Mi prioridad es decirles algo que lleva un tiempo rondándome la cabeza. Algo que no debería demorar más.

ROSE

Son pasadas las diez y todavía no ha venido Meredith a mi cuarto. Me extraña que no haya dado señales de vida… ¿Se le habrá olvidado que habíamos quedado por la mañana para que me detallara su conversación con esas dos compañeras suyas?

Miro por la ventana para distraerme, pero apenas se ve nada por los regueros de agua que recorren el cristal de manera incesante. En la aplicación del tiempo anuncian lluvia hasta las siete. Para colmo, va a arreciar…

Me distraigo observándome el pelo frente al espejo, preguntándome si debería rizármelo para que no se viera tan lacio o ponerme el sombrero que me compré en Cannes, cuando alguien llama a la puerta.

—*Enfin, te voilà!* —exclamo nada más abrir—. Pensaba que te habías echado atrás.

Meredith echa un vistazo rápido a ambos lados y entra. Tiene los labios pintados, como siempre, y un moño alto que, con tanta cantidad de pelo, le queda genial.

Sí, definitivamente debería rizármelo para conseguir volumen.

—Perdona, se ha alargado la conversación.

—Bueno, cuéntamelo todo.

Meredith atraviesa el pasillo que separa la puerta del centro de la estancia y toma asiento en mi cama. Allí echa un vistazo desganado a mi escritorio, lleno de brochas de maquillaje y lápices de ojos. Debe de estar abstraída, porque no me ha afeado el desorden.

—Como hoy iba a llover, anteayer cancelamos el plan que teníamos para esta mañana, así que…

—¿Hacer turismo por el centro de la ciudad? —la interrumpo, y ella asiente.

—Así que no teníamos nada previsto y he aprovechado para decírselo.

Espero a que siga hablando, pero la pausa se alarga tanto que intervengo:

—¿Y cómo se lo han tomado?

Se encoge de hombros.

—Bueno… La verdad es que no lo entienden. Es decir, han comprendido lo que les he dicho, pero no los motivos. Creo que lo que no les cuadra es por qué no quiero ir más con ellas. —Meredith vuelve a quedarse callada y, al cabo de unos segundos, le hago un gesto con la mano para que continúe—. Lo primero que les he dicho es que no se lo tomaran a mal porque no era culpa suya, sólo que yo estaba haciendo más amistad con la gente de mi clase.

—Y con Owen —añado, guiñándole el ojo.

Ella me lanza una mirada iracunda.

—Perdón, perdón, no interrumpo más —me río.

—En fin, que opinan que ambas cosas pueden complementarse: salir con vosotros y con ellas.

No lo digo porque no sé hasta qué punto podría molestarle, pero está claro por qué no quiere seguir yéndose con ellas: no hacen nada más que ir a clase y volver. Las dos únicas veces que salieron fueron un desastre: la primera, parecían no querer estar allí, porque se tiraron toda la noche con gesto de agobio (vale, supongo que algo tendría que ver ahí el estado de Meredith), y la segunda..., ajá, no fue culpa suya, pero en fin.

Me quedo flipando cuando me detalla lo que les dijo Martha. ¡Estaba tan absorta con Tyler que no me enteré de nada! De todos modos, esas dos no deben de ser muy listas: si me lo hubieran hecho a mí, no habría sido tan idiota como para creérmelo a la primera.

No hace falta que Meredith lo exprese en voz alta para que sepa que eso es lo que peor le ha sentado: que ellas estuvieran tan dispuestas a pensarse lo peor que ni siquiera se molestaran en comprobar si aquello era verdad.

—Ya les dije desde el primer día que lo que quería hacer aquí era pasármelo bien, no estar encerrada entre cuatro paredes. Si ellas se divierten así, adelante, pero no voy a perder el tiempo por su culpa. —Vacila un poco y su tono firme pierde fuerza—: Aun así, creo que es un poco egoísta por mi parte...

—Bah, no tienes por qué sentirte así. Sí, es verdad que fueron las primeras chicas a las que conociste aquí. —Me paso los dedos por el pelo... En serio, ¿por qué no puedo tenerlo tan espeso como ella?—. Pero no eres una mala persona porque te lleves mejor con nosotros, ¿sabes?

—Ya... Bueno, creo que he hecho lo que debía. No diría que me he quitado un peso de encima, pero por lo menos no tengo que poner excusas para no sumarme a sus planes «turísticos» como visitar museos o hacer la ruta de Sherlock Holmes —dice Meredith, imitando una voz infantil al describirlos.

No sé si se burla para simular que la cuestión no le afecta o si realmente su único propósito aquí es salir, beber y enrollarse con tíos que no volverá a ver. No creo ni que ella lo sepa.

La verdad, Meredith es de esas personas que, más que dificultarte conocerlas, parecen no conocerse a sí mismas.

MARTHA

Es la tercera vez en dos días que voy a llamar a la puerta de Rex. En esta ocasión tengo más esperanzas de dar con él; ayer se tiraría gran parte del día durmiendo y no me oyó, estoy segura. No puede estar pasando de mí… Ya le pedí perdón por todo lo que había ocurrido. Al menos, mi tobillo está bastante mejor, así que pronto podré volver a ponerme tacones sin miedo a que me duela.

Como suponía, no tengo que esperar ni cinco segundos para que abra…

Y, a juzgar por su cara, no era a mí a quien esperaba.

—¿Qué haces aquí?

Todavía va en pijama, a pesar de que es casi la hora de comer, tiene el pelo revuelto y la barba, que siempre presume de llevar muy bien recortada, le ha crecido un poco. No le favorece nada.

—He venido a hablar sobre…

—No me interesa, Martha —contesta, cerrándome la puerta.

Soy más rápida que él y pongo el pie bueno entre esta y el marco, arriesgándome a que me estropee los zapatos que estoy estrenando. Por suerte, al ver mi movimiento, se detiene.

—Por favor, escúchame, sólo será un minuto.

Rex me mira, pensativo; después, comprueba la hora en el iPhone y se asoma para asegurarse de que no hay nadie en el pasillo. No sé si le avergüenza que nos vean juntos o si es que de verdad está esperando a alguien.

—Tienes un minuto, nada más —me dice. Ni siquiera me invita a entrar en su habitación.

—¿Estás enfadado conmigo por lo del viernes?

—Es una broma, ¿verdad?

Entrecierra los ojos y, por un segundo, me da miedo que se ponga a gritar aquí en medio. Abre un poco más y me hace un gesto con la cabeza para que pase.

—No quiero que se entere todo el mundo —se limita a explicar.

Trago saliva y entro, empujando la puerta para cerrarla con el mismo pie que la ha mantenido abierta.

—Sólo quería saber si…

—Me da igual lo que quieras saber —escupe—. ¿Qué clase de inteligencia tienes para plantarte aquí y preguntarme si estoy enfadado después del numerito del viernes? ¡Me podían haber pillado con…! —Ha alzado la voz, pero súbitamente cierra la boca.

—¿Con qué?

—Nada.

—No, ¡dime!

—Nada que te incumba. —Me mira con un desprecio que me descoloca—. No quiero saber nada más de ti ni de Connor. Idos a la mierda los dos, me habéis dejado como un gilipollas. No tienes ni idea de lo que es tener a la prensa todo el día detrás. Llega a pasar algo y…

—¿Algo como qué? —No entiendo qué importancia tiene lo que hice. Joder, quizás ahora haya tensión entre él y Tom Roy, pero tampoco es para ponerse así conmigo, ¿no?

Rex sacude la cabeza, enfadado.

—¡No tienes ni puta idea, ya te lo he dicho! Y ahora lárgate de aquí antes de que me veas cabreado de verdad, porque me estás poniendo enfermo. Eres una niñata convencida de que por pegarse a mí va a conseguir conocer a todos los famosillos de la ciudad, pero ¿sabes qué? ¡Tú sola te has bastado para quedar como una retrasada! —Me apunta con el dedo mientras me grita, cada vez más alto. En las habitaciones contiguas tiene que estar oyéndose la conversación perfectamente.

—Yo no quiero…

—¿Quién te crees que eres? ¡Has tenido suerte de que no te haya dado una hostia a tiempo!

Me quedo sin aliento y, por un momento, pienso que me va a dar una bofetada. Noto la garganta seca… Quiero salir pitando de aquí, pero mis piernas se niegan a obedecer y tiemblan como si fueran de gelatina.

—¡Vete de una puta vez! ¡Me das asco, joder! ¡No quiero volver a verte!

Rex da una patada a la pared y, acto seguido, un puñetazo. Impulsadas por el pánico, mis piernas por fin reaccionan: abro la puerta de un tirón y me precipito al pasillo. No conocía esa faceta suya tan violenta… Mierda, ¡yo sólo intentaba disculparme y pasar página!

—¡No me hables nunca más! —lo oigo gritar mientras echo a correr hacia las escaleras.

Bajo los escalones de dos en dos, asustada e incapaz de pensar en algo que no sea alejarme de él lo antes posible.

TOM

Ha sido una mala idea venir aquí por la mañana.

Anoche pensé que, como iba a llover, todos los estudiantes de la USK que se alojan en el hotel Ellesmere se quedarían en sus habitaciones hasta que dejara de diluviar. Sin embargo, no ha sido así en absoluto y, nada más ver desde la calzada la cantidad de gente que se apiña en las ventanas de la planta baja, he estado a punto de abandonar mi plan y dejarlo para otro día.

Pero ¿y si entonces es peor y hay, además, personas fuera?

—Espere aquí, por favor, vuelvo en un par de minutos —le indico al conductor.

Por lo menos, en esta ocasión me he acordado de pedir un coche a la agencia que me recomendó Alice, en lugar de arriesgarme a deambular en busca de taxis bajo la lluvia y entre los estudiantes de por aquí. Uno de los inconvenientes de ser youtuber y tener muchos suscriptores es que nunca sabes quiénes pueden reconocerte, para bien o para mal; tal vez te cueste menos que a un actor identificar a los posibles seguidores, aunque sólo sea por la edad, pero también suscitas más aversión y un encuentro fortuito podría acabar mucho peor que aquella noche con la loca del pelo azul.

Cuento hasta tres y abro la portezuela. Vengo equipado con parte de mi material de incógnito: sudadera ancha con capucha, una gorra por debajo y gafas de sol. Estos últimos accesorios no son muy adecuados para el tiempo que hace y ahora mismo debo de parecer un completo imbécil, pero es eso y que no me reconozcan o exponerme y demostrar que lo he sido.

Echo a correr por la calle y subo a toda prisa las escaleras que conectan la acera con la puerta del Ellesmere. Nada más entrar, maldigo para mis adentros: el chico que nos atendió el viernes no es quien se encuentra hoy en la recepción. En su lugar, hay una mujer de expresión agria.

—Buenos días —saludo, cambiando el timbre de voz por uno más grave. No parece el tipo de persona que ve mis vídeos, aunque nunca se sabe—. Quería dejar esta carta para una chica que se aloja aquí.

Ella examina mi atuendo durante unos segundos y, con un rictus avinagrado, pregunta el nombre de la persona en cuestión.

—Eeeeh… Se llama Lily, pero no me sé su apellido.

La mujer empieza a teclear en su ordenador con semblante inexpresivo.

—Lo siento, pero aquí no hay alojada ninguna Lily.

No puede ser. Es una estudiante de la USK y se tiene que quedar hasta que termine el curso, como mínimo.

—¿Está segura? —contesto, aguantándome las ganas de decirle que lo habrá mirado mal—. La conozco personalmente y sé que se aloja aquí.

—Y entonces, ¿por qué no le das la carta en persona? —replica y, descolocado, intento buscar una respuesta convincente que no suene a locura—. Mira, no tengo tiempo que perder —añade secamente—. Conozco de vista a todos los alumnos que se alojan en la residencia, así que, como no me des más detalles, voy a tener que pedirte que te marches.

—Eeeh… Su habitación está en el tercer piso, a la derecha, más o menos hacia la mitad del pasillo —improviso—. Por favor, ¿puede volver a comprobarlo? Es una chica pelirroja, de estatura mediana.

La mujer vuelve a analizarme y escruta la pantalla del ordenador con cara de malas pulgas.

—¿Se llama Lily o Lilian?

Trato de contener la sorpresa al oír el que parece ser su verdadero nombre. Creo que ya piensa que estoy lo bastante loco como para que ahora se dé cuenta de que no sé nada más de ella, excepto su nombre (que tampoco lo es) y su aspecto. Si no hay ninguna Lily en el hotel y en el tercer piso se aloja una tal Lilian, tiene que ser ella.

Detrás de mí se coloca un grupo y, de repente, la perspectiva de que entre ellos se encuentre la del pelo azul me pone nervioso.

—¿Y bien? —me saca de mis divagaciones.

—Sí, ella, ¡esa es! —exclamo, sonando un tanto desesperado, mientras deslizo el sobre cerrado por encima del mostrador.

—De acuerdo. Se la daré yo misma si la veo pasar.

—Muchísimas gracias.

—¡Siguiente! —grita entonces con brusquedad, como si estuviéramos en el mercado.

El corazón se me acelera mientras me dirijo al coche con pasos deliberadamente tranquilos, en parte por haber conseguido entregar la carta y en parte por el miedo a que alguien haya reconocido mi verdadera identidad. Aunque he de admitir que esto de ir de incógnito es también entretenido…

Ahora sólo espero no haberme equivocado.

OLIVER

La limusina frena en la puerta del Ellesmere, justo detrás de un coche con los intermitentes parpadeando.

—Te doy un toque cuando acabe —le digo a Matthew.

—¿Quiere que le dé un paraguas? Su padre siempre deja uno dentro, por si acaso —se ofrece, servicial.

—No, no hace falta.

Espero a que salga de la limusina para abrirme la puerta y, en ese instante, veo una cara familiar saliendo del hotel. A pesar de que lleva gafas de sol y capucha, sus facciones son inconfundibles.

Tom Roy se mete a toda prisa en el coche que está parado delante de nosotros y este arranca, difuminándose casi a la par por la gruesa cortina de lluvia que nos cubre en estos momentos.

Tengo que averiguar qué está haciendo aquí. En mi mente, le agradezco que me facilite el trabajo: así, las dos personas que tengo en el punto de mira están, por el motivo que sea, relacionadas con el mismo lugar.

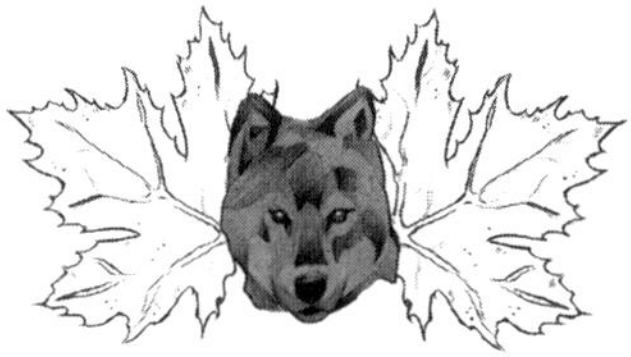

REX

—Joder —maldigo cuando llaman de nuevo a la puerta.

Me paso la mano por el tatuaje, nervioso, y me levanto de la cama para ver de quién se trata. No creo que vuelva a ser Martha... Estoy seguro de que le he dejado bastante claro que no quiero saber nada más de ella, pero es tan estúpida que igual sigue pensando que no lo digo en serio y ha venido para insistirme en que la perdone. Abro con cara de mala leche, pero quien me espera al otro lado es Oliver.

—Ya era hora —mascullo.

—Me he mojado el traje —se queja, a modo de saludo. Pasa al interior y se deja caer en la cama—. ¿Y bien?

Lo miro, frotándome la barba.

—¿Qué?

—Tú sabrás —suelta, rascándose la nuca—. Supongo que se te pasó comentarme que ahora eres amiguito de Tom Roy.

Pero ¿de qué coño está hablando este ahora?

—¿Se puede saber qué dices?

—No te hagas el sorprendido: he visto cómo salía del hotel.

Me quedo en silencio, cosa que Oliver interpreta como que le estoy dando la razón.

—Lo sabía —afirma—, te estás arrastrando detrás de Roy.

—Pero ¿qué me estás contando? —Empiezo a mosquearme; ya he tenido suficiente con aguantar a Martha—. Aquí no ha estado... Te lo habrás imaginado.

Oliver pone los ojos en blanco y respira hondo. Está perdiendo la paciencia, al igual que yo.

—Mira, tío, ¡no me mientas! Lo he visto en la entrada; era él, con una sudadera y gafas de sol. Sólo al gilipollas de Tom Roy se le ocurriría ser tan «discreto» en un día lluvioso.

—Te digo que...

—¿Le estás vendiendo a él también? —me corta.

Vale, estoy empezando a sulfurarme; ya me ha bastado con Martha y, como siga así la cosa, voy a acabar a gritos con Oliver.

—Haz lo que te dé la puta gana, tío —le suelto, masajeándome las sienes—. Aquí no ha estado Tom Roy ni le he vendido nada. De hecho, te he llamado para decirte que esta es la última vez que te traigo rayas. Me salgo del negocio de una vez por todas.

Oliver se levanta bruscamente de la cama, va hacia el escritorio y estrella el puño sobre la superficie. Luego permanece unos segundos de espaldas a mí, como cavilando, y se gira. Me apunta con el dedo índice como si me fuera a acusar de algo y masculla:

—Es la cuarta vez que dices eso y luego siempre te acabas arrepintiendo porque necesitas la pasta. Paso de que me marees: ya me has dejado tirado en otras ocasiones. Vas a seguir vendiéndomela.

—¿De qué vas? —le contesto al tiempo que me aproximo a él, cabreado—. No eres nadie para decirme lo que tengo que hacer. Si he decidido dejarlo, lo dejaré. —Rebusco en mi bolsillo y saco la última bolsa que tengo. Se la entrego y él la mira con recelo—. Ni siquiera me pagues esta, ya me da igual.

Con ese detalle, Oliver se da cuenta de que voy en serio.

—Pero ¿por qué decides dejarlo ahora? Nos iba genial, joder.

—No —respondo, negando con la cabeza—. Te iba genial a ti, que eres el último eslabón de la cadena. A mí casi me la pillan el otro día y...

—¿En la fiesta esa donde estaba Tom Roy? ¿Por eso ha venido a verte?

Joder, este tío es gilipollas.

—¿Otra vez? —Me vuelvo a llevar las manos a las sienes y las froto—. ¡Te digo que no tengo nada que ver con él! Te habrás equivocado de persona o habrá venido aquí para cualquier otra cosa, yo qué sé.

—Ya, claro —replica Oliver. No se traga ni una palabra de lo que le digo—. En fin, tú sabrás lo que haces. —Se mete en el bolsillo interno del traje la bolsita que le acabo de dar y se sienta, apoyando las manos sobre las rodillas. Sé que está cabreado conmigo por haberlo dejado tirado, pero, después de lo cerca que estuve de que nos cachearan y me pillaran, con todos los *paparazzi* en la puerta, he visto las cosas desde otra perspectiva—. Eres un puto cobarde.

Su acusación hace que me den ganas de girarme y partirle la nariz de un puñetazo.

—¿Ah, sí? Pues tu amigo el cobarde tiene algo más que decirte.

—Adelante —me desafía, y puedo ver por sus ojos enrojecidos que está casi desquiciado.

—No quiero saber nada más de ti. ¡Estoy harto de todo esto! Yo era una persona normal y ahora estoy metido en mil mierdas distintas. No quiero acabar entre rejas o muerto de una sobredosis en la cama.

—¿Qué? —exclama Oliver.

—Lo que oyes —le espeto—. Sólo me traes problemas y estoy hasta los cojones. En unos meses me gradúo y me voy a vivir a Estados Unidos con mi madre, así que no quiero tener nada más que ver con esto.

—Eres gilipollas, ¿lo sabes?

—Puede ser. —Me encojo de hombros.

Se queda en silencio esperando a que diga algo más, pero ese momento no llega.

—Vale, perfecto. Pensaba que, aunque dejaras todo este rollo, seguiríamos siendo colegas, pero ya veo que sólo me has estado utilizando para sacar dinero.

—Ah, y tú no me has utilizado —le increpo—, pregonando cada vez que vienes que eres el gran amigo de Rex Hampton y que te dejen pasar, cuando en realidad utilizas esa excusa para espiar a tu exnovia. ¿Te crees que no lo sé? Hasta que no te enteraste de que iba a mi clase, no te interesaste tanto por mí.

—Estás loco, tío; tu propia droga te ha acabado friendo el cerebro.

Niego con la cabeza: paso de seguir con esta discusión. Me quedo en silencio y Oliver hace lo mismo.

—Cometí un error —dice al fin, tras unos segundos—. No sólo con lo de la hermana de Tom, sino con Lily. —Baja la cabeza y, por un momento, pienso que se va a echar a llorar por cómo se le ha quebrado la voz al pronunciar el nombre de su ex. En todos los años desde que lo conozco, nunca le había visto demostrar una emoción que no fuese la euforia de meterse droga e irse de fiesta o la mala leche y la agresividad posteriores. Le dejo seguir hablando—: No sé cómo pude ser tan estúpido… Ahora mismo podría estar aquí con ella y todo sería mucho más sencillo. —Se levanta de la silla y se estira el traje para que no le quede ninguna arruga—. En fin, me voy. Supongo que es lo que queréis todos, que desaparezca de vuestras vidas para que podáis seguir adelante como si nada hubiera pasado.

Sus últimas palabras me dejan tan sorprendido que ni siquiera puedo despedirme de él cuando echa a andar hacia la puerta, la abre y la cierra de golpe tras de sí.

En menos de una hora, he conseguido deshacerme de la pesada de Martha, dejar el mundo de las drogas y quitarme de en medio a Oliver, una persona tóxica que sólo me acarreaba problemas y me hacía perder el control casi tanto como él. Han pasado tantas cosas que me sorprende sentir cierta pena por él en vez de pura alegría por haber sido capaz de hacer lo que llevaba tiempo planteándome. Sea como sea, necesito mantenerme firme en mi decisión y no dirigirle la palabra como mínimo en una semana: si dudo ahora, verá que puede manipularme siempre que quiera.

Lo único que me preocupa ahora mismo es Lily. Si Oliver va a volver a intentar salir con ella, esto puede acabar muy mal: ella no tiene ni idea de la clase de persona en la que se ha convertido.

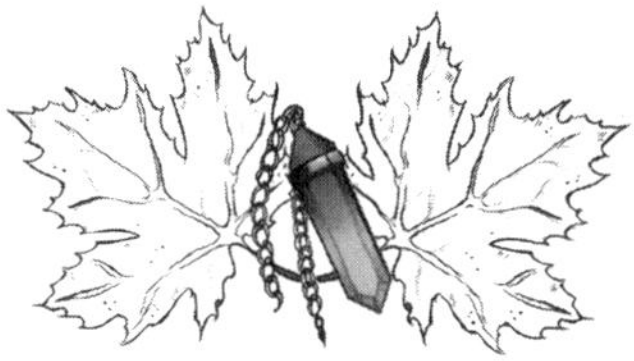

LILY

Me pongo al día con algunos episodios de una serie de naves espaciales que estoy siguiendo en el canal History. Si bien se me escapan algunas cuestiones puramente físicas, me encanta ver todo el proceso, desde la construcción hasta que las envían al espacio para explorarlo en busca de planetas con características similares a la Tierra. Cuando termina el séptimo episodio, me aparto del escritorio y me asomo a la ventana. Nada más comprobar que ha dejado de llover, escribo a Ava:

¡Ya ha parado! ¿Nos vamos a dar una vuelta?

En unos segundos, el móvil vibra:

¡Sí! :D

¿Abajo en 15 minutos? :) —propongo, y Ava responde al instante:

Vale. ¡Me llevo el paraguas por si acaso!

Bloqueo el teléfono y vuelvo a vestirme. Tras la conversación con Meredith de esta mañana, ya me temía que fuéramos a cancelar nuestros planes, pero me alegra ver que Ava se anima a hacer una ruta turística por Londres. Llevamos aquí casi un mes y, aunque hemos callejeado bastante, me avergüenza no haber visto aún muchos de sus monumentos, como si sólo me interesase su vida nocturna.

Me pongo unos vaqueros, las botas y un jersey gordo. Da igual que haya dejado de llover, seguro que hace ya bastante frío y no quiero ponerme enferma. Desde ayer, tengo un pequeño picor en la garganta y espero que no vaya a más y termine en una faringitis o algo así.

Mientras me arreglo, pienso en lo que ha ocurrido esta mañana. Entiendo la postura de Meredith, pero no que trace una línea tan drástica entre ella y nosotras... Me hubiera gustado que no fuera tan radical, como si por juntarse con nosotras fuéramos a contagiarle algo. Pero, en fin, es su vida y nada le obliga a codearse con personas que tanto desagrado parecen causarle.

Apuro hasta el último minuto para que el móvil se cargue y aguante las mil fotos que preveo que nos vamos a hacer hoy. Cuando ha pasado ya un cuarto de hora desde el mensaje de Ava, lo desenchufo y me pongo el abrigo con la cremallera hasta arriba. Apago las luces y salgo de la habitación. En el pasillo hay un montón de gente charlando: se nota que es domingo y un día lluvioso, porque muchos estudiantes se han quedado por aquí. Ojalá que, tal y como indicaba la aplicación del tiempo, no nos diluvie en cuanto pongamos un pie en la calle.

Ava ya se encuentra esperando en la recepción, que también está abarrotada.

—¿Llevas la Oyster Card? —me pregunta.

—¡Sí, sí!

Salimos lo más rápido posible, sorteando al gentío, y vamos directas a la boca de metro más cercana. Por supuesto, el interior no se queda atrás: los días de lluvia suponen todo un reto para esquivar empellones y pisotones.

Bajamos en Green Park y aparecemos en Piccadilly, donde nos recibe la lluvia. El tráfico de autobuses y taxis le da un toque peculiar a la zona: pese a vivir en Madrid, creo que nunca había visto una calle tan colapsada. Me dan ganas de adentrarme en todas las tiendas que hay en ambas aceras y creo que a Ava también, pero ya volveremos otro día.

Caminamos en dirección a Piccadilly Circus y paramos para hacernos fotos ante la fachada del edificio antiguo cubierta de gigantescas pantallas luminosas que publicitan grandes marcas e informan del estado de las líneas de metro y del pronóstico meteorológico. Es gracioso lo que las poses en las fotos revelan de las diferentes personalidades: mientras que yo saco la lengua, arrugo la nariz y hago muecas de todo tipo, Ava se limita a esbozar una sonrisa tímida y aguarda pacientemente a que termine, sólo interrumpiéndome para dar las gracias a los que varían un poco su rumbo para no interponerse entre nosotras y la cámara; Meredith, por el contrario, si estuviera aquí, seguro que saldría con los labios pintados un poco fruncidos, como si fuera a dar un beso al fotógrafo, o guiñando un ojo.

Pero no quiero pensar en ella.

Nos detenemos en las escaleras de la estatua de Eros, paraguas en mano para no empaparnos, y nos distraemos con el barullo que nos rodea. Unos minutos después, nos encaminamos por Regent Street, que no se halla tan abarrotada como Piccadilly, pero igualmente está llena de gente allá donde mire. Los edificios que se curvan a ambos lados son preciosos, blancos e imponentes, y de muchos cuelgan banderas británicas.

Me encanta la atmósfera llena de energía que se aprecia en cada rincón de esta zona, con personas procedentes de todo el mundo. Pasamos ante un restaurante indio cuando vamos de camino a Oxford Circus e insisto a Ava para animarla a que comamos ahí, pero no se atreve a probarlo por si es muy picante, así que tomo nota para volver otro día. Al final, como no parece muy interesada en los restaurantes que vemos, optamos por un sitio de *fish and chips* justo antes de llegar a la plaza. Ignoramos la terraza cubierta, por más que haya dejado de chispear en los últimos minutos, y pasamos al interior.

Acostumbrada al frío, Ava se quita el abrigo mientras le indico a la camarera lo que queremos, aunque yo me lo dejo puesto hasta entrar en calor.

—Bueno, a ver si es verdad que existe el pescado en Inglaterra —comenta.

—¿Aún no has probado el *fish and chips*?

—No, qué va. Ya había estado aquí una vez, pero no se dio la oportunidad.

—Bueno, así no me siento tan nueva en todo —respondo, y nos reímos mientras nos sirven las bebidas.

No sé si Ava quiere omitir el tema de Meredith... Como no dice nada al respecto, me callo y yo también lo evito. En su lugar, comentamos los deberes que tenemos que entregar para el miércoles y debatimos sobre nuestra próxima parada turística.

Cuando llega la comida, doy un primer bocado.

—Vaya, se parece mucho a un pescado que tenemos en España... No sé cómo se llama en inglés.

—Ya, la verdad es que me esperaba algo distinto —reconoce Ava.

Nuevamente, me entra la risa al advertir la mirada suspicaz que dirige al plato.

—Deberíamos haber ido al indio. ¡Estoy segura de que te habría gustado!

—No, ni en broma.

—Entonces, para la próxima tenemos que probar el *Sunday lunch* —propongo—. Así repetimos esta pequeña excursión.

—Me parece bien —dice ella, cortando un trozo de pescado.

Nos acabamos el plato en poco tiempo. Bueno, me lo acabo yo, porque Ava se lo deja casi por completo.

—Ya comeré algo cuando lleguemos a la habitación, no te preocupes —me asegura cuando ve que lo observo.

Dejamos el dinero en la mesa con algo de propina y nos levantamos. Fuera, dudamos entre visitar el Victoria & Albert o seguir callejeando; finalmente, nos decantamos por la segunda opción para aprovechar que ha parado de llover y vamos caminando hasta Covent Garden. A pesar de ser domingo, las calles de edificios coloridos están llenas de gente que entra y sale de las tiendas con las manos cargadas de bolsas. Un grupo de chicos españoles pasa a mi lado hablando a voz en grito. No son los primeros que veo por aquí, pero me conmueve oír mi idioma por la calle.

Sobre las seis y media, el sol comienza a descender y, con él, la temperatura, por lo que decidimos emprender el regreso al hotel. De camino, paramos en una hamburguesería y compramos dos menús para llevar, no vaya a ser que hayan cerrado ya las tiendas de nuestra zona y nos quedemos sin cenar. Para cuando llegamos, estamos reventadas.

El rótulo de la puerta que reza «Ellesmere Hotel» ya está encendido, al igual que las farolas. Subimos las escaleras de la entrada y caminamos hacia los ascensores, impacientes por sentarnos, cuando percibo una voz que me llama:

—¿Lilian Lago?

Oír mi apellido en boca de una inglesa resulta todavía más raro que el hecho de que alguien se dirija a mí sin el diminutivo. Me giro y veo que la encargada de la recepción me está mirando.

—Sí, soy yo —respondo.

—Te ha llegado una carta.

Deposita un sobre blanco sobre la mesa y, cuando me acerco, lo hago convencida de que será alguna postal de mi familia o de mis amigos. No obstante, a primera vista no reconozco la letra. Tampoco lleva sello, sólo pone «Lily» en la parte frontal. Por detrás no figura ningún remite.

—Gracias —contesto, y desando mis pasos hasta los ascensores, donde me espera Ava.

—¿De quién es?

—Ni idea. —Me encojo de hombros y la sujeto entre los dedos con firmeza, sin abrirla.

Por un momento, me inquieta la posibilidad de que la envíe Oliver Kent.

Sin embargo, esta no es su caligrafía y mucho menos su estilo… O, por lo menos, no el del Oliver con el que estuve saliendo hasta el verano.

AVA

—¿Quieres cenar en mi habitación? —me propone Lily cuando el ascensor se detiene en mi planta.

—Eh… —Cenar no entraba en mis planes, a pesar de que acabo de gastarme siete libras en una hamburguesa con patatas fritas. Pero negarme ahora sería un poco raro—. Sí, vale —cedo. Me agobia pensar que en parte lo hago también por lo vacío que noto el estómago.

Dejamos que el ascensor continúe hasta el tercer piso, donde recorremos el pasillo hasta llegar a la puerta 312. Dentro, su cuarto está perfectamente recogido.

—Podemos comer en la cama; ponemos algo encima para que no se manche y listo.

—Vale.

Me acomodo y estiro las piernas; los pantalones que llevo me aprietan demasiado. No debí haberme comprado una talla más pequeña de lo normal… A menudo, mi ropa nueva es un aliciente para adelgazar tanto por las ganas de estrenarla como por la angustia que me provoca sacar una talla mayor de las perchas.

Pero supongo que en este caso no ha sido lo más acertado.

—¿De qué te has pedido la hamburguesa? —pregunta Lily al tiempo que juguetea con el sobre. No sé de quién será, pero se la ve algo distraída.

—Normal. Con pepinillos.

—Buaj, odio los pepinillos. Si me han puesto en la mía, te los doy.

Finjo una carcajada mientras saco con cuidado la comida, contemplándola con ansiedad. ¿Soy débil si mi cerebro se pliega en situaciones como esta a lo que exige mi estómago? Si no lo fuera, creo que ni siquiera necesitaría plantearme esta pregunta.

Preparo también la de mi compañera mientras abre el sobre, rasgando la parte de atrás con expresión algo temerosa. Una vez abierto, extrae de su interior un folio doblado en cuatro partes, lo lee rápidamente y se lleva la mano a la boca.

—¿Qué ocurre? —me alarmo.

Ella me mira y le entra un ataque de risa. No entiendo nada, pensaba que sería una mala noticia por la cara que había puesto. ¿Será algún tipo de broma? Me la tiende y leo las pocas líneas que contiene de arriba abajo con incredulidad creciente.

> Lily:
>
> No se me ocurría otra manera de contactar contigo, así que he tenido que recurrir al método tradicional. Espero que esto no te parezca muy acosador… El otro día me quedé con las ganas de invitarte a tomar algo y mi castigo por ser un vergonzoso que no se atrevió en su momento a decírtelo a la cara es enviarte esto.
>
> Supongo que en USK tendrás las tardes libres. Si te apetece, nos vemos el lunes a las cuatro en Hyde Park, en la estatua de Peter Pan. Es uno de mis

sitios favoritos de la ciudad :) Si no puedes ir, me figuro que estaré por ahí hasta que pase un rato y me volveré a casa.

¡Espero verte pronto!

Tom

—Madre mía. ¿Es Tom… Roy? —balbuceo.

—Eh, sí… ¿No? —Abre mucho los ojos—. Vamos, no conozco a ningún otro Tom.

Me pongo de pie y empiezo a dar vueltas por el cuarto.

—¡Lily, es TOM ROY!

Estoy tan atónita que no doy crédito. Cojo la carta para releerla, boquiabierta.

—Eh, eh, ¡shhhh! —Ella también se levanta—. No hace falta que se entere todo el hotel. Oye, ¿desde cuándo te gusta Tom Roy?

—No es que me guste, pero… es muy famoso —digo, enfatizando el *muy*.

—Ya… No sé qué decir; esto era lo último que me esperaba.

—¿Y bien? ¿Qué vas a hacer?

—Bueno…, estoy alucinando. Igual todo esto es una broma pesada de alguien. Tendría sentido, porque él y yo no nos conocemos de nada —reflexiona, alzando la vista al techo.

—¿No vas a ir? —pregunto.

Se encoge de hombros, soltando una risita.

—¡No sé! ¡Ay! —Se lleva las manos a las mejillas, ruborizadas—. Me estoy poniendo nerviosa… Vamos a comer.

—Lilian Lago —digo con tono de advertencia y riéndome al mismo tiempo, ahora que conozco su apellido—, Tom Roy acaba de escribirte una carta para quedar contigo A SOLAS. ¡Olvídate de la cena!

Lily extiende la mano para que le devuelva la carta y la relee.

—«Si no puedes ir, me figuro que estaré por ahí hasta que pase un rato y me volveré a casa» —repite—. ¡Es verdad!, no tengo ninguna manera de decirle que sí o que no. —Mira la hora en su móvil con aire estresado—. Faltan menos de veinticuatro horas. —Se lleva la mano al cuello y empieza a dar vueltas a su collar. Lo lleva desde el primer día y siempre la veo hacer ese gesto cuando está nerviosa.

—¡Sí! ¿Eso significa que vas a ir?

—Supongo. No sé, me pareció muy majo y... ¡Ay, Ava! Esto tiene que ser una broma, es demasiado... extraño, es... —Carraspea y no termina la frase, aunque no es necesario—. ¿Y si nos ve algún periodista o algo así? —exclama entonces, aterrada.

—Hmmm... Habrá elegido ese sitio teniendo eso en cuenta, ¿no? Esa estatua es bastante turística, pero no creo que haya mucho movimiento de la prensa por allí.

—Ya... —Relee de nuevo la carta y la guarda en el sobre—. Buf, en qué líos me meto —dice sonriendo, pero tapándose los ojos.

—Entonces, ¿vas a ir?

—¡AVA! —me chilla, riéndose y lanzándome una patata frita desde la otra punta del cuarto.

Nos sentamos en la cama y ella empieza a comer. A mí no me queda otro remedio que imitarla. Intento hacerlo despacio, pero en cuanto noto en la boca la textura del pan, el ansia y los nervios pueden conmigo y acabo engulléndolo todo, desde la hamburguesa hasta las patatas con kétchup y la bebida. Sé que después me arrepentiré mucho.

—Por cierto —Lily interrumpe mi mala conciencia—, no le cuentes esto a nadie, por favor. No sé hasta qué punto…

—No, tranquila. —Asiento con seriedad—. Lo prometo.

—Es que no quiero que se entere nadie, ni Meredith ni Rex, y mucho menos Martha… Ah, ¡y otra cosa más! —añade, guiñándome un ojo—. Nada de bromitas con este tema hasta que no quede con él y te diga mi primera impresión, ¿vale? Si es que acepto… ¿Debería? Es todo tan extraño…

—¿Eso significa que…? ¡Vale, vale! —accedo, ya con dificultad para cumplir esta segunda promesa.

Estoy tan emocionada por mi amiga que no vuelvo a pensar en todo lo que he comido hasta que la dejo y me voy a mi habitación, utilizando las escaleras en lugar del ascensor. Cuando llego, me desnudo y descubro mi tripa en el espejo. Otra vez está destacando, cuando debería ser invisible. Sé que para el resto del mundo estoy delgada, pero ellos no me han visto cuando me quito la ropa. Intento distraerme llenando el bebedero de *Panda* y poniéndole la comida en su bol azul. Él me mira, curioso, como si conociera mis intenciones.

De repente, noto una rabia inesperada bullendo en mi interior. Cojo el pijama, ya preparado en la cama, y lo arrojo contra el escritorio. Tengo que contenerme para no estirar las mangas hasta desgarrarlas. Sujeto con fuerza las sábanas y tiro de ellas hasta que las arranco por completo, esparciéndolas por el suelo, y hago lo mismo con todas las cosas que se interponen en mi camino al baño: pateo las zapatillas, la papelera y tiro al suelo el vaso de mi mesilla de noche, donde todas las mañanas me aseguro de beber mucha agua para saciarme antes de desayunar. Después corro al baño, levanto la tapa del váter y me fuerzo a vomitar toda la comida que he cenado.

Cuando acabo, tiro de la cadena y me dejo caer en el suelo, con la cara apoyada justo debajo del lavabo. La superficie fría contra mi frente serena mi ánimo y, por primera vez en todo el día, mi ansiedad mengua. Las baldosas resultan gélidas contra mis piernas y el vello se me eriza, pero lo ignoro. Noto un intenso dolor en la garganta y soy consciente de que hasta ahora he estado chillando sin darme cuenta.

Me quedo unos segundos ahí tirada, sin hacer nada más que escuchar mis jadeos, como si fuera una mera espectadora. A veces tengo la impresión de que mi vida es un laberinto cuya salida se aleja con cada paso que doy.

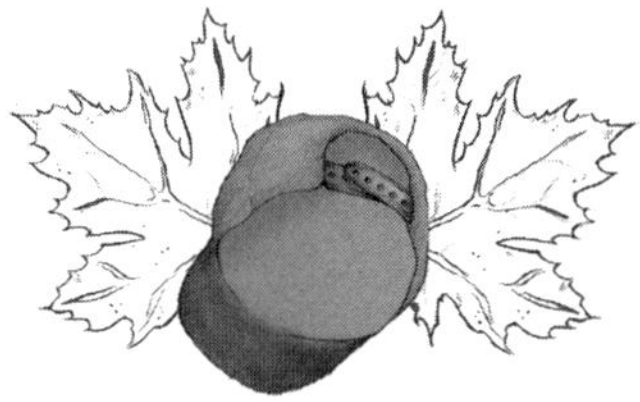

CONNOR

Hoy todo el mundo está muy raro.

Es lunes por la mañana y Rex no ha venido a clase. Llevo desde el viernes por la noche sin saber nada de él. En la universidad donde había estudiado Economía hasta ahora, en California, no pasaba nada si te saltabas de vez en cuando algunas clases que no fueran obligatorias, pero aquí son mucho más estrictos para eso: si no presentas un justificante de la ausencia, a la tercera vez te echan de esa asignatura y tienes que volver a matricularte al año siguiente.

Por eso me extraña tanto que Rex no haya aparecido en toda la mañana por aquí. Sé que no está matriculado por voluntad propia, sino que su madre le obligó para que tuviera alguna titulación, así que es posible que se haya hartado y haya decidido dejarlo todo atrás… En fin, supongo que nuestros mundos son muy distintos. Espero que entre en razón, en todo caso, y que esto no le acarree problemas.

Martha sí que ha venido, pero se ha ido directa a la última fila y no me ha dirigido la palabra. Tiene los ojos llorosos y se niega a hablar, de manera que opto por dejarle espacio y me siento con Ava y Lily, al lado de esta última porque Ava siempre se pone pegada a la pared.

Noto a Lily nerviosa. Tiene un tic en la pierna: la mueve de arriba abajo y de vez en cuando se muerde las uñas. Por un momento, me planteo preguntarle qué le ocurre, aunque lo descarto enseguida porque no va a responderme. Creo que me he ganado la fama del típico pesado con el que todos se llevan bien, pero al que nadie quiere en su grupo.

Desvío la vista de Lily para posarla en Ava. Hoy está preciosa, como siempre, aunque un tanto pálida. Sus gestos parecen transmitir fatiga… O igual simplemente se está aburriendo. Intento ser disimulado mientras me fijo en sus labios, pintados de un rosa claro a juego con su bolso.

Tengo que tomar una decisión pronto sobre cómo y cuándo voy a decírselo o, al final, otro se me va a adelantar.

FINN

Tras varios minutos de llamada, cuelgo y pongo mi móvil a cargar. Me resulta extraño hablar así con mi padre; antes apenas nos escribíamos ni nos contábamos cosas de nuestro día a día, pero desde lo de mamá estamos algo más unidos. Me paso la mano por la cara y me pongo las gafas, cansado.

En la habitación de al lado, mi compañero abre y cierra cajones, así que me asomo por la puerta para echar un vistazo.

—¿Qué buscas?

Tom da un respingo, sobresaltado porque no me ha oído entrar.

—Idiota, casi me da un infarto.

Cierra un cajón de la cómoda y abre el de abajo, con el ceño fruncido.

—¿Y bien? —insisto.

—Ah, estoy buscando la bufanda gris, esa tan grande… —responde, gesticulando para rodearse el cuello con las manos.

De modo que es eso: va a salir por el centro de incógnito.

Normalmente, cuando vamos a dar una vuelta nos da igual que nos reconozcan y nos paren algunos fans, por lo que nos vestimos como un día cualquiera. Sin embargo, si queremos hacer alguna cosa concreta por zonas céntricas, recurrimos a determinadas prendas para pasar desapercibidos. No nos importa que nos pidan fotos cuando vamos por ahí, pero puede ser un fastidio si tenemos prisa. Hace poco, en Oxford Street, si mal no recuerdo, nos paró un grupo de chicas al que pronto se sumaron varias personas… Y, de improviso, el círculo de gente a nuestro alrededor se había ensanchado tanto que estábamos afectando incluso al tráfico. Estoy seguro de que algunos ni siquiera sabían quiénes éramos, pero participaban impelidos por la euforia de encontrarse cerca de alguien famoso. Y así, se agolpaban en el carril más próximo a la acera para pegarse lo máximo posible a nosotros y conseguir una foto.

—Ah, la tengo yo, la cogí hace unos días —respondo, y echo a andar hacia mi cuarto para buscarla.

—Me lo podías haber dicho, tío; llevo diez minutos buscándola por todas partes.

—¡No sabía que la querías! —exclamo mientras la saco del armario. Después, vuelvo a su cuarto y se la doy, curioso—. ¿Qué vas a hacer?

—Nada —contesta, y se la prueba.

Da vueltas delante del espejo para comprobar que le tapa el cuello y la parte inferior de la cara, casi hasta la nariz.

Conozco a Tom desde hace mucho y sé con certeza que me está mintiendo. En condiciones normales no trataría de indagar, pero su actitud es tan misteriosa que no puedo evitar hacerlo:

—Ya, claro. ¿Adónde vas a ir?

Él resopla y se la quita.

—Por el centro, a dar una vuelta —responde, dándome la espalda.

—¿Y sabe Alice eso? —le pico.

—No tengo por qué justificarle a mi agente adónde me voy a pasear, gracias. Y ahora sal de mi habitación, pooor favooooor. —Se gira, me empuja hasta la puerta y la cierra a cal y canto en cuanto pongo un pie fuera.

Vuelvo a mi cuarto con una sonrisa. Aquí hay algo que Tom no quiere contarme, pero en cuanto vuelva pienso preguntarle tanto que hasta la abuela más cotilla parecerá sutil a mi lado.

TOM

Finn me ha mirado con suspicacia antes de meterse en su cuarto. Obviamente, no ha sido una buena idea pedirle la bufanda sin aclararle nada; ahora tiene más curiosidad. Pero no voy a contárselo para hacer luego el ridículo si Lily no aparece.

Salgo muy temprano de casa para ir a pie hasta Hyde Park. A pesar de que el cielo está algo oscuro, voy con gafas de sol y una gorra por si acaso. La bufanda hace el resto del trabajo, tapándome hasta la barbilla. Menos mal que el tiempo ayuda para ir tan abrigado.

Queda una hora para que Lily aparezca… o no. Cuento con que es posible que se haya asustado al leer mi carta y no quiera ni verme, pero tenía que intentarlo de alguna manera y esa era la única que se me ocurrió. También es posible que no la haya recibido porque la recepcionista no se fiara de mí y ahora me vaya a tocar esperar a alguien con quien en ningún momento he llegado a quedar. Suspiro, sopesando todas las variables que se me ocurren. Sin embargo, me resigno porque ya no tiene remedio. Usar el móvil para esto hubiera sido impensable: no puedo ir dando por ahí mi número por si alguien lo compartiera con otras personas y acabara teniendo que cambiármelo. Plantarme en su habitación hubiera resultado bastante violento, así como ir a buscarla a la salida de la universidad. No obstante, si no acude, ¿cómo sabré si tenía algo que hacer y no le venía bien quedar o si, directamente, ha pasado de mí? Maldita sea. La comunicación previa a los móviles debía de ser un infierno.

Me doy una vuelta por los aledaños de Hyde Park hasta que por fin cruzo las verjas que custodian la entrada sur y me interno en el parque. Aún es pronto para que haya mucha gente, aparte de algún que otro grupo de turistas. El camino está lleno de grava y cercado por unos setos espesos. Un poco más adelante, a la izquierda, unos niños de uniforme corretean de un lado a otro; supongo que van de excursión con el colegio. Cuando era pequeño, me trajeron un día aquí y después fuimos a visitar las casas del Parlamento... Han pasado tantos años desde aquello que ya no consigo recordar cómo eran por dentro; incluso me cuesta evocar cómo era yo mismo.

Camino lo más lento que puedo hacia los jardines de Kensington. Me sé el recorrido de memoria porque lo he hecho mil veces para relajarme, si bien en los últimos meses he perdido la costumbre por el estrés. Tendría que retomarla...

Por fortuna, no hay nadie por la zona, sólo un par de hombres que pasan corriendo a mi lado justo cuando llego a la estatua. Me siento en el banco y enseguida recuerdo por qué es uno de mis sitios preferidos de Londres: en mitad del caos, me permite estar rodeado del silencio, sólo interrumpido por los ruidos de la naturaleza o alguna sirena aislada. En cierto modo, es como nadar: estás en el centro de todo, inmerso en la energía de quienes te rodean o en la tuya propia, pero al mismo tiempo estás solo.

A mi izquierda se extiende el lago, ahora mismo con la superficie lisa y sin ningún pato surcándola. A la derecha, una verja verde oscuro rodea el pequeño jardín donde se encuentra Peter Pan. Cierro los ojos y disfruto de la calma.

Espero un par de minutos hasta que percibo unos pasos que se aproximan. El corazón se me acelera, pero resultan ser sólo tres turistas que vienen a fotografiarse con la estatua. Echo un vistazo al reloj: faltan un par de minutos para que sean las cuatro. Me recoloco y empiezo a girar las manos una dentro de otra para espantar los nervios. Por un lado, deseo que el tiempo pase más deprisa para que Lily aparezca ya; por otro, espero que no lo haga por si no se presenta.

Las agujas avanzan perezosamente hasta que dan las cuatro y cuarto sin señales de Lily. La idea de que no ha querido venir empieza a asentarse y mi ánimo se apaga. Desde luego, me lo tengo merecido por idiota. Noto el móvil vibrar en el bolsillo y lo saco corriendo, pero sólo es un mensaje de mi hermana y bufo en mi mente por haberlo asociado con alguien que ni siquiera tiene mi número.

Desvío la vista al lado, donde alguien debe de haber arrojado pan, porque de pronto lo recorren varias ondas y patos que graznan a lo lejos. Hacía tiempo que no dedicaba unos segundos a estar a solas e inmóvil en la calle. Si me hubieran dicho hace dos años que hoy estaría en el mismo lugar, pero con un puñado de millones de suscriptores, no me lo habría creído. De hecho…

—¿Tom?

Una voz me saca de mis ensoñaciones. Me giro hacia la derecha y veo a Lily delante de mí.

—Perdona —balbuceo, y me levanto deprisa—, estaba distraído. Pensaba que no vendrías.

Ella se acerca a mí y me da dos besos, uno en cada mejilla.

—Siento haber tardado tanto —se disculpa—; sé que los ingleses os tomáis muy en serio la puntualidad, pero es que me he perdido y Google Maps no me ubicaba bien en el parque.

—No te preocupes —respondo—. Así que recibiste mi nota…

—Sí.

—Si estás aquí, es que no me consideras un pervertido ni nada por el estilo. Me alegra saberlo.

Ella se echa a reír.

—Supongo que sí —admite—, aunque tampoco lo descarto del todo.

Sonrío y nos quedamos unos segundos en silencio.

—Me gusta tu collar, mi hermana tiene uno parecido —le digo, intentando romper la tensión que se palpa en el ambiente.

—¿Sí? —Lily le da vueltas a la piedra con una mano—. Lo llevo siempre, sólo me lo quito para ducharme.

Carraspeo, súbitamente nervioso.

—Perdona el atuendo —me disculpo, mordiéndome el labio—. Es complicado, pero ahora que no hay nadie… —Me quito las gafas y la gorra, disfrutando de la tibieza del sol de otoño en Londres, que pronto se oculta en el cielo encapotado.

—¡No pasa nada! Bueno, tú me llevas —dice.

—¿Cómo? Ah, la verdad es que no pensaba ir a ninguna parte, quería que vieras este sitio antes de que se llene de turistas y no podamos disfrutar de su tranquilidad. O… ¿habías estado antes?

—No. —Lily mira en derredor y se para a observar la estatua.

—¿Quieres verla de cerca? Tiene detalles muy curiosos que no se aprecian a simple vista.

Ella asiente y dejamos atrás el banco verde oscuro, caminando hasta el Peter Pan de bronce. Lily da una vuelta en torno a la estatua y toca con la mano las orejas de un conejo que se halla en la parte inferior.

—¿Sabes que la estatua no está aquí por casualidad, sino que fue el propio Barrie quien se las apañó para que la colocaran en secreto por la noche? —le cuento. Me gusta imaginarme la reacción de la gente al toparse con ella a la mañana siguiente.

—¿En serio? —Se ríe y, por supuesto, sus hoyuelos se marcan aún más—. Te lo estás inventando.

—¡No, no! Lo hizo por sus propios medios. Escogió este sitio porque era donde Peter Pan aterrizaba en la primera versión del libro.

Ella enarca las cejas y se gira para contemplar las hadas que danzan alrededor de la figura.

—Vaya, no sabía que en tu tiempo libre eras guía turístico —me vacila.

—También soy experto en física cuántica y en perder un calcetín de cada par en la lavadora —replico, y ella vuelve a reírse. Tras mirar a mi alrededor para confirmar que no hay nadie más, añado—: Antes venía aquí muchas veces. ¿Nos sentamos?

Lily asiente y caminamos hacia el banco donde estaba esperándola hace unos minutos. El sol asoma entre las nubes y, por unos segundos, su pelo parece prenderse en un naranja intenso.

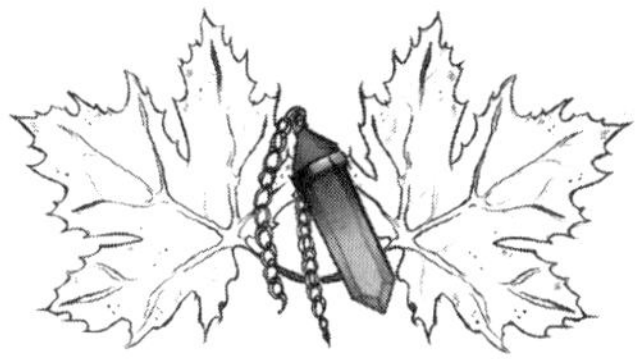

LILY

—Esta es la segunda vez que estoy en Londres. Bueno, en Reino Unido en general.

—Pero eres española —se asegura él.

—¡Sí, sí! Ya sé que mi nombre confunde... Algún día te contaré la historia que hay detrás si prometes no reírte de mí.

Me gusta cómo está yendo la «cita», si es que se la puede considerar como tal: la conversación surge sola entre nosotros y no hay apenas silencios incómodos. ¡Y pensar que he estado a punto de no venir! Pero es normal que fuese tan precavida, supongo; al fin y al cabo, no conozco a este chico.

Me inquieta un poco que esté pendiente de cada persona que pasa por ahí y se suba la bufanda cuando pasa gente joven, pero entiendo que es por necesidad.

Por otro lado..., no sé si son imaginaciones mías, pero tengo la impresión de que Tom huele a cloro. Como si acabara de salir de una piscina.

—Bueno, ¿cómo es vivir en Londres? —le pregunto.

—Es genial. Aunque nosotros tampoco es que podamos salir mucho por el centro...

—¿Nosotros?

—Ah, Finn Jason y yo. Me acompañó el otro día al hotel... Tiene un canal de videojuegos, ¿lo conoces?

Me sonrojo un poco y le confieso a Tom que no he visto ninguno de sus vídeos.

—Pero habrás visto de los míos, ¿no? ¡Es broma, es broma! —Ladea la cabeza y se ríe—. Es normal si no lo has hecho.

—Hombre, lo normal sería que los hubiera visto, teniendo nueve millones de suscriptores —bromeo.

Él baja la cabeza, un poco avergonzado. No sé si le gustará hablar de ese tema.

—Por el comentario de Martha del otro día, sé que haces vídeos de viajes, ¿no?

—Sí, bueno, y de entretenimiento.

—¡Ah! Debes de conocer medio mundo —comento—. ¿Y vives con tu familia?

—Comparto piso con Finn. Mis padres viven con mi hermana pequeña en un pueblo no muy lejos de aquí. ¿Tú tienes hermanos?

Niego con la cabeza.

—Con una persona a la que poner un nombre ridículo ya fue suficiente para mis padres.

—¿Qué pasa con tu nombre? —pregunta con una sonrisa—. A mí me gusta.

—Te gusta porque eres inglés y le encuentras sentido; en España tengo que deletrearlo cada vez que me lo preguntan.

Hace un gesto con la mano para restarle importancia al asunto.

—Y yo que pensaba que mi nombre era demasiado... vulgar. *Tom* —suelta con un lamento exagerado—. Todo el mundo sabe escribirlo.

—¿En serio vamos a estar discutiendo sobre nombres? —me río.

—No, desde luego que no.

Cuando me mira, me fijo en que al sonreír los ojos verdes se le hacen pequeños y le sale una arruguita en la frente.

Decidimos dar un paseo para que pueda enseñarme más el parque. Mientras nos ponemos de pie y caminamos en dirección norte por el sendero de piedras, en mi cabeza da vueltas una pregunta que me intriga y no me atrevo a formular. Tom se da cuenta de que estoy distraída y me dice directamente:

—¿Estás bien? ¿Quieres volver al hotel?

—No, no, no es eso. —Me pongo algo nerviosa—. Es que... Bueno. Te va a sonar muy estúpido; por favor, no pienses que soy tonta.

—Lo intentaré —bromea.

Entrecierro los ojos y le pego en el hombro mientras él trata de defenderse, riéndose.

—Idiota. Ahora ya no te lo digo.

—No, ¡di! —insiste.

Continuamos caminando y aguardo a que pase un grupo de turistas.

—Es sólo que no entiendo muy bien por qué has querido quedar conmigo.

Tom aminora la marcha y guarda silencio unos segundos. Espero que no me haya malinterpretado.

—No sé..., quería conocerte mejor. El incidente del viernes no fue la mejor manera de empezar, desde luego.

Trago saliva al recordar la escena que tengo grabada en mi mente: Martha saltando encima de él, Rex echando chispas y Connor y Ava paralizados por el asombro.

—Ya, aunque… —empiezo, y titubeo porque no quiero sonar como una fan loca— supongo que te lo habrán dicho muchas veces, pero ¿no tienes a miles de chicas detrás de ti? Quiero decir, eres —bajo la voz para que nadie me oiga, ahora que empieza a haber más gente en el parque— *Tom Roy*.

Él se ríe y yo arqueo las cejas, sorprendida por su reacción. Me alegro de que, aunque fuera un poco rara, no haya malinterpretado mi pregunta.

—Es algo que me dicen siempre —admite—. No sé, supongo que eso dificulta las cosas. La prensa teoriza sobre si tengo novia y, a la mínima, salen todo tipo de historias y fantasías al respecto. —Se distrae mirando hacia un lado y aprovecho para observarlo. Con la brisa, su pelo se agita y le proyecta sombras sobre la frente—. Un día debería hacer un apartado de «Preguntas más frecuentes» en el canal —observa entonces—, me ahorraría mucho tiempo. —Nos reímos y seguimos caminando en silencio hasta que Tom vuelve a hablar—: Bueno, ya estamos llegando al final del parque. Esos de ahí son los jardines italianos —dice, señalando con la cabeza unos pequeños estanques a mi derecha.

Un montón de niños se congregan alrededor de un hombre que les explica la historia de los jardines. Intento acercarme y escuchar algo, pero con la algarabía apenas lo entiendo.

—Me encanta, tengo que volver aquí —le digo—. Pensaba que Hyde Park sería mucho más pequeño.

—En realidad, la zona en la que hemos estado son los jardines de Kensington —me corrige con retintín.

—Oye, ¿no serás guía turístico en secreto y todo lo demás, una tapadera?

No especifico la palabra YouTube; aquí hay mucha gente y tengo miedo de fastidiarla en el último momento.

—No, te lo aseguro. Suéltame en cualquier otra parte de la ciudad y mi sentido de la orientación se irá al traste —replica Tom—. ¿Y tú no serás una científica especializada en el estudio de alienígenas?

—¿Por qué lo dices? —pregunto, sorprendida. No recordaba haber mencionado nada sobre mi interés por la vida en otros planetas.

Él se muerde el labio para contener la risa.

—Por el precioso pijama de aliens que llevabas el otro día.

Entrecierro los ojos, haciendo como que estoy enfadada.

—Pues sí —respondo también con retintín—, soy toda una experta en la materia. De hecho, hace poco vi un reportaje de alienígenas en el Reino Unido y se habían avistado objetos voladores no identificados en Londres, así que, si yo fuera tú, tendría cuidado con salir solo de noche…

Llegamos a unas verjas que separan el parque de la calle y siento que todo vuelve a la normalidad en cuanto pisamos la acera. Es como si los jardines surtieran un sortilegio extraño y contuvieran una ciudad ignota dentro de otra más accesible.

—Te acompaño hasta el metro, si quieres —se ofrece—. Es la forma más rápida de volver al hotel.

—¿Hay una parada por aquí?

—Justo a la derecha. —Señala con el dedo un cartel de *Underground.*

—¿Tú no lo coges para…? —Me doy cuenta de que lo más probable es que no responda a mi pregunta, así que no la termino.

Tom me mira con cara de disculpa mientras tomamos la dirección que indica el cartel.

—No —dice—; además, tengo que pasar a ver a un amigo, así que no voy a ir aún a… a casa.

Trago saliva y siento cómo las mejillas se me ponen rojas. Intento cubrirlas con el pelo para que no se note tanto.

—Bueno, muchas gracias por hacerme una visita guiada —le digo, procurando romper la tensión que se ha creado de pronto—. Volveré a contratarte para futuros *tours* por la ciudad.

—¿Eso significa que volveremos a vernos? —Sonríe.

—Claro, si quieres. —Le devuelvo el gesto—. Supongo que nuestro método de comunicación seguirá siendo postal, así que ya sabes dónde encontrarme.

—Genial, aunque tiene un pequeño fallo: no puedo saber si vas a venir.

—Ya… —Frunzo el ceño, pensativa, y ambos nos detenemos junto a la boca de metro—. Haré todo lo posible por ir; entretanto, veré si se me ocurre otra manera de comunicarnos en secreto.

Me guiña un ojo a través de las gafas de sol, echa un vistazo a su alrededor y da un paso hacia mí. Por un momento, me quedo paralizada, pero se limita a darme un abrazo rápido y se separa. Ni siquiera me da tiempo a devolvérselo.

—Nos vemos pronto, Lily —me dice.

Me despido con la mano y empiezo a bajar las escaleras.

—¡Esta vez no te pierdas! —grita.

Le contesto girándome y fulminándolo con la mirada.

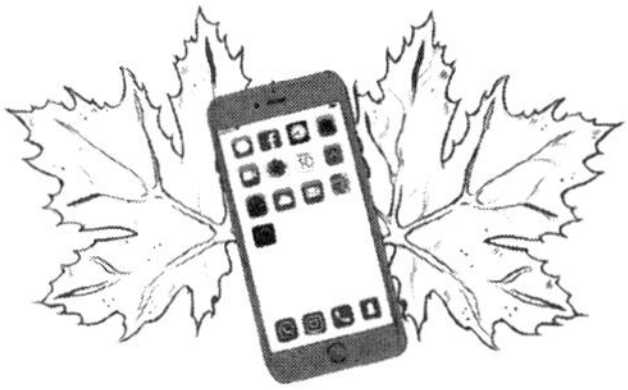

MEREDITH

A la mañana siguiente veo a Ava y Lily en la sala del desayuno. Se me ocurre acercarme a saludarlas y desearles una buena semana para que vean que tampoco es que haya cortado cualquier contacto con ellas, pero están tan juntitas, cuchicheando como si no quisieran que nadie supiera su secreto, que paso. En su lugar, voy directamente con Rose a la mesa donde se han sentado los de mi clase y me acomodo junto a Owen, quien me ha guardado el sitio. A su lado se halla Takashi, un chico japonés que se acaba de unir al grupo.

—Buenos días —saluda.

—¿«Buenos días»? —me quejo—. Estoy muerta, no me puedo creer que sea lunes oooootra vez.

—Bueno, podemos hacer una pausa a mitad de la mañana en la cafetería —interviene Rose.

—Ya, pero igual nos pone una falta el profesor; es la tercera vez que no vais a su clase y como un día le dé por pasar lista… —interviene Takashi.

—Eres un aguafiestas —replica Owen. Los dos se han hecho bastante amigos y no paran de picarse porque son muy distintos.

—Mira, ahí viene Tyler —dice Rose.

Desayunamos los cinco, comentando las clases que tenemos para hoy y regodeándonos con la caída de Martha en mitad de la discoteca. Nunca es mal momento para reírse de eso, por lo que, cuando la vemos entrar en el comedor, nos partimos de risa con sólo intercambiar las miradas. Ella se da cuenta de que algo ocurre, pero nos ignora y sigue caminando. Para mi sorpresa, no se junta con los de su clase, sino que se sienta sola en una esquina y desayuna a toda prisa. Me da rabia que haya decidido comportarse como una estúpida sólo por arrastrarse detrás de Rex. Si no hubiera tomado ese camino, ahora mismo podría estar sentada a esta mesa como si nada hubiera pasado.

Aprovecho que están hablando de algo que no me interesa para observar a Lily y Ava. Siguen cuchicheando y riéndose; la primera habla y la otra se lleva las manos a la boca. Tiene que estar oyendo algo muy interesante para mostrarse tan expresiva. Aparto la mirada, mosqueada por no poder enterarme de qué se traen entre manos. Pero encajo mucho mejor en este grupo… Son más como yo; no tengo que dar explicaciones de nada y siempre están dispuestos a salir de fiesta. No creo que haya cometido un error.

—¡Me apunto! —dice Owen, y acto seguido recupero el interés por la conversación.

—¿Y tú, Mer? —me pregunta Rose.

—Estaba distraída, ¿qué pasa?

—Takashi tiene un primo en Portsmouth y nos deja su piso para pasar ahí el finde.

—Guay —contesto sin necesidad de saber más detalles. Ni siquiera sé dónde está esa ciudad, pero me suena que hay mucha fiesta y extranjeros dispuestos a pasarlo bien.

Me levanto a por otro café y les dejo discutiendo sobre la mejor manera de ir allí, si en tren o alquilando un coche.

AVA

—Entonces, ¿habéis quedado otra vez? —susurro.

—Sí y no: no hemos puesto una fecha, pero él me volverá a escribir en unos días cuando tenga tiempo.

—¡Vaya! —respondo, intentando contener el entusiasmo. Creo que nunca había estado así de eufórica y habladora, y eso que no se debe a algo que me haya ocurrido a mí.

—Por favor, ya sé que soy una pesada, pero no se puede enterar nadie —me ruega Lily—. De hecho, ni siquiera se lo voy a contar a mis amigas españolas. Me da mucho miedo meter la pata y que sea perjudicial para él... O para mí.

—Sí, tranquila. Puedes confiar en mí. —Intento que mi voz desprenda seriedad para calmarla—. ¿Crees que en algún momento te dará su número?

Lily se muerde el labio, dubitativa.

—No tengo ni idea de cómo van estas cosas —admite— y tampoco quiero que se sienta presionado. Ya me lo dará más adelante... y, si no, buscaremos una alternativa.

Llevo desde ayer pensando en un medio de comunicación que les pueda servir a los dos, pero no se me ha ocurrido nada.

Acabamos de desayunar y subimos a nuestras habitaciones para lavarnos los dientes y coger las cosas. Hoy la lluvia se ha calmado y, a pesar de que está nublado, por lo menos no diluvia.

Martha nos adelanta de camino a la universidad, repiqueteando con fuerza los tacones para llamar la atención. Va sola… Desde el incidente que tanto molestó a Rex, ha debido de distanciarse de él y de Connor. Creía que en el fondo se llevaba bien con ellos, aunque su agrado se basara únicamente en el interés.

Pensar en mi compañero coreano me hace evocar la conversación que tuvimos el viernes por la noche y me empiezo a poner nerviosa.

—Tengo miedo de que se filtre la noticia y le pueda afectar de alguna manera —habla Lily, interrumpiendo mis pensamientos.

—¿Por qué lo dices?

—Pues… —Mira a su alrededor para asegurarse de que no hay ningún alumno cerca y prosigue—: Imagínate que alguien nos ve, o lo que sea, y de pronto circula por Internet el rumor de que Tom… Bueno, ya sabes, tiene una novia misteriosa o lo que sea. Me sentiría muy mal por meterlo en líos.

Hago un ruidito y me río.

—Alguien está enamorada… —canturreo.

—¡No, qué dices! —Pone los ojos en blanco—. Apenas lo conozco. Ni siquiera nos besamos.

—¿Qué más da? Hubo tensión.

—Eres tonta, ¿lo sabes? —me dice, cruzándose de brazos—. No me digas que a quien le gusta To…

La paro con un codazo cuando Rex pasa a nuestro lado. Tenemos que ir con más cuidado de cuándo y dónde hablamos de Tom Roy o, al final, nos vamos a delatar.

—Deberíamos ponerle un mote —me sugiere Lily, leyéndome el pensamiento.

—¡Sí! Buena idea.

Proponemos varios nombres, pero todos son demasiado extraños o difíciles de asociar con él.

—¿Qué te parece Chuck Bass, como el de *Gossip Girl*? —le digo.

—¿En serio? ¡No, no y no! Me niego.

—Debes de ser la única persona del planeta que no veía esa serie.

—Pues sí —replica—. Lo mío era más *V: Los visitantes* o *ALF*.

Me saca la lengua mientras entramos al edificio de Economía y optamos tácitamente por aparcar el tema ahora que hay tanta gente alrededor.

La última semana de septiembre pasa deprisa, a pesar de que las clases y las prácticas que tenemos son tediosas. El jueves sólo es obligatorio asistir a primera hora y luego nos dejan el resto del día libre, de modo que aprovechamos la mañana para seguir con nuestro plan de turismo y esta vez lo complementamos con ir de compras. Lily lleva nerviosa desde el martes porque no ha sabido nada más de Tom —o Chuck, como al final lo hemos apodado— y visitar las tiendas de Oxford Street la mantendrá distraída.

Pasamos toda la tarde dando vueltas por TopShop, Forever 21 y otras cadenas similares. Yo sólo me compro unos vaqueros de repuesto; el resto de ropa no la suelo elegir en ese tipo de tiendas porque... Bueno, reconozco que me gustan más las de alta costura que hay en otras calles cercanas, pero me da reparo decirle a mi amiga que me acompañe ahí. Lily aprovecha para hacerse con un bolso grande donde llevar las cosas a clase en vez de ir con mochila. Después, nos dedicamos a pasear por Chinatown. El barrio se compone de unas pocas calles bonitas, adornadas con farolillos y llenas de restaurantes cuyo plato estrella es el pato laqueado. A última hora, se amontona mucha gente entre luces rojas y neones para elegir en qué restaurante probar la comida oriental, y nosotras resolvemos volver en metro al hotel para descansar.

En cuanto dejo todo en mi cuarto, subo al de Lily para hacer tiempo hasta la cena y por el camino me cruzo con Meredith, que ni se molesta en saludarme. La acompaña una chica llamada Rose y uno que no tengo ni idea de quién es.

—¿Ni siquiera te ha hecho un gesto con la cabeza? —pregunta Lily, atónita, cuando se lo cuento.

—No.

—Bueno... —Suspira—. A lo mejor es sólo que no te ha visto. Si no, peor para ella.

—¿Dónde quieres cenar? —le digo, cambiando de tema. Estoy nerviosa porque noto el estómago vacío: tengo mucha hambre.

—Hmmm... ¿Taco Bell?

—Vale. ¿Se puede pedir a domicilio? Me da pereza salir.

No es sólo que me duelan los pies por haber caminado toda la tarde con tacones, aunque no fueran muy altos, sino que no he comido apenas nada en todo el día y estoy exhausta.

—¡Ya voy yooo! —exclama Lily, alargando con dramatismo la última palabra—. Escríbeme por WhatsApp lo que te apetece para que no se me olvide.

Sonrío débilmente. Es en estas ocasiones cuando más miedo me doy: cuando dispongo de varios minutos a solas para elegir la comida más grasienta y calórica que voy a engullir, porque entonces mi cerebro *siempre* se deja engatusar por mi estómago.

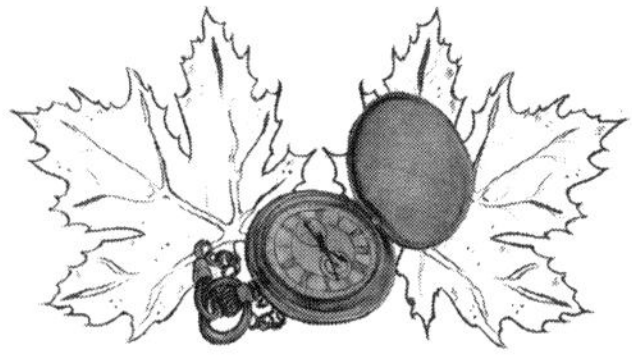

OLIVER

A las siete, apago el ordenador, ya cansado, y salgo de mi despacho. Desconecto las luces desde una pantalla táctil que hay al lado del umbral y observo a la gente que aún se va a quedar aquí hasta la noche. Lo único bueno que tiene trabajar en la empresa de mi padre es que puedo ponerme el horario que quiera, así que hoy he decidido venir antes para no salir tan tarde. Como siempre me dejo el trabajo de oficina para el último momento, la mayoría de las veces no acabo hasta las nueve y media, como mínimo. Y detesto madrugar, por lo que no concibo lo de venir a primera hora para adelantar tareas pendientes.

—¡Oliver!

No tengo que darme la vuelta para averiguar quién me llama, porque es una voz inconfundible. Es más, por el tono puedo saber de qué humor se encuentra mi padre e intuir para qué quiere que me reúna con él.

Voy hacia su despacho, a unos metros del mío y con la puerta siempre abierta para controlarme mejor.

—Cierra, por favor —me indica cuando entro.

A mi padre le encanta ir excesivamente arreglado al trabajo. No sé si se siente superior o es sólo que se ha acostumbrado a llevar su traje más caro todos los días, pero, si tuviera que apostar, lo haría por lo primero. Su piel es mucho más oscura que la mía y sus ojos, pequeños. Los míos los heredé de mi madre, de eso no cabe duda.

Su despacho no es demasiado grande, aunque sí de los más lujosos que debe de haber por la zona. Tiene muebles de nogal y una cristalera enorme que recorre dos paredes y permite contemplar una panorámica del centro de la ciudad. Por la noche se ve la luz que desprenden las pantallas de Piccadilly Circus y, si cambias de ángulo, atisbas las casas del Parlamento.

—Siéntate —me ordena.

Me acomodo en un sillón de piel. La mejor táctica cuando mi padre quiere hablar de un tema serio es hacerle caso y no interrumpirle para que no le salga la vena agresiva.

—¿Ya te vas a casa?

—Sí, ya he terminado.

—Bien. —Entrelaza las manos—. Quiero hablar sobre tu posición en la empresa. Creo que, si trabajaras más, podrías subir de categoría. ¿Nunca te has planteado escalar un puesto?

—Sí, supongo.

En realidad, no siento interés por el trabajo de mi padre. Preferiría que él se encargara de todo y yo simplemente viniera unas horas para hacer siempre lo mismo. Mi rutina se basa en copiar y pegar datos en tablas de Excel, observar los atuendos de las mujeres que trabajan aquí y, a la salida, irme en una de nuestras limusinas. Poco más.

—Ya has cumplido veintiún años y es hora de que vayas pensando en tu futuro. Algún día, la empresa será tuya, ya sabes que eso es lo que quiero: que la gestione alguien de la familia antes que cualquier otra persona. Pero no te creas que eso implica que vayas a poder ignorar tus responsabilidades… De hecho, a partir de la semana que viene te darán clases para que conozcas el funcionamiento de la compañía y tu papel aquí.

Deja caer los brazos a ambos lados de la silla de ruedas y estudia mi expresión.

—Pero…

—Conoces a Richard, ¿verdad?

Asiento sin expresar lo que pienso sobre él y lo gilipollas que es.

—Pues él será quien te ayude; ya lo hemos hablado esta mañana.

—Pero, papá, ya sabes que yo no estoy hecho para esto. Prefiero otras cosas.

—¿Como qué? Tienes los estudios abandonados. Te pagué la mejor universidad de Londres porque me aseguraste que te gustaba, ya lo sabes. Ahora no me vengas con que ya no te interesa. Hiciste el primer y segundo curso ahí, luego cambiaste a Madrid porque tuve que estar una temporada en España; de eso no puedo culparte. Pero sí puedo hacerlo de que dejes todo de lado sin darme ninguna explicación. No puedes estar viviendo de mí siempre; algún día tendrás que buscarte un trabajo y la empresa es una muy buena oportunidad.

Me quedo en silencio. No es la primera vez que tenemos esta conversación, pero ahora parece que va en serio. El año que estudié en Madrid sólo me sirvió para suspender más asignaturas de las que arrastraba de los cursos anteriores. Apenas hablaba español y, aunque lo aprendí rápido, la carrera no me inspiraba demasiado interés. Pero ya me extrañaba que mi padre no me hubiera mencionado nada de repetir tercero de Economía...

La idea de trabajar en la empresa familiar no me entusiasma. Mi hermano mayor consiguió librarse del marrón cuando se fue a estudiar a Estados Unidos, pero no pudo escaquearse por mucho tiempo: al final, ha acabado currando en la sucursal de Nueva York.

Quizá, si adujera el mismo pretexto que él, me libraría de trabajar durante un par de años más y seguiría disfrutando de mi limusina y otros caprichos, como vivir solo en el centro de Londres.

—¿No prefieres que acabe primero los estudios antes de ponerme a trabajar? —propongo.

Esa pregunta es lo último que se esperaba, a juzgar por cómo abre los ojos.

—¿En serio quieres acabarlos?

No sé si interpretarlo como una amenaza o si realmente no se lo cree, de modo que tanteo el terreno:

—Digamos que lo prefiero a que me enseñe Richard; así, por lo menos tendría un título...

Mi padre se rasca la barbilla, meditabundo.

—Bien, esto cambia las cosas, desde luego. ¿Por qué no me habías dicho antes que querías estudiar? Podría haberte matriculado este año, no creo que me dejen... —Se queda unos segundos en silencio, cavilando—-. No, ahora dudo que puedas unirte al curso. Ya estamos a principios de octubre.

Asiento. Mi plan improvisado está funcionando a la perfección.

—Entonces... ¿Hago que te matriculen en la misma universidad? ¿Eso es lo que quieres? ¿Seguir donde lo dejaste?

—Sí, pero no empezaría hasta el año que viene, ¿no?

—Así es —responde mi padre, moviendo la cabeza de lado a lado—. Eso es lo único malo. No obstante, puedes seguir viniendo aquí todos los días como has hecho hasta ahora y, cuando empieces las clases, ya veremos lo que haces en función del tiempo libre del que dispongas. Supongo que tendrías que repetir tercero y hacer cuarto un año después.

«¡SÍ!», grito en mi interior. ¡Casi tres años sin hacer nada! Bueno, hasta septiembre del año siguiente sin ir a la universidad; luego tendría que empezar a ponerme en serio, pero para eso aún queda tiempo.

—Fantástico, hijo, me alegra que hayas tomado esa decisión. Tendrías que habérmelo dicho antes, así podría haberte matriculado para este curso... —reflexiona, empujando con ambos brazos la silla de ruedas para acercarse al teléfono que hay en el escritorio—. En fin, lo importante es que hayan despertado en ti las ganas de formarte para el futuro.

«No exactamente», pienso, aunque es mejor que siga creyendo que es por esa razón. Me despido y salgo de su despacho mientras él llama a su secretario para empezar a hacer las gestiones en la universidad.

Al menos, con esta salida voy a vivir tranquilo durante un tiempo.

LILY

Dejo a Ava en su cuarto y bajo ensimismada hacia el Taco Bell. Es jueves por la noche y no he sabido nada más de Tom. Llevo inquieta desde que quedamos por si estuve demasiado habladora o todo lo contrario. Cuando llegué al hotel, pensaba que había ido bien, pero al día siguiente empezaron a germinar en mi cabeza miles de dudas que me atormentaban.

«¿Y si me ha tomado por una loca con ansias de fama?», planteaba una voz en mi cabeza cada vez que me acordaba del tema.

«No, no puede ser —contestaba otra más racional—. Al final, cuando nos despedimos, estaba muy simpático y con ganas de volver a vernos».

«Pero ¿y si se echó atrás por algún signo mío de aprecio que le resultara indeseable?», insistía.

«En tal caso, ¿para qué te habría propuesto quedar?».

Y así me he pasado demasiados ratos libres.

Salgo de la recepción y lanzo una mirada desesperada a la mujer que se halla tras el mostrador, la misma que me entregó la carta de Tom. Ella me observa y no dice nada, así que suelto el aire que estaba reteniendo en los pulmones y prosigo mi camino, decepcionada y molesta conmigo misma por preocuparme tanto.

Voy tan distraída que ni siquiera me doy cuenta de quién está subiendo las escaleras del hotel hasta que lo tengo delante. Va tan tapado como el otro día: bufanda gris y gafas de sol, aunque hoy ha cambiado la gorra por la capucha de su abrigo.

—¡To...! —me tapo la boca un segundo después, sin llegar a pronunciar su nombre—. Es decir, hola.

—Hola —me responde, sorprendido. Echa un vistazo alrededor y me hace un gesto con la cabeza para que lo siga. Camino a su lado sin decir nada, doblamos la esquina y se baja la capucha tras asegurarse de que no hay nadie cerca—. ¿Qué tal? —me saluda, ahora sí, dándome dos besos, igual que hice yo la primera vez que quedamos. No es una costumbre en Inglaterra, así que me resulta gracioso que lo repita—. Esto sí que es casualidad.

Por mi cabeza se me pasa la típica broma de «en realidad, te estaba siguiendo para coincidir a propósito contigo», pero la descarto al instante: no tengo tan claro que se lo vaya a tomar como un despropósito.

—Supongo que te puedo entregar esto en persona. —Sonríe y me da un sobre en cuya parte frontal está escrito mi nombre.

Le miro, esperando a que añada algo porque no sé si quiere que lo abra aquí o en la habitación. Como no dice nada, me lo guardo en el bolso.

—¿Dando un paseo nocturno? —pregunta.

Sí, definitivamente huele a cloro. Me encanta ese olor; lo asocio al verano, las vacaciones y, en fin, la tranquilidad.

—En realidad, haciendo de recadera: voy a comprar la cena a Taco Bell.

—Buaj —dice él, poniendo cara de asco—, odio ese sitio. Deberían pagarte por comer ahí.

—Eh, a mí me gusta. Los tacos de carne picante son lo mejor.

—Hmmm... Así empezamos mal, ¿eh? —bromea—. Te acompaño, si quieres.

—Guay.

El Taco Bell más cercano está en dirección opuesta a la que hemos tomado para apartarnos de la puerta del hotel, pero damos la vuelta por el otro lado de la manzana. Entretanto, yo sigo cavilando, incrédula, sobre la casualidad que ha sido bajar y encontrármelo justo ahí.

—Perdona que no te haya podido escribir antes, me siento fatal. He estado muy liado —se disculpa.

—Tranquilo, no pasa nada —digo, aunque en realidad los nervios que he pasado estos días no me los quita nadie.

Las calles tienen cada vez menos luz natural y las farolas se encienden, despidiendo una luz dorada por la acera que transitamos. No hay mucha gente en torno a nosotros, aunque Tom vuelve a ponerse la capucha por si acaso.

—¿Qué has hecho estos días? —inquiere.

—Bueno, ir a la universidad y poco más.

—No te llegué a preguntar qué estudias, lo siento.

—Economía —respondo—. Estoy en el último año y he venido con una beca.

—¿Una beca? —se sorprende, y no sé cómo tomármelo hasta que me explica que en Inglaterra eso es muy prestigioso.

—Pues sí... —Me encojo de hombros—. Es una historia muy larga, pero la conclusión es que me quedo hasta julio. —No quería informarle tan pronto de que en unos meses voy a desaparecer, pero tampoco sería justo ocultárselo.

—¿Los chicos con los que saliste el viernes también van a tu clase? —dice al cabo de unos segundos en silencio.

—Sí, van todos conmigo. En realidad, con quien mejor me llevo es con Ava, la chica rubia que estaba en el pasillo el otro día. Con Martha y Rex apenas trato, aunque Connor, el chico de la gorra, es agradable.

—Son un grupo un poco extraño, ¿verdad? Rex no pega mucho con los otros.

Niego con la cabeza mientras cruzamos, mirando a la derecha y luego a la izquierda para comprobar que no viene ningún coche.

—¿Tú estudias? —le pregunto.

—Sí, pero a distancia. Es complicado. Mis padres aceptan todo lo de YouTube siempre y cuando no deje de lado la educación, pero ahora mismo no sé si Finn y yo podríamos ir a la universidad. Ya te puedes imaginar... Él lo intentó, pero tuvo que dejarlo y yo lo estoy haciendo a través de Internet.

—¿Y qué haces?

—Publicidad y Relaciones Públicas. —Hace una mueca—. Tiene un nombre raro, lo sé.

—Oh, ¿es muy complicado? —No conocía a nadie que hiciera esa carrera, ni aquí ni en Madrid.

—Te seré sincero: no. Es demasiado fácil, de hecho. A veces tengo la impresión de que no hago casi nada; todo son trabajos de mierda y *tests* que puedes consultar mientras los respondes. No es gran cosa, pero al menos hago algo y así mis padres están contentos. No es por falta de interés, sino por los estudios en sí. Quizá en otra universidad sería diferente, no sé...

Me cuenta más cosas sobre su carrera. Lo dejo hablar, haciéndole de vez en cuando alguna pregunta suelta, hasta que giramos una esquina y llegamos a una calle llena de restaurantes de comida rápida y con algo más de ambiente que las anteriores. Debe de ser una zona frecuentada por universitarios, porque hay varios sitios para comer y muchas cafeterías.

—Ahí tienes tu adorado Taco Bell —anuncia, señalándome con la cabeza el rótulo luminoso con las letras y el dibujo de una campana—. Yo te espero aquí para que... no se me contagie nada malo.

Ladeo la cabeza y pongo exageradamente los ojos en blanco mientras contesto un «no sabes lo que te pierdes». En cuanto lo dejo atrás, me uno a la fila del establecimiento, donde aprovecho para escribir a Ava y contarle lo de mi encuentro con Tom mientras reviso lo que me ha pedido.

Cuando llega mi turno, pido en voz alta esperando que el chico me entienda pese al jaleo. Unos minutos después, cuando pago y corroboro que llevo todo lo que he encargado, salgo hacia el sitio donde he dejado a Tom. Doy unos pasos hasta allí, pero no lo veo por ninguna parte. Me giro, lo busco en la otra acera y entrecierro los ojos, mosqueada.

Vuelvo al Taco Bell por si acaso ha entrado a buscarme y nos hemos cruzado, aunque ahí tampoco está. Espero un rato en la calle y, al cabo de un par de minutos, decido irme con más dudas aún que cuando salía del hotel. No he tardado tanto en pedir la comida, así que no entiendo por qué ha desaparecido...

A menos, claro, que esté jugando conmigo.

FINN

—Pero ¿cómo se te ha ocurrido semejante estupidez?

—Finn, tío. Ni que no lo hubiéramos hecho otras veces.

—Ya lo sé, pero tendrías que haberme avisado —le reprocho.

—¿Para qué?

Me quedo en silencio. Es cierto que no puedo exigirle a Tom que me explique en cada momento adónde va, pero me molesta que haga este tipo de tonterías.

—Ya tienes rumores servidos durante, como mínimo, una semana —le aseguro.

—¿Qué más da? Sólo estaba dando una vuelta —se defiende mi compañero.

—Cualquier día te seguirán a casa y descubrirán dónde vivimos si sales a pasear por esta zona —insisto—. No es tan difícil. Ya nos ha ocurrido otras veces y no quiero volver a mudarme, gracias. —Lo miro fijamente—. Además, no me parece justo que yo lleve tanto tiempo saliendo con Nate y no pueda traerlo a casa para que nadie sepa dónde vivimos y tú te la juegues por ahí como si nada de esto te importara.

Tom se pasa la mano por el pelo con aire fatigado.

—Yo no he dicho eso, Finn; no te pases.

—Sólo te pido que no lo estropees, por favor —le ruego.

—Bueno, la próxima vez me encerraré en casa durante un mes hasta que acabe metiéndome en el metro por desesperación —replica de mal humor—. Así, la gente verá a las claras en qué estación me he montado y les ahorraremos perder el tiempo con teorías absurdas.

Ignoro su irritación y me pongo en pie.

—Por cierto —añado antes de que se me olvide—, pasado mañana me voy a Edimburgo a pasar unos días con mi padre y Nate.

Tom levanta el pulgar desde el sofá sin mirarme y sube el volumen de la televisión mientras asciendo por las escaleras.

TOM

El gimnasio está atestado a última hora del día, pero no me importa. No es ningún secreto que acudo a este lugar para desahogarme cuando estoy agobiado.

Me cambio de ropa en los vestuarios masculinos, dentro de los compartimentos privados, y cojo mecánicamente las gafas de buceo, el gorro y un reloj resistente al agua. Guardo todo lo demás en una taquilla y me voy directo a la piscina. Aunque las salas de máquinas estaban a rebosar, la zona de natación parece más tranquila. De todas formas, sigo prefiriendo acudir aquí a primera hora, cuando acaban de abrir y dispongo de todas las instalaciones para mí. En pocas ocasiones vengo a estas horas… y, cuando lo hago, suele ser mala señal.

Me siento en el bordillo y meto las piernas en el agua hasta las rodillas mientras me coloco el gorro y las gafas. El simple olor a cloro consigue que me relaje un poco y, con un pequeño impulso, me dejo caer dentro y comienzo a nadar.

Hoy no doy brazadas agresivas para liberar el estrés, sino todo lo contrario: me guío a través de la calle con calma, pensando más en otras cosas que en el ejercicio en sí. Me preocupa Finn tanto por lo mucho que le presiona últimamente la fama como por la situación que está atravesando ahora mismo. Aunque distintas en muchos aspectos, su madre me recordaba un poco a mi abuela por su talante pacífico, siempre sereno, y eso hace que ahora las asocie aún más y se me encoja el corazón cuando las recuerdo.

Sé que mi amigo se encuentra más vulnerable que nunca y tengo que estar a su lado todo lo que pueda... Por eso me siento fatal por lo borde que he sido con él hace un rato, pero creo que contarle ahora lo de mis visitas al hotel Ellesmere empeoraría las cosas: se pondría paranoico y me haría preguntas para las que no tengo respuesta.

Es verdad que pienso en Lily varias veces al día. No estoy seguro de si me gusta o es sólo algo pasajero, pero, sea lo que sea, necesito organizarme para compaginarlo con todo lo que tengo en la cabeza: el estrés de los próximos estrenos, la preocupación por Finn, la certeza de que dependo en exceso de Alice, los nervios por la *première* y la necesidad de estar continuamente conectado a las redes sociales cuando más necesitaría tiempo a solas para pensar.

De pronto, me doy cuenta de que el ritmo al que estaba nadando ha cobrado mucha velocidad en los últimos minutos. Lo mantengo, siendo todavía más exigente conmigo mismo cuando veo que ha transcurrido más de media hora y apenas me he dado cuenta. Al girar la cabeza para mirar el reloj, descoordino la respiración y trago una buena cantidad de agua que va directa a mis pulmones. Paro en mitad de la calle, tosiendo y sintiéndome como un auténtico idiota. Hacía mucho que no me atragantaba en la piscina, y es de las cosas más humillantes que pueden pasarle a los que llevamos años nadando.

Intento disimular la tos debajo del agua mientras avanzo hacia el bordillo. Después, doy por terminada la sesión de hoy, enfadado y exhausto.

MARTHA

Llamo con aplomo a la puerta de la habitación 320 para compensar el nerviosismo que siento. Rex no tarda ni cinco segundos en abrirla. Debe de acabar de salir de la ducha, porque tiene el pelo mojado y parece haberse vestido con lo primero que ha encontrado. Su tatuaje sobresale de la camisa algo torcida.

Nada más verme, resopla.

—Martha, ya te dije que…

—Rex —mi voz suena firme, gracias a Dios—, me da igual que me gritaras. Necesito hablar contigo.

Se lo piensa durante un rato que se me hace eterno y al fin abre más la puerta, lo suficiente para dejarme pasar.

—¿Qué quieres?

—Quería pedirte disculpas por lo de la semana pasada.

—¿Otra vez? Me dan igual tus disculpas, puedes metértelas por donde te quepan. —Me escruta con fijeza, desafiante, e intento aguantarle la mirada para no parecer débil—. ¿Algo más?

—¿Por qué no has venido a clase estos días? —mascullo, cruzándome de brazos.

—He estado ocupado.

—¿Sabes que no puedes faltar…?

—Más de tres veces si pasan lista. Lo sé, gracias por avisarme. —Su voz pasa de agresiva a sincera en una sola frase y relaja los hombros—. ¿Se ha enrollado ya Connor con la rubita?

—¿Ava? —pregunto.

Rex se sienta en la cama y yo hago lo mismo, no muy cerca de él. Cruzo las piernas y muevo los pies dentro de los zapatos; me aprietan tanto que me van a cortar la circulación.

—Ni idea de cómo se llama. La que va siempre con la pelirroja.

—Sí. —Él arquea una ceja con incredulidad—. Quiero decir, sí, es esa, pero creo que no ha pasado nada entre ellos. Vamos, con lo sosa que es la chica… No sé para qué pierde Connor el tiempo.

Un silencio incómodo llena la habitación.

—Admítelo. Somos dos pringados sociales —suelto sin pararme a pensarlo.

Él ladea la cabeza.

—¿De qué hablas?

Me río y la carcajada suena más bien amarga.

—Nada, déjalo. No lo entenderías. Estás demasiado ocupado pensando sólo en ti… y sí, supongo que yo necesito un poco de atención.

Me incorporo y voy hacia la puerta, dispuesta a largarme. Ha sido una mala idea venir a hablar, pero por lo menos no me quedo con la espina de no haberlo intentado.

—¡Espera! —dice él. No me sigue hasta la salida, aunque se levanta.

—¿Qué? —me giro hacia él, con la mano en el pomo—. Es lo que querías, que no volviera a molestarte, ¿no? Pues tranquilo, que no sabrás nada más de mí. Como máximo, me verás en clase, si es que te da la gana volver a pasarte por la uni.

Echo a correr por el pasillo sin darle tiempo a espetarme cualquier chorrada, porque ahora soy yo la que no quiere escuchar sus gilipolleces.

LILY

Llego al hotel a paso raudo sin ver el momento de leer la carta, en especial después de lo que acaba de ocurrir con Tom. Me sitúo ante la puerta de Ava y paso la tarjeta por el lector sin llamar.

—¿Dónde estabas? Has tardado un montón —la oigo exclamar entre el agua de la ducha.

—¡Ahora te cuento! ¿Te queda mucho?

—¡Acabo de entrar, pero salgo en menos de cinco minutos! —grita para que la oiga—. ¡Ve empezando si quieres!

Dejo la bolsa en la cama y coloco el bolso al lado. Lo miro durante unos segundos y me muerdo el labio, indecisa. Ava ha dejado suelto por la cama a *Panda*, que se acerca a mí y se pone sobre dos patas, observándome. No sé si quiere pedirme mimos o comida. Estiro la mano y le acaricio el lomo. Paso unos segundos en silencio, con el ruido del agua de fondo, hasta que decido sacar la carta y leerla. A *Panda* no le hace mucha gracia que deje de prestarle atención y se aleja hasta el otro extremo de la cama.

Doy la vuelta al sobre entre las manos y lo abro.

Lily:

Siento haber tardado en escribirte... He estado muy saturado estos días de tareas pendientes. Pero tengo buenas noticias: se me ha ocurrido una vía por la que nos podemos comunicar sin necesidad de seguir haciendo esto. Me he creado una cuenta de e-mail para utilizarla sólo entre nosotros. Así, en el caso de que por cualquier motivo acabe filtrada, es cuestión de borrarla y listo. Es roytom293@gmail.com.

Espero tu respuesta ahí :)

Tom

Contemplo la dirección durante un buen rato. ¿Cómo no se me había ocurrido? Saco el móvil y la apunto en mi lista de contactos por si perdiera el papel, aunque la he revisado tanto que no creo que se me olvide.

Ava cierra el grifo y me grita que en nada sale, así que aparto la bolsa de comida y me siento, doblando la carta entre las manos para guardarla otra vez en el sobre. Cuando me apoyo en el borde de la cama, noto algo duro y me levanto sobresaltada, con miedo de haber aplastado algo. Sin embargo, encima de la colcha no hay nada. La levanto, en busca de lo que sea que haya, y descubro un pequeño cuaderno. Es una preciosa libreta de un rosa pálido con la cara de un conejo y un corazón debajo, ambos dibujados a mano, en la tapa delantera. No tiene espirales y del interior asoma una cinta azul.

Mi amiga abre la puerta del baño, ya en pijama y con una toalla en la cabeza para que no le gotee el pelo. Me observa durante unos segundos, fijándose primero en mi cara y luego en lo que tengo entre las manos. Su rostro pasa de la tranquilidad al pánico.

—¿Qué haces? ¿Cómo lo has encontrado? ¿Qué has leído?

Ava se lanza hacia mí y me arrebata la libreta con un tirón. Jamás la había visto ponerse así.

—Nada, no he visto nada, ¡te lo prometo! —farfullo, nerviosa, y me pongo de pie.

—¡Júralo! —chilla.

—¡Lo juro! ¡Oye! No te pongas así conmigo, Ava.

Ella guarda el cuaderno en el primer cajón de la cómoda y me estudia con desconfianza.

—Es mi diario. Espero que no hayas visto nada.

—Ava, te lo prometo, no lo he abierto —insisto—. Sólo lo he cogido porque me he ido a sentar y he notado algo debajo, nada más.

Ella me examina con la vista y se relaja un poco, aunque noto que sigue en tensión.

—Vale. Te creo —responde, y echa a andar hacia la cama, donde empieza a rebuscar en la bolsa de Taco Bell.

—¿Puedo preguntarte qué escondes ahí que nadie puede ver?

—Sí, pero no voy a contestarte. Lo siento, no quiero compartirlo con nadie.

—Claro —respondo—. Pero, Ava, si es algo malo o algo que te inquiete, sabes que puedes contar conmigo, ¿verdad?

Ella me mira y pronuncia el «sí» más triste que he oído nunca. No sé si lo hace porque de verdad oculta algo o porque no se fía de mí, pero después de casi un mes conviviendo con ella me decanto más por la primera opción.

Aparcamos el tema durante el resto de la noche porque no quiero presionarla; sin embargo, no me lo puedo quitar de la cabeza. Nunca la había visto reaccionar así, y sospecho que no puede ser por nada bueno. Igual tiene algún secreto inconfesable y ha venido aquí para que la traten como a una más. Varias teorías me pasan por la cabeza, cada una más inverosímil que la anterior.

Mientras comemos, le explico lo que me ha pasado con Tom.

—¿Y ha desaparecido, así, sin más? —pregunta, tan extrañada por el suceso como yo.

Asiento, dando otro mordisco a mi taco. Comer esto en la cama es potencialmente arriesgado, teniendo en cuenta lo que gotea la salsa.

—Qué raro… Bueno, ahora puedes escribirle un correo para que te lo explique.

Mastico y trago para contestarle sin la boca llena.

—Sinceramente, no sé lo que voy a hacer. No lo conozco de nada, sólo hemos quedado una vez y no quiero meterme en líos, ¿sabes?

Ava se come todo el menú que le he traído del Taco Bell y acaba quince minutos antes que yo. Nunca la había visto comer tanto; tenía que estar muerta de hambre.

—Piénsatelo. No le debes nada. Es guapo, sí, y será muy simpático, pero al final es lo que tú elijas, Lily.

—Ya lo sé, tienes razón. —Me muerdo el labio—. Creo que me lo pensaré el fin de semana antes de darle una respuesta definitiva.

Con un último mordisco, zanjo la conversación sobre Tom, recogemos la basura y la tiramos en la papelera. Después me despido de Ava, aunque no sé hasta cuándo. Mañana, al no haber clases, me concentraré en terminar deberes que aún tengo pendientes y, por la tarde, aprovecharé para ir al supermercado y ponerme al día con mis padres y algunos amigos.

Ava me acompaña a la puerta y se despide.

—Actúa cuando estés preparada, no te dejes llevar —me advierte.

—Sí. Gracias. Lo mismo te digo, supongo.

Ella coge aire; evidentemente, no esperaba que volviera a sacar el tema.

—No es tan fácil —responde, y cierra la puerta.

Algo en su tono me hace dudar antes de irme y aguardo medio minuto en el pasillo, apoyada contra la pared, reticente a marcharme sin más, pero sin atreverme a llamar a la puerta. Cuando las luces se apagan, al no detectar movimiento, la oscuridad se vuelve absoluta y ningún ruido quiebra el silencio.

Es entonces cuando capto el inconfundible sonido de las arcadas.

TOM

El domingo por la mañana, me despierto sobre las doce. Tras haraganear unos minutos en la cama, bajo a la cocina para prepararme el desayuno y saludar a mi compañero, pero Finn ya se ha ido. Desde el pequeño altercado que tuvimos el jueves, apenas me ha dirigido la palabra, tampoco en las comidas. De vez en cuando tenemos estas discusiones, por lo que no me preocupa mucho, aunque me da palo que se haya ido a Edimburgo sin ni siquiera decirme la hora a la que salía su tren. Intenté hablar con él después de mi último entrenamiento de natación, pero no tuve mucho éxito.

El suelo está tan frío que vuelvo a subir para coger unos calcetines. El cuarto de Finn tiene la puerta abierta de par en par y las cortinas descorridas; no está dentro, así que sé a ciencia cierta que se ha marchado. Miro el móvil con pocas esperanzas: tengo muchos mensajes, pero ninguno es suyo. Después, compruebo en mis cuentas que tampoco he recibido ningún e-mail de Lily. Lo bloqueo, me pongo unos calcetines gordos y bajo a desayunar.

Aunque me gusta la soledad, hoy echo de menos a Finn haciendo ruido y dando portazos por la casa. Me sirvo un vaso de leche con bollos de mantequilla y pongo la música alta mientras reviso por encima los comentarios en el vídeo que subí el martes. Lleva casi un millón y medio de visualizaciones y cien mil comentarios, por lo que estoy bastante contento. Mientras termino de desayunar, veo un par de vídeos recientes de algunos amigos. Después, meto lo que hay sucio en el lavavajillas y me tumbo en el sofá. Aprovecho para escribir un par de mensajes y llamo a Alice para preguntarle si sabe algo de la *première*, pero no me contesta. Estará en alguna reunión importante.

Y entonces me quedo sin saber qué hacer.

Estoy nervioso porque Lily no me haya respondido. El jueves, en nuestro encuentro fortuito en la puerta, la acompañé hasta el Taco Bell, pero surgió un imprevisto que me hizo dejarla tirada. A pesar de que iba tapado, alguien me reconoció y tuve que largarme a toda prisa antes de que me vieran con una chica anónima paseando por la ciudad. Desde entonces, he estado planteándome volver al hotel para explicarle por qué la abandoné sin darle explicaciones, pero ¿y si me volvía a ocurrir lo mismo? Además, no quería parecer un acosador dejándole otra carta cuando ya tenía mi e-mail.

Abro la aplicación de Gmail y vuelvo a actualizar todas las cuentas que tengo abiertas por si me hubiera llegado un mensaje en este rato… y entonces me doy cuenta de que se me ha olvidado abrir sesión en el e-mail que me creé para hablar con ella. ¿Cómo puedo ser tan estúpido? Rápidamente, entro y escribo a toda prisa el usuario y la contraseña. Los segundos que tarda en añadirlo a mis otras cuentas son todo un reto para mi paciencia, hasta que por fin se despliega la bandeja de entrada, donde resalta la notificación de un mensaje nuevo. Es de ayer a las once y ocho de la noche.

Tom:

No me voy a extender mucho, sólo me gustaría saber qué pasó el jueves para que desaparecieras así :(

Espero que estés bien.

Lily

Inmediatamente pulso «Responder» y empiezo a teclear lo que sucedió. Cuando acabo, lo reviso para asegurarme de que no me he dejado nada; al final, me ha salido un mensaje más largo de lo que esperaba, pero por lo menos queda bastante claro el motivo de mi desaparición. Pulso «Enviar» y dejo pasar unos minutos por si está en ese momento con el móvil y se le ocurre contestar…

Sin embargo, al cabo de un rato pierdo la esperanza y me pongo a hacer otras cosas, con el sonido activado, sólo por si acaso.

AVA

Lily no me deja sola ni para ir al baño; es más, cuando voy ahí, me vigila especialmente. Después de que la noche del jueves descubriera mi secreto, no se ha separado de mí ni un instante.

Sé que no le sentó bien que no le contara nada, pero también entendió que estas cosas son difíciles de expresar, sobre todo porque lo que pretendes desde el principio es que nadie se entere. Sin embargo, cuando me insistió en que se lo explicara, hablé. Lo solté todo.

Nunca antes había revelado tantas cosas a una persona a la que conocía desde hacía tan poco. Aun así, cuando empecé no pude parar: le conté que lo escribía todo en el diario, por eso me alarmé cuando lo encontró; pensaba que había leído alguna de las páginas. Le dije que era algo que casi no podía evitar; sencillamente, me sentía mal cada vez que comía demasiado y la única manera que se me ocurría de compensarlo era esa. La ansiedad me había empujado a ese bucle: de vez en cuando, necesitaba ingerir mucha cantidad de alimentos para sentirme mejor, pero a los pocos minutos el efecto era justo el contrario y me arrepentía de haberlo hecho. Entonces, me sentía culpable y evitaba empacharme de nuevo. Al dejar de comer durante varias horas, me entraba tanta hambre que lo solucionaba dándome un atracón… Y así, el ciclo se repetía: comer, vomitar, ayunar.

La primera vez que vomité, pensé que sería algo puntual, que no tendría más repercusión y que aprendería a controlarme más. Sin embargo, cometí un gran error a la mañana siguiente: pesarme en la báscula. Al ver que los números habían disminuido bastante con respecto a mi peso normal por haber vomitado antes de irme a dormir, esa táctica «puntual» se convirtió en una obsesión.

Cuando terminé de contarle todo, ya de madrugada, Lily se quedó pensativa y comenzó a ofrecerme soluciones. Me dijo que debería ir al médico, pero mi reacción inicial fue negativa: mi familia más cercana sabía lo que me ocurría. Había ido a varios especialistas durante los últimos meses y parecía que lo había superado, por eso me dejaron venir a Londres a pasar un año. Esa era la condición: podría salir de casa si me esforzaba en mejorar día a día. Venir aquí se había convertido en un incentivo que me ayudó a abandonar esa horrible rutina alimenticia.

Hasta que llegué aquí, ya sin incentivo, y me sentí sola y enorme.

No me ocurría todos los días, pero sí un par de veces a la semana. Y sí, había tratado con médicos, sabía lo que me jugaba… Pero eso sólo conseguía aumentar mi ansiedad, mi posterior mala conciencia y el castigo del ayuno. Ni siquiera cuando no lo había hecho me libraba del miedo.

Al cabo de unos minutos de debate, Lily tomó una decisión: se mudaría a mi cuarto. Yo siempre he sido muy celosa de mi intimidad, pero ya habíamos pasado mucho tiempo juntas. Incluso nos habíamos visto medio desnudas al salir de la ducha —y a ella no le había escandalizado mi tripa—, algo que hasta hace unos meses no habría hecho con casi nadie. Si ella estaba conmigo, me obligaría a parar.

Siempre he dudado de que uno pueda recuperarse por completo de algo así, por más que los médicos me insistieran en que iba a ponerme bien, porque ¿cómo huyes de algo que tú mismo te provocas? Algo que te acompaña durante meses o años... Cuando estaba en Dinamarca, lo único que me motivaba del tratamiento era acabarlo cuanto antes para marcharme de casa, donde sentía que era la vergüenza de mi familia y la rara de mi grupo. Mi meta era venir aquí, como si eso fuera la panacea, pero no me di cuenta de que no iba a solucionarlo por huir de mis conocidos, porque de quien necesitaba huir en realidad era de mí misma.

Ahora, al verme aquí sola y sin la perspectiva de que esto vaya a cambiar..., por primera vez, he sentido miedo. Y el apoyo de Lily ha calmado parte de la ansiedad, al menos.

Para la «mudanza», resolvimos bajar el colchón de mi amiga por las escaleras. La idea era una locura, pero, al ver que aceptaba de buena gana, Lily fue a buscar a Connor para que nos ayudara. El pobre ya estaba dormido, aunque accedió enseguida a ayudarnos pese a que no le diéramos muchos datos de lo que me sucedía. Sin embargo, el plan entrañaba un grave problema: las escaleras y los ascensores estaban vigilados con cámaras de seguridad. A ver cómo íbamos a justificar que tres chicos cargaran con un colchón de madrugada para meterlo en otro cuarto.

Así que al final optamos por la alternativa que se le ocurrió a Connor: movimos el colchón de su cuarto al mío, el 209, y él se mudó al piso de arriba, al de Lily. No sé cómo lo propuso sin entender lo que pasaba… Es una persona tan generosa que a veces casi parece irreal.

Estuvimos hasta las tres y media cambiando sábanas y subiendo y bajando por el ascensor con la mochila llena de objetos personales, maleta incluida. Al final, la habitación de Lily pasó a ser la de Connor, en la mía nos quedamos las dos y la antigua de Connor estaría vacía. *Panda* nos haría compañía en la nuestra, claro; por muy apretadas que estuviéramos, la jaula no podía quedarse fuera. Además, a Lily le gusta, así que no creo que para ella sea un inconveniente tenerlo al lado. Siempre los lavo a él y su casita con frecuencia.

Para que el personal de limpieza no se topara con una habitación sin colchón y otra con dos apretujados, decidimos pedir en recepción por la mañana que, hasta nuevo aviso, no limpiaran mi cuarto ni el antiguo de Connor.

Y así es como, cuando me despierto esta mañana, tengo a Lily a menos de dos metros de mí, despejada y con el móvil en la mano. Y yo, aún sumida en una especie de duermevela, pienso en la inmensa suerte que tengo de contar con personas como ella y Connor.

MEREDITH

El coche arranca dos horas más tarde de lo previsto. Sé que en el fondo es culpa mía y de Rose que la salida a Portsmouth se haya retrasado tanto, ya que hemos tardado un poquito en elegir la ropa que nos íbamos a llevar, pero nos hacemos las tontas mientras los chicos nos echan la bronca. Tyler conduce porque es el único de aquí que tiene el carné, y Owen se coloca a toda prisa en el asiento del copiloto, no sé si porque se marea en los viajes o porque quiere estar lo más lejos posible de mí. Me muerdo los carrillos, enfadada. Estos últimos días me ha estado evitando; cada vez que nos quedábamos a solas, tenía que irse a hacer cualquier nadería y contestaba a mis mensajes con monosílabos e indiferencia. Lo más probable es que le pase algo conmigo, pero no me apetece preguntarle al respecto.

En el asiento de atrás vamos Takashi, Rose y yo. El japonés va dando indicaciones al ruso de cómo salir de la ciudad en dirección sur, Owen no dice nada y mi amiga y yo aprovechamos para hacernos *selfies* para Snapchat. La gente tiene que enterarse sí o sí de que nos vamos de fin de semana y esa es la manera más directa de llegar tanto a mis conocidos de Bulgaria como a los alumnos de la USK que me tienen agregada. No quiero parecer una aburrida que no sale, así que es muy importante dejar claro que mi vida social es ajetreada. Además, mis amigas de Bulgaria apenas se han molestado en escribirme desde que puse un pie en Londres. Que les den.

Al final, optamos por alquilar un BMW oscuro bastante espacioso, con tapicería de piel y pantallas táctiles en los asientos. Nos daba pereza ir en tren porque no tenía primera clase y tardaba mucho en hacer el trayecto hasta Portsmouth, así que nos decantamos por esta opción. También acordamos salir a primera hora de la mañana…, algo que obviamente no hemos cumplido, porque son las doce y sólo llevamos quince minutos montados en el coche. Ni siquiera hemos salido de Londres: la cantidad de carreteras que se cruzan, con vehículos circulando por ellas sin parar, hacen imposible llegar a tiempo a tu destino si vas con un poco de prisa. Por tanto, preveo que el viaje va a ser algo más largo de lo que esperábamos.

—El cinturón —me recuerda Rose, y yo pongo los ojos en blanco mientras obedezco.

—¡Nunca voy en coche con cinturón! —les informo—. Que sepáis que, si lo hago, es para que no nos pongan una multa.

—Pues eres tonta —suelta Owen.

Todos enmudecemos y yo me quedo boquiabierta. No me puedo creer que haya dicho eso delante de todos; encima, cuando lleva varios días intentando escabullirse de mí sin ningún motivo aparente.

—Pues vale, chico —espeto, intentando sonar todo lo borde posible.

Rose gira la cabeza ligeramente hacia mí y me lanza una sonrisa de aprobación. Me encanta esta chica: es tan natural como yo.

Takashi sigue dándole indicaciones al conductor; lleva así desde que Tyler ha puesto el culo en el asiento del BMW. He descansado tan poco esta noche que podría dormirme aquí mismo si quisiera, pero intento aguantar todo el trayecto despierta para no perderme nada. Aprovechamos para hablar de gente de clase y en algún punto de la conversación surgen Ava y Lily. No sé cómo lo hacen, pero siempre terminan preguntándome por ellas… Parece que mi pasado quiere perseguirme cada día. Me siento interrogada cuando me empiezan a preguntar por qué al principio éramos tan amigas y, unos días después, nos separamos.

—No lo sé, teníamos costumbres distintas.

—¿Costumbres? —se ríe Tyler, fijando la mirada en la carretera—. ¿Como pintaros las uñas de colores distintos, a eso te refieres?

—Sí, precisamente —aseguro, siguiéndole el juego. No sé si lo hago por picar a Owen o no, pero espero que se lo tome como una amenaza de que no me importa tontear con otros chicos.

—Pero fueron ellas las que te dijeron que no querían saber nada más de ti, ¿no?

—¡Qué va! —salto. Aún no me acostumbro a ver a Tyler delante de mí, con el volante en el lado derecho del coche—. Se lo dije yo. Aunque no fue un cambio drástico, sólo les comenté que me iría más con la gente de mi clase.

—Pero ya no has vuelto a quedar con ellas —afirma Rose, a mi lado.

Asiento.

—Ya —digo, dándome cuenta de que todos los ocupantes del vehículo están esperando a que cuente algo más—, es que tampoco han hecho muchos esfuerzos por seguir hablando conmigo. Como van juntitas a todas partes, no necesitan a nadie que les distraiga.

En parte es verdad y en parte no: muchas veces me las he cruzado por la uni o por los pasillos del hotel y nos hemos saludado, aunque también es cierto que otras hemos fingido no vernos. Mantenemos una especie de cordialidad pactada.

—La rubia esa es más rara… —observa Tyler—. Parece que le dé miedo el mundo.

—¿La que le gusta a Connor? —tercia Takashi.

Al conductor le entra un ataque de risa y Owen también sonríe con disimulo. Le da vergüenza admitir que le interesa la conversación casi tanto como al resto de los que van en el coche.

—¿En serio a Connor le gusta esa chica? Dios.

—*C'est la vie* —comenta Rose.

—A ver, pero es que Connor es la persona más rara del planeta —les explico, dirigiéndome principalmente a Tyler—. En teoría, es amigo de Rex Hampton, pero luego él pasa del pobre chico. Yo creo que sólo le habla por pena, igual que a Martha. ¿Sabéis quién es?

—¿La del pelo azul? —pregunta Rose. Me extraña que dude sobre quién es, dado que conoce a mucha gente de todas las carreras. Tiene una habilidad especial para recordar caras y nombres que en ocasiones puede resultar muy útil.

—Sí, ella.

—Esa sí que es tonta —añade Tyler, cambiando de carril mientras Takashi le señala la salida que tiene que tomar a la izquierda.

—¿Por qué dices eso?

Me sorprende que Owen intervenga de pronto para interesarse por Martha.

—Porque la he visto ya varias veces llorando en las escaleras.

Enarco las cejas, incrédula. Esta es una información de la que no estaba enterada.

—¿Qué dices? ¿Y por qué no llora en su habitación? —Rose tampoco parecía conocer ese dato.

—Yo qué sé, tía, es un bicho raro. Se lo estará contagiando Connor —le responde Tyler mientras cogemos un desvío en dirección sur.

—Pues no lo entiendo —insiste mi amiga—; por lo que me han dicho, es ella la que se dedica a acosar y criticar a Ava porque no tiene nada mejor que hacer con su vida.

Eso sí que es raro… ¿Cómo puede saber eso de alguien de quien ni siquiera recordaba el nombre hasta hace unos segundos? Ay, Rose no debe de ser muy lista si quiere hacerse la interesante y luego no se acuerda de lo que dice.

—Dejadlo ya —dice entonces Owen.

Todos nos quedamos en silencio al captar la seriedad de su tono. Miro a Rose, llena de curiosidad.

—¿Y tú por qué la defiendes tanto? —sale a ayudarme mi amiga mientras se retuerce un mechón de pelo detrás de la oreja.

—Porque sé el motivo por el que va llorando a todas partes.

—¿Por? —exclamo, intrigada.

—Se lo pregunté, Meredith, así de sencillo.

—¿Y no se puede contar? —inquiere Takashi. Hasta el japonés, que suele pasar de estas cosas, se nos une.

—Pues no.

—¡Vamos, tío! —insiste Tyler.

Me alegro de que lo haya dicho él; así, Owen le hará caso y nos contará el cotilleo. Siempre le hace un poco la pelota y se pliega a lo que dice el ruso.

—¿Qué más da? ¡No vamos a contarlo! —asegura Rose.

—Vale. Pero que no se entere nadie… Ni ella ni Rex Hampton, ¿de acuerdo?

OWEN

Les cuento toda la historia que me explicó con pelos y señales Martha hace unos días en las escaleras que iban de la segunda a la tercera planta. En ese sitio hablamos de muchas cosas, pero lo que más me impactó fue lo que dijo acerca de cómo era realmente Meredith y por qué se había enrollado conmigo: estaba loca por Rex Hampton y yo sólo era un cebo para atraer su interés hasta llegar al final del camino.

—¿Me estás diciendo en serio que se abalanzó sobre Tom Roy? ¡Uau!

Tyler está tan emocionado con todo lo que les acabo de revelar que hasta da palmadas en el aire, quitando las manos del volante.

—¡Tyler! —le espeta Meredith. Cuanto más me fijo, más razón me parece que tenía Martha cuando decía que era una chica controladora.

—¡Tranqui, ha sido un segundo y la carretera es recta!

Rose se gira hacia mí y me pide más detalles.

—Eso es todo… En resumen, ella se pasa los días llorando porque Rex Hampton le ha retirado la palabra.

—Menuda idiota. Yo paso de tener a gente tan falsa a mi lado —comenta ella con un bufido—. Que no vaya de víctima cuando no deja a Ava tranquila.

—Pues a mí me parece una relación muy tóxica —añado—, la de Martha y Rex.

—¿Y qué ocurrió con él y Tom Roy? —pregunta Takashi mientras echo un vistazo disimulado por el espejo retrovisor.

Meredith está mirando por la ventana con cara de satisfacción. Vale, es obvio que Martha no mentía sobre ella. Ahora que veo cómo es, hasta empieza a desagradarme su físico. Y eso que antes me parecía que estaba muy buena...

—¡Owen! Te están hablando.

—Ah, no sé, salieron corriendo de ahí. Pero, vamos, dice que tampoco fue para tanto; sólo quería darle dos besos a Tom y él exageró echándose atrás. Ya sabéis, la fama a veces te vuelve gilipollas y te hace creerte superior. Supongo que Tom Roy es una muestra más de eso, porque...

El resto se queda en silencio cuando bajo la voz y dejo la frase inacabada. Sé en quién están pensando algunos: Rex.

—¿Cuánto falta? —pregunta Rose al cabo de unos minutos.

—Eeeh..., media hora, más o menos —le responde Takashi.

Después, todos volvemos a callarnos.

LILY

No debería entusiasmarme tanto ir a quedar hoy con Tom, pero no puedo evitar emocionarme cuando pienso que en unas horas lo voy a ver por tercera vez. No sé si es porque me está empezando a gustar o por el hecho de que en esta ocasión hayamos improvisado tanto. Como cualquier día nos iba bien, cuando hemos hablado por e-mail y me ha propuesto quedar esta misma tarde, le he respondido que sí.

Dejo encargado a Connor de cenar con Ava y de hacerle compañía un rato. No es que no me fíe de ella, porque desde el jueves ha evidenciado sus ganas de olvidarse de las comilonas y los vómitos, pero tengo que estar atenta. Diga lo que diga, si la cosa se pone fea, necesitaremos atención médica.

A Connor sólo le cuento que Ava no se encuentra bien, al igual que cuando nos ayudó con el colchón, y le pido que se quede con ella hasta que yo vuelva de cenar por ahí con una amiga. Me siento fatal por mentir, tanto por Ava como por Tom, pero esos secretos no son míos como para compartirlos sin más… y mi amiga me ha pedido expresamente que no le cuente la verdad. Creo que se siente avergonzada.

He quedado a las siete y media con Tom. Me ha propuesto repetir en los jardines de Kensington o bien llevarme a un lugar especial, así que le he pedido que me sorprenda con lo segundo (porque sí, me encantó visitar los jardines, pero ¿cómo iba a rechazar una sorpresa?). En cuanto Connor llega al cuarto, a las siete y veinte, me despido de ambos y salgo a toda prisa. Nada más cerrar la puerta, oigo el sonido de un WhatsApp: es un mensaje de Ava deseándome buena suerte con Chuck Bass. Cuando le envío un montón de emoticonos como respuesta, ya en el ascensor, sonrío y mi reflejo me devuelve la mirada: voy con unos vaqueros negros y un jersey verde. Siempre que estoy nerviosa, me noto más cómoda con ropa sencilla.

He quedado con Tom en el mismo sitio donde nos encontramos por casualidad el otro día. Cuando giro la esquina, ya me está esperando ahí pese a que he bajado cinco minutos antes de lo previsto. Unos chicos pasan por su lado, pero a él no parece preocuparle que lo descubran. No va tan tapado como los últimos días y me inquieta que lo puedan reconocer; es sábado por la noche y, además del grupo que acaba de pasar, la zona está llena de gente paseando o yendo a cenar.

Me indica con la mano que vaya hacia un taxi aparcado en el que ni había reparado. Él me sigue y entra detrás de mí.

—Ya estamos —dice Tom, y el taxista arranca. Después, se vuelve hacia mí y me sonríe—. ¿Qué tal?

No me da dos besos como la última vez, sino uno solo en la mejilla.

—Muy bien, ¿y tú?

—Genial… Aunque tengo una mala noticia para ti.

Abro mucho los ojos. No sé si eso es bueno o malo, teniendo en cuenta lo aficionado que es a tomarme el pelo.

—Espero que no te marees viajando a oscuras.

No me da tiempo a preguntarle de qué habla, porque en ese momento noto cómo me pasa un brazo por detrás y me tapa suavemente los ojos con ambas manos. De pronto, no puedo alegrarme más de no haberme maquillado apenas.

—Lo siento —se disculpa—, es parte del plan. Tú sólo avísame si quieres vomitar, ¿vale? Así me alejo un poco para que no me salpique. —El taxista carraspea, incómodo, pero Tom sigue como si nada, con voz jovial—: Tienes que entrar en un túnel donde pierdas la noción de espacio-tiempo… ¿Podrás?

—Eso espero —contesto.

Con los ojos cerrados se nota muchísimo más el movimiento del coche. Aunque nunca me he mareado en un viaje, me concentro en desear con todas mis fuerzas que esta no sea la primera vez. Durante los siguientes minutos, el taxi frena en varios semáforos, hace muchos giros, atraviesa unos baches… Pierdo la cuenta de las veces que Tom me pregunta si voy bien y yo le contesto que sí.

Al cabo de un rato, el vehículo se detiene y enciende unas luces más potentes en el exterior; lo percibo a través de las manos de Tom.

—Vale. Ahora voy a tener que confiar en ti mientras pago. Ojos cerrados, por favor.

Obedezco y aguanto la tentación de abrirlos. Le oigo pagar, desabrocharme el cinturón, abrir la puerta y, unos segundos después, ayudarme a salir.

—¡Nada de hacer trampa achinando los ojos! —dice mientras me da la mano para que baje a la acera—. Tranquila, no te voy a tirar por un acantilado… Aunque he de reconocer que ese final de cita sería muy inesperado. ¡Es broma!

Me da un vuelco el corazón, no sé si porque ha pronunciado la palabra «cita» o porque salgo del taxi con los ojos cerrados y no tengo ni idea de dónde estamos. El motor ruge y me concentro en lo único que soy capaz de identificar: el sonido del coche al arrancar y cómo se desvanece en la distancia a medida que se aleja. Tom se pone detrás de mí, con las manos nuevamente cubriéndome los ojos.

—¿A qué viene tanto misterio? —pregunto, entre curiosa y suspicaz. Como se esté cachondeando de mí…

—Ya verás; ahora camina hacia delante.

—Oh, no, eso sí que no —replico—. Me voy a tropezar, Tom…

Oigo su risa justo detrás.

—No, hazme caso. Camina unos pasos y te aviso cuando tengas que subir el bordillo.

—Vale —acepto a regañadientes, temerosa por hacer el ridículo estampándome en el suelo.

Siento que ando como un pato, pero hago lo que me indica con un poco de miedo. Subo el escalón del bordillo, doy unos pasos y vuelvo a subir unas escaleras tal y como me ha dicho.

—Ahora espera aquí. Ojos cerrados, ¿eh?

Capto el tintineo de unas… ¿llaves? Sí, sin duda son llaves, porque justo después oigo una puerta abriéndose. Tom vuelve hasta donde me encuentro para caminar a mi lado y, cuando pasamos por la puerta que no puedo ver, la cierra detrás de mí.

—¿Lista? Ya puedes abrirlos.

TOM

Lily abre los ojos y mira hacia el salón: justo en el medio he preparado la mesa para cenar juntos. He movido la de la cocina a la zona central, he puesto un mantel que Finn y yo teníamos casi sin estrenar y la he decorado con unas plantas artificiales que tenía mi compañero en su cuarto; bueno, espero que no se note que son falsas, pero es que a nosotros las verdaderas se nos enmustiarían al tercer día… En la mesa también he colocado unas velas, aunque no las he dejado encendidas al imaginarme la cara de Finn si volviera y el edificio estuviera carbonizado.

—Me encanta —dice Lily—. ¿Es tu casa?

—Sí —contesto, extendiendo los brazos—. Una cosa más: necesito que dejes tu móvil aquí con el mío, por favor. —Señalo el sofá y coloco mi teléfono encima de un cojín. Ella parece sorprendida, así que se lo explico—: Es por la localización, ya sabes… Finn me mataría.

—¿Cómo?

—Bueno, sería tan fácil como que abrieras Google Maps y vieras dónde estamos… No puedo hacer eso por ahora.

—Ah, claro; ten. —Lo saca de su bolso y me lo tiende.

Espero que no le haya molestado ni que me esté tomando por un controlador, pero es que no sería justo para Finn que me arriesgara a exponer dónde vivimos... No sólo porque ante el menor problema tendríamos que volver a mudarnos, sino porque ambos habíamos acordado no traer a ninguna pareja a no ser que fuera una seria. De hecho, él nunca se ha venido con Nate.

En parte, me siento culpable por estar incumpliendo esa norma... Pero es que últimamente no me dirige la palabra e incluso da la impresión de que le molesta mi presencia. ¿Qué quiere que haga, entonces, si me regaña cuando salgo solo por la calle y luego me deja aquí tirado sin ni siquiera despedirse?

Pero lo que más me inquieta es que Finn no ha subido vídeo. Puede parecer una tontería, pero nunca había pasado una semana sin que dejara uno preparado, y el hecho de que no se haya molestado en hacerlo tiene que significar algo... Y, conociéndolo, algo malo. Sin embargo, le he escrito varios mensajes y los ha ignorado. Ya no sé qué más hacer para hablar con él... Si estoy seguro de que no se ha largado a Edimburgo para instalarse allí, es sólo porque ha dejado bastantes cosas a las que tiene aprecio.

—Si necesitas utilizarlo, dímelo —farfullo, repentinamente agobiado—. En serio, no quiero que pienses que lo hago por otro motivo. Es que...

—Tom —me interrumpe—, lo entiendo, no te preocupes. Sé que no es fácil.

—No, la verdad...

—¿Has preparado tú todo esto? —inquiere, cambiando de tema y acercándose a la mesa que hay en el centro del salón.

Haberla colocado ahí hace que parezca mucho más grande de lo que es. Nuestra casa tiene una disposición un poco distinta a las otras en las que he vivido: en la planta baja hay una cocina de estilo americano, totalmente abierta, y el salón sólo se compone de dos sofás, una televisión y un par de mesas. Una es la grande que utilizamos para trabajar porque está un poco apartada de la zona de descanso, justo al lado de las escaleras que llevan al piso de arriba. La otra es una más pequeña situada justo entre el televisor y los sofás, y es el sitio donde solemos desayunar, comer y cenar.

—Sí —respondo—. Y aún tengo otra sorpresa para ti.

Ella me mira con curiosidad y le doy la mano para que me acompañe a la cocina.

—He pensado que, ya que te gusta tanto el Taco Bell, podíamos hacer tacos. Pero esta vez caseros, ¿eh?, nada de comida grasienta —afirmo con mi voz más solemne, y Lily hace una exagerada mueca de dolor por la crítica—. He comprado un montón de ingredientes y he visto todos los tutoriales que existen en YouTube. ¿Te animas?

—¡Sí! Pero no es que yo sea muy hábil en lo de cocinar…

—Ni yo. —Carraspeo; de hecho, esta es la primera vez que intento hacer algo mexicano—. Espero que no montemos aquí una buena… Mientras no incendiemos la casa, todo en orden. —Miro a Lily de reojo mientras saco los ingredientes para asegurarme de que le ha gustado la idea y la veo sonreír con entusiasmo—. ¿Quieres poner música? —le propongo, señalando con la cabeza el portátil que hay en una de las encimeras.

—¡Sí! ¿Puedo? —Lo mira, dubitativa, y me entra la risa por su cautela. Introduzco la contraseña, se lo paso y abro la nevera para empezar a sacar los pimientos.

—Bueno, ¿cuál va a ser nuestra banda sonora? ¿Flamenco? —bromeo, y se lanza hacia mí de golpe para darme un puñetazo en el hombro—. ¿Qué pasa? —Me río, apartándole el brazo.

—¡Odio que digan eso! En serio, España no es sólo toreros, flamenco, paella y fiesta; hay muchas cosas más, que lo sepas, porque…

La dejo hablar y quejarse de los tópicos que se atribuyen a los españoles. Me encanta verla enfadada porque, por mucho que intente ponerse seria, sus hoyuelos hacen que siga resultando adorable. Me encanta el pequeño lunar que tiene bajo el ojo derecho. Continúa soltando una diatriba sobre las generalizaciones de su país y yo asiento muy serio, como si la escuchara con absoluta atención. Al final, murmura algo sobre que detesta los toros.

—Vale, vale, lo pillo: hay otras profesiones además de la de torero —le pincho en cuanto termina.

Ella abre Spotify y empieza a buscar canciones, ignorándome y resoplando. Escribe algo que no alcanzo a ver desde aquí y comienza a sonar «Wildest Dreams» de Taylor Swift, sólo que es una *cover*. Identifico la voz al instante: conozco a la chica que hace estas versiones, he coincidido con ella un par de veces en eventos de marcas.

—Si quieres, puedo hacer lo mismo contigo, ¿sabes? —dice Lily.

—¿Ah, sí? —la reto, expectante.

Me giro hacia ella y alzo una ceja para que me informe de qué imagen proyectamos los ingleses en el exterior, aunque me la puedo imaginar.

—¡Pues sí! —insiste ella—. En vuestro país siempre está lloviendo, no os interesa aprender otros idiomas porque sois los reyes del mambo y no necesitáis nada más para comunicaros, sois desagradables, tomáis té por postureo, madrugáis mucho, tenéis mala dentadura, invadís las costas españolas en agosto, no…

—Vale, vale —la interrumpo, y finjo quedarme pensativo—. He de decir que, exceptuando lo de vivir en un sitio donde llueve, de eso sólo cumplo… Vaya, ¡no cumplo ninguno! Qué decepción, me van a retirar la nacionalidad británica.

Me saca la lengua y echa un vistazo a todos los ingredientes que he ido dejando en la mesa mientras hablábamos de los tópicos.

—¿Y me vas a contar algún día por qué siendo española tienes un nombre tan poco español?

—Hmmm… Ya veremos. Si consigues que me guste más esta comida que la de Taco Bell, quizá te diga la verdad.

Me río y pongo en el ordenador uno de los tutoriales que he visto y se lo enseño, bajando el volumen de la música para escucharlo bien.

—Mira, este es el que más me ha convencido. Échale un vistazo y, si te gusta, seguimos esta receta; no parece muy elaborada.

Ella lo ve de principio a fin y toma nota de las cantidades y el tiempo de cocción. Después, pasamos casi media hora preparándolo todo, desde cortar los pimientos y la carne hasta freírlos en la sartén. Para mi horror, descubro que el picante me hace estornudar: cada vez que lo huelo, empieza a hormiguearme la nariz y no se me pasa hasta que estornudo varias veces.

—No serás alérgico, ¿verdad?

—No lo sé, nunca lo he probado —admito.

Nos miramos y nos reímos por lo absurda que es la situación.

—¿Nunca has probado el picante? —exclama—. Imposible, ¡me estás engañando! No me lo puedo creer.

—Oye, estás hiriendo mis sentimientos burritiles —me quejo.

—¿Burritiles?

—Sí, de burritos.

Lily pone los ojos en blanco y se muerde el labio.

—No vamos a hacer burritos, sino fajitas —me explica.

—¿No son lo mismo?

—¡No! Dios, Tom, voy a tener que darte una miniclase. —Frunce el ceño, me mira y se limita a añadir, circunspecta—: Los ingleses sois muy raros.

La canción de Spotify da paso a una versión de «Your Song», de Elton John, y ambos nos concentramos en los fogones.

Cocinamos durante un rato mientras comentamos el referéndum sobre la salida del Reino Unido de la Unión Europea; yo me encargo de cortar todos los ingredientes y ella los fríe con un poco de aceite en la sartén. Caliento las tortitas que he comprado y le digo que se siente cuando dejo todo en la mesa.

—¿Qué quieres beber? ¿Vino?

—Agua, gracias —dice ella.

—¿Seguro? También hay Coca-Cola, Fanta…

—No, agua está bien. En realidad, no me van mucho los refrescos.

—Ah, y luego el rarito soy yo —le digo, guiñándole el ojo desde la cocina.

La música sigue sonando de fondo con una canción que no reconozco, pero me gusta. Lily sirve la comida y, entretanto, enciendo una vela con un mechero. Después me preparo la primera fajita y, una vez doblada, la miro con recelo.

—Si el picante me da alergia y empiezo a ahogarme, diré que fue todo culpa tuya.

—¿Perdona? —se ríe, dando el primer bocado.

Espero a ver cómo reacciona. Si se pone a sacar la lengua y hacer aspavientos, es una señal inequívoca de que no debo probarlas por nada del mundo. Por suerte, su cara no es de pánico.

—¡Está riquísima!

—¿En serio? —La imito con cierto reparo al principio y la verdad es que tiene razón, aunque pica un poco. Hmmmm.

Lily ve mi cara al probar el picante y se echa a reír.

—¡Eres un exagerado! No pica tanto; es más, está bastante suave.

—Bueno, por esta vez lo paso —admito—. Tendré que acostumbrar el estómago... No quiero ni imaginarme a qué sabrán las fajitas del Taco Bell. Eso ya es otro nivel.

—Pues, de hecho, estas se parecen bastante —afirma Lily.

—Entonces, ¿he ganado? ¿Son mejores que las del sitio ese? ¿Me vas a contar por qué te llamaron tus padres Lilian? —pregunto, entusiasmado porque le han gustado y por saber qué es eso tan curioso que no quiere revelar.

Ella tuerce la boca, dudosa, y yo sonrío maliciosamente.

—No lo sé. Te veo capaz de estar burlándote de mí toda tu vida...

—Por supuesto. Es más, haré un vídeo sobre eso para que se entere todo el mundo.

Suspicaz, Lily da otro bocado a la fajita y yo la imito. Esta vez pica menos... Igual el picante se ha concentrado en algunas zonas y ahora ha decidido darme un descanso.

—Vale, pero si te ríes, te mato —me amenaza.

—Intentaré no hacerlo.

—Bueno... —Deja de comer y frunce el ceño—. Resulta que a mi padre le gusta mucho la historia y a mi madre, la moda... Y el caso es que, resumiendo, los dos admiraban al mismo personaje, cada uno por un motivo distinto. Les hizo gracia y decidieron que, cuando tuvieran una hija, la llamarían así. Ya sabes, porque esa mujer en cuestión vestía siempre con mucha elegancia y, además, formaba parte de la realeza.

Termina de contarlo y se queda en silencio, a la espera de mi reacción.

—¿Eso es todo? —comento—. Qué aburrido, me esperaba algo jugoso... Pero, a ver, que no me estoy enterando de lo esencial —insisto, llevándome un vaso a la boca para quitarme el sabor del picante que acabo de tomar—: ¿cómo se llamaba la mujer? Aparte de Lilian.

—Lilian de Suecia.

Me atraganto con el agua y empiezo a reírme a carcajadas.

—¡Lo sabía! —me acusa, poniéndose de pie e intentando aguantar también la risa por la situación—. Sabía que en cuanto lo dijera...

—Es demasiado friki, en serio. ¿Estás segura de que era de la realeza?

—Sí, y eso que estuvo divorciada. También tuvo un marido que participó en una película de Disney. No sé, búscalo en la Wikipedia, ¡ya que te hace tanta gracia!

—No lo dudes: eso es justo lo que voy a hacer esta noche antes de irme a dormir.

CONNOR

Antes de marcharse, Lily me explica que nos ha encargado comida para que cenemos. No sabía que se podía hacer eso desde el hotel... Como aquí no hay cocina, sólo un restaurante que no me puedo permitir, siempre tengo que recurrir a sándwiches porque en Londres hasta lo más básico es caro. Al menos, para mí. Buf, mis amigos de California alucinarían si vieran el nivel de vida de mis compañeros actuales; si en mi grupo de allí nos íbamos a echar unas canastas o a bañarnos para pasar el rato, los de aquí son más de limusinas y fiestas esnobs.

En la bolsa que nos llega hay dos hamburguesas pequeñas y un par de perritos calientes con cebolla. Ava abre la segunda bolsa que ha traído el repartidor y saca unas patatas fritas gigantes con varias bolsitas de kétchup.

Acerco la silla que está al otro lado de la habitación y la pongo al lado de la giratoria que acompaña al escritorio. Así podremos comer tranquilos sin preocuparnos por manchar las dos camas improvisadas.

—¿Qué tal la semana? Casi no te he visto... —Intento entablar algo de conversación; hasta ahora hemos estado bastante callados.

—Sí, bueno... —murmura ella, mirando la comida con aire vacilante—. He estado enferma.

—¿Del estómago? ¿Por eso tienes que comer? Me ha dicho Lily que estabas débil por eso.

—Sí, ha debido de ser algún... virus. —Baja la cabeza y da un primer mordisco a la mini hamburguesa.

Asiento y hago lo mismo, pero empezando con el perrito caliente.

—Sabes que, si te pasa cualquier cosa, puedes confiar en mí, ¿verdad? —le recuerdo.

—¿A qué te refieres? —Me mira perpleja—. Es decir... Sólo he estado mal unos días, nada más. No hace falta que te preocupes, de verdad.

Tengo la impresión de que mide todas sus palabras, cosa que me molesta porque sé que lo que quiere es ocultarme lo que le inquieta.

—Ya sabes que no estoy hablando de eso —insisto, y Ava me mira con cara de pánico—. Me refiero a Martha.

—¿Qué?

Su expresión pasa de miedo a curiosidad. Definitivamente, esa reacción no era la que me esperaba, aunque no sé si está fingiendo o si de verdad no me ha entendido.

—No tienes por qué ocultármelo. Me lo contó Rex el otro día. Mira, no tienes que aguantar que se meta contigo, ella...

—No se mete conmigo —responde de manera mecánica.

—¿No?

No me gusta presionarle para que hable, pero no quiero que Martha se esté aprovechando de ella y criticándola por el mero hecho de ser tímida. No es que la amenace o la insulte directamente, pero, cuando se encuentra cerca, alza la voz y deja caer comentarios sobre su pelo, su ropa y su forma de ser.

—Si te molesta, puedo hablar con ella; Rex me dijo que está todo el día lanzándote miradas y soltándote comentarios poco adecuados sobre…

—Me da igual —me interrumpe, intranquila—. Gracias, de verdad, pero me da igual. No me molestan sus comentarios, prefiero omitirlos.

Me quedo en silencio, sorprendido por su respuesta impertérrita. Como no sé qué decir, me fuerzo a dar otro bocado.

—No es para tanto —reitera.

—Vale —respondo despacio.

Panda se revuelve por su jaula y Ava se gira hacia él. Comemos sin volver a tocar el tema y, tras un silencio tenso, me pregunta si quiero que pongamos la televisión. Asiento y nos pasamos el resto del tiempo viendo un programa de reformas espectaculares de casas viejas.

No sé qué pensar, la verdad. Algunos días parece que Ava se interesa por mí; otros, no me hace ni caso… La miro, aprovechando que está distraída con *Panda*. Después de ver su reacción sobre el tema de Martha y sabiendo que está enferma, no la quiero atosigar, pero…

No sé, a menudo pienso que ojalá pudiéramos hablar con franqueza. Sin embargo, no sé si ese deseo es unilateral; por más que intente comprender a Ava, ella se rodea de silencios que no parece dispuesta a abandonar.

MEREDITH

Que le den a Owen. No, de verdad: ya no quiero saber nada más de él.

Es domingo por la mañana. Exactamente, las seis y media. El sol ya se insinúa a través de las ventanas, pero en casa del primo de Takashi todo el mundo sigue durmiendo. Anoche salimos de fiesta por Portsmouth, pero no había nada interesante que hacer, sólo ver a Rose tonteando con el chico Abercrombie... Sí, exacto, Owen; el mismo Owen con el que me enrollé hace una semana o así, que ahora pasa de mí y se dedica a lanzarme miradas de odio y a evitar que nos quedemos a solas.

Ya lo he decidido: no quiero saber nada más de él. A partir de ahora, cada uno a sus cosas. Si ya de por sí estaba mosqueada porque pasaba de mí, ayer la gota que colmó el vaso fue descubrir en plena noche, cuando me levanté para ir al baño, que Rose no estaba durmiendo en la misma habitación que Takashi, su primo y yo, sino que se había ido a la otra, donde estaban Tyler y Owen. No tuve que pensar mucho para adivinar con quién me la encontraría, tras haber estado echando miraditas al chico que me gustaba.

Me paso la mano por el pelo, nerviosa, y por primera vez echo de menos mi casa. ¿Por qué las cosas son tan distintas de lo que me esperaba? ¿Por qué la gente va a su rollo, haciendo como si yo no existiera? Ya me había ocurrido en alguna ocasión, durante mi estancia en Londres, que dos personas hablaran delante de mí en otro idioma, como si yo no existiera.

Pensé que no había nada que me pudiera fastidiar más que eso, pero me equivocaba: ser una más del grupo, alguien irrelevante, no figuraba en mis planes.

AVA

—Ava. ¿Ava?

Una voz se abre paso en mi sueño, como a lo lejos, y me revuelvo en la cama. Abro los ojos y, cuando veo una mata pelirroja delante de mí, parpadeo confusa.

—¿Estás bien?

Reconozco la cara de Lily y me esfuerzo por acostumbrarme a la luz. Me incorporo y miro a mi alrededor. Junto a ella se encuentra Connor, que me observa con aspecto preocupado.

—Sí… —murmuro, aún medio dormida.

—Vale, qué alivio —dice él—, porque había empezado a ponerme nervioso.

Agacho la cabeza y estiro las piernas debajo de las sábanas. No sé cuántas horas habré dormido, pero sigo agotada, como si toda la angustia que he estado acarreando me hubiera absorbido la energía.

—¿Qué pasa? —pregunto en medio de un bostezo, aunque más bien suena a un murmullo sin sentido.

—Creía que te pasaba algo porque no despertabas.

—¿Ves como habías exagerado? —le dice Lily a Connor—. Sólo estaba descansando.

—¿Qué hora es? —intervengo, y Connor se fija en su reloj.

—Las tres de la tarde. —Me echa un vistazo rápido y se dirige a ella—: Oye, Lily, tendría que hacer un trabajo para clase…

—Sí, no te preocupes —le ataja ella, sonriendo—; ya me encargo yo. Gracias por avisarme.

Él asiente, me dedica una última mirada y se va, dejándonos solas en la habitación.

—¿A qué ha venido eso? —murmuro entonces.

—Nada, es que anoche le expliqué a Connor que te encontrabas mal y esta mañana se ha mosqueado al ver que no respondías a sus mensajes…

—¿Me dormí cuando estaba él…?

—Sí. —Se encoge de hombros—. Por lo visto, te dormiste después de cenar y se quedó contigo hasta que llegué.

De pronto, se me despeja la mente y decido centrarme en otro asunto menos embarazoso: la cita de Lily con Tom Roy.

—¿Qué tal anoche? —pregunto, intentando transmitir entusiasmo, pero fracasando por el bostezo que se me escapa.

—Luego te cuento, anda. Vístete, que nos vamos a dar una vuelta y a comer fuera. ¡Es domingo!

—Hmmm… —me estiro soñolienta, apurando los últimos segundos antes de ponerme en pie.

—¿Quieres ir a Camden o a Portobello?

—Hmmmmmmm…

—Interesante elección —comenta, y me tira de las sábanas.

A regañadientes, voy a darme una ducha rápida para despejarme y me pongo lo primero que encuentro. Luego nos decantamos por la zona de Notting Hill: está a sólo tres paradas en metro, a diferencia de la media hora que tardaríamos en llegar a Camden. Por otro lado, tengo muchas ganas de ver las casas de colores y los puestos. Como estos días ha llovido tanto, no he podido callejear apenas... Aunque al menos he aprovechado para visitar la National Gallery.

Nos ponemos en marcha y cuando, un cuarto de hora después, nos bajamos en la estación de Notting Hill Gate, la luz del sol nos baña entre las pocas nubes, blancas y esponjosas, que hay desperdigadas por el cielo. Hasta me quito la chaqueta y voy en manga corta el resto del recorrido.

Tras dudar unos minutos, despistadas, seguimos a un grupo de extranjeros hasta que la calle se ensancha y atisbamos lo que estábamos esperando. Agarro a Lily con emoción al ver que un par de pasos de cebra nos separan de una abarrotada calle con casas de muchas tonalidades. Cruzamos cuando no pasa ningún coche y nos adentramos en la que, en cuestión de segundos, puede haberse convertido en mi parte favorita de la ciudad.

Hay una multitud deambulando en todas las direcciones, comprando en puestos de antigüedades y de artesanía. De algún lugar proviene una música en vivo que no logro identificar, pero me inyecta adrenalina en medio de esta explosión de tonos vivos: el azul precede al amarillo, seguido de diversos rosas y verdes pastel. Cada casa cuenta con tres plantas: la baja, donde hay un comercio o un café; la primera, con un pequeño balcón de barrotes negros, y la superior.

Lily se detiene en un puesto de libros mientras yo saco mi móvil para fotografiar lo que me rodea. Necesito congelar este momento.

Encuentro mi casa favorita a los pocos metros: está pintada de color verde menta y en la planta inferior hay una tienda llamada The Portobello Antique Store.

—¿Qué has comprado? —le pregunto a Lily cuando la veo acercarse con una bolsa.

—Oh, esto.

La abre y saca una edición un tanto gastada por las esquinas con las tapas de tela.

—Vaya, *La guerra de los mundos*… ¡Qué sorpresa!

—Ya me conoces. —Me guiña el ojo—. Y mira lo que me han regalado.

Me tiende dos postales similares de Portobello Road. En la foto se aprecian todas las casitas de colores.

—¡Qué bonitas!

—¿Quieres una? —me ofrece—. La otra se la voy a mandar a mi abuela. Cuando era pequeña, siempre veía con ella *La bruja novata*. Nos encantaba la escena de Portobello; la pusimos tantas veces que la cinta VHS ya hacía ruido, pero seguíamos viéndola.

Sólo me da tiempo a sonreír con ganas antes de que me ruja el estómago y me ruborice. Hoy no he desayunado al salir… y me angustia tener tanta hambre porque siempre me doy entonces los atracones.

—Justo te iba a decir ahora de ir a comer —comenta Lily mientras vuelve a guardar el libro en la bolsa y echa una ojeada en derredor, protegiéndose los ojos del sol con la mano a modo de visera—. ¿Qué te apetece?

—No sé… ¿*Sunday lunch*? No sé si me gustará, pero ¡llevamos aquí un mes y aún no lo hemos probado!

—¡Genial! Vamos a buscar un pub.

Nuestra búsqueda fracasa durante los primeros diez minutos, porque la mayoría han cerrado la cocina o ya no sirven comidas. Sin embargo, cuando estamos a punto de perder la esperanza, encontramos uno donde nos lo pueden servir aunque sea casi la hora de merendar. Nos sentamos a una mesa que da a la calle y pedimos rápido. El lugar es acogedor: una tenue luz ilumina los muebles de madera y de fondo llegan conversaciones y risas amortiguadas.

Cuando Lily se levanta para ir al baño, desbloqueo el móvil y descubro dos llamadas perdidas… Son de Gina.

Aprovecho que estoy sola para llamarla y, antes de que suene el segundo tono, descuelga el teléfono.

—¿Ava? ¡Por fin! —exclama en danés.

—Hola —digo, agobiada por no saber qué reacción esperar. En las últimas dos semanas apenas hemos chateado.

—¡No hay manera de dar contigo! ¿Qué tal? ¿Cómo te va por Londres?

—Bueno, ya sabes, al principio un poco agobiante, pero ahora mejor —respondo mientras me muerdo las uñas—. ¿Y tú qué…?

—Genial —se apresura a interrumpirme—. ¿Por qué no me has escrito?

Ni siquiera me molesto en buscar una excusa:

—No lo sé… He estado un poco desconectada de todo, supongo.

—Ya, ya lo he visto. —Hace una pausa y entonces añade—: En fin, ¡tengo buenas noticias! Por eso te llamo. He encontrado un vuelo baratísimo para el finde que viene, ¡así que lo he cogido! Ya tengo hotel también, de modo que… ¡¡¡nos vemos en seis días!!!

Me separo el móvil de la oreja y trago saliva.

—¿En serio? —contesto, tratando de disimular mis pocas ganas—. Genial, pues ya me dirás cuándo llegas y hasta cuándo te quedas.

—¡De viernes a domingo! Estaré un poco más al norte de tu hotel; he encontrado un cuatro estrellas que tiene buena pinta.

—Genial, sí…

—No me enrollo más porque las llamadas internacionales son caras, pero ¡nos vemos en nada! Tenemos que hacer una sesión de Skype en cuanto vengan a casa a arreglar el router. Resérvame ese finde, ¿eh?

—¡Sí! —exclamo, simulando ilusión—. ¡Adiós!

Me despego el teléfono del oído como si quemara y lo bloqueo. No me puedo creer que Gina vaya a venir aquí y lo haya organizado todo sin avisarme. Ya es casualidad recibir esta llamada justo cuando estoy atravesando una de mis peores rachas…

—¿Quién era, tus padres? —inquiere Lily, y se sienta.

—Ah, nadie. Mi hermana. Va a venir a visitarme el próximo fin de semana.

OWEN

En el camino de vuelta, nos sentamos igual que a la ida, a excepción de Meredith. Esta mañana hemos encontrado una nota en la mesa del salón donde, con una letra más desordenada que la que recordaba, nos informaba de que había cogido el tren de las nueve en dirección a Londres porque tenía algo importante que hacer que había olvidado. Para cuando hemos visto la nota, ya eran las dos y no había nada que pudiéramos hacer. Mosqueados, recogemos nuestras cosas para comer y salir hacia el Ellesmere sobre las cinco de la tarde, aunque al final nos retrasamos hasta las siete.

En el viaje de regreso, el sol se acerca a la línea del horizonte y la luz cada vez es más anaranjada. Mientras Tyler conduce, Takashi vuelve a hacer de copiloto. Rose se sienta conmigo en la parte de atrás, le doy la mano entre nuestras piernas y le guiño el ojo cuando noto que me está mirando. Espero que Meredith no se haya enterado de lo que pasó anoche y su inesperada partida no esté relacionada... Aunque lo dudo, porque eran las tantas y ni siquiera Tyler, que estaba en el mismo cuarto, nos oyó hacerlo. Todavía tengo en mente todas las cosas que Martha me dijo sobre ella y no quiero ganarme su rencor, sólo mantenerme alejado.

A nuestra derecha, dejamos atrás una ciudad que no reconozco y apoyo la cabeza en el respaldo para dormir. Cierro los ojos durante unos segundos y, de repente, cuando estoy empezando a dejarme llevar por la somnolencia, el coche empieza a moverse de lado a lado.

—¿Qué pasa? —oigo chillar a Takashi, y automáticamente me despejo.

—¡No lo sé! —brama Tyler con los nudillos tensos sobre el volante, intentando controlarlo.

Rose suelta un grito de pánico.

—¡Tienes que parar! —dice el japonés—. Date prisa, marca a la izquierda y sal por ese desvío antes de que se nos pase.

Tyler obedece, reduciendo la velocidad todo lo que puede. El coche sigue dando tumbos y, por un momento, me da miedo que Tyler pierda el control y nos salgamos de la carretera. Rose nos mira a él y a mí intermitentemente como en busca de respuestas.

Conseguimos entrar a tiempo en el desvío y paramos en el arcén, en mitad de una rotonda por la que hay bastante tráfico, pero el único sitio donde podemos detenernos sin peligro. Tyler frena de golpe y apaga el motor. Me quito el cinturón y abro la puerta para ver qué ha ocurrido. Él mueve la palanca para levantar el capó y examinar el motor en busca de algún indicio de lo que ha podido pasar. No sé qué van a decir los que nos lo han alquilado como nos lo hayamos cargado…

Tyler echa un vistazo y Rose, a su lado, comprueba el aceite.

—No veo nada raro. No sé qué ha ocurrido, pero no me atrevo a conducir en estas condiciones —dice él—. Hemos tenido suerte de que haya logrado controlar el volante… No quiero ni imaginarme lo que habría pasado si no hubiera podido.

Takashi traga saliva, asustado por esa reflexión.

—No habremos pinchado, ¿no? —pregunta entonces Rose, mirando las ruedas delanteras y dirigiéndose a la parte posterior del coche—. ¡Sí! ¡Es esta de aquí!

Nos acercamos hacia la rueda trasera derecha: está deshinchada y totalmente aplastada por abajo.

LILY

—Entonces, ¿no pasó nada más? —inquiere Ava tras escucharme con atención.

—No, nada. Cenamos y luego me propuso quedarme a ver una película, pero se nos iba a hacer muy tarde y le dije que mejor me volvía a casa. Bueno, al hotel.

En realidad, me moría de ganas de quedarme ahí hasta las tantas, aunque sabía que me sentiría mal por Ava. No podía dejar a Connor pendiente de ella pasadas las doce y decidí regresar antes.

Tom pidió un taxi y me acompañó hasta la entrada, donde me bajé y lo contemplé alejarse en el mismo vehículo. Había apagado el móvil en su casa, así que lo volví a encender mientras subía las escaleras que llevaban a la recepción. Al mismo tiempo, me pareció ver aparcada enfrente una limusina como la de Oliver. Ojalá me hubiera fijado mejor en su momento, porque ahora estoy dudando sobre si sería la suya y nos vio juntos en el taxi. O si, directamente, me estoy volviendo una paranoica. Como si no hubiera limusinas negras en Londres…

—¿Lo pasasteis bien? —me dice Ava, sacándome de mis pensamientos sobre mi exnovio.

—Sí, genial. —Sonrío y me ruborizo al verbalizar mi siguiente pensamiento—: Creía que después de la cena, él... Bueno, ya sabes, estábamos solos en su casa. Pero en ningún momento dijo nada.

—¿Tampoco os besasteis?

—No. —Noto que me pongo roja y carraspeo—. Pero supongo que volveremos a quedar, así que...

Ava suelta una risita nerviosa.

—Os habéis visto ya dos veces, ¿no?

—Ajá... O tres, si contamos el encuentro fortuito del otro día. Hemos quedado este jueves porque como a partir de ahora ya no tenemos clase los viernes... Así que supongo que volveré a su casa.

—Y te gusta —dice. Ni siquiera es una pregunta.

—Sí, bueno...

Noto cómo se me vuelven a encender las mejillas. Ava se da cuenta y sonríe mientras da un trago a su botellín de agua. Tras haber probado, hace ya unas horas, el *Sunday lunch*, ambas estamos tan llenas que nos hemos quedado en el pub para reposar. Las dos habíamos elegido carne de cerdo para acompañar a las patatas, *Yorkshire pudding* y verduras troceadas con salsa gravy.

—En fin, dejemos de hablar de mí. ¿Cuándo va a venir tu hermana?

—El fin de semana que viene, de viernes a domingo. Supongo que me quedaré a dormir con ella en su hotel.

La miro, analizando la situación.

—Vale, pero... ¿ella sabe...?

—Claro... Es mi hermana, sabe que fui a sesiones con un especialista y todo —contesta mientras un grupo de gente entra en el pub con bastante jaleo.

Miro hacia la puerta y vuelvo a concentrarme en nuestra conversación. Por supuesto que su hermana está al corriente de lo que le pasaba… o pasa. Vaya pregunta más estúpida.

—Es verdad. Perdona.

—Tranquila, no te preocupes por eso. Ella ya lo sabe. Y, por cierto…, no te he dicho nada, pero gracias por todo lo que has hecho por mí estos días. Lo digo en serio. —Esboza una leve sonrisa—. Hay algo más de lo que me gustaría hablar —añade sin darme tiempo a responderle—. ¿Crees que Connor…? No sé. ¿Crees que le gusto?

Por cosas como esta Ava me despierta tanta ternura.

—Bueno…, no me ha comentado nada al respecto. ¿Quieres que intente tantearle cuando lo vea, disimuladamente?

Ella vuelve a sonreír, ahora con timidez.

—Hmmm, no sé. Es que no estoy segura de… Bueno, me encuentro en una situación un poco complicada.

—No te preocupes, seré sutil. La próxima vez que lo vea, procuraré indagar.

—Gracias. Te debo muchas —dice con un suspiro mientras se recoge el pelo en una coleta a un lado.

—Para eso estoy. —Le guiño el ojo.

Hablamos de temas aleatorios sobre las clases, los deberes que nos han mandado y, por supuesto, sobre Tom Roy. O Chuck Bass, cuando estamos en público. Creo que Ava está más emocionada por el hecho de que estemos quedando que yo misma, como si estuviera siguiendo una serie televisiva.

—¿Y te has visto ya sus vídeos? —insiste con un entusiasmo infantil después de que el camarero nos traiga la cuenta.

—¿Debería? No sé, me incomoda un poco la idea de verlo desde esa perspectiva, como a alguien famoso…

—Ya… Bueno, pero te podías informar mínimamente sobre él… Para que vea que te interesa conocerlo, ¿no?

De pronto, me doy cuenta de que Ava tiene razón: no sé casi nada de la vida de Tom. Las veces que hemos estado juntos no hemos hablado gran cosa de nosotros. Igual si viera alguno de sus vídeos…

Aun así, ¿se puede conocer realmente a alguien a través de una cámara? Supongo que, haga lo que haga, deberíamos tener una conversación más personal…

MEREDITH

Me entero del desastroso viaje de vuelta de mis «amigos» gracias a *cierta* chica de pelo azul que le cuenta el cotilleo a *cierto* amigo suyo con un horrible tatuaje en el cuello. Ambos están en la puerta del Ellesmere, fumando. ¿Por qué lo sabrá ella y yo no?

Él asiente a las explicaciones de su amiga, poco interesado en lo que le cuenta. Es muy triste tener que enterarme por ella, pero por lo menos me puedo reír de mis compañeros por haber pinchado una rueda y haber permanecido durante horas tirados en mitad de la carretera. Ah, el karma.

Martha tira la colilla, Rex la pisotea con la suya y luego suben juntos las escaleras del hotel. Yo permanezco sentada en una esquina, sola y haciendo esfuerzos por no llorar.

Supongo que no ha sido una buena idea tomarme dos gin-tonics cargados para olvidar el mal trago de la noche anterior.

OLIVER

El miércoles por la mañana me despierta el rugido de un trueno al otro lado de la ventana. La lluvia azota las calles abarrotadas de paraguas. Unos segundos después, un rayo atraviesa el cielo encapotado y vuelve a dar paso al trueno. La tormenta debe de estar justo encima de la ciudad, dada la rapidez con la que se siguen.

Me doy la vuelta en la cama, cansado. Son las ocho y ya me ha desvelado el puto ruido. Me levanto y voy a la ducha para despejarme un poco; hoy va a ser una jornada larga. Los miércoles son el único día de la semana que tengo que ir a trabajar mañana y tarde, órdenes expresas de mi padre, así que desayuno algo rápido y me pongo mi traje gris. La alarma del móvil suena unos minutos después: aún me sobra bastante tiempo. De todas formas, seguro que Matthew ya me está esperando abajo; siempre es demasiado puntual.

Cierro la puerta de mi apartamento con llave y bajo a la calle en silencio. Los días de lluvia suele haber muchísimo tráfico y, entre unas cosas y otras, acabaré llegando a la misma hora que si no hubiera madrugado.

En efecto, cuando salgo del portal, mi chófer ya se encuentra ahí, con los limpiaparabrisas moviéndose de lado a lado sobre la luna de la limusina y las luces intermitentes activadas. Camino rápido, doy tres golpes y Matthew pulsa desde dentro el botón de desbloqueo para que pueda pasar.

—Buenos días, señor.

—Buenos días.

—Hoy ha madrugado.

—Hoy está especialmente hablador —respondo.

Él pilla la indirecta y no vuelve a abrir la boca en todo el trayecto.

—Siete y media —le digo a modo de despedida.

Fuera sigue lloviendo, así que salgo lo más rápido posible y cruzo la puerta giratoria para acceder al edificio. Aguardo unos minutos abajo para limpiarme las gotas de agua que me han caído en el traje los pocos segundos que he estado expuesto a la tormenta. A mi padre le ponen muy nervioso estos detalles, de modo que intento evitarlos siempre que puedo. No merece la pena cabrearlo por estupideces.

Hago un poco de tiempo mientras veo pasar a varios trabajadores de la empresa; todos ellos me saludan y me sonríen, cosa que hoy me pone de mal humor. Me agrada que me respeten como es debido por ser el hijo del jefe, pero tampoco es necesario que me sonrían como si fuéramos amigos. Cuando entro en el ascensor con dos hombres que trabajan en la misma planta que yo, me saludan y, al contestarles fríamente, enmudecen el resto del trayecto. Salgo antes que ellos y camino directo al despacho de mi padre.

Atravieso el pasillo y voy a empujar la puerta medio abierta cuando capto una voz en el interior y permanezco inmóvil, a la espera de que el invitado de mi padre salga para pasar. Sin embargo, enseguida percibo que está hablando por teléfono.

—Sí, llegará en unos quince minutos o así. —Silencio—. La semana pasada. Si me lo hubiera dicho antes, me habría dado tiempo a matricularlo para este curso, pero algo es algo. Mejor eso a que no haga nada con su vida, ¿sabes?

Genial, está hablando de mí. Ahora sí que me interesa.

—No lo sé —responde a la persona que está al otro lado de la línea. Más silencio—. Lo pensaré. Ya te diré algo, pero no sé si ahora eso es una buena idea.

Lo oigo resoplar y deslizarse por el despacho con su silla. Es lo que hace siempre cuando habla por teléfono: empieza a dar vueltas en torno a la mesa.

—¿Y dónde se alojaría? No, prefiero que esté en Londres conmigo, así lo tengo más controlado. Pero… —Se queda callado unos segundos—. En fin, lo pensaré, pero no olvides que la última palabra en esto la tengo yo. Bien. Hasta pronto.

Cuelga el teléfono, respira hondo… y aprovecho ese instante para entrar.

—¿Con quién hablabas? —le pregunto sin dilaciones.

Mi padre da un respingo cuando me ve entrar.

—¡Oliver! Qué susto me has dado, hijo. ¿Qué haces aquí tan temprano?

—He llegado antes. ¿Con quién hablabas? —repito, impaciente.

Apoya los codos en la mesa y junta unos folios que tiene desperdigados por encima mientras me responde:

—Con tu hermano. Todo bien, ninguna novedad.

—Vale.

A través de los ventanales se extiende una panorámica turbia de Londres cubierta por un aguacero incesante. Siempre me pregunto cómo sería si un día se rompieran por un vendaval… La imagen de una lluvia de cristales estrellándose sobre las cosas de mi padre me parece extrañamente magnética.

Como no detalla más de su conversación, me despido de él y retrocedo hasta mi despacho. De todas formas, tampoco me importa mucho que no me lo haya revelado, porque he escuchado todo lo que ha dicho. Estoy seguro de que mi hermano Fred le ha propuesto que me fuera a vivir y trabajar con él a Nueva York, pero a mi padre no le ha hecho gracia la idea. Espero que no cambie de opinión, porque a donde de verdad me gustaría ir es a la costa oeste de Estados Unidos, no a la este. En California, el clima es mejor y no estaría todo el rato controlado por Fred.

Me siento a mi mesa y estiro las piernas. Saco el móvil del bolsillo y empiezo a revisar todas las redes sociales de Lilian, pero no hay ninguna novedad. Nunca ha sido de publicar mucho sobre su vida privada, con algunas excepciones, como la foto que subió con las casas del Parlamento de fondo el día que llegó a Londres.

Aun así, eso no supone un problema. Si quiero enterarme de lo que hace, ya tengo mis propios medios.

TOM

El jueves por la tarde, me dirijo al hotel Ellesmere y le doy a la taxista las mismas indicaciones que el otro día: le digo que vaya hasta donde se encuentra Lily y que después tome el camino de vuelta de manera que no tenga que repetirle en voz alta la dirección de mi casa. Me pongo el cinturón y el vehículo arranca.

Hoy parece que las nubes, aunque siguen amenazantes, nos han dado un respiro. Menos mal, porque ayer llovió tanto que pensaba que se iba a inundar la planta de abajo… No sería la primera vez que nos ha pasado a Finn y a mí.

Pensar en mi compañero hace que me saque el móvil del bolsillo y resurja en mi mente el debate de siempre: llamarlo o no. Bueno, o escribirle un mensaje; llamarle igual es demasiado agresivo cuando llevo días sin saber de él. Abro WhatsApp mientras frenamos en un semáforo que se pone en rojo y releo la última conversación que tuve con Finn, hace ya más de una semana, y dudo sobre si ponerle un simple «hola» para ver su respuesta.

Sin embargo, como ya queda poco para llegar al hotel, decido hacerlo por la noche, cuando esté más tranquilo y Lily se haya marchado.

REX

Llevamos casi cuarenta minutos esperando en el coche de Oliver. Hoy no ha traído la limusina, llamaría demasiado la atención para lo que queremos hacer, así que estamos en el que le regalaron por su cumpleaños. El vehículo es negro por fuera y con los asientos grises; para mi gusto, un poco aburrido. Aguardamos en silencio a que, según él, Lily salga del hotel y doble la esquina que se halla a unos metros.

Nos hemos sentado en la parte de atrás para que no se nos vea, ya que los cristales laterales son tintados, pero la luna no, de manera que desde aquí podemos observar lo que queramos y es prácticamente imposible que nos descubran. Miro mi móvil, aburrido, esperando algo que estoy seguro de que no va a ocurrir. Cuando Oliver me escribió ayer para decirme que tenía que ayudarle con algo, no me imaginé que sería en sus labores de espionaje. Sí, ya estaba al tanto de que había salido con la pelirroja en España y de que la seguía a todas partes siempre que podía, no sé muy bien para qué, pero no me esperaba que quisiera involucrarme en esto a mí también.

Después de nuestra discusión, pasamos un tiempo sin hablarnos, pero luego retomamos el contacto... sin drogas de por medio. Ese tema ya está cerrado y no quiero meterme en más fregados. Bastante tengo con aguantar el coñazo de los profesores y escuchar los rollos que sueltan en clase como para buscarme más problemas y formas de perder el tiempo.

Apoyo la cabeza en el cristal tintado y entreabro los labios con sorpresa cuando veo a una chica pelirroja doblar la esquina, aunque me relajo al darme cuenta de que no es a quien estamos esperando. Oliver, muy atento a mi izquierda, también la ha visto y maldice en voz baja al constatar que no se trata de Lily.

—¿Estás seguro de que va a ser hoy? —inquiero, y bostezo audiblemente estirando los brazos.

—Sí, estuve por aquí anoche y eso me pareció entender.

Sigue fijando la vista en la esquina de la calle del hotel y aprovecho para mirarlo de reojo. Este tío está fatal; cada día está más loco por ir detrás de la chica. En parte, uno de los motivos de que aceptara meterme en esto era el de vigilarlo; a saber de qué es capaz...

En ese momento, justo cuando aparcamos el tema, Lily aparece y se coloca entre dos coches estacionados. Hace exactamente el recorrido que me ha asegurado Oliver que seguiría. Los pocos rayos de luz que se escapan entre las nubes destacan su pelo anaranjado. Mira en nuestra dirección como si esperara a que alguien viniera a buscarla y nos escondemos detrás de los asientos delanteros por si acaso; sin embargo, ella no se fija en nuestro coche, sino en el taxi negro que pasa por nuestro lado.

—Vaya, vaya —murmura Oliver.

No digo nada, pero sigo la escena con especial atención. El taxi se detiene justo delante de Lily, la puerta trasera se abre… y baja el mismísimo Tom Roy. Tapado y con gafas de sol a estas horas, tal y como había indicado mi colega. Por ahora, ha acertado en todo.

Echa un vistazo a su alrededor para asegurarse de que no hay nadie sospechoso de conocerlo y la saluda dándole un beso en la mejilla. Ella sonríe y se monta detrás de él en el coche, que arranca al instante.

—¡Vamos! —grita Oliver, saltando de golpe hacia el asiento delantero.

No sé cómo ha podido hacer ese movimiento con las piernas llevando traje y sin rompérselo, pero enseguida lo oigo girar la llave en el contacto y noto cómo el vehículo se pone en marcha.

—¡Eh, eh! —me quejo cuando acelera—. ¡Ni siquiera me he puesto el cinturón!

—Marica.

—¿Qué coño te crees que haces? No puedes seguirlos, ¡a saber adónde van!

Él sonríe desde delante, gira por el mismo sitio que ellos hace unos segundos y divisamos el taxi al final de la calle. Tiene que ser el mismo, porque no hay ningún otro parado en el paso de cebra. Nos colocamos detrás de ellos para que no nos reconozcan. Situarnos en el carril de al lado sería una maniobra bastante estúpida.

—Eso es precisamente lo que quiero saber —dice él—. Lo más probable es que vayan a casa de Tom Roy y pienso enterarme de dónde vive.

Oliver conduce como un bruto, saltándose un par de semáforos y acelerando hasta que consigue enfilar la calle justo detrás del taxi cuando se detiene en la siguiente luz roja. Imita todos y cada uno de sus movimientos, aunque es más agresivo a la hora de acelerar y cambiar de carril. No alcanzamos a distinguirlos desde nuestro coche, pero no hay duda de que el taxi que perseguimos es en el que viajan los dos.

—Va en dirección al sur —digo, por añadir algo.

Oliver frunce el ceño y apaga la radio. No me había fijado en que la música había comenzado a sonar cuando había arrancado, pero ahora que la quita advierto que se está concentrando para acelerar en cuanto el semáforo que nos mantiene parados se ponga en verde. Si se salta este, es probable que muramos aplastados.

El taxi empieza a moverse cuando cambia de color y Oliver los sigue, a unos metros de distancia. Ahora que los tenemos justo delante, no quiere pegarse mucho para que no se den cuenta de nuestra presencia.

—¡Joder! ¡Me cago en la puta, gilipollas! —grita—. ¡Justo tenías que meterte ahí, desgraciado!

Un coche rojo se ha interpuesto entre nosotros y ha tomado una curva a la izquierda, al igual que el taxi.

—¿Por qué va tan despacio el…?

No me da tiempo a terminar la frase porque veo que el coche rojo se detiene del todo y pone el intermitente para indicar que va a aparcar a la derecha. Estamos en una calle de un solo carril, así que no cabe otra que observar cómo el taxi continúa su camino a lo lejos y desaparece al girar a la derecha. Entretanto, el conductor que tenemos delante comienza a maniobrar para estacionar con toda la calma del mundo.

Oliver empieza a pitarle para que vaya más rápido y, a pesar de que el hombre consigue meter el coche a la primera, ya es demasiado tarde. Acelera a lo bestia, se salta el semáforo del final de la calle, provocando que varios vehículos que venían por la derecha tengan que dar un frenazo, y gira a la izquierda. Me entran sudores fríos al pensar en lo cerca que hemos estado de que alguien chocara con nosotros, pero no digo nada que pueda alterar aún más a este tío, sobre todo porque va al volante. Creo que todavía tiene la esperanza de alcanzarlos... El que no la tiene de salir indemne de esta persecución de telefilme soy yo: voy con los dedos retorcidos como garras en torno al asiento con fuerza, como si eso fuera a salvarme de morir aplastado por un autobús de dos plantas.

Cuando giramos con brusquedad en la única dirección que pueden haber tomado Tom Roy y Lily, la calle de cuatro carriles en la que desembocamos está plagada de taxis, buses y otros coches. Oliver se mueve por todas las vías, buscando desesperadamente el vehículo en el que viajan, pero ya es demasiado tarde.

Con semejante cantidad de taxis y sin habernos fijado en la matrícula del suyo, los hemos perdido.

LILY

—¿Qué tal tu semana? ¿Ya has acabado las clases? —me pregunta Tom en el taxi.

—¡Sí! Por fin, se me ha hecho eterna. —Él pone su mano encima de la mía, levanto la cabeza y le sonrío—. ¿Tú qué has hecho estos días?

—Nada especial —responde—, prepararme para un viaje que tengo la semana que viene.

—¿Ah, sí? ¿Adónde vas?

El coche gira y se mete por una calle estrecha. La taxista avanza con cuidado y mira por el retrovisor cuando oye a un conductor tocar la bocina un poco más atrás. Como no le pitan a ella, vuelve a fijarse en la carretera.

—A Los Ángeles. Bueno, a Los Ángeles y Las Vegas.

Abro los ojos, sin poder controlar mi asombro, y él se ríe al ver mi reacción.

—¡Qué dices! Vaya…

—Sí, son una pasada —contesta.

Me quedo unos segundos en silencio, sintiéndome un poco tonta. Por supuesto que él ya habrá estado varias veces ahí, ese es el tipo de cosas que debería esperarme de alguien a quien siguen millones de personas y que se ha recorrido medio mundo.

—¿Cuál te gusta más? —le pregunto.

—Hmmm... Las Vegas, sin duda.

—¿Y eso? —No esperaba que respondiera eso, todo el mundo dice que Los Ángeles es impresionante.

Tom se encoge de hombros y se acerca a mí, tapándome los ojos con delicadeza. Ya ni me acordaba de que tenemos que hacer esto cada vez que vamos a su casa.

—Lo siento, señorita —se disculpa, y prosigue con lo que me estaba contando—: Francamente, no me entusiasma Los Ángeles. Sí, es un núcleo urbano enorme y hay muchísimas oportunidades para gente con talento, pero, a menos que tengas contactos o sepas adónde ir, la ciudad es bastante aburrida. Sí, están las letras del cartel de Hollywood, el Paseo de la Fama... Pero poco más. Sin embargo, en Las Vegas no sabes lo que te vas a encontrar y eso me entretiene. No es que me vaya mucho jugar en los casinos; de hecho, sólo he podido jugar las últimas veces que he ido porque antes no tenía veintiuno.

El taxi reduce la velocidad y deduzco que ya hemos llegado, pero sólo debe de ser un semáforo en rojo, porque Tom no se mueve y, unos segundos después, vuelve a acelerar.

—¿Cuántos años tienes? —le digo.

Por un momento, me paro a pensar en la conductora que está escuchando esta conversación. Entre que él me está tapando los ojos y que nos estamos haciendo unas preguntas tan aleatorias, debe de tomarnos por unos perturbados.

—Veintidós. Tú tienes...

—Cumplo veintiuno en diciembre.

—Anda, entonces queda poco para tu cumpleaños.

Asiento, con sus manos todavía en la cara. Es una sensación algo extraña, pero me gusta.

—¿No se te cansan los brazos? —En el fondo, no me incomoda estar así, sintiendo su brazo rodeándome la espalda.

—Mucho, la verdad —admite, y nos reímos de lo estúpida que es la situación.

Ahora sí que llegamos a su casa, puesto que la taxista le dice el importe del viaje. Me sorprende que sea tan caro y me incomoda no haber pagado nada, pero cuando se lo propuse me aseguró que se encargaba él y se limitó a cambiar de tema.

—No hace falta que te diga que nada de abrir los ojos, ¿verdad?

—Nop —contesto—. Pero, bueno, aunque me dejaras aquí tirada, me temo que no tendría ni idea de dónde estamos.

Repito los pasos que seguimos hace unos días y vuelvo a entrar en su casa. Es un alivio poder abrir los ojos y ver el salón donde ya estuve una vez.

Tom cierra la puerta detrás de mí y me señala el sofá.

—Hoy no hay cena especial, peeeero podemos ver alguna película en Netflix, si quieres —propone.

—Vale, ¿a ti cuáles te gustan?

Él se encoge de hombros y enciende la tele con el mando. Me siento a su lado, en el mismo sofá a pesar de que hay otro a un metro de distancia, y sopesamos la gran cantidad de opciones que tenemos para ver.

—Y si no te convence ninguna, también podemos hacer un maratón de *Harry Potter*. Siempre es una buena opción —comenta, y me giro para mirarlo con una sonrisa azorada—. ¿Qué pasa? —pregunta, curioso. Intenta descifrar mi expresión, pero no la entiende hasta unos segundos después—. ¿No te gusta *Harry Potter*? —me mira estupefacto y se pone de pie.

—A ver, espera, no es que no me guste, es…

—¡No me lo puedo creer! Lo siento, no puedes estar en mi casa, tienes que irte. —Me levanta en brazos y me lleva a la puerta, amenazándome con abrirla y lanzarme fuera, y yo chillo hasta que me baja y me devuelve al suelo—. ¿Y bien? ¿Te gusta *Harry Potter* o no? —bromea.

Me río sola por el teatro que está montando y él me sigue la corriente. En cuestión de segundos, ambos nos estamos riendo a carcajadas ante la puerta de su casa. Al final, él quita la mano del pomo.

—Oh, no, esto tenemos que cambiarlo.

—A ver, ¡que no me has dejado explicarme! —insisto—. No es que no me guste, es que siempre he visto películas sueltas y he perdido un poco el hilo de la trama.

—Pero… ¿no has leído los libros ni visto todas las películas?

Niego con la cabeza.

—Aunque ME HAN GUSTADO —le digo, separando todas las sílabas y riéndome mientras nos volvemos a sentar en el sofá.

—No me lo puedo creer —dice como impactado—. Tienes que verlas todas.

—Vale, aunque te haré muchas preguntas —le aviso.

—Genial, pero tú no sales de esta casa sin haberlas visto enteras —me amenaza, abriendo un cajón debajo de la tele y sacando una caja de Blu-rays.

—Pero ¿cuántas son?

Él me mira con cara de pena.

—Oh, Dios mío, esto es peor de lo que pensaba. Tu caso es el más grave que he conocido. —Se acerca deprisa y me apoya la mano en la frente como si me estuviera tomando la temperatura—. Ajá, afirmativo: estás completamente enferma, necesitas un maratón de diez horas como mínimo. —Lo aparto de encima, haciéndome la enfadada—. Rápido, squib, llama a la policía muggle: necesitamos ayuda urgente.

—¿Qué…? —me duele la tripa de tanto reírme.

—Espera, ¡se me había olvidado! ¿Tu móvil?

Cojo aire y me pongo seria. A mí se me había pasado por completo.

—Ah, está aquí. —Señalo el bolso que aún llevo colgado, lo saco y se lo doy.

—No te importa, ¿verdad? Ya sabes que lo hago porque…

—Tom —le corto—. Lo entiendo, no te preocupes, ya me lo dijiste el sábado. —Él asiente y vuelve a las películas—. Espera, ¿hasta qué hora vamos a estar viendo esto? Tengo que avisar a una amiga de que llegaré tarde.

—¿Por? ¿No tienes fiesta mañana?

—Sí, sí, pero no es por eso. Es porque… Bueno, compartimos habitación porque lo está pasando mal últimamente y así le pido a un amigo que se quede con ella hasta que vuelva.

Tom me devuelve el bolso al instante con expresión culpable.

—Lilian, no lo sabía, tenías que habérmelo dicho antes de quedar. Habríamos podido…

—¿Cómo me has llamado? —Le fulmino con la mirada.

—Anda, habla con tu amiga y dime si puede quedarse con ese chico. Si no, te llevo al hotel y quedamos otro día.

—Voooy —respondo, intentando omitir el hecho de que ha mencionado mi nombre completo—. De hecho, ya sabes quién es ella: es la chica rubia que estaba conmigo en la fiesta y luego, en el hotel.

Él hace un gesto afirmativo y busco en la agenda el número de Ava para que llame a Connor, a ver si puede acompañarla hasta que regrese. Antes, sin embargo, dudo. ¿Querrá volver a quedarse cuidándola?

Luego, pulso la tecla de «llamar». En realidad, estoy segura de que para él no supondrá el menor problema hacerse cargo de Ava una noche más.

AVA

Hace ya una semana que no tengo ganas de provocarme el vómito y, la verdad, me siento mucho mejor. Sigo sintiéndome culpable por comer tanto, claro, y me angustia pensar en lo que estaré engordando… Pero estoy demasiado cansada para intentar hacer nada al respecto. Y, al menos, ahora la ansiedad por darme atracones parece haber mitigado un poco. Tener a Lily a mi lado todos estos días me ha ayudado mucho, aunque también agradezco poder pasar algunas horas sueltas yo sola.

Bostezo mientras busco el cargador de mi móvil para conectarlo y justo empieza a vibrar en mi mano. Es ella la que me está llamando. Lo enchufo deprisa y descuelgo.

—Hola, Ava. ¿Puedes hablar?

—Sí, tranquila. —Me fijo en *Panda*, que camina perezosamente por la jaula.

—Vale, es que estoy en casa de Tom y vamos a quedarnos viendo varias películas de *Harry Potter*, así que igual llego tarde porque…

De pronto, se queja y oigo cómo alguien le quita el móvil.

—Hola, soy Tom, yo que tú dejaba de ser amiga de Lily, porque no le gusta *Harry Potter* y…

—¡Oye! —la oigo gritar de fondo, arrebatándole el teléfono entre risas—. No le hagas ni caso, Ava. Bueno, ¿podrías llamar a Connor? No sé exactamente cuándo voy a volver.

—Vale —respondo, entre divertida por su conversación y fastidiada por ir a molestar a Connor. No me apetece pedírselo porque tendrá otros planes para un jueves por la noche, sobre todo no habiendo mañana clase... Además, me siento un poco incómoda cuando estoy con él. Pero no puedo exigir a Lily que esté todo el día pegada a mí y no quiero mentirle más—. Por cierto, recuerda que mañana viene mi hermana; a mediodía me iré a buscarla a Heathrow y ya no volveré hasta el domingo. ¿Crees que podrías dar de comer a *Panda* estos días?

—¡Sí, claro! No te preocupes. Ah, y ¡no te despertaré al llegar si ya estás dormida! —responde con tono jovial, y cuelga la llamada.

Sonrío al imaginármelos juntos mientras me calzo para ir a buscar a Connor.

Cuando llego a la antigua habitación de Lily, golpeo la puerta suavemente con los nudillos y, a los pocos segundos, me abre. Está en pijama y con el pelo mojado, como si acabara de salir de la ducha y ya se hubiera preparado para dormir.

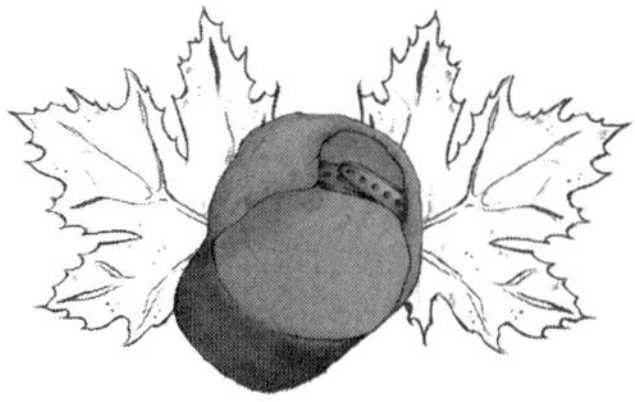

CONNOR

—¿Qué haces aquí? —exclamo con asombro, aunque más bien suena como si la estuviera echando. Intento remediarlo enseguida—: Quiero decir, ¡qué sorpresa! Perdona que te reciba en pijama, estoy tan cansado que no he salido.

—Oh… ¿Habías quedado?

—Bueno, había planes para celebrar Halloween unos días antes, pero la verdad es que no me apetecía mucho ir. ¿Quieres pasar? —Abro la puerta para dejarla entrar.

Ella rehúye mi mirada y agacha la cabeza. El pelo rubio le cae como una cortina a los lados, enmarcándole el rostro.

—Quería preguntarte si tenías planes esta noche. Es que sigo un poco enferma y Lily ha salido…

—Ah. —Trago saliva y suelto la puerta, que no me había dado cuenta de que seguía sujetando—. No, sólo iba a ver un partido antiguo de los Lakers en el ordenador… Podemos ir a dar una vuelta o quedarnos por aquí, lo que prefieras.

Ava pasa al interior y se sienta en mi cama. La imagen de ella aquí en medio es extraña, irreal.

—¿Dónde se ha ido Martha? Es que no quiero salir y…

—No te preocupes, dudo que coincidiéramos con ella —le aseguro—. No tengo ni idea de por dónde va a moverse.

—Vale, pero ya sabes que…

—Sí, ya lo sé. Y te he dicho varias veces que no tienes que preocuparte por ella; es estúpida —afirmo, y Ava guarda silencio. Luego sube las piernas a la cama y se abraza las rodillas con un gesto infantil—. No te afectará lo que dice de ti, ¿no? —tanteo—. Todo el mundo sabe cómo es… Siempre insulta a la gente a sus espaldas, a mí también.

—No es tan fácil —replica en voz queda con un suspiro—. A mí me llama puritana e insiste a los demás en que me paso el día encerrada, llorando…

Tengo que contenerme para no ahondar en la herida. Ojalá fuera eso lo único que Martha va diciendo de ella… No obstante, sólo necesito ver su apariencia frágil, menos reservada que de costumbre, para confirmar lo vulnerable que se ha vuelto desde que está enferma. No voy a añadir más calificativos en su lista para que se desmorone.

En los últimos días, y sin motivo aparente, Martha ha empezado a meterse ferozmente con Ava y a decir que no sale del hotel porque tiene problemas mentales. Además, se enteró de que Lily dormía en su cuarto cuando vio que me había trasladado, así que no la deja tranquila ni un segundo por más que la he seguido en sus salidas para rebatir sus rumores y le he insistido en que la deje en paz. Lo último que va contando es que su amiguita del alma no la deja estar sola porque tiene impulsos suicidas. Yo tampoco sé qué es lo que le pasa, pero… es verdad que se la ve muy alicaída. No sé, a lo mejor sólo echa de menos su casa y se siente sola.

—No te preocupes. Yo sé que todo lo que dice es mentira y Lily también; por tanto, no debería importarte. —Me siento a su lado y le paso la mano por los hombros—. Si quieres, podemos ir a sitios donde no nos la crucemos.

—¿Por ejemplo? —musita ella con la mirada brillante.

—Un bar corriente. Una calle fuera de Chelsea. Un cine. Una biblioteca.

Se ríe con esta última y se frota los ojos, enjugándoselos.

—La verdad es que no tengo ganas de salir del hotel —dice entonces y, cuando clavo la vista en su rostro, descubro que ella también me está observando—. Prefiero quedarme aquí.

Levanta una mano y, despacio, la posa en mi mejilla con un toque tan leve que es casi imperceptible. No me da tiempo a reaccionar, porque entonces inclina la cabeza y posa los labios sobre mi boca. Me quedo paralizado durante unos segundos mientras me besa y luego me aparto.

—Ava…

—¿Qué?

Cuando las lágrimas le empiezan a resbalar por las mejillas, sus ojos parecen aún más azules.

—No pretendo herir tus sentimientos, pero… ¿de verdad quieres hacer esto?

Ella adopta una expresión de dolor y se muerde el labio inferior, agachando la cabeza.

—No tienes por qué sentirte obligada sólo por lo que dice Martha. ¿Me oyes?

Pero no contesta, sino que se levanta de la cama y sale a toda prisa de la habitación. La sigo para intentar que vuelva, pero me quedo anclado en la puerta cuando la veo correr por el pasillo. Ahora mismo no sé si es lo más inteligente que vaya tras ella y se agobie al cuestionarse lo que siente por la presión de Martha.

Sí, hace unas semanas me hubiera considerado afortunado por lo que acaba de pasar, pero ahora…

Cuando cierro, sigo notando la mejilla y los labios tibios, con las huellas de algo que ya parece producto de mi imaginación.

MEREDITH

Estoy tumbada bocarriba en la cama, metida entre las sábanas con la ropa puesta. Mis amigos tenían planes para salir por Halloween, pero, para ser sincera, ahora mismo lo único que me apetece es estar sola y llorar sin que nadie se entere. Me pongo los auriculares, abro Spotify y selecciono en modo aleatorio la primera lista de reproducción que encuentro. No me importa la música que suene, lo único que quiero es tener algo con lo que distraerme y dejar de pensar.

Cuando suena la voz de Jasmine Thompson con la versión que hizo de «Mad World», me empiezan a caer las lágrimas a pesar de que cierro los ojos con fuerza. Me resbalan por los lados de la cara, siento cómo me llegan al pelo y lo mojan. Me pongo bocabajo y cojo el móvil para cambiar de canción cuando veo que me han llegado varios mensajes. Todos ellos son de Owen.

¿Dónde estás? ¿No vienes?

Vaya, esto sí que es una sorpresa. Dejo seguir sonando la canción y respondo:

En mi habitación, hoy no salgo. Nos vemos mañana en clase.

Desgraciadamente, a diferencia de casi todos los de letras, nosotros sí tenemos que ir el viernes.

Estoy llamando a la puerta y no contestas.

Me quito los cascos, interrumpiendo justo mi parte favorita, y me pongo en pie de un salto. Miro la puerta, imaginándome a Owen al otro lado, y me seco las lágrimas con cuidado para no quitarme el maquillaje. Menos mal que mi lápiz de ojos y el rímel son resistentes al agua; de lo contrario, ahora mismo tendría un estropicio. Aun así, compruebo en el espejo que no se nota que he llorado antes de abrir la puerta.

—Perdona —le digo cuando lo veo—, estaba con los cascos y no me he dado cuenta de que llamabas.

—¿No vienes? ¡Hoy también se celebra Halloween!

Niego con la cabeza y frunzo el ceño. Lo último que me apetece ahora mismo es inventarme de la nada un disfraz y codearme de idiotas vestidos con ropa cutre.

—No, me quedo aquí. Quiero descansar para mañana.

—¡Eso no te lo crees ni tú! —replica. Creo que está esperando a que suelte una carcajada y le aclare que es broma, que ahora bajaré y me uniré a ellos, pero no es así. Le concedo unos segundos de silencio hasta que pilla que voy en serio—. Meredith, no entiendo tu actitud ni por qué decidiste irte… No ha pasado nada.

No sé cómo se atreve a mentirme a la cara cuando sé de sobra lo que ocurrió en Portsmouth. En mi interior empieza a quemarme una sensación de rabia, aunque intento mantenerla a raya para no delatarme. No quiero que sepa que me desperté en mitad de la noche y me percaté de que Rose no estaba en nuestro cuarto el sábado.

—Vale —respondo, mordiéndome la lengua para tragarme la ira—, no quiero hablar de esto ahora. Mañana vienes, si es que te apetece ser sincero.

Le cierro la puerta en las narices antes de que pueda contestar. Me parece que dice algo, pero no llego a oírlo: estoy demasiado furiosa para prestar atención a sus tonterías. Vuelvo a la cama, me tumbo y empiezo a llorar otra vez.

Aunque el 31 no es hasta el lunes, la gente ya está como loca con Halloween: en el hotel hay calabazas de verdad y muchos tarados van dando la lata con los preparativos de sus disfraces. Y entretanto yo estoy aquí, encerrada en mi cuarto, en lugar de triunfando en las fiestas.

Para colmo, no sé a qué está jugando Owen… y lo peor es que no sé si ya quiero averiguarlo.

TOM

Cuando termina *Harry Potter y el prisionero de Azkaban*, miro la hora en mi móvil: ya es casi la una. Me vuelvo en el sofá hacia Lily; la estoy abrazando por la espalda y no puedo ver si está dormida, aunque, a juzgar por su respiración, creo que se ha perdido la última media hora de película. La giro entre mis brazos y ella se despierta al detectar el movimiento. Cuando me ve tan cerca, se sobresalta.

—¿Qué? ¡Lo siento! —farfulla al comprender que se ha quedado dormida.

—No pasa nada. Duermes como un bebé.

—¡Perdón!, es que estaba tan cansada… —se excusa, nerviosa.

—Descuida, te castigaré haciéndote volver a ver el final la próxima vez que quedemos. Y prepárate, porque te esperan la cuarta y la quinta, que son bastante largas y pasan muuuchas cosas.

Lily se lleva el dedo índice a los labios, pensativa. La única luz que ilumina el salón es la de los créditos de la pantalla, ahora en pausa.

—Creo que he visto la cuarta… Es en la que tienen que superar unas pruebas, ¿verdad?

—Sí —asiento, y la miro a los ojos—. Te acompaño a casa… Es tarde y no quiero que vuelvas sola.

—No hace falta, de veras.

—Insisto. Además, es la única manera de que Finn no me mate por revelarte nuestra dirección.

Lily sonríe y se pone de pie, estirándose como un gato.

—Bostezas como un chihuahua —le informo, muy serio.

—¿Y cómo se supone que bosteza un chihuahua?

—Ah, no sé, como lo haces tú.

Ella se ríe y recoge los boles de palomitas que hemos vaciado entre la primera y la segunda película.

—Déjalo, luego me encargo —le digo, y los cojo—. Vamos al hotel, así llegas pronto. —Le acerco el bolso y el abrigo mientras me pongo el mío.

—¿Cuándo vamos a volver a vernos? —pregunta entonces.

Sé que se refiere a que en unos días me voy de viaje y no vamos a poder quedar, como mínimo, en una semana y media. Me da mucha pena tener que despedirme de ella ahora que había empezado a formar parte de mi vida cotidiana…

—Bueno… —Me despeino con la mano, nervioso—. Vuelvo como a finales de la segunda semana de noviembre.

Ella parpadea, asombrada.

—¡Creía que era menos tiempo! —Titubea—. ¿Y has empezado ya a hacer la maleta?

—Sí… —Carraspeo y alzo la mirada para comprobar su reacción—. Supongo que ya no podré ir a buscarte al hotel antes de que vuele a Los Ángeles, así que esta va a ser la última vez que nos veamos hasta mi vuelta.

Lily se lleva la mano a la piedra del collar.

—Oh…, bien, pásatelo genial por ahí, ya me escribirás algún mail —dice con un tono algo tristón.

Asiento con vehemencia.

—Todos los días —prometo—, aunque no sé si estarás despierta cuando te los envíe. Creo que nos separarán diez horas o así. —El pulso se me acelera cuando la observo esbozar una sonrisa apagada. Aunque es expresiva, creo que se esfuerza mucho por disimular cuando se desanima—. Ven. —Extiendo los brazos y la atraigo hacia mí, intentado obviar con esta proximidad la distancia que va a separarnos durante estos días. Lily apoya la cabeza en mi hombro y le acaricio el pelo—. Voy a echarte de menos —murmuro.

—Y yo a ti —responde en voz queda.

—Volveré antes de que te des cuenta, ya verás.

Bajo la cabeza para buscar sus labios, pero, justo cuando estoy a punto de rozarlos, oigo el sonido de unas llaves y la luz del salón se enciende.

FINN

—¡PERO QUÉ COJONES ESTÁS HACIENDO!

Tom da un respingo al oírme gritar. Nunca alzo la voz a menos que me ponga muy nervioso, y ahora mismo no estoy como para que me toquen las narices.

—Tío, tranquilo... ¿Qué haces aquí? —intenta apaciguarme, con poco éxito.

Miro a la pelirroja; no consigo ubicar su cara, pero me suena de algo.

—¿Que qué hago aquí? ¡Esta es mi casa! La verdadera pregunta es qué hace *ella* aquí.

La chica y Tom se separan y él da unos pasos hacia mí.

—Finn, en serio, ahora no...

—Déjame en paz. —Me aparto de golpe al ver que intenta ponerme una mano en el hombro—. A ti no tengo derecho a decirte que te vayas, pero tú —señalo a la pelirroja—, fuera de aquí, YA.

—No la trates así —interviene Tom con frialdad.

—¿Perdona? —Aprieto los puños. No sé si me está vacilando o si de verdad le parece normal haber roto nuestro pacto—. ¿Quieres que te recuerde lo que prometimos? ¿Que te diga las veces que yo he querido y no he podido traer a...? —Me callo, a punto de revelar el nombre de mi novio delante de la desconocida—. Después de todos los viajes que me trago para evitarlo, ¡tú traes aquí a una cualquiera! ¿Sabes el riesgo que supone eso? ¿Para qué hicimos una puta promesa? —Él guarda silencio y yo sigo gritando, fuera de mí—: ¡Ya veo! Mientras no me escribías ni un maldito mensaje para saber cómo estaba ni para preguntarme cómo me iba por Edimburgo o si echaba de menos a mi madre muerta o cuándo iba a volver..., ahora entiendo qué hacías.

—¿Has acabado? —espeta, cabreado.

—¡Llévatela, Tom! Supongo que ya sabrá dónde vivimos, pero no te molestes en buscar un nuevo piso: esto es justo lo que necesitaba para largarme a casa. Gracias por darme una excusa para marcharme.

Subo las escaleras a zancadas para darme una ducha. No quiero saber nada de nadie. No me puedo creer que me haya traicionado así tras dos años viviendo juntos, teniendo que aguantarme para no traer a Nate por nuestro maldito pacto unilateral. Me quito la ropa lo más rápido que puedo, abro el grifo de la ducha al nivel máximo de calor y me meto debajo. Siento cómo mi piel se queja al recibir el impacto de la temperatura tan alta, pero me doy la vuelta para que el agua resbale por mi espalda, apoyo la frente en la mampara y cierro los ojos, apretando los dientes para aguantar el ardor.

No sé cuánto tiempo paso bajo el agua ardiente, tal vez cinco minutos, hasta que giro el grifo para ponerla a temperatura normal. Mi piel agradece que baje los grados, aunque sea un poco brusco. No quiero perder mucho tiempo lavándome el pelo, de manera que me pongo un poco de champú y me limito a dejar que se aclare mientras cierro los ojos y me concentro en el sonido del agua.

Creo que ha pasado casi un cuarto de hora cuando salgo de la ducha, me envuelvo con la toalla y aguardo unos segundos justo en el lugar donde terminan las escaleras para comprobar que Tom y la pelirroja se han ido. Cuando estoy seguro de que lo han hecho, me meto en mi habitación, cierro con un portazo y saco la maleta grande. Durante estos días, he sobrevivido con la ropa que me quedaba en Edimburgo porque no estaba de ánimo para ir a comprar, pero, si me quiero volver a mudar allí, voy a tener que empezar a vaciar estos armarios.

Meto todas las camisetas, una a una, doblo los pantalones e intento hacer hueco para los zapatos, aunque enseguida me doy cuenta de que no va a caber todo. Para llevarme también mis consolas y mis libros, voy a tener que hacer varios viajes extra. Estoy ya cerrándola cuando oigo la puerta de abajo. Ya habrá vuelto Tom de llevar a la chica esa y, conociéndolo, estará aquí en menos de diez segundos. Hago una cuenta atrás mental y me sorprende ver que no aparece. Espero un poco más, por si acaso se ha retrasado con algo, pero nadie llama a mi puerta.

Salgo y veo que no hay ninguna luz encendida en la planta inferior. Tom ha subido directamente a su cuarto y se ha dejado la puerta medio abierta. Dudo unos instantes sobre si pasar o no, pero al final me puede la curiosidad.

—¿Qué quieres ahora? ¿Vas a seguir gritándome? —me dice nada más verme entrar.

—No. Me da igual ya lo que hagas, pero al menos explícame a qué ha venido eso.

—Si hubieras confiado en mí, te habría podido explicar que Lily no sabe dónde vivimos.

El nombre me suena, pero estoy demasiado mosqueado para interesarme al respecto.

—Claro, por eso estaba aquí, ¡porque no sabe llegar!

—¿Ves? A esa actitud me refiero —masculla, y yo me quedo en silencio, a la espera de una explicación a toda esta farsa—. La he traído dos días, ambos con los ojos cerrados para que no viera adónde iba.

Resoplo, sarcástico. Eso no se lo cree ni él. Pero ¿qué mosca le ha picado, joder?

—Ya, claro, y ella no ha mirado por la ventana mientras estaba aquí, ni se ha asomado por la puerta en un descuido tuyo para ver la calle, ni se ha metido en Google Maps a comprobar su localización.

—No —afirma con un tono gélido—. Yo mismo me encargué de que no lo hiciera. Me dio su móvil todas las veces y la fui a buscar siempre en taxi, tapándole los ojos.

—Y no dijiste la dirección delante de ella, ¿no?

—No. Ya la había dicho antes.

—Claro —bufo. No sé si Tom me toma por imbécil, pero este rollo que se trae no me gusta nada—. Mañana me volveré a Edimburgo. Me da igual haber pagado por adelantado el piso hasta fin de año, me vuelvo a casa. Puedes ir buscándote a otro compañero que quiera aguantarte, porque yo paso.

—Finn…

—No —le corto—, déjame en paz. Me parece bien que quieras seguir con tu vida y no te apetezca estar pegado a alguien que es un alma en pena allá donde va.

—Yo no he dicho eso en ningún momento…

—Me da igual. —Me mira y le sostengo la mirada, desafiante—. Quería cambiar de aires desde que pasó lo de mi madre y, fíjate qué cosas, me lo has puesto muy fácil. Lo siento. Seguiremos viéndonos en los actos a los que tengamos que ir y fingiremos que aquí no ha pasado nada para no perjudicar nuestra imagen ante los medios, pero ahora quiero estar solo. ¿Vale?

Tom entrecierra los ojos.

—Vale.

Salgo de su cuarto, dejando la puerta abierta, y cierro de un portazo la mía.

Aunque ha sido violento soltar todo lo que estaba reprimiendo, no puedo evitar sentirme mejor por haberme librado de esta carga.

AVA

No he salido de mi habitación en toda la mañana, a pesar de que Lily me ha insistido en que fuéramos al Museo Británico. Al final, he tenido que irme a Heathrow cuatro horas antes de la llegada de Gina para que me dejara tranquila. No le he contado lo de Connor y ha notado que me pasaba algo, pero prefiero que no me haga preguntas. Además, ya tiene suficiente con lo que le pasó anoche como para que se preocupe por otra cosa más.

Estoy en la estación de metro más próxima al hotel. Cuando el tren entra en el andén, todo el mundo se agolpa junto a la línea amarilla para subir. El trayecto hasta el aeropuerto dura en torno a una hora, así que entro rápido en busca de un asiento y, nada más cerrarse las puertas para poner rumbo a la última parada, la quinta terminal de Heathrow, caigo en la cuenta de que debería haberme traído los cascos para distraerme. Hay demasiadas cosas en las que preferiría no pensar.

Una de ellas es Connor y mi huida de anoche. Tengo sentimientos contradictorios y no sé a qué atenerme… ¿Debería hacerle caso y replantearme mis motivos o evitarlo a partir de ahora, después del ridículo que hice? Apenas he podido dormir esta noche porque, cada vez que cerraba los ojos, recordaba lo que había pasado… Lo que había provocado. Y mis emociones eran tan distintas —vergüenza, curiosidad, duda, nerviosismo, angustia, dolor, más vergüenza— que no conseguía aferrarme a una sola. Con un único gesto, las cosas han cambiado por completo. Es curioso cómo las relaciones pueden dar un vuelco en cuestión de segundos y convertirse en algo muy distinto a lo que había antes… O derivado de lo que había antes, supongo.

Suspiro e intento aparcar la pasada noche de mis pensamientos fijándome en la gente que viaja en el vagón. A mi lado, una mujer lee un libro de tapa blanda, muy arrugado y con las páginas amarillentas. No parece muy concentrada, porque lleva varios minutos con la mirada perdida en la misma página. A mi derecha va una niña acompañada de su padre; lleva una escayola en el tobillo y dos muletas pequeñas, adaptadas a su estatura. Enfrente se sientan unas turistas que creo que hablan en español, lo que me recuerda a Lily.

Me da rabia tener que dejarla sola por Gina este fin de semana, justo cuando más me necesitaba. Mientras yo estaba exponiéndome al ridículo con Connor, ella quedaba expuesta ante el compañero de piso de Tom. Entre ellos tenían una especie de acuerdo de no llevar chicas y Tom no se lo había explicado a Lily. Por lo que me ha contado en el desayuno, no debe de ser muy agradable ver a Finn enfadado… El rumor que circulaba a todas horas por Twitter de que su madre había fallecido es verdad, por las cosas que gritó delante de ella.

Me pregunto qué estará haciendo ahora que se ha quedado sola, si habrá ido al final al museo. Le escribo para desearle un buen fin de semana y ella me responde poco después diciéndome que lo pase muy bien estos días con Gina…

Sin embargo, esa perspectiva hace que el recuerdo de anoche parezca casi placentero en comparación.

OWEN

El sábado por la mañana, vuelvo a la habitación de Meredith. Ayer no supe nada de ella y estoy inquieto por lo que no me quiere contar. Evidentemente, me oculta algo desde Portsmouth y, aunque me siento culpable por haber sido duro con ella y tontear con Rose, tampoco es para tanto… Creo.

Golpeo tres veces la puerta 207. A los pocos segundos, se abre y me encuentro a Meredith con gafas, desmaquillada, en pijama y con una coleta mal hecha a un lado de la cabeza. Trato de no mirarla de un modo muy cantoso, pero seguro que se da cuenta; en fin, es la primera vez que la veo desarreglada y con gafas.

—¿Qué pasa, Owen?

—Nada, sólo venía a ver qué tal estabas.

—Genial —responde, cortante.

En el fondo, sé que se alegra de verme; si no, ya me habría cerrado la puerta.

—¿Puedo pasar?

—Estoy ocupada con… cosas. Lo siento.

—Sólo un momento; seguro que esas… cosas pueden esperar. —Le guiño el ojo.

Ella se cruza de brazos.

—Vale, pero con dos condiciones —dice secamente—. Primero, esta va a ser la primera y única vez que me veas así —suelta, señalándose la cara con la mano—. Y segundo, prohibido comentar nada a nadie. No quiero que los demás se enteren. Prométetelo.

—Eeh… Prometido —respondo, sin tener claro de qué me habla.

Abre la puerta unos centímetros más, los justos para que pueda entrar de medio lado, y la cierra después. Recorro el pasillo hasta el centro de la estancia y entonces entiendo por qué Meredith no quería que entrara a curiosear.

En la cama ha creado un caos enorme: hay vestidos, faldas y camisetas tirados por todas partes, y los armarios de la pared de enfrente tampoco se quedan atrás: los cajones están abiertos y la ropa se amontona encima sin el menor orden.

—¿Qué es esto? ¿Te has peleado con alguien o es que ha habido un terremoto y no me he enterado?

Ella no contesta, sino que señala hacia su cama. Es entonces cuando veo dos maletas enormes abiertas de par en par sobre la colcha, a medio hacer.

—¿Qué significa…?

—¿Tú qué crees? —me espeta.

—No irás a marcharte, ¿verdad?

Ella no responde. No es difícil adivinar lo que piensa hacer al ver el cuarto en estas condiciones, pero no me esperaba algo así de Meredith.

—¿Por qué? —es lo único que se me ocurre preguntar, abatido.

Por unos momentos, me siento fatal. Pienso que en parte puede ser culpa mía por mi actitud con Rose, aunque supongo (y espero) que tenga varias razones para hacer esto.

—No lo sé. O sea, sí que lo sé, pero es una mezcla de muchas cosas. Creo que tomé una mala decisión viniendo aquí; quizás esta ciudad no esté hecha para mí o simplemente no encaje en ninguna parte.

—Meredith...

—Por favor —me corta—, no intentes que me quede. No eres el primero que lo hace.

Pienso en Tyler, Takashi y Rose. No sé a quién se lo habrá contado, pero podría haber avisado a los demás... O igual ellos ya estaban al corriente y no me han querido decir nada porque saben que hay tensión entre nosotros, y no precisamente buena.

—¿No hay ninguna manera de convencerte de que esto es una mala idea?

—No, lo siento. —Se encoge de hombros—. Ayer habló mi madre con la directora de la USK y ya ha dado de baja mi matrícula. Volveré a Bulgaria e intentaré engancharme en el curso; ya casi es noviembre, pero igual me dejan, dadas las circunstancias.

Contemplo cómo se acerca a uno de los cajones y empieza a doblar medias una a una para meterlas en su funda y, luego, en la maleta pequeña.

—Todo esto no será por Rose, ¿verdad?

—¿Qué? ¿En serio piensas que me voy por una ridiculez así?

—Pero tú has dicho...

—No encajo, Owen, ¡ya está! —me interrumpe—. Pensé que todo esto sería diferente, que me aportaría algo, ¡pero detesto todo lo que tenga que ver con este país y las clases! No soporto no poder ausentarme nunca porque siempre están pasando lista. —Deja otro par de medias en la maleta y empieza a descolgar unas faldas del armario—. En el sitio del que vengo no es así: puedes saltarte las clases que quieras y no pasa nada con tal de que apruebes. Nadie te obliga a asistir ni te amenaza con echarte si no vas. Así no hay manera. No sé, también esperaba algo más de la gente que se alojaba aquí y de la ciudad. Es un conjunto de todo, así que no pienses que todo esto gira alrededor de ti, porque estás muy equivocado.

—Vale. Veo que no puedo hacer nada, entonces.

—Algo así —dice sin mirarme.

—No, Meredith; «algo así», no. Tienes que empezar a hablar claro, a no dejar las cosas a medias para que todo el mundo corra detrás de ti a salvarte.

Mis palabras no parecen sentarle muy bien, porque me fulmina con la mirada.

—¿No te parecen suficientes motivos los que te acabo de enumerar? ¿De qué vas? —grita—. ¿Crees que esto es fácil para mí, crees que mi madre ha recibido la noticia con los brazos abiertos?

Paso de responderle y le formulo otra pregunta:

—¿Cuándo te vas?

—Esta noche sale mi vuelo, así que tengo que hacer las maletas cuanto antes. Si quieres ayudarme, ya que estás aquí, me lo tomaré como un buen gesto de despedida. Si quieres pasar de mí y seguir con tus cosas, como parece que hacéis todos por aquí, sólo me demostrará que no me he equivocado en mi decisión.

Resoplo y la miro por última vez, antes de espetarle:

—Aquí te quedas. A mí no me metas en tu vida nunca más. He intentado hacer todo lo que he podido por ayudarte, pero en realidad la que se está comportando como una egoísta eres tú. No puedes pretender ser el centro del mundo.

Sin esperar una respuesta, desando los pocos metros que me separan de la puerta y salgo. Acto seguido, saco el móvil para contarle a Tyler lo que acaba de ocurrir y para pedirle explicaciones sobre por qué no me habían dicho nada de esto si ya lo sabían.

GINA

La luz que se cuela por la ventana me despierta al darme en los ojos. Parece que el sol ha decidido acompañarme hoy en Londres. Ava todavía está durmiendo, tumbada de espaldas a mí.

Ayer conseguí arrastrarla a Harrods y, tras mucho callejear y comprar mil cosas, cenamos a última hora en un restaurante de Chinatown hasta que reventamos de tanto comer. La veo mejor que cuando me despedí de ella el día de su llegada a Londres; parece algo más sana y alegre, aunque... la verdad es que me preocupa su actitud. Pese a que se apuntó a todos los planes, anoche sentí continuamente que evitaba tratar cuestiones personales y, aunque lo achaqué al tiempo que hemos pasado sin vernos, en otras ocasiones, sin venir a cuento, aparentaba querer hablar de algo serio.

Le toco el hombro para despertarla; deben de ser ya las diez. La primera vez, la llamo con suavidad; sin embargo, está tan dormida que no se entera. Insisto otra vez con más fuerza y por fin reacciona, dándose la vuelta y mirándome con cara de confusión.

—Buenos días.

—Hmmmmm... ¿Qué hora es? —farfulla.

—Ni idea, ¡pero tenemos que ponernos en pie o desaprovecharemos el día!

—Vale… —accede malhumorada.

—¿Qué pasa? —le digo, poniendo pucheritos—. No te preocupes, nada de sitios raros. La discoteca que me recomendó Jane no está muy llena de gente, así que no te agobiarás, prometido.

—Ya —contesta, seca. Tiene la misma cara que le vi ayer a menudo: la de que querría decirme algo.

La noto rara. Siempre se despierta de mala leche, sobre todo cuando es fin de semana, pero no tanto como lo está ahora y sin haberme visto en tantos días. Se levanta, va al baño a lavarse la cara y la sigo.

—¿Estás bien?

—Sí, da igual.

—No, no da igual. ¡Cuéntame!

—Prefiero decírtelo en otro momento. Ahora mismo no quiero hablar de eso.

Se seca la cara con una toalla y se mira al espejo con tristeza.

—Oye, no me dejes con la duda. ¿Qué es lo que no has podido contarme desde ayer?

Por su expresión, parece que he dado en el clavo de lo que le está preocupando. Ava apoya las manos en las caderas y se gira para mirarme.

—Es sólo que… esta va a ser la última vez que vengas a verme —dice con tono monocorde—. No creo que tenerte aquí me esté ayudando, Gina.

Me quedo a cuadros con lo que acaba de soltar, y más viniendo de ella.

—Pero ¿qué mosca te ha picado?

No me puedo creer que me esté echando de esta manera. Con lo bien que lo hemos pasado en las pocas horas que llevo aquí, obviando las discusiones que habíamos tenido últimamente tanto en persona como por WhatsApp desde que vino, es como empezar de cero.

—No me ha picado nada —responde. Hay un tono firme en su voz que hasta ahora no le había oído—. Lo estuve pensando ayer antes de acostarme y creo que es lo mejor. No puedo seguir con esto.

—Vale —le digo, tajante—. No es la primera vez que me dejas tirada, así que no sé por qué me sorprendo. Ya sabía yo que algo iba mal. —Se queda en silencio y sigo hablando—: Me iré a casa y no volverás a verme hasta que decidas volver. Ya me he cansado de perseguirte siempre. —Capto que murmura algo, pero no la oigo porque ya he salido del baño y estoy yendo de vuelta a la cama—. ¡No me sigas! —grito cuando me imita y se sienta a mi lado sobre el edredón.

—No te enfades conmigo, Gi. Te he explicado el motivo...

—¿El qué? ¿Que no te ayuda que esté aquí? ¡Pensaba que era todo lo contrario, que querías superarlo todo! —chillo, y ella me mira con aprensión—. ¡Sí —bramo—, también eso!

—Mira, déjame en paz —masculla—. ¿Ves por qué te digo que no me sienta bien estar contigo? Me generas ansiedad, sólo te guías por lo que te apetece hacer y ni siquiera me preguntas qué opino yo, si estoy de ánimo para salir este fin de semana o para ir a una discoteca. No eres capaz de ayudarme con esto por más que lo sepas desde el principio. Lily desde el primer día...

—¡Vaya! —la interrumpo, sorprendida—. ¿Tu compañera lo sabe «desde el primer día»? ¿Otra vez? Pensaba que las cosas iban a cambiar si venías aquí, tú misma me lo dijiste antes de subirte al maldito avión. ¡Pensaba que querías que cambiasen!

Ava respira hondo, alterada.

—¿Cambiar? ¿De verdad piensas que basta con aparentar que todo va bien? Parece mentira, Gina...

—Pero ¿qué estás diciendo? ¿En serio me hablas a mí de aparentar cosas? ¿Te estás escuchando? ¡FUERA! —vocifero con las manos temblándome por la ira—. En serio, déjame TÚ en paz. ¿Sabes lo que me sienta mal a mí? Estar todo el día mintiendo porque eres tan cobarde que no te atreves a decir la verdad. ¡Estoy harta de ti y de esta situación, así que olvídate de que siga fingiendo delante de todos que soy tu hermana!

LILY

Aprovecho que hoy no tengo nada que hacer para organizarme con las cosas de la universidad, ahora que llevamos más de un mes de clases. Saco algunos apuntes de Contabilidad Pública, la asignatura de la que primero nos vamos a examinar, y me pongo a leer el tema uno. Me distraigo un par de veces con unos mensajes que me envían mis amigas de Madrid; hoy es el cumpleaños de Victoria y nuestro grupo de WhatsApp está que arde de tanto enviarle fotos, notas de voz y vídeos. A pesar de que tenemos la costumbre de felicitarnos siempre a las doce de la noche, hemos seguido haciéndolo durante todo el día porque su cumpleaños siempre le hace especial ilusión. Sigo estudiando otra hora y hago una pausa para ver el nuevo vídeo de Tom, ya que, aunque hoy es domingo y lo subió el martes, aún no he tenido tiempo de hacerlo.

Se me parte el corazón cuando lo veo en el vídeo, seguramente grabado hace tiempo, acompañado de Finn. Cuando concluye, me ha sido imposible sonreír en los siete minutos que ha durado. Tras la escena del otro día, verlos así de bien, ajenos a lo que iba a pasar, me da mucha pena.

Dejo el móvil a un lado para concentrarme en los apuntes y dedico casi dos horas, sin levantarme de la silla, a memorizar datos. Estudiar en inglés es más difícil que en español, sobre todo cuando estás acostumbrada a hacerlo en tu idioma materno. Por fortuna, en contabilidad los términos se asemejan mucho.

Estoy volviendo a repetir el último apartado del primer tema para acabarlo y releerme el comienzo de la novela que compré en Portobello cuando oigo como si alguien deslizara la tarjeta por el lector. Me quedo tan desconcertada que, cuando entra Ava, doy un respingo.

—¡Qué susto me has dado! —exclamo.

Ni siquiera avanza por el pasillo, se mete en el baño y se cierra con pestillo. Me levanto de golpe para salir corriendo e intento abrir la puerta en vano.

—¡Ava! ¡Espera! ¿Qué vas a hacer?

—¡Nada! ¡Lo juro! —Tiene la voz quebrada.

—Me estás preocupando, ¿va todo bien? ¿Dónde está tu hermana?

Ava solloza al otro lado de la puerta y se suena la nariz.

—Necesito estar sola, ¡por favor!

—No puedo hacer eso, Ava, ya sabes por qué.

—¡Esto no tiene nada que ver! ¡Por favor, Lily!

Cierro los ojos, espero unos segundos y salgo al pasillo con mi tarjeta. La luz se enciende al detectar mi presencia, pero me vuelve a dejar a oscuras al cabo de un rato de estar inmóvil, apoyada contra la puerta y pendiente por si oigo alguna arcada. Ava sigue llorando en el baño y, de pronto, capto un ruido de cristales rotos. Me muevo por el pasillo para que la luz vuelva a activarse y camino en círculos, nerviosa y sin saber qué hacer. Si necesita espacio, no puedo obligarla a salir porque podría empeorar la situación, pero tampoco puedo dejarla a su suerte y que vuelva a caer en ese círculo vicioso. Si lo hace, no me quedará otra que asegurarme de que va al médico.

Por un momento, me planteo llamar a Connor, pero su presencia probablemente la inquiete más, así que lo descarto y me siento ante la puerta, a la espera de que se le pase.

De repente, oigo unas voces que provienen del cuarto contiguo y una puerta se abre. Me pongo en pie de un salto cuando oigo una voz femenina gritando. El primero en salir es un chico que va a clase de Meredith y al que he visto en un par de ocasiones hablar con ella: Owen. Detrás de él viene la propia Meredith.

—¿Qué pasa? —espeta él en voz alta, impaciente.

—Por favor, sólo dime que...

Meredith enmudece al darse cuenta de que estoy a un par de metros de ella, presenciando la escena que han montado en un segundo. Owen se vuelve hacia donde está mirando y también se queda callado.

—Hola —digo, sin saber qué hacer.

Nunca había visto a Meredith así de desarreglada. Siempre que he estado con ella, aunque fuera la hora de dormir, estaba tan perfecta y preparada como si se la esperase en algún sitio.

Ellos me ignoran y retornan a la habitación después de que ella le haga un gesto a Owen. Una vez que la puerta se cierra, los gritos prosiguen dentro algo más amortiguados. Tardo unos instantes en recordar por qué estaba ahí y me giro hacia nuestra puerta, acercando la oreja para comprobar si percibo algo. Ya no oigo sollozar a Ava, por lo que, aunque tengo la tarjeta y puedo entrar sin llamar, toco dos veces para ver cómo reacciona.

—¿Sí? —escucho al otro lado.

—Soy yo. ¿Puedo entrar? —pregunto y, aunque no responde, se abre una rendija y aprovecho para pasar al interior. Su cara ahora mismo no dista mucho de la que le acabo de ver a Meredith—. ¿Necesitas algo?

—No, gracias. Siento… —se le quiebra la voz, solloza y me acerco a abrazarla.

—Shhhhh, tranquila… Seguro que tiene solución.

—No, no la tiene —balbucea entre lágrimas—. Cuando el problema eres tú mismo, es imposible remediarlo.

Se saca un pañuelo de tela del bolsillo y se suena sin parar de llorar. La cara se le ha enrojecido y sus pestañas, tan rubias que casi pasan inadvertidas, parecen oscuras de lo mojadas que están.

—No digas eso —intento animarla—. Tú puedes con ello, en serio; ya te has demostrado a ti misma que, cuando quieres superar algo, eres capaz de proponértelo y conseguirlo poco a poco, ¿verdad?

Ella vuelve a sonarse y tira el pañuelo a la basura; después, rebusca en su bolso de Chanel hasta sacar otro.

—Soy la peor persona del mundo; debería estar apoyándote con lo de Chuck y F… Tenemos que ponerle un mote a él también —musita, y luego se ríe entre lágrimas—. Y aquí estoy, comportándome como una egoísta. —Llora aún más fuerte y se sienta en la cama, apoyando los codos sobre las rodillas y la frente sobre las manos.

—Ava —le digo, intentando que me vea entre sus brazos—, no tienes por qué infravalorarte así; debes quererte más a ti misma, eres una chica maravillosa con muchas virtudes y…

—Soy bisexual. —Entierra la cara en las manos y prosigue antes de que me dé tiempo a contestar nada—. Ya sé que vas a pensar que soy un bicho raro por haber estado ocultándotelo mientras dormía contigo… Sé que te pensarás lo que no es y creerás que estoy loca, así que déjame explicarte algo antes de que salgas corriendo. —Hace una pausa para coger aire y continuar—: No he estado estos días con mi hermana. He estado con mi novia…, bueno, con la chica con la que salía en Dinamarca. Siempre le he pedido que diga que es mi hermana —solloza, pero no se detiene— para que la gente no se piense cosas raras, porque una vez una amiga dejó de hablarme porque se convenció de que me atraía… Y sé que está mal, que la culpa es mía por obligarnos a ambas a fingir, pero me genera ansiedad y no puedo…

»El caso es que ahora, con todo esto de Martha, ya no sé qué pensar, porque no para de insultarme; siempre encuentra el momento en que estoy sola, cuando tú vas a por algo de desayunar, no sé, para soltar un comentario, mirarme amenazante y… sonreír. Siempre sonríe con esa cara de satisfacción al verme mal. ¿Qué voy a hacer si se entera de que salía con una chica? Porque ya no estamos juntas, la he fastidiado… Y eso que tampoco quería seguir ya con Gina porque ya no la quería, pero tampoco tiene ella la culpa y podía haber roto en otro momento… —Se suena la nariz y vuelve a llorar—. Y ya no sé cómo proceder, porque creo que me gusta Connor, pero no quiero que se piense que me voy con él porque Martha me insulta, que es básicamente lo que me dijo, que si lo había besado para que Martha no me llamara monja ni marginada ni todas esas cosas que me susurra cuando pasa a mi lado…

»Y ahora no sé qué hacer —termina, y oculta por completo la cara entre los brazos sin dejar de sollozar.

FINN

No tengo que esperar ni dos días para ver los miles de tuits que hablan de Tom y de mí, así como varios artículos en revistas digitales. Tampoco hacía falta ser muy inteligente para entender que algo ocurría, porque ya no nos paseábamos juntos por Londres. Me han visto tantas veces solo por Edimburgo que se han mosqueado. Por suerte, achacan este repentino distanciamiento a mi situación familiar y no a lo que pasó el otro día en casa. Sí, Tom subió un vídeo el martes en el que aparecíamos los dos de buen rollo y eso tranquilizó a algunos, pero cualquiera puede intuir que se grabó hace tiempo.

Desde que me fui, he estado muy pendiente de si se había filtrado nuestra dirección por la pelirroja, pero por ahora no he encontrado nada. Sin embargo, no puedo librarme de la intranquilidad de que en cualquier momento se lo contará a los medios o a cualquier otra persona y tendremos que volver a mudarnos para no vérnoslas de nuevo con gente asomada a las ventanas y esperándonos fuera a todas horas. Bueno... Supongo que ya en realidad tendría que volver a mudarse Tom.

Reviso por quinta vez lo que han dicho de nosotros: posible discusión definitiva seguido de que yo ya no iba a volver a nuestra casa porque hacía tiempo que no salía Tom en mis vídeos ni yo en los suyos. Menuda hipótesis tan rigurosa esa, aunque tenga una base real. Me repito que, mientras no sepan nada de la pelirroja ni nuestra dirección, todo va bien y decido darme una ducha para aislarme del mundo.

TOM

Lily no me ha escrito desde lo que ocurrió en casa y yo tampoco lo he hecho. No sé si debería, ahora que ya han pasado unos días, contactar con ella y pedirle disculpas otra vez por lo que tuvo que presenciar. Intenté explicárselo en el taxi de vuelta, pero estaba tan asustada por la actitud de Finn que no parecía dispuesta a pisar mi casa por una temporada. O, directamente, a quedar conmigo de nuevo.

Ya ha empezado noviembre y estoy a punto de marcharme… Abro el portátil y me distraigo mirando los nuevos vídeos de mis amigos. Me sorprende ver uno de Finn: lo ha subido hace poco más de veinte minutos y había transcurrido mucho tiempo desde el último. Aunque va principalmente sobre *The Last Guardian*, al final habla de las redes sociales y del poder que tienen para difundir supuestas novedades de rumores ficticios. Desde el primer momento, sé a qué se refiere.

Por lo general, cuando dos o más youtubers se mudan a otros sitios, hacen un vídeo explicando los motivos y asegurando que nada va a cambiar entre ellos. Pero Finn y yo no lo hemos hecho así, sino que él se ha paseado solo y sin ningún reparo por King's Cross, ha subido fotos por Edimburgo con otros amigos y no se le ha visto el pelo por Londres en los últimos días. Podríamos haber acordado algo para evitarnos esta movida, porque lo que al principio sólo era gente mencionándonos en Twitter y teorizando luego derivó en artículos kilométricos donde todo el mundo podía enterarse.

Cierro el vídeo de Finn, cansado de seguir escuchando tonterías. Si realmente hubiera querido que no se extendiera el rumor por Internet, podría haber hecho algún esfuerzo por hablar conmigo para idear una estrategia que nos evitara malos rollos. Además, hemos puesto en una situación difícil a nuestros amigos. Desde que les contamos, cada uno por nuestra cuenta, lo sucedido, se han comportado de un modo muy raro conmigo. Seguramente, Finn les diría antes que nos pilló a Lily y a mí en casa cuando habíamos prometido que nada de parejas, por lo que ahora todos piensan que yo soy el malo. En fin, teniendo en cuenta que es él quien se ha ido y que está afectado por lo de su madre…

Me quedo mirando unos segundos la pantalla vacía del ordenador y decido iniciar mi sesión de Gmail para ver si me ha escrito Lily. Lo cierto es que, si lo hubiera hecho, me habría llegado una notificación al móvil, pero lo intento por abstraerme con algo. Por supuesto, no lo ha hecho, así que abro un nuevo mensaje y empiezo a teclear en el portátil para reiterarle mis disculpas. Parece que últimamente «lo siento» es mi expresión más usual… y tampoco es que me haya servido de mucho. Reescribo varias veces el mensaje y le doy a «Enviar».

Mi vuelo sale mañana y ya no voy a poder quedar con ella, pero estoy nervioso y no sé qué hacer, salvo pedirle que me perdone, una vez más, y preguntarle si esto va a afectar al hecho de que nos sigamos viendo.

AVA

El lunes 7 de noviembre de 2016, reabro por fin mi diario. Tengo demasiadas cosas que escribir y hace mucho que no me desahogo en él… En concreto, desde que Lily lo descubrió.

Querido diario:

Han pasado muchos días desde la última vez que escribí y siento que he cambiado desde la página anterior. Hay tanto que quiero expresar que no sé por dónde empezar.

Hoy hemos tenido el segundo examen y, creo, no me ha salido muy bien para lo mucho que había estudiado… Supongo que todo dependerá del nivel de exigencia del profesor. Por lo menos, a Lily y a Connor les ha ido genial, así que me alegro por ellos.

Pensar en ambos me recuerda otros temas más importantes. En primer lugar, poco a poco estoy superando todo esto. Hace varias semanas que no me provoco el vómito. Es verdad que en muchas ocasiones he tenido ganas de hacerlo e incluso una vez vomité sin proponérmelo… Fue cuando vino Gina a Londres: me empecé a encontrar tan mal que mi cuerpo reaccionó. No quería hacerlo, pero me entró tanta angustia que tuve que ir corriendo al baño para no manchar el suelo de la habitación. Porque todo esto ocurrió después de que rompiéramos —sí, hemos terminado del todo... Y he escrito tantas páginas sobre ella en este diario que ni siquiera me apetece darle más vueltas—, cuando yo ya estaba en mi cuarto tras hablar largo y tendido con Lily. Aquel día, lloré tanto que me quedé sin fuerzas y, cuando vomité, me sentí peor que nunca... Pero, curiosamente, no fue el atracón de la noche anterior lo que me generó ansiedad. Por segunda vez desde que le confié a Lily lo de los vómitos, hablé yo más que ella.

Sobre Lily no hay mucho que contar: Chuck Bass sigue en Estados Unidos, de modo que no ha recibido apenas noticias de él. Sabemos que le está yendo muy bien, en especial porque han aumentado su estancia cuatro días más de lo que le anunciaron. A Lily le ha fastidiado un poco que no volviera antes, pero entiende que por temas de trabajo tiene que quedarse y sé que, en el fondo, sólo se queja porque le echa de menos. Tampoco me ha vuelto a mencionar el desagradable encuentro de la última vez que se vieron en casa de Chuck, por lo que creo que ya es agua pasada. Ya sólo quedan tres días para que regrese a Londres... Lo sé porque han quedado esa misma tarde y no en el aeropuerto, claro, sino en su casa. Ahora que no vive con su compañero, ya puede invitar a quien quiera. Y sobre este tema no ha habido ninguna otra novedad, excepto que salió a la luz el jaleo que hubo entre ellos dos en Internet. Por fortuna, los rumores se han relegado a un segundo plano.

En cuanto a mi otro amigo, Connor... Bueno, estos días he estado evitándole porque me daba mucha vergüenza verlo. Sé que tengo que enfrentarme a él en algún momento y explicarle por qué me comporté así la última vez que estuvimos solos... Sí, esa noche en que se me ocurrió la genial idea de besarlo. Como luego le conté a Lily, sin parar de llorar, hice aún más el ridículo al salir corriendo. Y, para mi sorpresa, me entendió y me dijo que no debía avergonzarme de no tener claros mis sentimientos…, al igual que no debía avergonzarme mi bisexualidad, sino todo lo contrario. Visto en perspectiva, me siento culpable por haber pensado que no lo comprendería.

Conclusión: Lily es la mejor amiga que podría tener. Y el día que me separe de ella para regresar a Dinamarca, voy a llorar mucho.

Hasta me ha ayudado con Martha, que últimamente no me ha dejado tranquila y ha empezado a pasarme notas por debajo de la puerta cuando estaba sola. Sólo han sido dos y no iban firmadas, pero por aquí nadie más utiliza una pluma estilográfica. De todas formas, ahora que he podido confiar en alguien, no me cuesta tanto ignorar sus insultos. Por suerte, al empezar los exámenes parciales ha estado más ocupada estudiando que metiéndose conmigo.

Creo que no hay nada más que añadir. Ayer hablé con mis padres por teléfono y me pusieron al día de cómo estaban las cosas por casa. Es verdad que no añoro Copenhague porque, aunque lo he pasado mal aquí, es refrescante cambiar de aires, pero sí que los echo de menos a ellos y a Niko…

Ahora que lo pienso, es extraño volcar aquí esta clase de reflexiones en lugar de las relativas a lo que comí el día anterior.

Cierro el diario y lo guardo debajo de la almohada. Hacía mucho tiempo que no me reconfortaba tanto desahogarme por escrito…

Oigo a Lily cerrar el grifo de la ducha, así que me meto entre las sábanas y aguardo a que salga en cuanto se ponga el pijama. Por un lado, estoy cansada por los exámenes y los disgustos que se han juntado en estos últimos días, pero por otro…

No sé, supongo que haber sido sincera con alguien me ha ayudado, porque de vez en cuando reparo en que, sin venir a cuento, estoy sonriendo. Como en este preciso instante.

REX

Me aparto del escritorio y le doy una patada a la silla, furioso. No me puedo creer que vaya en serio el mensaje que me acaban de enviar.

Al parecer, no es una broma eso de que si faltas tres días a clase sin ningún pretexto te eliminan las matrículas que has realizado a principio de curso. Básicamente, es lo que me acaba de pasar. Cuando con la segunda ausencia me mandaron un aviso, no me preocupé; me figuré que era la típica advertencia para asustar a los alumnos y que no se saltaran las clases. Pero ahora, al leer la cita con la directora que me ha llegado al e-mail, sé que va muy en serio. Con el pie dolorido por la patada que se ha llevado la silla, me siento en la cama y le propino un puñetazo al colchón para volcar mi rabia. No me puedo creer que por tres simples faltas me vayan a expulsar… Mi madre me va a matar.

—¡Joder!

Me levanto y salgo sin apagar la luz. No sé con precisión lo que estoy haciendo, pero sí a quién me apetece ver ahora mismo. Pulso con un golpe el botón del ascensor, pero, como tarda varios segundos y no estoy de humor para esperar, bajo las escaleras saltándolas de dos en dos y echo a andar hacia el fondo del pasillo de la segunda planta.

Cuando la puerta se abre, estoy seguro de que soy la última persona a la que esperaba ver al otro lado.

LILY

Por fin ha llegado el día que llevaba tanto esperando. Hoy es jueves y, si bien todavía tengo por delante seis horas interminables de clase y otras más hasta que Tom aterrice, esta noche lo veré y cenaremos juntos. Me preguntó hace tiempo dónde quería que quedáramos, si en su casa o en algún restaurante. Él prefería la primera opción para no jugársela a que pudieran verlo con una chica y volver a ser el centro de atención de todos los cotilleos, como hace unas semanas con Finn. Y por ese motivo apoyé su idea, a pesar de que podría traer malos recuerdos de la última vez que estuvimos ahí y la discusión con su amigo.

Aunque hemos hablado por e-mail, tenemos muchas cosas que contarnos desde que despegó hacia Los Ángeles: su viaje, su relación con Finn, la *première* de *Harry Potter* a la que va a asistir, mis primeros exámenes… Además, tenía que regañarle por una cosa que hizo mientras estaba fuera: hace algunos días, estaba Connor tan tranquilo en su habitación cuando los encargados de la limpieza llamaron a su puerta. Al principio se asustó mucho por la posibilidad de que hubieran descubierto nuestra pequeña —y supongo que ilícita—

mudanza, pero afortunadamente el chico que traía una caja de más de seis kilos parecía más interesado en librarse de ella que en averiguar si Lilian era un nombre masculino o femenino en Asia. El paquete venía desde la misma ciudad de Londres y no sospeché de Tom en ningún momento hasta que lo abrí y vi el contenido.

Dentro había un total de siete libros con tapa dura y agrupados en una caja ilustrada… Y sí, por supuesto, eran los siete volúmenes de *Harry Potter*, además de *El legado maldito*. Me hizo muchísima ilusión recibir el paquete, no sólo por el contenido, sino porque me llegó dos días después de saber que su estancia en Estados Unidos se iba a prolongar un poco más de lo esperado.

Así que, además de estudiar para el examen de hace unos días, me he concentrado en esa lectura que llevaba tanto tiempo demorando. Y sí, he de reconocer que enganchan muchísimo. Todavía voy por el principio del tercero, pero creo que ya he encontrado mi favorito de la saga y es el segundo. Dudo mucho que el resto pueda superarlo, aunque no descarto que me sorprenda porque, por ahora, les da mil vueltas a las películas que he visto.

Se me hace eterna la espera hasta las siete y cuarto, cuando se supone que aterriza el avión y Tom ya tiene cobertura para escribirme un e-mail. No tengo que esperar mucho más para recibirlo y suspiro, aliviada. Si sus cálculos no fallan, dentro de dos horas estará por aquí.

Para distraerme, dedico el tiempo que me sobra a buscar una nueva serie que ver… y finalmente me decanto por comenzar *Gossip Girl*. Aunque no sea mi tipo de serie, admito que me ha entrado curiosidad por saber por qué le gusta tanto a Ava y, claro, por cómo es el tal Chuck Bass.

OLIVER

Hoy no aviso a Rex para que venga conmigo porque no hace más que ponerme jodidamente nervioso. Sin embargo, parece que sólo tengo suerte cuando está él. Es el tercer día consecutivo que me he tirado varias horas en la puerta del Ellesmere a la espera de ver a Lily, pero ni rastro de ella. En sus redes sociales no ha publicado nada fuera de lo común estos últimos días, sólo una foto con su amiga rubia cuyo fondo es imposible de identificar. Si ha salido del hotel, habrá sido cuando yo no haya estado aquí plantado, aguardando para confirmar mi teoría sobre ella y Tom Roy. Sé que han quedado en las últimas semanas, pero necesito pruebas de que hay algo más.

Aun así, al ser hoy jueves por la noche, es posible que mi suerte cambie. Estoy seguro de que ya no tienen clase en Economía los viernes y Rex me comentó que hicieron un examen hace poco, de manera que lo más probable es que salgan a tomar algo. Si hoy no sale..., en fin, o bien está enferma, o bien ha cambiado y se ha transformado en una persona tediosa. Lo que corroboraría mi suposición sobre que no se ha amoldado a la vida en Londres y se arrepiente de haber venido.

Hay otro punto a favor en mi teoría sobre que va a salir del hotel y voy a poder seguirla: Tom Roy aterriza hoy en la ciudad. Después de varias semanas en Los Ángeles y Las Vegas grabando para un misterioso proyecto del que aún no se sabe nada, esta mañana salía de madrugada su avión de regreso a Londres. Y es presumible que, después de todo lo que ha pasado con el plasta de Finn y tras haber estado tanto tiempo fuera, vayan a quedar por la noche.

No obstante, ya son las siete y todavía no tengo noticias de mi ex. Cada vez que sale alguien por la puerta, estiro el cuello para ver si se trata de Lily, su amiga o alguna persona que pueda conocerla o vaya a su clase. Estoy situado en un punto que me permite ver a la misma distancia la entrada a la recepción y la esquina donde siempre queda con Tom Roy, de manera que no se me puede escapar ni una. Pasa una hora en la que no paro de mirar porque pienso que tiene que estar a punto de aparecer, pero no sale. Para entretenerme, alzo el volumen de la radio y me pongo con un juego de tenis en el móvil, aunque me obligo cada pocos segundos a levantar la vista para no perderme nada.

Unos minutos más tarde, bloqueo el móvil y apago la radio. Cada vez estoy más cansado y la cabeza me está empezando a doler, así que me planteo llamar a Rex para que me releve o irme a casa. Hace tiempo que no veo a Dylan y me había propuesto tomar hoy unas copas… Suspiro, lanzando un último vistazo a la puerta, y arranco el coche para ir a la esquina donde suelen quedar. Giro ahí mismo y de pronto, nada más dar la vuelta, veo un taxi parado unos metros más allá, fuera de mi anterior zona de visión. Tiene que ser Tom Roy, estoy seguro, pero no hay ni rastro de Lily. Aparco en segunda fila por delante del taxi y observo por el cristal trasero del coche.

No transcurren más que unos minutos hasta que Lily aparece por ahí, se mete en el taxi y abraza a Roy. Al ver sus siluetas juntas en el interior, me entran ganas de vomitar.

Espero a que el taxi me adelante para seguirlo y luego acelero sin mirar hacia delante.

Es entonces cuando oigo el grito.

MARTHA

El golpe me deja confusa y, por unos segundos, no tengo ni idea de dónde estoy. Súbitamente, entiendo lo que acaba de pasar y me pongo de pie lo más rápido que puedo. A mi alrededor se ha empezado a amontonar gente, preocupándose por mi estado. El conductor ha salido y me ha preguntado si estoy bien, pero, al ver que no me había hecho ningún rasguño, ha retrocedido y se ha marchado.

Se ha apelotonado tanta gente que todo el mundo piensa que me han atropellado, y eso que en realidad sólo he recibido un golpe cuando el coche se ha puesto en marcha y me ha tirado al suelo. Buf, ni que me hubiera arrollado. Lo único que me duele ahora mismo, aparte del orgullo, es la oreja derecha porque he caído hacia ese lado. Unas chicas que pasaban por ahí insisten en llamar a una ambulancia para que comprueben si estoy bien porque me he golpeado la cabeza, pero insisto en que no lo hagan.

Bueno, en realidad quien habla no soy yo, sino Rex.

Las chicas siguen mosqueadas y dando la lata con avisar al servicio médico, aunque sea el del hotel, pero mi compañero me saca de ahí y me lleva de vuelta a la recepción. Habíamos salido un momento a fumar y a dar una vuelta porque tenía algo que contarme. Al principio, me sorprendió su propuesta, pero decidí aceptarla por curiosidad, algo que sólo ha servido para que haga el ridículo y se me estropee la manicura. Joder…

Todavía estoy algo grogui por el golpe, pero Rex deja que me apoye en él y me sube a su habitación. Ni siquiera cuestiono por qué no me lleva a la mía, sino que lo sigo sin más hasta que me tumba y me pregunta varias veces si estoy bien. Cuando lo convenzo de que sí, me dice que descanse y le avise cuando me encuentre mejor. Se sienta al escritorio y yo aprovecho para tocarme la oreja. Me duele si la aprieto, pero oigo con normalidad y no tengo ninguna herida externa, así que supongo que todo está en orden. Al menos, no me duele tanto como cuando me torcí el tobillo.

Noto a Rex muy raro con lo que acaba de ocurrir; no es propio de él hacerse cargo de algo así con tanta prisa y, encima, traerme a su cuarto en lugar de desentenderse tras acompañarme al mío…

Pero, bueno, tampoco voy a quejarme. En su lugar, me esfuerzo por descansar un poco…, si es que mis pulsaciones, todavía aceleradas, me lo permiten.

REX

Sentado en la silla del escritorio, espero a que Martha se tranquilice. Ojalá que con el susto del accidente no se haya dado cuenta de quién conducía... He intentado distraerla mientras Oliver salía para comprobar si estaba bien. Cuando ha visto a quién había estado a punto de atropellar y le he indicado que yo me ocupaba, ha vuelto corriendo al vehículo y se ha marchado.

Escucho su respiración, lenta y acompasada. Me giro y veo que se ha quedado frita en mi cama. Si yo estuviera en su lugar, habría sido incapaz de dormirme, pero al parecer ella no tiene ningún inconveniente en cerrar los ojos y desconectar. Saco mi móvil del bolsillo y consulto los mensajes que he recibido en la pantalla bloqueada del iPhone. No esperaba recibir ninguno de Oliver, pero ahí está, el primero.

¿Está bien la chica?

Sí, tío, está durmiendo en mi habitación.

Él contesta enseguida:

Joder, menos mal. ¿Qué cojones hacíais ahí?

Nada, fumar.

Pensaba que no te hablabas con ella.

Me tomo unos segundos para responderle.

Ya, pero el otro día casi ocurre algo.

¿Cómo? ¿El qué?

Nada, no tiene importancia.

Él escribe durante un rato; supongo que va a enviarme un mensaje largo.

Vale, pero sobre todo ten cuidado de que no pille nuestro plan. La chica está obsesionada con Tom Roy, eso quedó bastante claro aquella noche, y no puede descubrirlo. Por cierto, estaba ahí precisamente esperando a que se confirmaran mis sospechas, y es verdad: Lilian y Roy están juntos. Es la única vez que los he visto desde que estuve contigo en el coche, pero ahora estoy 100% seguro, así que tenemos que hacer algo pronto.

Bloqueo el móvil en cuanto veo por el rabillo del ojo que Martha se ha despertado de su minisiesta y va directa hacia donde me encuentro. Ya contestaré a Oliver más adelante. Además, es muy probable que le esté haciendo un favor porque habrá estado escribiéndome al tiempo que conducía de vuelta a su casa, el muy gilipollas.

—¿Qué tal te encuentras? Si te duele algo, dímelo y vamos al hospital —insisto. Debe de ser la octava vez que se lo digo desde que la he recogido del suelo.

—Estoy bien… Me voy a ir a mi habitación para seguir descansando.

Me encojo de hombros, la acompaño hasta la puerta y, cuando voy a abrir, me quedo quieto y escruto su cara.

—Necesito decirte una cosa. No sé a quién contárselo si no es a ti.

Ella se coloca el pelo morado detrás de la oreja y asiente.

—Me van a echar de la USK.

—¿Qué? —exclama, boquiabierta—. ¿Qué has hecho?

—Más bien, qué no he hecho. Faltar a clase cuando pasaban lista.

—¡Tendrías que haber ido para firmar y después irte!

—Vale, pero no me apetecía, ¿sabes? No es tan fácil cuando te presionan sin parar —espeto.

—¿No hay nada que puedas hacer?

Me encojo de hombros.

—Ir a ver a la directora para que me explique que me largan porque ya tengo más de tres faltas en varias asignaturas.

Martha entrecierra los ojos y se lleva una mano a la boca.

—Alguna otra cosa habrá, piénsalo; igual tu madre puede hablar con…

—¡No! ¿Por qué todo el mundo mete a mi madre en todo? ¡Que sea quien es no va a cambiar nada!

—Vale, vale, sólo era una idea.

Nos quedamos en silencio y aparto la mano del pomo de la puerta. Martha se da cuenta de que la estoy observando y baja los ojos, no sé si incómoda o nerviosa.

—Bueno, que te mejores. Llámame si necesitas algo o si te duele la cabeza del golpe.

—Sí… Hasta luego —musita.

—Adiós. —Le sujeto la puerta para que pase.

Espero un segundo a que esté fuera para empezar a cerrarla cuando hace un movimiento brusco y vuelve a entrar. No me da tiempo ni a preguntarle qué está haciendo porque enseguida lo averiguo: Martha se pone de puntillas y se lanza a besarme. Al principio es un beso cauto, noto cómo tantea para ver mi reacción, pero en cuanto le sigo la corriente cerramos la puerta y nos dejamos llevar por el momento.

TOM

Había pensado en llevar otra vez a Lily a casa, pero, lo mirara por donde lo mirara, era una mala idea. Ya no por el hecho de que habíamos estado allí varias veces, sino por los recuerdos que le pudiera traer de la última vez que fuimos ahí. Así que decido invitarla a un sitio especial.

El taxi nos deja justo detrás del ayuntamiento, a unos pasos del Puente de la Torre. La reserva que he hecho en el restaurante no es hasta las nueve; elegí una hora algo más tardía de lo normal por si mi vuelo se atrasaba. Mientras tanto, paseamos de la mano por la orilla del Támesis. El cielo de Londres se oscurece gradualmente, pasando de un azul pálido al escarlata y, por fin, casi al negro cuando el sol desaparece. Con las gafas de sol puestas a esta hora, apenas veo nada.

—¿Notas el *jet lag*? —me pregunta.

—Creo que aún es pronto… y he dormido mucho en el avión. De todas formas, espero no quedarme atontado durante la cena. ¡No me odies si me quedo dormido encima del plato!

—¿No vas a decirme adónde vamos? —Pone carita de pena, intentando convencerme.

—Nooooo, es secreto. Y, aunque te lo dijera, no lo conocerías. No te ofendas —bromeo mientras ella se hace la molesta.

Esquivamos a un grupo de gente que se está haciendo fotos con el Puente de la Torre iluminado de fondo.

—Que sepas que algún día no sabrás ir a algún sitio y tendré que llevarte yo —replica Lily con aire digno.

—Ya lo has hecho: al Taco Bell.

—¡Oye! —Ahora sí que me llevo un golpe cariñoso en el hombro.

—En realidad, es ahí donde vamos. ¿No te lo había dicho? ¡Sorpresa!

Ella pone los ojos en blanco y le vuelvo a coger la mano que me había soltado en venganza.

—Vale, vale, en cinco minutos te llevo. Ahora disfruta de las vistas del puente; seguro que querrás hacerle una foto, como buena turista.

—Pues sí, eso mismo pensaba hacer.

Saca una cámara réflex del bolso y, de repente, me saca una foto, pillándome desprevenido.

—¡Eh! ¡Ni se te ocurra!

Ella canturrea algo como si no me oyera, mirando la foto y riéndose de la cara de idiota que he debido de poner.

—Anda, ven. Vamos a hacernos una los dos.

—¿Con las gafas de sol? —pregunta.

No había pensado en eso. Miro a mi alrededor para ver si es factible quitármelas, pero hay demasiados turistas alrededor.

—Bueno, ¿por qué no? Arriba nos podremos hacer otra normal.

—¿Arriba? —repite, suspicaz.

Saco mi móvil, pongo la cámara en modo frontal y nos hacemos un *selfie* con el puente de fondo. Podría haber salido mejor: la imagen está demasiado oscura y nuestras caras salen un poco borrosas por la falta de luz, pero es nuestra primera foto.

Empiezan a caer unas gotas de lluvia y guardo el móvil corriendo en mi bolsillo para que no se moje. En Londres, ya se sabe, cualquier llovizna puede convertirse enseguida en un diluvio.

—Vamos, te llevaré ya al restaurante secreto antes de que nos mojemos y parezca aún más estúpido con unas gafas de sol llenas de gotas.

Ella me mira y se ríe.

—Tienes que dejarme esas gafas luego para ver qué tal me quedan.

—Ya veremos. Son las gafas de Tom Roy, ¿sabes? —Le sigo la corriente sin miedo a que se piense que se me ha subido la fama. Esa es otra cosa que me gusta mucho de Lily: la naturalidad con la que comprende mis bromas.

La llevo hasta el portal del museo donde está el Blueprint Café. Desde fuera no llama mucho la atención y la primera vez que vine lo tomé por el típico sitio cutre al que te traen las marcas para promocionar sus productos. No obstante, luego vi cómo era por dentro y me prometí que volvería. La mejor forma de repetir va a ser con Lily a mi lado.

En cuanto entramos y subimos al restaurante, me quito las gafas, me bajo la capucha y ella me roba la gorra de debajo. Niego con la cabeza y se la quito con una mano.

—Uy, si llevas eso puesto, no sé si te van a dejar entrar —bromeo.

No son exigentes en cuanto al vestuario y, además, sé que no habría inconvenientes con eso. He reservado toda la sala superior, que tiene las mejores vistas, sólo para nosotros.

Llegamos a la planta donde vamos a cenar y nos reciben tres camareros que nos estaban esperando. Ella contempla las vistas al Puente de la Torre a través de la cristalera mientras camina despacio y se gira hacia mí.

—¡Es precioso!

Sonrío y le señalo la mesa para sentarnos. En el centro han colocado unas flores blancas lo bastante discretas para no estorbar. Ella se quita el abrigo y un camarero se acerca para recogérselo. Hago lo mismo con mi sudadera gorda y me quedo un poco más acorde a la situación, con una camisa azul clara y unos vaqueros oscuros. Lily lleva una camiseta de manga larga blanca y una falda de cuadros verde oscuro. De fondo me he encargado de que suene la misma lista de Spotify que ella puso en mi casa el día que cocinamos fajitas y una voz femenina empieza a entonar la siguiente canción.

Los camareros nos ofrecen el menú y nos aconsejan sobre las mejores opciones, dejando también en la mesa la carta de vinos.

—Tom… —susurra ella.

—¿Por qué hablas tan bajo? —le contesto en un tono normal.

—No lo sé —me imita—, es que este sitio es demasiado… impresionante.

—¿Te gusta?

Ella asiente, sonriendo.

—Me encanta, es una pasada.

—Me alegro mucho. Les pedí que cerraran esta planta para nosotros y así estar más tranquilos sin gafas de sol, bufandas y ese tipo de cosas que entiendo que te fastidien.

—Ya sabes lo que opino de eso —insiste.

—Lo sé. —Sonrío y echo un vistazo a la carta.

Veo a Lily con dificultades a la hora de entenderla: hay muchos tipos de carne y pescado que nunca ha visto traducidos al inglés y le intento ayudar describiéndoselos, pero no parezco aclararle mucho las dudas, así que recurrimos a Google.

—Esto es lo más raro que he hecho en una cita —digo, sonriéndole.

Ella me devuelve la sonrisa y me pongo algo nervioso al darme cuenta de la palabra que acabo de mencionar.

—Este sitio sí que es el más raro en el que he estado…, pero en el buen sentido, por supuesto. Es increíble. —Vuelve a mirar a su alrededor, contemplando la enorme sala y las vistas a través de la cristalera.

—Lo sé, se ajusta perfectamente a tu ascendencia regia. Por eso te he traído.

—¿Qué? —Parpadea, confusa.

—¡Lilian de Suiza! —grito entre carcajadas y ella coge aire, enojada.

—¡Te odio! De verdad que eres lo peor que he conocido nunca. Y, para tu información, es Lilian de Suecia, no de Suiza.

—Su majestad perdone, Lilian de Suecia. La llamaré Lilo a partir de ahora.

Ella se muerde el labio inferior y niega con la cabeza. Debe de estar conjurando toda su paciencia.

—Está bien, yo seré Lilo, pero desde luego tú eres Stich: raro, curioso y desordenado, entre otros adjetivos. Muy desordenado, sí —afirma, y yo la miro divertido—. De hecho, podría seguir enumerando varios más, pero te perdonaré sólo porque me has traído a este sitio tan guay.

—Gracias, excelencia.

Va a contestarme cuando mi móvil suena desde el bolsillo. Enmudezco, dudando entre si responder o no. Si me llaman a esta hora, tiene que ser por algo importante... Me excuso con la mirada y lo saco para comprobar quién es.

—Lo siento, es mi agente. Tengo que cogerlo, aunque le diré que no puedo hablar. ¿Te importa?

—No, no, tranquilo.

Sin levantarme, descuelgo la llamada.

—Alice...

—Roy —contesta, como siempre—. ¿Qué tal vas? Parece que ya se han calmado un poco las cosas.

Me revuelvo en la silla, incómodo.

—Bien, mucho mejor, gracias.

—Tengo que preguntarte algo; va a sonar un poco raro, pero tengo que hacerlo.

—Dispara. Aunque no tengo mucho tiempo, estoy ocupado.

Alice espera un segundo y habla, ignorando lo que le acabo de decir:

—Ahora que ya no vives con Finn, quería preguntarte si vais a seguir siendo amigos de cara al público, conocidos o como quieras llamarlo... O si, por el contrario, vais a dejar de hablaros por completo. Vi tu vídeo del martes y me quedé...

—¿Para qué quieres saber eso? —Mi contestación suena borde, así que intento arreglarlo rápidamente—: Quiero decir, no, él se ha ido a Edimburgo —bajo la voz por si hay algún camarero cerca— y no he vuelto a saber nada más. De modo que supongo que la respuesta a tu pregunta es lo segundo.

—Vale. —Tose al otro lado del teléfono—. Perdona, estoy un poco resfriada. En ese caso, voy a cogerte la entrada para la *première* en un asiento alejado de él, ¿vale? Nadie tiene por qué enterarse, sólo los que estén dentro, y siempre pueden pensar que hubo un error al designar los sitios…

—Alice, creo que todo el mundo sabe la verdad. Y somos lo bastante maduros como para ponernos uno al lado de otro aunque estemos así.

—No, Roy, eso es lo que te parece a ti, pero la gran mayoría sigue pensando incluso que seguís viviendo juntos y que todo esto ha sido una farsa o un simple rumor de Internet. Así que, si te parece bien, haré eso. Él llegará justo ese día desde Edimburgo. Igual hago que entréis al mismo tiempo, pero nada más.

—Estoy nervioso —admito, pasándome la mano por el pelo.

—Lo sé… y lo que te voy a decir ahora no te va a tranquilizar.

Miro a Lily para ver si le está molestando que esté al teléfono, pero ella sigue concentrada en el menú y en los tipos distintos de carnes y pescados.

—Es sobre una persona que va a ir a la *première*…

Ya sé por dónde va Alice.

—Pero…

—No, nada de peros. Te recuerdo que vas a ese evento por trabajo y no por diversión, de modo que tendrás que esforzarte si quieres formar parte de esto.

—No te sigo —le digo.

—Ya lo sé, porque estaba esperando a contarte todo hasta que lo supiera seguro. Tienes la *première* el día 15, eso ya lo sabrás, pero lo que te quiero decir ahora es que el día 25, viernes, hay otro evento muy importante al que debes ir.

Cuando Alice empieza así, no puede ser nada bueno.

—Cuenta —respondo, abatido.

—Mientras estabas en Las Vegas, terminaron en Nueva York la grabación de una película. Aún no puedo revelarte cuál, pero créeme cuando te digo que esto puede dar un vuelco a tu carrera.

—¿A qué te refieres? —inquiero, algo más interesado.

—Te lo voy a resumir porque es una larga historia: simplemente, quédate con que tienes que caerle bien a Jeremias Zac.

—Jeremias Zac... Vale. ¿Quién es?

—Es el productor de esa película. Está buscando a tres grandes fichajes para la promoción y quiere llevárselos durante dos semanas a Nueva York con los gastos pagados para hacer una megacampaña. Nunca había visto nada parecido y lo mejor de todo es que está muy interesado en ti y en Finn. Tu misión tiene que ser conocerlo y, ¡por favor!, caerle bien. Es un tipo bromista y con los pies en la tierra, así que no será muy difícil, pero tienes que intentarlo. El 25 de noviembre van a hacer este evento que te digo, donde elegirán a las tres personas que formarán parte de la promo.

—Y quieres que me elijan a mí.

—¡Claro! —exclama Alice—. Va a ser una oportunidad increíble para tu canal, Roy, así como para tu carrera. Aparecerás en la televisión estadounidense casi todos los días, imagínate lo que da de sí eso.

Me imagino en esa situación y siento cierta incredulidad; es algo demasiado extraño como para ser cierto.

—Vale, Alice, lo tendré en cuenta. Ahora tengo que dejarte, estoy ocupado y...

—Sólo una cosa más, Roy, antes de que cuelgues.

Suspiro.

—Dime.

—He estado hablando con algunos contactos y es muy probable que os elijan a ti y a Finn como un *pack* para la promoción, además de a otra persona que no sé quién puede ser. De manera que el día del evento tenéis que actuar como tal porque os estarán vigilando.

—¿Y en la *première* no?

—No; de hecho, no estará en la sala, sólo se dejará caer por ahí. Eso es todo lo que sé... Espero que utilices con cabeza toda esta información y la medites. Supongo que Finn ya estará al tanto o lo sabrá en nada, porque nos lo acaban de comunicar a la agencia. No sé si Patrick le habrá llamado ya para contárselo.

—Genial —asiento, poniéndome nervioso al pensar en mi amigo.

—Bueno, te recuerdo: el martes que viene, la *première*, eso ya sé que no se te olvida; pero el viernes de la semana siguiente, el evento donde elegirán a las tres personas. Traje obligatorio. Te digo todo esto porque yo pasaré fuera toda la semana.

—¿Ah, sí?

Escucho a Alice suspirar.

—Sí, Roy, te lo dije hace unos días. No voy a cogerme vacaciones en Navidad porque va a haber mucho trabajo por aquí, así que prefiero adelantármelas ahora y luego trabajar cuando todo el mundo esté de fiesta.

—¡Es verdad! ¿Y qué día te vas y hasta cuándo?

—El lunes que viene y volveré el 30 de noviembre. Si te seleccionasen para la campaña, tu vuelo saldría el 1 de diciembre, por lo que yo estaría ya de vuelta.

—Vale —respondo—. ¿Algo más?

—No, nada más. No cuentes nada de esto a nadie y recuerda que lo que te he dicho de que es probable que te elijan junto con Finn es información confidencial. Tú vete preparando por si acaso y estate atento al mail, porque te avisarán sobre el lugar y la hora del evento. De eso ya no me ocupo yo.

—Genial. Gracias, Alice. Que te lo pases muy bien por…

—Tailandia —completa ella con paciencia—. Hablamos a la vuelta, Roy.

—Adiós.

LILY

Tom cuelga el teléfono y lo vuelve a guardar en su bolsillo.

—Lo siento muchísimo —dice con aire agobiado—. No quería interrumpir así, pero me llamaba mi agente y tenía que cogerlo porque era importante.

—No te preocupes —contesto—. ¿Algo malo?

—No, no, al revés. Y tenía que recordarme algunas cosas porque se va de vacaciones y no va a estar disponible durante unos días.

—¿Y no te asignan a alguien mientras está fuera?

Él asiente y me explica que sí: cada vez que un agente se va de vacaciones, se ocupa otra persona. El problema, según Tom, es que no es lo mismo, ya que su relación con Alice es muy diferente de la que podría tener con cualquier otro trabajador con el que nunca haya hablado.

—Ay, ¡qué pasada que vayas a ir a la *première* de la nueva peli de *Harry Potter*!

—O sea, que ahora te gusta la saga, ¿eh? ¡Te lo dije!

El camarero interrumpe nuestra charla para preguntarnos qué vamos a tomar. Al final he optado por un plato de pato confitado y él elige el *risotto*. Como no es que sea la gran experta en vinos —pese a que Tom insista en recordarme que soy española, como si por eso lo llevara en los genes—, elijo el de la casa y espero que sea bueno.

—Entonces, ¿qué día es la *première*?

—El 15, el martes de la semana que viene —responde con una gran sonrisa.

—¿Has visto alguna vez en persona a los actores y a la autora?

Tom hace un gesto de asentimiento mientras acerca la silla a la mesa.

—Bueno, sólo a algunos secundarios. A Rowling no la conozco. Puedes seguir la llegada de los invitados; he visto que la van a retransmitir en directo por YouTube. Con todo el jaleo que ha habido con Finn, es probable que nos enfoquen bastante a ambos.

Me quedo en silencio y me doy cuenta de esa evidencia en la que no había caído. Por supuesto, Finn también estará allí.

—¿Alguna novedad con él? —pregunto con timidez. No hace falta ni que mencione su nombre.

—No.

Mira a su alrededor para asegurarse de que no haya nadie en la sala en este momento para seguir hablando. Me cuenta los planes que tienen para el día 25, dentro de dos semanas, y todo lo que Alice le ha adelantado sobre la gran oportunidad que les van a ofrecer para promocionar una película en Nueva York en diciembre. También me deja caer que lo más probable es que salgan elegidos Finn y él, además de otra persona que no saben quién puede ser. Por descontado, no puedo revelar nada. Me hace ilusión que comience a fiarse de mí hasta el punto de decirme esto.

Dos camareros entran en la sala y se acercan a la mesa para servirnos las bebidas y, unos minutos después, los platos. Comemos tranquilamente, dejando a un lado el tema del trabajo. Cuanto más anochece, más impresionantes son las vistas del Puente de la Torre. Estamos tan cerca que se aprecian las luces de los vehículos que circulan por él.

—Por cierto —recuerdo en un momento dado—, llevo mucho pensando… Hemos quedado varias veces y hay bastantes cosas que no sé sobre ti.

Tom pone cara de sorpresa, divertido por lo que intuye que le espera.

—¿Esto va a ser un interrogatorio? ¿Una entrevista para una revista adolescente? —bromea, apoyando la barbilla en la mano.

—Más bien lo segundo. ¿Estás preparado?

—Por supuesto. Pero sólo tienes tres minutos: detrás de ti hay más medios.

Dejo el tenedor en el plato.

—A ver, empezamos por algo muy sencillo. ¿Color favorito?

—¿En serio? Ya lo he respondido en muchas otras entrevistas, lo siento. —Tom se ríe y hace como si se apartara una larga melena, levantando la barbilla y cerrando los ojos.

—Vaya —le sigo la corriente, hablando como si estuviera redactando para una revista—. Tom Roy, ídolo adolescente de masas, tiene la fama tan subida a la cabeza que se niega a decirnos cuál es su color favorito. ¿Conseguiremos sacarle si Roy es su segundo nombre o sólo su apellido?

—En realidad, no tengo color favorito; no le encuentro el sentido a elegir uno sobre los demás. Es discriminatorio para el resto de colores.

—¿Y tiene algo que añadir a lo del apellido?

—Prefiero mantenerlo en secreto —afirma muy serio.

—Tendré que acudir a alguna fuente confidencial como la Wikipedia, entonces.

—Adelante.

Se le escapa la risa y me la contagia. Seguimos hablando de nosotros y de esos temas que no hemos podido tocar antes. El tiempo pasa tan rápido que, cuando miro la hora en el móvil, ya son casi las once. Pedimos los postres y, si bien yo no tengo más hambre, no dudo en hacerle un hueco a la tarta de chocolate. Tom pide un extraño helado con una mezcla de sabores con texturas que, francamente, suena fatal. Para que luego diga que a mí me gusta la comida rara…

Terminamos de cenar y los camareros nos dejan un rato tranquilos en la sala. Lo aprovechamos para conversar sobre nuestras vidas. Le hablo de mi familia, de mi padre y de mi madre, de mi día a día en Madrid… También le cuento cómo fue mi primera semana en Londres y el hecho de que no quería venir, aunque me reservo el verdadero motivo. Prefiero no soltar toda la historia de Oliver y la razón por la que pedí la beca.

Estamos hablando de mis progresos con los libros de *Harry Potter* cuando aparece un camarero para invitarnos a una copa de lo que queramos. Yo no soy mucho de beber alcohol, pero cuando salgo siempre pido lo mismo, así que me decanto por una bebida con vodka y Tom se une a mi elección. En unos minutos, las trae y vuelve a dejarnos solos.

—¿Ya se ha ido? —me pregunta Tom.

—Sí.

—Ponte de pie —dice entonces mientras se levanta.

Le hago caso y lo miro con curiosidad.

—¿Qué pasa? —Se ríe al ver mi expresión—. No vamos a hacer nada malo, ya verás.

Arrastra mi silla hasta la cristalera desde donde se ve todo el Támesis y hace otro tanto con la suya. Nos sentamos uno al lado del otro, alejados de la mesa y frente a unas vistas impresionantes. Tom sujeta su vaso con la mano derecha y me da la mano con la izquierda.

—Gracias por entender todo esto… Sé que es desagradable.

No respondo. Sí, lo es, pero prefiero no confirmárselo y dejarle seguir hablando. Es algo a lo que debería acostumbrarme gradualmente.

—Me molesta que no podamos ir a dar una vuelta como dos personas normales… No deberías aguantar eso.

—¿Qué quieres decir? —pregunto, alarmada.

Él desvía la vista de la cristalera a mi rostro. Sus ojos verdes transmiten una seriedad inusual.

—Que no tienes que hacerlo si no quieres.

Sonrío nerviosa, sin saber si me lo está diciendo totalmente en serio.

—¿Vas a dejarme después de haber preparado todo esto? —bromeo, aunque sé que mi voz deja traslucir una pizca de miedo.

—¿Qué? No, ¡por supuesto que no! Lo cierto es que sería un final muy elegante —se ríe—, pero no haría algo así, desde luego. Además —añade, dando un sorbo a su bebida—, para dejarte tendríamos que estar saliendo juntos, ¿no crees?

—Sí. —Carraspeo, incómoda.

Tom deja su vaso en el suelo y se pone de pie, extendiendo las dos manos hacia mí para que me levante de la silla. Me abraza por la cintura y contempla durante unos segundos la silueta iluminada del puente, que se recorta en la negrura del cielo. Después, se gira hacia mí. Nuestras caras están a apenas unos centímetros de distancia.

—No soy mucho de formalidades, pero si aceptaras salir conmigo me harías la persona más feliz del planeta.

El corazón me empieza a latir deprisa mientras Tom escruta mi rostro, a la espera de una respuesta.

—Me encantaría. —Trago saliva.

—Sabes que va a ser distinto, ¿verdad? Al resto de relaciones que hayas tenido, me refiero. Quiero que estés completamente segura.

—Lo estoy —respondo.

Tom me analiza un segundo y luego me atrae hacia él. Pongo los brazos en su pecho y nos fundimos en un beso lento.

AVA

El martes, bajo al supermercado para comprar provisiones. Esta noche, Lily y yo vamos a ver el comienzo de la *première* de *Animales fantásticos y dónde encontrarlos*, la nueva película basada en los libros de *Harry Potter* y con el guión escrito por la misma autora. En las últimas semanas, mi amiga ha empezado a leerse la saga y, a falta de dos novelas para terminarla, le está encantando. Tendremos que ir a ver la película al cine cuando no estén las salas tan a tope.

En el supermercado cojo un poco de todo: palomitas, patatas fritas, Doritos y una salsa para untarlos encargada por Lily, una botella enorme de Fanta de limón… En fin, todo muy sano. No hay mucha cola, así que introduzco la tarjeta en la máquina para pagar, meto las cosas en la bolsa que he traído y me encamino hacia el hotel lo más rápido que puedo. Aún queda una hora y media para que empiece la *première*, pero la retransmisión en directo ha comenzado hace rato y no quiero perderme la llegada de Tom. Lily está emocionada por la perspectiva de verlo ahí; sabe que le hace mucha ilusión la oportunidad que le han dado, así que queremos ver su cara en cuanto baje del coche a la alfombra roja.

Recorro tres manzanas y giro a la izquierda para volver al hotel; una vez allí, subo corriendo las escaleras de la entrada y espero impaciente al ascensor. Cuando por fin estoy en la segunda planta, golpeo la puerta con los nudillos y me abre Lily. Hace unos días, le dije que podía volver a su cuarto si quería, pero ambas coincidimos en que viviendo juntas nos lo pasábamos mejor. Es cierto que disponemos de menos espacio y dormimos por turnos en el colchón del suelo, pero eso tampoco supone un gran problema. Para mí, Lily ya es como una hermana mayor.

Cierro la puerta detrás de mí y mi amiga corretea hacia la cama para volver a pegarse a la pantalla del ordenador. Dejo la bolsa encima del colchón y le doy la vuelta para que su contenido caiga sobre la cama.

—¡Doritos! —exclama cuando los ve con el bote de salsa—. Gracias, gracias. —Los coge y se los pone a un lado—. ¿Lista para la retransmisión?

—¡Sí! Ojalá que la conexión del hotel no falle ahora —comento. Eso sí que sería mala suerte—. ¿Alguna novedad en este rato?

—No, aún no ha llegado apenas nadie.

Durante casi una hora, hacemos tiempo comiendo, a pesar de que todavía es temprano y a este paso la cena se nos va a acabar antes de que sea la hora de cenar, y hablando. En teoría, quedan quince minutos hasta que empiece a aparecer gente por la alfombra roja en Leicester Square, de modo que apartamos el ordenador y nos tumbamos para ponernos al día. Entre las clases y los nervios de la retransmisión, casi no hemos tenido tiempo para hacerlo.

—Tienes que contarme lo que le vas a decir hoy a Connor —me recuerda, aunque ya tenía en mente ese tema mucho antes de que lo sacara.

—Ya... He tomado una decisión con respecto a nosotros. Le voy a decir que nada.

—¿No? —Frunce los labios con cara de pena.

—No. En realidad, ahora mismo no me apetece comprometerme. Eso no quiere decir que no me guste, pero... no es el momento.

Lily asiente.

—O sea, que te gusta.

—Sí —admito, y retuerzo las manos con vergüenza—. Pero no podría estar con él ahora mismo. Acabo de salir de una relación de la que estaba muy quemada y no creo que deba meterme en otra. Además, sé cómo es Connor y, a la mínima que se enterase de lo que ha ocurrido, se pasaría el día preocupado por mí y por mi salud. No sería justo para él.

—Creo que, cuando se lo digas, deberías explicárselo tal y como me lo acabas de contar, no vaya a ser que lo malinterprete... Sin contarle lo último, si no quieres.

—Sí, eso pensaba. No le voy a poner ninguna excusa; no quiero hacerle daño después de todo lo que le he hecho pasar. Pero tampoco me siento cómoda compartiendo algo tan íntimo —afirmo, comiendo una patata.

—¡Eh! ¡Tenemos un trato! —chilla Lily, quitándome la bolsa y poniéndola en el otro lado de la cama—. Si a mí me prohíbes tomar más Doritos, no te voy a permitir que te adelantes.

—¡Mira! ¡Ya empieza!

Las dos nos tumbamos en dirección a la pantalla y Lily coloca el ordenador justo en el centro. Cada vez llegan más coches negros, aunque por ahora no baja nadie. Unos segundos después, como si me hubieran leído la mente, comienza a salir gente de los vehículos. A la gran mayoría no la conocemos, pero sí que se dejan ver algunos actores famosos. Salto de emoción al verlos y Lily se muerde las uñas, nerviosa por Tom.

Diez minutos más tarde, otro coche para y la gente empieza a chillar al ver quién va dentro. Aparece Finn e, inmediatamente después, Tom Roy. Mi amiga se queda blanca como la cera y me abstengo de preguntarle si conoce el motivo por el que han ido juntos. Obviamente, está tan sorprendida como yo y buena parte de los que se encuentran en la plaza, esperándolos para fotografiarse con ellos.

Ambos se detienen un rato largo para atender a los fans. Lo más probable es que muchos lleven ahí bastantes horas. De hecho, es posible incluso que algunos hayan pasado la noche al otro lado de la valla con tal de conseguir una foto con su actor o youtuber favorito.

Después, Finn y Tom continúan su camino hacia el teatro y, tan rápido como han aparecido, se ocultan en el edificio.

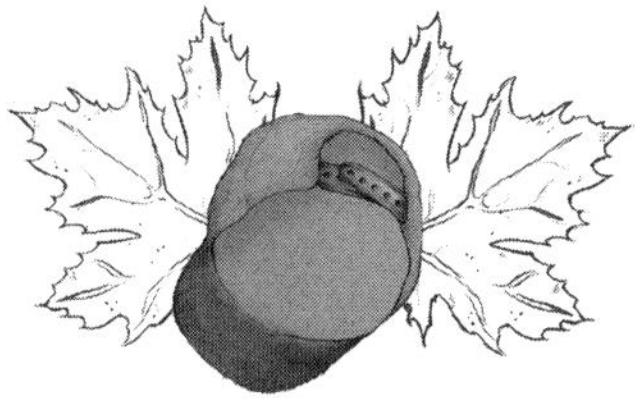

CONNOR

Cuando Ava me escribe para decirme que quiere hablar conmigo de algo importante, tardo unos segundos en reaccionar, como si lo que estoy leyendo en la pantalla del móvil se hallara escrito en otro idioma. Después, el pulso se me acelera y creo que lo entiendo.

Se ha replanteado lo que siente y por fin voy a poder proponerle salir conmigo.

TOM

Estar aquí es tan incoherente que me entran ganas de pellizcarme para asegurarme de que no es un sueño. De hecho, sólo sé que no lo es porque recuerdo perfectamente cómo he llegado: en coche y de los nervios.

Tras haber estirado todo lo posible los cinco minutos que nos habían concedido para saludar y firmar autógrafos a la gente que se agolpaba en las vallas, Finn y yo nos encaminamos hacia la puerta principal de los cines Odeon, en Leicester Square. Me sorprende que me haya propuesto hacernos una foto juntos en el *photocall* de la entrada. Decenas de *flashes* empiezan a saltar de las cámaras y reporteros, micrófono en mano, nos gritan para que nos acerquemos a hacer declaraciones. Mi compañero parece muy seguro de sí mismo mientras sonríe a la prensa, pero a mí me cuesta poner una cara normal.

Veo por el rabillo del ojo que está llegando otro coche, así que le doy un toque a Finn en el hombro para indicarle que es hora de entrar. Algunos periodistas intentan llamar nuestra atención para hacernos preguntas, pero nos dirigimos rápidamente al interior para dejar paso a los siguientes invitados.

—Así va a ser a partir de ahora —dice él entonces con tono áspero—. Guardar las apariencias delante de los medios, pero luego cada uno por su lado.

—Vale —farfullo, nervioso. No esperaba que me dijera esto ahora, donde podría escucharnos cualquiera por más que hayamos dejado atrás la multitud.

—Si necesitas algo de mí, puedes contactar con mi agente.

Me preparo para contestarle una bordería, pero no me da tiempo porque mi antiguo mejor amigo da media vuelta y echa a andar.

Yo me quedo clavado en el suelo mientras contemplo cómo su figura se aleja de mí.

REX

—Llegas cuarenta minutos tarde —le digo con frialdad en cuanto aparece por la puerta. Por supuesto, va vestido con traje.

—Lo sé. Matthew ha tenido que dar mil vueltas por culpa de la *première*; habían cortado el tráfico.

—Joder, es verdad, que era hoy. Ya no me acordaba.

Oliver se sienta al escritorio y levanta la tapa de mi ordenador.

—Pon tu contraseña —me exige—, vamos a hacer esto rápido.

—Oye, cálmate, que soy yo el que lleva esperándote un buen rato —le recuerdo.

Él pasa de mí y saca su teléfono mientras introduce el código de desbloqueo.

—Te has creado la cuenta falsa, ¿verdad? —me pregunta secamente.

—Sí. ¿Y tú tienes ya redactado el e-mail?

—Claro. Está en mi móvil; lo paso en un momento al ordenador y andando.

—Vale, tío.

Observo a Oliver teclear mientras sigo con la mirada el párrafo que ha escrito haciéndose pasar por la organización del evento. Estoy casi seguro de que va a colar: la cuenta que he creado está registrada como si fuera de ellos e incluso he calcado el logo y la firma de sus e-mails para que todo quede perfecto.

—Estás seguro de que su agente no vuelve hasta el 30, ¿verdad? —le vuelvo a preguntar, aunque ya lo hice ayer.

—Shhhhhh —me acalla Oliver mientras sigue con el mensaje.

La única manera de que nuestro plan funcione es asegurarnos de que la tal Alice no se ponga en contacto con él ni viceversa.

—Vale, ya está —dictamina—. Lo has leído, ¿no? ¿Te parece bien así?

Releo el mensaje que notifica a Tom Roy de que ha habido un cambio en la fecha del evento: en lugar de celebrarse el viernes 25, se ha pasado al sábado 26. Una pequeña modificación incapaz de levantar sospechas.

—Sí, así está de puta madre —afirmo, nervioso al ver lo bien que ha quedado. Estoy seguro de que Tom se va a creer que es de la organización y no va a sospechar nada—. Ahora te busco el e-mail profesional de Tom; lo tengo apuntado en la agenda del móvil. Sobre todo, comprueba que hayas especificado que la organización se encarga de avisar a todo el mundo, por lo que no hace falta que contacte con nadie más. Si no, podría darse cuenta de que sólo él ha recibido ese correo y…

—No va a escribir a nadie, inútil —me corta—. La única persona con la que podría comentarlo es Finn y ya sabes cómo están. No pueden ni verse. Y ahora dame su e-mail, quiero quitarme esto de encima cuanto antes.

Cabreado por sus exigencias, saco mi teléfono y se lo dicto para perderlo de vista cuanto antes. Después, tomo aire mientras él pulsa «Enviar».

—Perfecto. Crucemos los dedos —dice Oliver, sonriendo con aspecto triunfal por primera vez desde que ha entrado—. Con que no se entere de la verdad antes de que elijan a tres personas para ir a Nueva York, es suficiente.

TOM

Lily ha tenido toda esta semana llena de exámenes y trabajos y no hemos podido vernos ni un solo día. Me alegro de que por fin sea viernes, porque eso significa que puede venir a casa para pasar todo el día juntos. Le dije que la iría a buscar a las diez de la mañana para llegar temprano a casa si no hay mucho tráfico, de modo que me levanto a las seis y media para ir al gimnasio. En Estados Unidos nadaba en el hotel, pero no era lo mismo. Echaba de menos quemar adrenalina en una piscina grande.

Cuando salgo a la calle, el viento me revuelve el pelo, todavía un poco húmedo. Son las ocho y media, así que hago tiempo desayunando en una cafetería hasta que es la hora de recoger a Lily y, cuando llego al sitio de siempre, es un poco más tarde de lo previsto porque el taxi que había pedido se ha retrasado. Ella sube, congelada de frío, y hacemos el camino de vuelta. Ya se está convirtiendo en toda una tradición el ritual de no dejarla ver por dónde vamos... Supongo que en algún momento tendré que dar ese paso al que le tengo tanto miedo: decirle dónde vivo y darle mi teléfono para no depender tanto del e-mail.

Son cosas que todavía me dan reparo porque ya tuve problemas en el pasado con una situación similar: le confié mi número a una chica con la que llevaba unas semanas saliendo y, cuando lo dejamos, lo filtró por las redes sociales. Por aquel entonces, yo no tenía ni un millón de suscriptores y no me acosaron tanto como podría parecer, pero aun así me obligó a cambiármelo. Fue horrible tener que poner al día a todos los contactos de mi nuevo móvil... Por no hablar de que lo que hizo era ilegal, aunque no quise meterme en follones y no la denuncié. Sé que Lily es distinta y que no ha revelado nada de lo que le he dicho, pero sigue dándome miedo la posibilidad de estar engañándome y cometer otro error. Por supuesto, siempre está la alternativa de dar de alta un nuevo número y usarlo sólo con ella, pero... ¿qué clase de confianza le demostraría haciendo algo así? Sería un insulto para ella.

—¿Qué tal te han ido los exámenes? —le pregunto, rehuyendo el remolino sobre exnovias y cambios de teléfonos en el que se ha sumergido mi mente.

—Creo que bien; excepto uno sobre el que tengo muchas dudas, el resto los aprobaré. —Sonríe y le devuelvo el gesto, aunque ella no pueda verme por ir con los ojos cerrados—. ¿Cuál es el plan?

—Lo que quieras. Podemos estar en mi casa hasta que te apetezca volver.

—¿No tenías hoy eso que me dijiste? Para lo que te llamó Alice en la cena...

—¡Ah! ¿No te lo he contado? —me asombro—. Antes que nada, ¿por qué tienes tan buena memoria? Ni siquiera yo me acordaba de que te lo había dicho.

—No sé, me hizo gracia que tuvieras dos compromisos en dos días que acababan en cinco. El cinco es mi número favorito. —Se encoge de hombros y se echa a reír.

—Pfff, vaya cabecita, como hayas estudiado con esas reglas nemotécnicas para los exámenes…

—¿Nemoqué? —Frunce el ceño, y al verla así de seria, con los ojos cerrados, me dan ganas de hacerle rabiar pellizcándole la nariz.

—Nemotécnicas, ya sabes…, para retener cosas a través de otras familiares o más fáciles.

—¡Ah! Sí, sí. No sabía que se llamaban así en inglés —admite, ladeando la cabeza.

—Bueno, el caso es que lo de hoy se ha retrasado a mañana, así que podemos pasar todo el día juntos, si te apetece, sin móviles ni interrupciones. Sólo tú y yo.

Ella sonríe.

—Genial, pero si tienes que contestar alguna llamada…

—Ya lo haré en otro momento —la interrumpo—, hoy no es ese día. Dado que lo han retrasado a mañana, podemos aprovechar para estar juntos.

—Vas a ponerme todas las películas de *Harry Potter* que tengo pendientes, ¿verdad? —dice Lily con voz risueña.

—Según cómo vayas con los libros —replico sonriendo, y le acaricio la mano.

OLIVER

Casi no puedo comer a mediodía por lo inquieto que estoy. Normalmente no me genera tensión tener eventos, pese a que no me invitan a tantos como a otras personas... Sin embargo, el de hoy es una excepción.

Me dejo en el plato la mayor parte de lo que acabo de calentarme en el microondas y voy al baño a arreglarme, ponerme el traje para ocasiones especiales y salir de aquí cuanto antes. Matthew ya sabe que tiene que estar abajo sobre las cuatro para llegar puntuales a las cinco, aunque sea veinte minutos antes del comienzo de la reunión. Hoy no me puedo permitir ni un solo fallo.

Dylan me ha enviado un montón de mensajes al móvil, aunque paso de él: ya los leeré después. Ahora mismo, la única persona que me importa es Rex Hampton; él es quien me va a estar informando desde fuera de si Tom se ha tragado la mentira que preparamos.

Me miro en el espejo durante un largo rato y paso el último cuarto de hora que me sobra viendo el canal de noticias en el sofá con cuidado de no arrugarme el pantalón del traje. La chaqueta está perfectamente planchada y colgada en la silla, esperándome para el momento en que Matthew haga sonar la bocina de la limusina. Sin prestar mucha atención a lo que dice el presentador, repaso mentalmente el guión de cosas que he de hacer: llegar, asegurarme de que no está Roy, intentar no levantar sospechas alrededor de Finn, hablar con Jeremias y, por fin, esperar al veredicto sobre los tres que lo acompañarán a Nueva York. Ah, y muy importante: recordarle al productor que Tom Roy no ha asistido.

La bocina me hace levantarme de golpe del sofá, apagar la televisión y ponerme la chaqueta. Me meto el móvil en el bolsillo, apago las luces y salgo. Mi chófer ya me está esperando con la puerta abierta para no perder ni un segundo; los viernes por la tarde el tráfico es horrible en Londres y cualquier distracción puede retrasarte. Mientras me pongo el cinturón y él arranca, saco el móvil y escribo a Rex. No me ha mandado nada, lo que quiere decir que no tiene ninguna novedad, pero aun así le insisto.

Ya estoy de camino. Avísame si sabes algo de Tom Roy.

Al cabo de un minuto que se me hace eterno, se conecta y responde:

Todo va bien, tío; está distraído. Esta mañana he visto salir a Lily y la he seguido. Ha hecho lo de siempre: ir a la esquina y montarse en el taxi con él.

Supongo que eso debería alegrarme, pero empeora mi humor. Voy a contestarle cuando veo que sigue escribiendo y dejo que termine:

Estoy 100% seguro de que no se ha enterado de que hoy era eso, porque ha pasado por aquí sobre las 12 y aún no han vuelto.

¿Podrás estar atento toda la tarde por si Lilian regresa a su habitación? —le pido.

Joder, no voy a estar tumbado en el pasillo por si la veo pasar.

Suspiro, cabreado. Pensaba que teníamos un plan.

Pues asómate de vez en cuando y mira a ver si está, porque si ha vuelto al hotel es muy probable que Tom Roy se haya enterado de todo y vaya al evento.

¿Por qué iba a estar con ella todo el día? Igual la deja aquí y se va a hacer otras cosas.

Este tío es gilipollas.

No sé, ¿porque están saliendo, quizás? Mira, ve a la habitación y llama a la puerta. Si te abre, me lo dices de inmediato.

Joder —se queja—, ahora voy.

Avísame en cuanto sepas algo.

Espero casi tres minutos sin saber nada de Rex; me estoy empezando a mosquear por lo que tarda en averiguar algo tan sencillo; en serio, a veces parece que necesite un croquis. Además, hay muchos turistas bloqueando el paso de cebra. Por supuesto, les da igual que el semáforo se haya puesto en rojo para los peatones, porque fotografiar un autobús es mucho más interesante que su propia vida.

Por fin, Rex contesta:

Acabo de quedar como un imbécil por tu culpa. Lilian no está... Su compañera Ava, la rubia, me ha asegurado que no volverá hasta después de cenar. ¿Contento?

Perfecto. Gracias —le respondo.

Te dije que Lilian estaría con Tom Roy todo el día —insiste.

Ya lo sé. De todas formas, estate atento. Si Roy se entera y le da tiempo a llegar antes de la selección de los ganadores, estoy jodido. No te alejes del móvil en toda la tarde por si acaso.

Vale, tío. Ya me dirás si te eligen para Nueva York.

Lo harán —contesto, y bloqueo el móvil.

Sé perfectamente quién es el productor que nos va a seleccionar: su nombre figura en la base de datos de la empresa de mi padre como un cliente más. Al parecer, le hemos salvado el pellejo en varias ocasiones porque se ha metido en bastantes líos, así que es tan sencillo como pillarlo por banda y saludarlo.

Ah, y de paso mandarle recuerdos de mi padre.

MARTHA

Ha vuelto a pasar: Rex ha aparecido esta tarde en mi habitación y…, bueno, tras lo del otro día, era inevitable. Todavía estoy tumbada en la cama, tapada hasta arriba por el frío. ¿Cómo harán los ingleses para soportar este maldito clima?

Oigo cómo Rex abre el grifo de la ducha y se mete dentro. Su habitación es igual que la mía, aunque está mucho más ordenada. En mi escritorio hay miles de cosas esparcidas por encima en un completo caos; sin embargo, en el suyo sólo destacan su portátil, su móvil y un estuche con bolígrafos.

Vuelvo a estirarme, me levanto y aprovecho que está duchándose para vestirme y adecentarme un poco el pelo. Me sitúo delante del espejo mientras me divido los mechones morados uno a cada lado de la raya que me he hecho en medio. Luego, vuelvo a sentarme en la cama para ponerme los calcetines cuando oigo las notificaciones de un teléfono que no es el mío. En el escritorio se ha iluminado la pantalla del iPhone de Rex. Dudo unos segundos, mordiéndome el labio, sobre si hacer lo que se me acaba de pasar por la mente. ¿Y si se escribe mensajitos con la idiota de Ava?

Al fin y al cabo, él está en la ducha y no se va a enterar... Sé su código porque lo he visto introducirlo en clase en varias ocasiones y, la verdad, no es precisamente rebuscado. Si quieres que no entren en tu móvil, no deberías ponerte de clave «1234».

Lo desbloqueo y empiezo a buscar cosas interesantes.

Mi objetivo principal es ver con quién habla en WhatsApp; quiero saber si sólo está enrollándose conmigo o si tiene alguna otra chica por ahí. Abro la aplicación y me salen varios mensajes sin leer de un tipo llamado Oliver. No lo deja tranquilo: lleva casi diez mensajes en unos pocos segundos, pero no abro ese chat por si acaso es importante y se da cuenta de que lo he leído.

Bajo un poco y no veo gran cosa: la gran mayoría son chicos, grupos de gente que no conozco y familiares, nada destacable. Rex sigue en la ducha y calculo que todavía tendré un par de minutos hasta que salga. Vuelvo a subir para asegurarme de que no he pasado por alto ningún hilo cuando, de pronto, el tal Oliver escribe uno más mencionando a Tom Roy. Se me para el corazón pensando en lo tonta que he sido: si Rex conoce a Tom, seguro que tiene su número. Ahora sí que entro en la conversación entre él y Oliver; quiero saber qué es eso tan importante sobre Tom antes de buscar su número. Aún tengo un minuto, más o menos, para hacerlo.

Los mensajes del amigo de Rex no tienen mucho sentido; le dice que ya está en un evento, que lleva un rato ahí y que controle si Tom Roy sigue estando fuera con... ¿Lilian? Un momento. ¿Qué Lilian?

Desplazo hacia arriba la conversación y mis temores se confirman: Rex y Oliver hablan de una compañera suya, Ava. Vale. Eso significaría que LILY ESTÁ SALIENDO CON TOM ROY. Nuestra Lilian de la USK.

No puede ser, tiene que tratarse de una coincidencia demasiado grande. El corazón me palpita deprisa. Espero que sólo sea un malentendido, una casualidad... Sin embargo, cuanto más subo en el chat y más leo, esa es la única explicación que cuadra en mi mente. Están hablando de ella, ¡estoy segura! Y eso se confirma cuando veo varias fotos de ambos cerca de un taxi. AY, MADRE MÍA.

Empiezo a mover las piernas de arriba abajo y las manos me tiemblan. ¿Cuánto tiempo lleva pasando esto y por qué nadie me ha dicho nada? ¿Desde cuándo lo sabe Rex? Pensar en él hace que se me acelere todavía más el pulso porque en cualquier momento saldrá del baño y me pillará con su teléfono. Tengo que pensar algo y rápido.

Estoy nerviosa, pero también muy cabreada. Después de lo que ha pasado entre nosotros, el muy cabrón no ha sido capaz de contarme algo TAN importante como que, eh, ¡una chica de nuestra clase está saliendo con el mismísimo Tom Roy! NADA NUEVO, VAYA.

Mis piernas suben y bajan cada vez con más intensidad y pienso en la puta de Lilian y en lo bien que se lo estará pasando ahora mismo, porque, según los mensajes que se ha enviado con el tal Oliver, deben de estar juntos en estos momentos. Intento coger aire y soltarlo, pero cada vez me estoy poniendo peor, necesito tomar cartas en el asunto y poner fin a esta situación. ¿Saldrían ya esos dos cuando los vimos en aquella fiesta y estaban fingiendo? OH, DIOS MÍO, probablemente sí. Y yo quedé como una gilipollas, me dejaron hacer el ridículo entre todos: Rex se cabreó conmigo, ahora veo que sin motivo; Lilian iba callada a la vuelta al hotel, como pensativa; Ava, riéndose de mí con Connor, al que tanto marea. Dios, es que no soporto a ninguna de las dos. Ahora mismo, las odio con toda mi alma.

Vale, calma. Voy a hacer algo para que se enteren… Se van a arrepentir.

Estoy tan cabreada que me dan igual las consecuencias que pueda tener la idea que se me acaba de ocurrir. De hecho, cada vez me parece mejor y tengo que decidir rápido, así que cierro WhatsApp y lo hago.

No sé exactamente cuánta gente seguirá a Rex en Twitter, pero supongo que los suficientes miles de personas como para que se entere todo el mundo en poco tiempo.

Unos segundos después, vuelvo a bloquear el móvil, lo dejo en su escritorio y salgo pitando de ahí, con la adrenalina corriendo por mis venas.

LILY

Nunca había estado en un jacuzzi privado. En la planta superior de la casa de Tom hay uno gigante, en teoría para ocho personas, aunque estoy segura de que ahí cabe más gente. Me había traído un bikini porque ya me había propuesto bañarnos, aunque no me especificó dónde.

No sé cuánto tiempo pasamos metidos en el agua caliente, contando tonterías, besándonos y haciendo el idiota, pero al salir tengo las manos y los pies arrugados. Cuando le pregunto a Tom si ese es el motivo de que huela a cloro, me mira asombrado, se ríe y me explica que le gusta la natación.

Por las ventanas veo que ya está anocheciendo en Londres. Que oscurezca tan pronto es una de las cosas a las que aún no me acostumbro. A las demás, sin embargo, creo que poco a poco me voy habituando, sobre todo a compartirlas con Tom.

Mañana tiene que asistir al evento en el que le dirán si lo seleccionan para participar en la promoción de esa película rodada en Nueva York. Se tendría que ir como mínimo una semana y media al otro lado del charco. Me daría pena que se marchara; ya se fue hace poco a la costa oeste de Estados Unidos y sólo lleva aquí quince días. Aun así, también me alegra que tenga estas oportunidades.

Me visto y uso el secador de pelo que me ha dejado en la encimera del baño, aunque no acaba de secarse del todo por la humedad, que ha llenado de vaho el espejo. Después, bajo a la planta principal, donde Tom está preparando algo de cenar.

—¿Estás nervioso por lo de mañana? —le pregunto.

—Sí, un poco... —admite—. Ojalá no lo hubieran retrasado, porque así ya me lo habría quitado de encima y sabría si me han seleccionado o no.

—Pero tú estás casi seguro de que lo van a hacer, ¿verdad?

Él hace un gesto de asentimiento.

—Es bastante probable que me elijan junto con Finn, sí. A pesar de que la prensa ha hablado mucho sobre nosotros y todo el mundo sabe que él se ha marchado a Edimburgo, nuestra imagen sigue vendiendo. Si volvemos a hacer un proyecto los dos, va a llamar la atención... Sobre todo ahora que estamos en el punto de mira.

Cojo aire y le hago la pregunta que llevaba días queriendo plantearle:

—¿Por eso fuisteis juntos a la *première*?

—Es... complicado. En parte, sí. Todo esto es un negocio, Lilo. Pero también fue cosa de la agencia: ellos organizaban los coches y nos pusieron juntos pensando que no habría ningún problema. No lo hubo, por supuesto, pero causó mucho revuelo. Aunque después nos sentamos en sitios alejados para ver la película.

—Ya.

—Tú misma lo viste: los comentaristas no pasaron por alto el hecho de que los dos bajáramos del mismo coche. Pero en el fondo creo que fue bueno que lo hiciéramos, tanto para el público como para nosotros.

Abro mucho los ojos.

—¿En serio?

—Sí —admite, apesadumbrado—. La verdad es que lo echo de menos. La casa es muy grande y, como me he acostumbrado a vivir con él y sus portazos, es muy difícil aceptar que está vacía.

Me quedo en silencio, sintiéndome culpable. Puede que yo no conociera su norma, pero estaba ahí en medio cuando discutieron y me quedé paralizada en lugar de intervenir para intentar evitar el conflicto. Tom continúa hablando mientras sirve la cena en dos platos llanos:

—Me pregunto si se encontrará mejor y qué estará haciendo ahora… Supongo que andará por Edimburgo, saliendo con sus antiguos amigos. Tendrá mucho que contarles sobre mí ahora que me odia.

FINN

Llego justo antes de que empiece el evento en el hotel Ritz. Sólo había estado aquí una vez, hace casi un año, cuando nos invitaron a cenar los de la agencia para celebrar el Año Nuevo. Todo sigue igual: sobre el cielo nocturno, la fachada parece de ámbar y bajo las luces tiene un aire tan sofisticado como misterioso. Lo único que ha cambiado es que no tengo a Tom al lado.

En la puerta han puesto una fila de vallas para que no entren curiosos, aunque en realidad no hay demasiados, sólo algunos grupos dispersos que esperan conseguir alguna firma o foto. En realidad, hoy tampoco viene gente muy famosa, a excepción de Jasmine Wright, la candidata que parece tener más posibilidades de ser elegida. Echo un vistazo alrededor antes de entrar en el hotel y aprieto el paso por si Tom está por aquí. No quiero tener que volver a coincidir con él y fingir que todo va bien, ya tuve suficiente con la *première* de *Animales fantásticos y dónde encontrarlos*.

Atravieso la recepción y voy directo a la zona que nos han reservado. La mayoría de la gente ya se halla dentro, en una sala con paredes burdeos y una decoración algo recargada. No hay ninguna silla, sólo mesas repletas de comida que no tiene muy buena pinta. Entro y echo una ojeada, pero no veo a Tom; supongo que estará a punto de llegar. No sé cómo va a reaccionar al verme... No hemos hablado desde la *première*.

Saludo a las hermanas Ashley y a Diana Lauren, que se quedan un momento en silencio después de preguntarme si estoy nervioso, como si quisieran saber algo de lo que pasó entre Tom y yo, pero no se atrevieran a preguntarlo. Mejor, porque no estoy para pretender ser diplomático con este asunto. Además de ellas, hay otros instagramers por ahí, tres o cuatro viners con los que he coincidido en un par de ocasiones y algunos actores secundarios. Los saludo uno a uno y después busco un sitio hacia el final donde colocarme.

Hay una zona elevada donde han dispuesto varios micrófonos y una lona blanca de fondo. A las siete en punto, entran los últimos invitados y el personal del hotel cierra las puertas para proyectar un corto que han hecho el director y el productor de la película. Cuentan básicamente en qué va a consistir la selección de quienes los acompañarán a Nueva York.

Aunque debería escuchar, no puedo evitar distraerme buscando a Tom. Empiezo a estar convencido de que no ha llegado; no lo veo por ninguna parte, pese a que no seremos más de doscientas personas. Trago saliva y me planteo llamarlo para saber por qué se ha retrasado tanto. Si no está aquí cuando anuncien a los candidatos, no va a entrar en la selección.

Las puertas que han cerrado hace unos minutos se vuelven a abrir y echo un vistazo para ver si es él, pero se trata del productor, el encargado de escoger a los tres afortunados. Camina acompañado por un chico al que sonríe con afabilidad. Se despide de él con una palmada en el hombro y ambos se unen a la muchedumbre que está viendo el corto, cada uno por su lado.

Presenciar esa escena me hace tomar una decisión: saco el móvil, me pongo en una esquina al fondo y busco en la agenda el número de Tom para preguntarle dónde narices se ha metido. No creo que le quede mucho al vídeo que están proyectando para terminar, y entonces no habrá vuelta atrás. Espero a los pitidos que indican que da señal, pero me salta el contestador. Me aparto el iPhone y lo miro, extrañado. Vuelvo a intentarlo con el mismo resultado.

Intento calibrar las posibilidades. La primera es que en el hotel haya mala cobertura y por eso no me deje establecer la conexión, pero queda descartada tan pronto como compruebo que los puntitos están al completo. La segunda es que me haya bloqueado; tiene bastante sentido, porque hasta ahora no había intentado hablar con él ni por teléfono, WhatsApp ni ningún otro medio. La tercera es que, sencillamente, tenga el móvil apagado. Bueno, y también la de que haya decidido no venir, pero no me imagino a Tom dejando pasar una oportunidad así.

Las luces, antes tenues, cobran intensidad y el productor se dirige al escenario para darnos la bienvenida a todos los asistentes. Se presenta como Jeremias Zac y luego agradece el trabajo de su equipo, que está aquí con nosotros, y al hotel que haya acogido este encuentro. A continuación, repasa brevemente los puntos más importantes del vídeo, explicando las fechas exactas del viaje y algunos planes que tienen preparados, aunque reservándose otros para crear cierto halo de intriga. Yo no paro de pensar en que esto no va a alargarse mucho y en qué pasará si llaman a Tom. ¿Se habrán dado cuenta y no lo mencionarán o dirán su nombre y verán que no ha acudido? ¿O habrá avisado él de que no está interesado en presentarse?

Mientras Jeremias pasa la palabra al director, aprovecho para llamarle otras dos veces sin obtener respuesta. Le escribo por WhatsApp, pero tampoco lo lee; me estoy empezando a preocupar por si le ha pasado algo. No creo que se haya olvidado de la fecha...

Jeremias vuelve a hablar y pide la atención del público para comenzar con la selección de los candidatos, aunque todo el mundo está ya con los móviles a mano para comentar la noticia. Es obvio que la decisión ya está más que tomada, porque no recurre a ningún sobre para anunciar el nombre del primer ganador, sino que lo proclama de un modo teatral:

—El primer seleccionado para acompañarnos en la increíble aventura que vamos a vivir los próximos meses es... ¡Oliver Kent!

El público empieza a aplaudir tímidamente. No sé si lo conocerán de algo, pero el caso es que a mí ese nombre me suena de algo... ¿Habré coincidido con él en algún sitio? La verdad, pensaba que elegirían a Jasmine Wright, después a Tom y luego a mí... Cuando el tal Oliver Kent sube al escenario, lo reconozco al momento: es el chico con el que el productor estaba hablando en mitad de la proyección.

Oliver dice unas palabras con uno de los micrófonos que hay en el escenario y el productor le sigue la corriente en alguna que otra broma. Después, se prepara para elegir a la segunda persona y su primer ganador se pone a un lado.

Por supuesto, se repite toda la parafernalia antes de decir el nombre en cuestión. Estoy tan concentrado pensando en Tom y en de qué me sonará ese nombre que tardo en darme cuenta de que Diana Lauren ha aparecido a mi lado. Por algún motivo, me señala estupefacta la pantalla de su móvil. Tiene cara de preocupación y me mira. Nunca la había visto así.

—Finn —susurra, acercándome el teléfono—, ¿esto es verdad? Está por todas partes en Twitter.

—Y ese es… —grita Jeremias desde el escenario— ¡Finn Jason!

OLIVER

La cara de Finn se pone blanca como la cera cuando Jeremias grita su nombre por el micrófono. Permanece unos segundos clavado en el sitio mirando a una chica que está a su lado enseñándole algo en un móvil.

No sé si su pasmo se debe a lo que sea que haya visto o a que acaban de seleccionarlo para la película, pero en cualquier caso tarda en reaccionar. Boquiabierto, echa una última mirada a la chica que está a su lado y empieza a caminar, confuso, hasta el escenario. Sube y dice cuatro palabras, agradeciendo a la organización que lo hayan elegido y balbuceando estupideces al tiempo que se coloca junto a mí y deja que anuncien al tercer ganador. Yo ya sé de sobra quién va a tener el honor de acompañarme a Nueva York, exactamente desde que he hablado con Jeremias y se ha alegrado tanto de conocerme en persona. Ha sido mucho más fácil de lo que pensaba convencerle de que Tom Roy no había querido venir y que, en su lugar, me escogiera a mí.

A mi lado, Finn cambia el peso de una pierna a otra sin parar mientras el productor saca al escenario a Jasmine Wright. Todo el mundo la vitorea y ella hace una reverencia antes de pronunciar unas palabras; su pelo rubio y corto se despeina al agacharse, pero le sigue quedando igual de bien. Se coloca a nuestro lado y, una vez que estamos los tres, Jeremias pide un aplauso, detalla las próximas fechas a las que deberán estar atentos para no perderse nada sobre la película y agradece a los presentes su asistencia. Acto seguido, la gente aplaude y se levanta.

Jeremias se despide de nosotros uno a uno y nos informa de que nos llamarán el lunes y nos darán nuevas noticias sobre el viaje. Cuando me reitera su agradecimiento, dándome la mano y sonriendo, tengo que esforzarme para reprimir una mueca de asco al ver sus dientes amarillos. En cuanto se da la vuelta para juntarse con sus colegas, Finn saca corriendo el móvil y se dirige a toda prisa a la chica con la que estaba hablando antes. De pronto, me doy cuenta de que la gran mayoría de la gente está haciendo lo mismo: mirar el móvil con asombro y comentar algo. Me giro hacia Jasmine para preguntarle si sabe qué es tan interesante como para mantenerlos a todos absortos y me lo explica con pocas palabras. Incluso se sorprende de que no me haya enterado.

Pero ¿qué…?

No puede ser.

Localizo a Finn por el gentío que se está congregando a su alrededor: hace un gesto al personal del hotel para que lo dejen salir y se precipita fuera de la sala. En cuanto desaparece de mi vista, lo imito y voy detrás de él a la carrera.

Necesito saber qué ha pasado y sólo Finn Jason puede darme la respuesta.

MEREDITH

¡No me puedo creer lo que ven mis ojos! Esto es lo más fuerte que he vivido nunca. Aun habiendo regresado a Bulgaria, mi pasado en Londres me persigue. Esta vez, con un bombazo. Por un momento, me arrepiento de no haberme quedado allí: podría haber seguido todo este jaleo en directo. Pero, mira, no merece la pena. Ahora Lily va a ser el centro de atención, sí, pero yo pienso disfrutar siguiéndolo todo. Me prepararía unas palomitas de no ser tan calóricas.

Twitter está que arde con una noticia de última hora que se ha convertido en *trending topic* en cuestión de minutos con el *hashtag* #TOMILY. Tom y Lily. Algunos están alucinando con la primicia; otros, preguntando si es verdad… y sí, también hay fotos en las que se ve a Tom Roy con… Lily. Es ella de verdad. ¡Qué fuerte!

Para averiguar quién ha dado esta información con imágenes incluidas me basta con ver el tuit más destacado, que acumula miles de retuits que no paran de aumentar.

Si pensaba que no podía flipar más, estaba equivocada. No me puedo creer que quien ha filtrado que Tom Roy está saliendo con una estudiante española llamada Lily y afincada en Londres sea nada menos que Rex Hampton.

TOM

Oigo los gritos desde el salón mucho antes de que se abra la puerta de casa. Me pongo en pie de un salto y Lily me mira, asustada por mi reacción.

—Esto no puede estar pasando otra vez —digo nada más ver a Finn entrar por la puerta.

—Pero ¡¿qué cojones haces en casa?! ¿Por qué no has ido a la selección? —grita él, y después gira la cabeza hacia Lily—. ¿Todavía está ella por aquí? No te has enterado de nada, ¿verdad? ¿Dónde tienes tu puto móvil?

—Pero ¿qué haces? —Reacciono nada más escuchar sus gritos—. ¿Te puedes relajar y dejar de bombardearme a preguntas? Eres tú el que acaba de entrar en *mi* casa, la cual abandonaste el día que decidiste volverte a Edimburgo a seguir con tu vida al margen de la mía.

—¡Deja de decir gilipolleces y dime por qué no has ido! ¿Es que ella te ha convencido para que no vayas a Nueva York? —La señala con el dedo, acusándola.

Lily se queda quieta, sobrecogida.

—¿De qué hablas? —le pregunto, sin entenderlo.

—¡Estoy harto de que actúes como si no pasara nada! —brama, y me cruzo de brazos, esperando a que me aclare algo. La cabeza me da vueltas—. ¿En serio no lo sabes? —se asombra al verme inmutable—. ¿No tienes ni idea de lo que te estoy diciendo?

Voy a contestarle que no cuando alguien entra por la puerta que Finn ha dejado abierta. Piel oscura, pelo casi rapado, traje y corbata... No necesito mirarlo dos veces para reconocerlo.

—¿Qué estás haciendo aquí? —chilla Lily.

Me giro hacia ella, alucinando.

—¿Lo conoces?

—Pues claro que me conoce —contesta Oliver por ella—. A quien conoce medio mundo en estos momentos es a tu querida novia gracias a Rex Hampton.

—Un momento, ¿de qué cojones estáis hablando?

Finn se lleva las manos a la cabeza.

—¿Por qué no has venido al maldito evento? —me repite mi antiguo amigo.

—¿Cómo que no he ido? ¡Es mañana!

—¿Mañana? —Me mira con una incredulidad pasmosa. Creo que se piensa que todo esto es una broma.

—Sí, enviaron un correo de la organización diciendo que lo retrasaban un día. ¿No te llegó?

Da un golpe en la mesa, furioso.

—Pero ¿qué dices? ¿Qué correo? ¡Acabo de llegar ahora mismo del puto evento! ¡Ha terminado y no te han seleccionado porque no te has dignado a aparecer!

De repente, noto un terrible peso en el estómago.

—¿Qué…? —apenas puedo terminar la frase de lo impresionado que estoy.

Lily está petrificada a mi lado y Oliver contempla la escena, curioso.

—¡Pues claro! —vocifera—. ¡Te he llamado mil veces, pero tenías el móvil apagado, no he podido avisarte de ninguna manera! ¡Y ahora surge lo de Tomily!

—¿En serio lo vas a llamar así? —interviene Oliver, soltando una carcajada.

No entiendo nada de lo que están hablando.

—¡Silencio! —chilla Lily—. Por favor, que alguien me explique qué está ocurriendo aquí y qué es lo que TÚ —enfatiza, señalando a Oliver— pintas en todo esto. Me estoy poniendo muy nerviosa.

—Que te lo cuente tu novio —responde él con una sonrisa mordaz.

—¿Contarme qué? —farfulla ella, y ahora todas las miradas se dirigen a mí.

—¿Disculpa? —intervengo—. No sabía que era yo quien tenía que dar explicaciones sobre lo que le hiciste a mi hermana.

Lily se vuelve de inmediato hacia Oliver.

—Fue sólo para pasar el rato. La niña era demasiado pequeña —se justifica él con condescendencia.

—¡Ni se te ocurra…!

—¿Qué pasó con tu hermana? —me interrumpe Lily.

Aprieto los dientes con rabia y cojo aire para intentar tranquilizarme.

—¡Él se la tiró! —lo acuso—. ¡Tenía sólo quince años!

—¿QUÉ? —chilla.

Finn va a la cocina y se poner a beber agua directamente de la botella. Su aspecto transmite un abatimiento absoluto.

—¡Haberla vigilado mejor! Ya era mayorcita.

—¿Sabes que eso es un delito? —le recuerdo. Ya tuvimos suficientes problemas con esto y decidimos guardarlo en secreto para no perjudicarla a ella. Y sí…, sé que también a mi imagen.

—Entonces…, ¿os conocíais de antes?

Guardo silencio, esperando a que Oliver conteste a Lily.

—Sí, por ese pequeño episodio del que tu novio no debería haberse enterado.

—¡Era verano! Estábamos de vacaciones y se alojaba aquí conmigo. ¿Cómo querías que no me enterara? —le grito. Volver a sacar el tema no me está ayudando.

—Un momento. —Lily me mira y luego se gira hacia Oliver—. ¿Lo que pasó con su hermana fue este verano? ¿Fue ella…? —farfulla, casi llorando.

Él se pasa la mano por la nuca y cierra los ojos antes de admitir que sí.

—¿En scrio, Oliver? ¿*Quince* años? —Las lágrimas empiezan a caerle por las mejillas y se lleva las manos a la cara con desesperación.

—¿Alguien me puede explicar de qué cojones estáis hablando? —Hace rato que me he perdido.

—Oh, perdona, quizás hay algo más que no se sabe aquí —dice Oliver con una sonrisa de medio lado—. Lilian y yo salimos en verano y mucho tiempo antes. De hecho, ella está aquí, en Londres, por mí.

De repente, el aire se me congela en los pulmones y no puedo apenas respirar.

—Vosotros… —es lo único que consigo decir.

Ni siquiera soy capaz de mirarla a los ojos para pedirle una explicación.

FINN

Intento repetirme las cosas que acabo de escuchar porque son demasiadas noticias delirantes para mi cerebro.

Uno, la hermana pequeña de Tom estuvo liada con Oliver este verano y ocurrió lo que ocurrió. Eso ya lo sabía porque por aquel entonces él y yo éramos inseparables, no como ahora, y se apoyó mucho en mí para, básicamente, no ir a partirle las piernas. ¡Por eso me sonaba su cara!

Dos, la novia de Tom estaba saliendo con Oliver, algo que por lo visto Tom no sabía... Y lo más importante: estaban saliendo cuando él se enrolló con la hermana de mi amigo. En resumen, le puso los cuernos con una cría de quince años.

Tres, algo que todavía no saben porque están tan concentrados discutiendo que ni siquiera ha salido el tema: #TOMILY. No sé si son conscientes de que Rex Hampton ha publicado un tuit con fotos en las que salen juntos y en el que confirma que Tom está saliendo con una estudiante española llamada Lily. No sé qué tal se lo habrá tomado la gente, pero a Tom no le va a hacer ninguna gracia. Ni a Alice.

Cuatro, Tom no va ir a Nueva York por culpa de un mensaje, según dice, en el que se le notificaba un retraso. En fin, no sé si creérmelo. Lo más probable es que su novia lo engatusara para que se quedara en Londres con ella. Tendría sentido que todo esto lo hubiera preparado para que Tom no volviera a salir del país. Y es posible que Oliver se compinchara con ella para que le dieran la plaza a él en vez de a Tom, como en efecto ha pasado.

Me acerco otra vez a ellos, que siguen discutiendo.

—No me puedo creer que no me contaras nada de Oliver. Me has decepcionado —le dice Tom con voz apagada.

—¿Qué? —exclama ella, todavía llorando—. Eres tú el que ni siquiera me mencionaste lo de tu hermana. Igual así podría haberte dicho que lo conocía… Además, yo no tengo la obligación de contarte con quién he salido y con quién no. ¿Cómo iba a saber que os conocíais? ¡Es ridículo! —Solloza y se limpia las lágrimas con la manga de la chaqueta.

Oliver parece estar disfrutando con la escena.

—Deduzco, entonces, que no tenéis ni idea de lo que ha salido en Twitter, ¿verdad? —intervengo, tratando de calmarme.

Todos se quedan en silencio. Saco mi móvil, abro mi cuenta —que, por supuesto, ya acumula miles de notificaciones, supongo que con teorías de todo tipo— y se lo acerco a Tom. Lily se pega a él para ver de qué se trata. El *hashtag* #TOMILY lleva siendo *trending topic* mundial en el tercer puesto casi una hora. Tom entra en la etiqueta y descubre el tuit de Rex Hampton con las fotos.

—¿Qué demonios es esto? ¿Por qué…? ¿Cómo lo sabe Rex Hampton?

Nadie contesta, pero creo que Tom encuentra la respuesta por sí solo. Desvía la vista del móvil, me lo devuelve y mira a Lily y a Oliver alternativamente.

—¿Cuánto tiempo lleváis planeando esto? —inquiere con mucha más serenidad que antes.

Oliver no contesta, sino que se cruza de brazos con expresión sarcástica y deja que sea ella la que hable.

—¿Qué? ¡No hemos planeado nada! ¡Me acabo de enterar ahora, no tenía ni idea de que se había filtrado ni de que existían esas fotos!

—¡No me mientas! —grita entonces Tom, renunciando a su fachada de calma—. ¡Esto es una estrategia para acabar conmigo! ¿Eso es lo que queríais? ¿Por un mísero viaje a Nueva York —señala a Oliver— y por un poco de fama —la señala a ella— habéis urdido todo esto?

—¡No!

—¿Qué más me queda por saber? —sigue gritando mi amigo—. ¿Que en realidad seguís juntos y que todo esto ha sido una mentira? Porque la verdad es que, visto lo visto, no me sorprendería.

—¿Cómo puedes pensar eso de mí? —se defiende ella—. ¿En serio? ¡Yo nunca te haría algo así y lo sabes, Tom!

—Me parece que ya no estoy tan seguro de eso.

Está a punto de ponerse a llorar él también. Nunca lo había visto tan nervioso, con tanta rabia acumulada… y eso me hace decidirme:

—Así que esta era vuestra estrategia. Muy brillante, sí señor —lo apoyo. Está destrozado, ni siquiera reacciona cuando me encaro a la chica.

—¡No! —me grita Lily—. ¡Deja de malmeter! No tienes ni idea, eres tú el que…

—Ni se te ocurra defenderme ahora ni ponerte en contra de Finn —la interrumpe Tom con frialdad.

Ella enmudece, incrédula.

—Tom, te dije desde el primer momento que esto te iba a traer problemas —intervengo—. No me hiciste ni caso y ya has visto lo que ha pasado. Ahora, la chica puede saber dónde vives y cualquier otra cosa que le hayas contado. Y él —digo, señalando a su ex— lo mismo. Lo más probable es que todavía sigan juntos y todo esto haya sido una mentira para que…

—¡No! Tom, no me puedo creer que no seas capaz de escucharme antes…

—¿Qué vas a decir? —le suelto—. ¿Antes que a mí? ¿A quien conoce desde hace años? Ha vivido conmigo y ha pasado los peores momentos de su vida apoyándose en mí. ¿Te crees que por llevar saliendo con él un mes lo conoces? ¡No tienes ni idea de nuestra vida! ¡Te has vendido por un poco de fama, no sabes la que te espera!

—¡No es cierto! ¡Tom, por favor! —suplica entre sollozos, pero él la ignora y me mira. Tiene los ojos húmedos.

—Tienes razón —me dice en tono monocorde—. Todo este jaleo ha sido idea suya para que no pudiera irme a Nueva York.

—Es él quien te ha quitado el puesto —le informo—. Lo más probable era que nos seleccionasen a nosotros, pero él conocía al productor y…

Oliver carraspea sonoramente.

—Sigo aquí, por si no os habéis dado cuenta, y si me han seleccionado a mí será porque *este* no se ha dignado a aparecer.

—¡Fuiste tú! —grita ella—. Tú te inventaste ese mensaje para que se confundiera de día y así quedarte con su plaza.

—No disimules, Lily. Ya es demasiado tarde para escapar de esto —le contesta—. Admite que fue todo idea tuya… Al fin y al cabo, eras tú la encargada de distraerlo.

Me hierve la sangre al oír eso.

—¿QUÉ?

Ella se gira desesperada hacia Tom e intenta convencerlo de que no es verdad, de que Oliver se lo está inventando todo y de que ella no tiene nada que ver. Insiste en que no sabía nada del e-mail ni de lo de Twitter, que nunca habría hecho algo semejante. Pero Tom ya no la escucha.

—No quiero saber nada más de ti —dice sin mirarla—. Pensaba que serías diferente, pero veo que todas sois iguales: sólo queréis fama y el morbo de salir con alguien conocido, nada más. Bien, pues ahora ya tienes lo que querías. Tu nombre está en todas partes junto con las fotos que, supongo, sacaría tu novio. —Hace un gesto con la cabeza para señalar a Oliver al tiempo que escupe la última palabra—. Buena suerte a partir de ahora; no intentes contactar conmigo porque no quiero verte nunca más.

—Tom… —murmura Lily, pero él se da la vuelta y echa a andar hacia las escaleras.

—Largaos los dos. YA. No quiero que paséis un segundo más en mi casa. Me da igual que sepáis dónde vivo, ya no merece la pena seguir ocultándolo y lo más probable es que ya lo supierais. ¡FUERA! —ruge.

Ellos salen corriendo al escuchar el grito de Tom y cierran la puerta. Escucho los sollozos amortiguados de la chica y, por un momento, me da pena, aunque luego recuerdo lo que le ha hecho a mi amigo y la pena se convierte en asco.

—Necesito hablar contigo —me dice él mientras le sigo en silencio hasta su cuarto—. Lo siento. Por todo. Debería haberte hecho caso desde el principio —se disculpa.

Y ahora sí que se echa a llorar.

Yo me siento a su lado, poniéndole una mano en el hombro.

—Olvídalo, Tom. Lo mejor es que te hayas enterado pronto, aunque hayas tenido que pasar por todo esto. No te preocupes, todo se acabará olvidando. Intentaremos que Alice arregle algo a última hora para que puedas ir a Nueva York.

—Ya no me importa ese estúpido viaje, Finn. —Intenta disimular un sollozo—. Lo siento, sé que tú has salido elegido y vas a tener que aguantar al gilipollas de Oliver, pero…

—No te preocupes por eso. Y ahora haz la maleta, tenemos que irnos de esta casa cuanto antes.

—¿Adónde me voy a ir? —Respira hondo y se limpia las lágrimas—. No puedo encontrar alojamiento a las once de la noche en pleno Londres. Me verían si empiezo a recorrer hoteles por el centro.

Niego con la cabeza.

—Nos vamos a Edimburgo. Sí, tú te vienes conmigo.

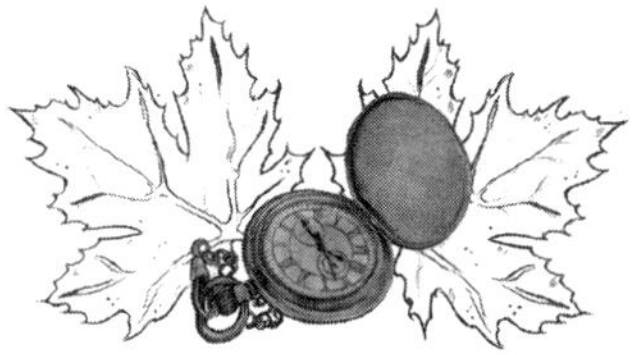

OLIVER

—No me puedo creer que me hayas hecho esto —me increpa Lily sin parar de llorar.

—Lo cierto es que no había planeado que esto saliera así, pero ya que ha surgido la posibilidad de arruinaros a ti y a tu estúpido novio... o exnovio, más bien, me alegro.

—¿Por qué has mentido así sobre mí? —grita.

—Porque no tenías por qué salir con él. ¿Para qué? Te dije que podías volver conmigo el día que quedamos en la cafetería y...

—¡Ah, perdona! ¡Ahora me entero de que, después de engañarme en verano con la HERMANA de Tom, resulta que querías que volviéramos juntos! —Se le quiebra la voz. Buf, después de tanto griterío, voy a necesitar una pastilla porque me está empezando a doler la cabeza—. ¡Y como no lo has conseguido, has pensado que sería mucho más divertido acosarme por todo Londres para soltar este bombazo por Internet!

Chasqueo la lengua y hago un gesto de negación.

—Con eso sí que no he tenido nada que ver, te lo prometo. Eso ha sido cosa de Rex Hampton, él ha compartido las fotos que le envié.

—Pero ¿en qué momento has conocido tú a Rex Hampton? ¿Por qué todos aquí sabéis cosas de las que yo no tengo ni idea? —Coge aire entre sollozo y sollozo.

—Porque estás fuera de todo. No eres parte de nuestro mundo, por más que Tom te haya inducido a creer lo contrario. Y ahora déjame tranquilo, tengo un viaje que preparar.

Camino hacia la calzada para detener el primer taxi que pase por ahí. A los pocos segundos, veo uno libre y levanto la mano.

—Sólo una pregunta más —musita ella con voz cansada—. ¿Por qué has dicho que yo le estaba distrayendo para que no pudiera ir sabiendo que era mentira?

Sonrío con malicia.

—Para que veas lo que se siente cuando alguien te rechaza.

Monto en el taxi y le indico las señas de mi casa. Podría haber llamado a Matthew para que viniera a recogerme, pero la sensación de dejar atrás a Lily después de su ruptura, destrozada en plena calle y por la noche, es mucho más gratificante.

Mientras su silueta se pierde en la distancia, saco el móvil para hacer una llamada que tenía en mente desde hacía unas semanas. En cuanto la persona al otro lado de la línea pregunta quién soy y por qué llamo desde un número oculto, empiezo a hablar:

—No me conoces. Pero tengo algo que ofrecerte y los dos podemos salir ganando.

UNOS DÍAS DESPUÉS

LILY

Falto dos días seguidos a clase, arriesgándome a que me pongan un par de faltas. Tampoco me importa mucho ahora mismo.

No puedo entrar en ningún tipo de red social, he tenido que borrármelas todas. Mi número de teléfono inglés se ha filtrado y me he visto obligada a cambiármelo por otro nuevo. A España también ha llegado la noticia, por supuesto. Mis padres no alcanzan a entender la magnitud del problema. A mis amigas no les ha hecho gracia que no les contara nada de esto. Meredith ha desaparecido, Rex Hampton me evita, Martha me mira mal... y en clase soy un bicho raro. Además, Connor se ha distanciado de nosotras. Juraría que me han reconocido un par de veces por la calle. He decidido no salir más del hotel, excepto para ir a clase; y si no me he ido ya de aquí es sólo para no perder mi beca, aunque ahora mismo me importa más bien poco.

No he vuelto a saber nada de Tom. Ava se encarga de informarse de sus novedades por mí para evitarme el mal trago de ver mi nombre junto al suyo por todas partes. Por lo visto, se ha ido con Finn a Edimburgo. Ya que no quiso creerme ni volver conmigo, me alegro de que al menos haya recuperado su amistad.

Pienso en nosotros. Pienso en ese lugar perdido de Hyde Park donde nos citamos por primera vez. En la estatua de Peter Pan.

No soy capaz de salir de mi cuarto; sólo lo hago cuando Ava me obliga a ir a clase. Si fuera por mí, ni siquiera me esforzaría en hacer algo. Cualquier tarea, por fácil que sea, me parece imposible de realizar.

Lo único que quiero saber de Tom es si ha conseguido la plaza que, según piensa, yo intenté arrebatarle aliándome con Oliver. Ojalá me hubiera escuchado y se hubiera dado cuenta de que yo no tenía nada que ver en eso…

Pero no quiso hacerlo.

El 30 de noviembre, Ava me informa de que la agente de Tom ha debido de conseguir que cambien las plazas que se repartieron en el evento y que él vaya a Nueva York en lugar de Oliver. Siento una punzada de alegría amarga en mi interior, aunque en realidad sólo me hace ponerme más triste por el hecho de que nunca llegará a saber la verdad.

Después de contarme todo lo que sabe, Ava se sienta en el borde de la cama y me abraza.

—No puedes seguir así.

—Lo sé —contesto—, pero tampoco puedo hacer nada más. Estoy demasiado cansada. —Ava me aprieta la mano—. Gracias por estar aquí —le digo—. Eres la mejor amiga que podría tener.

FINN

Hacía mucho que no madrugaba tanto. El taxi que nos lleva a Heathrow recorre la carretera a toda velocidad para que lleguemos a tiempo, aunque en realidad es tiempo lo que nos sobra. Vamos con casi dos horas de antelación, pero la nueva normativa exige que para vuelos a Estados Unidos uno se presente antes de lo normal.

Tom está a mi derecha con la mirada perdida en la ventanilla. Sólo la despega cuando me vibra el móvil.

—Es Jasmine. Dice que ya ha llegado y se ha colocado en la fila para facturar las maletas.

—Pero si falta un montón para que abran los mostradores del *check in* —responde él, medio dormido.

—No si vuelas en premium. El avión tiene dos plantas y nosotros vamos en la de arriba, que es la superior a la primera. Es como la clase diamante.

—Genial —murmura con escaso entusiasmo, y cierra los ojos.

Al cabo de unos minutos, se empiezan a divisar los primeros aviones aparcados y nos vamos acercando a la terminal que nos corresponde.

Cuando llegamos, el vehículo frena y el conductor baja para ayudarnos con las maletas.

Sacamos todo lo que llevamos del maletero y caminamos despacio hasta la puerta giratoria de la entrada. Allí hay un grupo de *paparazzi*, aunque están controlados por el personal de seguridad del aeropuerto.

Tom está como ausente, así que me encargo yo de comprobar en las pantallas dónde nos corresponde facturar. Memorizo el número de los mostradores y buscamos la zona de primera clase para saltarnos la fila. Allí, una mujer comprueba nuestros billetes y nos guía hasta la mesa. En cuanto llegamos, colocamos los bultos en la cinta para que los vayan marcando.

—¿Finn Jason? —dice ella al ver mi pasaporte. Escribe algo en el ordenador e inmediatamente se imprime un papel—. Embarcará por la puerta 33A. Les recomendamos pasar cuanto antes la seguridad para evitar esperas, aunque puedan ahorrarse la cola principal por su clase.

—Gracias.

Tom le facilita su pasaporte.

—Y... ¿Tom Roy?

—Sí —responde mi amigo.

La mujer empieza a teclear durante un rato sin decir nada más. Mira varias veces la pantalla y el pasaporte de mi amigo.

—Lo siento, creo que ha habido un error. No hay ningún Tom Roy en la lista.

—Hmmm... No puede ser, nuestros vuelos se cogieron juntos —le contesta, mordiéndose las uñas.

Ella vuelve a escribir en su ordenador y niega con la cabeza.

—No, aquí no está su nombre. ¿Adquirió los billetes mediante un intermediario?

—Sí.

Tom le dice el nombre de nuestra agencia, que se encargaba de comprarnos los billetes de avión, y la mujer frunce el entrecejo.

—Sí, en efecto. Aquí están los de Finn Jason, Jasmine Wright y otro pasajero llamado Oliver Kent. —Nos mira con suspicacia.

—Tiene que haber un error —dice Tom—, a Alice se le habrá pasado recordarles que compraran otro billete y han mantenido el de… —Se encoge de hombros sin saber qué hacer.

—¿No podemos comprar uno nuevo para él? —pregunto a la mujer, y me vuelvo hacia Tom—. Si la empresa se ha equivocado y se le ha olvidado cambiar el de Oliver por el tuyo, tendrán que hacerse cargo.

Él sopesa mis palabras y asiente.

—Vale, en ese caso… ¿Podría comprar un billete? —propone.

—Sí, claro; habría que comprobar la disponibilidad, pero no creo que haya problemas. Eso sí, tendrá que esperar a que facture todo el mundo antes de poder hacerlo.

—¿Por qué?

—Porque si el señor Oliver Kent decide presentarse, no creo que queden más plazas en primera.

—¿No viajábamos en premium? —pregunto, desesperado.

Ella comprueba otra vez nuestros billetes en la pantalla y yo empiezo a perder la paciencia. Inspiro hondo y espiro, nervioso.

—Perdón, sí. Ha debido de haber un error con la compra de los billetes. La señorita Jasmine Wright está en el piso superior, en la clase premium. Usted —dice, dirigiéndose a mí— ha sido colocado en primera clase, es decir, en la planta inferior, sección frontal. El señor Oliver Kent está en la planta superior con la pasajera Jasmine Wright. Si treinta minutos antes de la salida del vuelo él no aparece, entonces podría cambiarle su plaza a última hora para estar en la zona premium. Pero para ello tendrá que comprar un billete en el mostrador de ahí enfrente —explica, mirando a Tom y señalando a la derecha.

Él resopla, pero accede con resignación. Menudo jaleo.

—Va a ser un poco justo de tiempo, tío —le digo a regañadientes. Comprar otro billete y ocupar después el sitio de Oliver es una movida.

—No se preocupen —tercia ella—, yo avisaré de la situación para que le esperen. El vuelo sale a las nueve. Si facilita su correo en el mostrador de ahí, podremos enviarle el billete justo cuando quede media hora para el despegue, de modo que pueda ir al control y que luego lo acompañen a la puerta de embarque sin tener que correr por el aeropuerto.

—Ah, vale, perfecto —responde Tom, algo aturdido.

—Sí, genial —comento, aunque fastidiado por tener que viajar solo en un vuelo tan largo.

Tom dicta su correo electrónico profesional y paga el billete al encargado de la aerolínea. Después, en cuanto le dan el pase para atravesar conmigo los controles de seguridad por la zona preferente antes de que llegue el e-mail de confirmación, los atravesamos y matamos el tiempo dando una vuelta por las tiendas del aeropuerto con Jasmine. Creo que ella es la que más nerviosa está de los tres… Tom, desde luego, no transmite especial entusiasmo.

Cuarenta minutos antes de que salga el vuelo, avisan por megafonía de que van a abrir la puerta de embarque, así que vamos yendo hacia allí. Tom lleva el móvil en la mano, esperando a que le llegue el e-mail para poder montar.

En la puerta de embarque empiezan a llamar a la gente que tiene billetes de clase premium junto con los de primera clase. Nos giramos hacia Tom.

—Tranquilos, id pasando. Enseguida recibiré el mensaje… Nos vemos ya en el avión.

—Vale, tío. A ver si cuando despeguemos me dejan subir con vosotros, porque me voy a morir del aburrimiento estando casi ocho horas solo.

—Seguro que te dejan pasar cuando se lo expliquemos —me tranquiliza Jasmine.

—Subid —insiste Tom—; si no, van a empezar con la clase turista y vais a tener que hacer una fila enorme para nada.

—Vale, tío. ¡Nos vemos arriba! A la media hora o así de vuelo, intento subir a veros, ¿vale? Estad atentos, no se vayan a pensar las azafatas que quiero colarme o algo así.

—Sí, sí, tranquilo. ¡Hasta ahora!

Jasmine me sigue y nos colocamos en la fila; en realidad, sólo hay dos personas delante de nosotros porque el resto ya ha ido pasando, de manera que enseñamos nuestros billetes y pasaporte y dejamos a Tom atrás. También es mala suerte que el imbécil de Oliver haya tenido que fastidiarnos el principio de viaje, pero por lo menos ahora vamos a estar una temporada lejos de todo esto. Me giro para despedirme con la mano y levanta el pulgar, señalándome el móvil.

—Creo que ya ha recibido el mensaje —informo a Jasmine—. ¿Lo esperamos para subir juntos?

—Uf, mejor arriba, he bebido mucho y… ¿Sabes si se podrá utilizar ya el baño?

Me encojo de hombros y, al llegar a la puerta que conecta con el avión, ella sube las escaleras y yo me tengo que contentar con verla alejarse y sentarme abajo, en primera clase. No está mal el sitio, es bastante espacioso, pero me molesta ir solo habiendo hecho una compra conjunta.

Espero durante un buen rato a que empiecen a embarcar todos los pasajeros. Supongo que Tom ya habrá conseguido pasar y estará con Jasmine mientras yo ando aquí abajo, aburrido como una ostra. Resoplo y me regaño mentalmente por amargarme.

Escribo un mensaje a Tom para preguntarle cómo es la zona premium; sin embargo, como no contesta, decido apagar el móvil. De todas formas, es probable que él mismo lo tenga ya desconectado: todo el mundo ha entrado en el avión y queda poco para ir a la pista de despegue. Cierro las aplicaciones y, justo, empieza a vibrar con un nombre muy familiar destacando en la pantalla.

—¡Hola! —exclama Nate. Tiene la voz algo soñolienta, pero jovial.

—¡Nate! Te dije que no madrugaras para despedirte, no hacía falta.

—Yaaa, pero es que volar…

—Te da miedo, lo sé. —Me río al imaginármelo en pijama y con una expresión entre inquieta y adormilada—. No te preocupes, te llamaré en cuanto aterrice. Y te enviaré una postal de Nueva York para tu colección.

—Vaaaaaale. Oye…

Una azafata me mira con cara de malas pulgas por estar hablando. Debería cortar ya.

—Nate, tengo que colgar, vamos a despegar enseguida.

Él guarda silencio por un instante.

—De acuerdo. Te echaré de menos.

—Oh, volveré a Edimburgo antes de que te des cuenta —replico, y hago un gesto con la mano para quitar importancia al asunto, como si fuera él y no la enfurecida azafata a quien tuviese delante—. Te quiero.

—Yo te quiero más.

—Si tú lo dices... —bromeo, y cuelgo la llamada.

Después de que suelten el rollo de siempre sobre la seguridad en el avión —si Nate estuviera aquí, lo escucharía como si le fuera la vida en ello—, arrancamos despacio hacia la pista de despegue, donde frena unos segundos y después coge carrerilla. Esta parte es la que más me tensa por todos los discursos que me suelta mi novio sobre los riesgos del despegue, así que cojo aire y espero a que pase lo más rápido posible.

El avión levanta el morro hacia arriba y noto cómo se eleva en el aire, dejando atrás la tierra. Recorremos unos segundos casi en vertical, alejándonos de Londres y eliminando kilómetros en la cuenta atrás para Nueva York. El artefacto gira a la derecha y hace un movimiento brusco.

«Por favor, que no haya muchas turbulencias», me digo para mis adentros. El avión sigue girando y, durante unos segundos, tengo la falsa sensación de que está yendo hacia abajo. Me obligo a coger aire y a dejar de pensar en cosas que no van a ocurrir: tanto escuchar a Nate hablando sobre catástrofes aéreas me ha vuelto paranoico perdido. Observo una de las pantallas que están justo encima de los asientos: son las nueve y diez.

Miro por la ventanilla para relajarme y asumir que todo va bien, pero no. Como a cámara lenta, mi mente sólo repara en que algo falla cuando un tirón nos empuja hacia abajo y sacude el avión.

Algunos artículos personales salen volando de las manos de la gente y los compartimentos de arriba se abren. Varias maletas de cabina caen encima de los pasajeros y, de improviso, en cuestión de segundos, ha cundido el pánico. La tripulación intenta cerrar los que se han abierto para evitar más incidentes. Un meneo violento tira a una azafata al suelo y, ahora sí, siento cómo el avión empieza a caer en picado.

La gente chilla a mi alrededor, varios objetos revolotean y, cuando caen las mascarillas de oxígeno, el sonido de las alarmas se funde con los gritos de pánico de los pasajeros.

No sé de dónde saco fuerzas para tomar una decisión que parece ajena a mí, pero me quito el cinturón y, con el avión medio torcido y precipitándose abajo sin control, corro hacia las escaleras. Necesito asegurarme de que Tom está bien, aunque sólo sea para verlo una vez más antes de que sea demasiado tarde.

Una azafata me grita al descubrir que me he levantado y estoy forcejeando para lanzarme a los escalones que separan mi planta de la de arriba, donde se encuentra mi amigo. Me acerco a la barandilla para no perder el equilibrio, pero en ese momento el avión se pone bocabajo y me golpeo con varias cosas que ni siquiera identifico.

Me apoyo en la pared después del giro de trescientos sesenta grados y miro hacia arriba. La cabeza me da vueltas. Una azafata corre como puede detrás de mí para que vuelva a mi asiento, pero tropieza y se cae cuando el avión se vuelve a inclinar hacia la derecha.

Las alarmas siguen sonando.

Me topo con los ojos aterrados de Jasmine y los miro durante un segundo. Busco a Tom…, mi mejor amigo. Pienso en él. En Nate. En mis padres.

Una luz.

Un ruido.

Todo se vuelve negro.

FIN DEL PRIMER LIBRO

AGRADECIMIENTOS

Después de tantos años escribiendo, por fin puedo decir que he conseguido acabar una novela y, lo más importante, estar feliz con el resultado. Durante este proceso, he estado acompañada de personas maravillosas que han decidido sumarse a este caos. Sin vosotros, todo esto se hubiera quedado en otro borrador más que nunca habría salido de mi ordenador.

Gracias a mi madre por ser la primera en leerlo, por su entusiasmo y por poner en mis manos los libros de *Harry Potter*. A mi padre, por ser el mejor padre que podría tener, por buscar siempre ese toque especial para la historia. Gracias a los dos por aguantar mi mal genio tras varias horas delante del ordenador (eso sí que es un verdadero sacrificio). Gracias a mis abuelos maternos y a Nana por vuestros ánimos incansables. A Carol, por ser mi fiel compañera de lecturas. A mi madrina y al resto de mi familia, tanto dentro como fuera de España, y a los que no han podido quedarse aquí para leer esta novela. Os quiero mucho.

Gracias a Koke por confiar en mí desde que le dije que mi sueño era ser escritora y por estar siempre ahí. Gracias a mis amigos Carlos y

Julia: a Julia, por leer los capítulos conforme los iba creando, por compartir conmigo mi pasión por el sushi y por emparejar a los personajes desde antes de saber el final; a Carlos, por los días enteros en que quedábamos para escribir y la compañía en WhatsApp de madrugada mientras intentábamos alcanzar nuestra meta diaria de palabras (y por los *vines* de tú-ya-sabes). A Nerea y Gisela, las mejores amigas que podría pedir, gracias por aprobar mis ideas alocadas y leerlas (¡aunque fuera en clase!). Sois geniales.

A Laia: no tengo palabras para darte las gracias por ser tan buena escritora y, sobre todo, amiga. Gracias por tu paciencia infinita (y por soportar mi obsesión por los animales). *Takk.* A Iria y Selene, gracias por contar conmigo para uno de vuestros magníficos proyectos y por vuestro cariño. Gracias a Carmen por leer mi historia y por considerarme tu amiga; también al resto de la familia Domenech Acha. A Vero, por ser la fan n.º 1 de #Tomily. A May y a Chris, por interesarse por este proyecto. A Gema, gracias por aparecer en mi vida y por tu entusiasmo con *Otoño en Londres.* ¡Esas crisis nerviosas que hemos vivido juntas no nos las quita nadie! A Blue Jeans y Ester, cuya emoción por los libros es contagiosa, ¡gracias! A Joanne Rowling, por una infancia feliz rodeada de tus personajes y por hacerme creer en la magia.

Gracias a la editorial Nocturna por creer en mi trilogía y hacer realidad mi mayor sueño. A Irina y Paula en especial, por estar siempre en todo y por vuestra ilusión. (Y por la presión encubierta para hacer real alguna pareja/ciudad, ejem, ejem). Y, por supuesto, gracias a Elena Pancorbo por su maravilloso trabajo.

A todas las personas que me siguen en YouTube, Twitter, Instagram y demás redes sociales: GRACIAS. Sois los mejores seguidores que podría tener y espero que sigamos juntos tanto al otro lado de la pantalla como de la página.

Y por supuesto: gracias a ti, lector, por acompañar a Lily, Ava, Tom, Meredith, Finn, Connor, Rex, Martha, Oliver, Alice y muchos más por Londres. Prepara el pasaporte, porque el viaje no ha hecho más que empezar.

Esta edición de *Otoño en Londres*
se terminó de imprimir en Salamanca
el 1 de septiembre de 2016, aniversario
de la primera edición de *Todo, todo*,
de Nicola Yoon, en 2015.

TAMBIÉN EN ESTA COLECCIÓN

«*Títeres de la magia* no es sólo una novela de fantasía o aventuras: te atrapa por el lado de los sentimientos y no te suelta hasta el final. Me ha encantado».

Blue Jeans, autor de
El club de los incomprendidos

«Una historia rebosante de magia».

Laia Soler, autora de *Los días que nos separan*

«Una escritura impecable, un mundo fantástico de lo más atractivo y unos nigromantes muy humanos».

Alba Quintas Garciandia, autora de
La chica del león negro